Henning Marquaß
Moonlight Monster

Henning Marquaß

Moonlight Monster

Nach einer Idee von
Henning Marquaß und Philipp Bank

Karibu

Für Mattis & Kalle & Rike,
meine absoluten Lieblingsmonster!

INHALTSVERZEICHNIS

IV – DAS VERRÄTERISCHE HERZ

V – GROSS-HERTENSTETT (REMIX)

Mittwoch, 22:22 Uhr

DER ANFANG VOM ENDE

Tiefschwarz und totenstill.

Keine Vögel, kein Wind, kein Mondlicht. Pure Dunkelheit. Wie im Bauch eines riesenhaften Monsters. Hülya hatte der tintigen Schwärze um sie herum nichts entgegenzusetzen außer ihrer funzeligen Handytaschenlampe.

Und ihrer Entschlossenheit.

Kalt meißelte das Licht ihres Handys verwachsene Bäume aus dem Nichts, die knorrigen Äste in grotesken Verrenkungen eingefroren. Doch direkt dahinter schwappte schon wieder Dunkel über den Trampelpfad, der Hülya ins Innere des Waldes führte. *Ihm* hinterher, ihrer einzigen Chance. Hülya atmete tief durch. Genau eine Stunde blieb ihr noch bis zum Nullpunkt, aber das wusste sie noch nicht. Und so folgte sie dem Pfad ahnungslos tiefer in den Finsterforst. Und tiefer in den Bauch des Monsters.

Noch 60 Minuten. Die Uhr tickte.

Tick.

Tick.

Tick.

Auf der Suche nach Halt glitten Hülyas Finger über die Fototasche an ihrer Seite. Das vertraute Gewicht erinnerte sie an ihr Zuhause. Nicht an das neue Zuhause in der neuen Siedlung, deren Lichtflecken hinter ihr immer kleiner wurden. Sondern an ihr *wahres* Zuhause, das sie nie richtig kennengelernt hatte.

Hülya presste die Lippen aufeinander, sperrte den Gedanken in eine Schublade und warf den Schlüssel weg. Das war ferne Vergangenheit. Verfault wie die Blätter unter ihren Turnschuhen, vernarbt wie die Haut auf ihrem Arm. Und tot wie das, was im blutschwarzen Herzen des Finsterforsts auf sie wartete.

Wie aus dem Nichts begann Hülyas linker Arm zu kribbeln, als wäre ein Eimer Ameisen darauf ausgekippt worden. Abrupt blieb sie stehen. Ihre Augen glitten suchend ins Dunkel. Da zerriss vor ihr ein Neonfetzen die Schwärze wie ein Schrei. Das war *er:* Mister Neonpink! Hülya rannte los.

Der Trampelpfad endete im Silberlicht des Dreiviertelmonds. Mit bebendem Brustkorb blieb Hülya am Rand einer weitläufigen Waldlichtung stehen, entflohen dem Griff der knorrigen Bäume, deren Äste sie gierig zurück in den Wald zerren wollten. Von Mister Neonpink war nichts zu sehen. Doch weit vor ihr im Zentrum der Lichtung thronte, einem riesenhaften Götzen gleich, eine hoch aufragende Ruine. Das Beton gewordene Herz des Finsterforstes. Zögerlich schritt Hülya über die Lichtung darauf zu. In grauer Vorzeit musste das Gebäude ein stinknormales Hochhaus gewesen sein, jetzt aber grinste Hülya ein Gerippe aus eingeschmissenen Scheiben und wasserfleckigem Beton an. Zu seinen Füßen schlängelte sich ein windschiefer Bauzaun, beschuppt von vergilbten Plakatresten. Noch während Hülya die Ruine mit einem unguten Gefühl anstarrte, flirrte ein pinker Neonfetzen am Bauzaun vorbei.

Hastig zerrte Hülya die alte, vielfach geflickte Spiegelreflexkamera aus der Fototasche. Dafür war sie hier. Für ein Foto von Mister Neonpink. Nur damit konnte sie ihre Unschuld beweisen. Nur so würden ihr Baba und Leonie und all die anderen glauben, dass es Mister Neonpink wirklich gab und dass nicht sie es war, die das Graffito gesprayt hatte. Dann endlich würde alles gut werden, sie würde vom Frankenstein-Monster zum Halbedelstein aufsteigen und nie mehr allein auf der Mauer sitzen.

Hülya hämmerte den Auslöser herunter Doch den unscharfen Farbfleck, der über das Display flimmerte, würden weder Leonie noch Baba als Beweis akzeptieren. Mister Neonpink war in der Ruine verschwunden. Hülya musste hinterher.

Der Bauzaun hatte mehr Lücken als das Gebiss eines Zombies, und der Eingang zur Ruine dahinter klaffte wie eine Wunde im Beton. Mit schussbereiter Kamera huschte Hülya durch die Lücke im Bauzaun und über die vermooste Rasenfläche zum Eingang. Hinter der schief in den Angeln hängenden Tür bedeckte Bauschutt die gesplitterten Fliesen. Am Ende des Gangs wartete ein offener Fahrstuhlschacht auf Mieter, die schon lange nicht mehr hier wohnten. Vom Sprayer in seinem schwarzen Hoodie mit dem neonpinken Muster war nichts zu sehen.

»Wer ist der Bürgermeister von Weeeeesel?«

Die Wände des Aufzugsschachtes waren glibberig von Feuchtigkeit und Rost, Schmutzwasser rann in dicken Tropfen den Beton herab – aber das Echo war super. Den Kopf zwischen die halb geöffneten Metalltüren des Aufzugs gesteckt, lauschte Hülya, wie es von Wand zu Wand federte. Das Echo war gut, der Witz blieb dämlich. Ein echter Baba-Witz. Typisch Emre! Beim Gedanken an ihren Vater fuhr Hülya zusammen. Ein Blick aufs Handy: 23:03 Uhr! Sie musste nach Hause! Wenn Emre in ihr Zimmer schaute, war sie geliefert. Er würde sie …

PFLATSCH!

Ein Tropfen Glibberwasser landete in Hülyas Gesicht.

»Uähhh!«, machte sie angewidert, zog den Kopf aus dem Schacht und rieb angeekelt ihre Nase trocken. Sie musterte das Loch in der

Wand. Die vor langer Zeit abgestürzte Fahrstuhlkabine am Boden des Schachts war bedeckt von Flechten und Moosen. Mit diesem Aufzug würde niemand mehr fahren. Großer Andrang herrschte aber eh nicht. Drückend lasteten Stille und Einsamkeit auf der Ruine.

»Du kannst rauskommen!«, rief Hülya spontan in die Stille. »Ich mache nur ein Foto von dir, versprochen. Nur damit alle wissen, dass das Graffito nicht von mir ist.«

Keine Antwort. Nicht, dass sie eine erwartet hatte. Offensichtlich wollte Mister Neonpink nicht gefunden und schon gar nicht fotografiert werden. Doch da drang ein leises Geräusch an ihre Ohren. Ein Schlurfen, als würde etwas über den Boden gezogen, kam aus einem vom Hauptgang abgehenden Flur. Das musste er sein!

Doch dann gesellte sich zum Schlurfen ein Stöhnen, als würde jemand mit rostigen Nägeln gurgeln. Hülya rieselte es eiskalt den Rücken herab. Das war bestimmt nicht Mister Neonpink. Der Sprayer war ungefähr so alt wie sie und definitiv kein kettenrauchender Zombiedrache! Stöhnen und Schlurfen wurden lauter. Wer auch immer das war, er würde in wenigen Augenblicken um die Ecke biegen. Und Hülya stand vor dem Aufzug wie auf dem Präsentierteller.

Ein paar Meter weiter war eine Tür einen Spaltbreit geöffnet. Hülya schlüpfte hindurch und stand im Treppenhaus – oder dem, was mal das Treppenhaus gewesen war. Die Treppe endete nach wenigen Stufen in einem Trümmerhaufen aus faustgroßen Betonbrocken, die abgerissenen Handläufe ragten in die Luft wie rostige Schlangen. Leise zog sie die Tür zu. In Kopfhöhe war ein kleines vergittertes Sichtfenster eingelassen, gerade groß genug, um Hülya einen Blick auf einen Ausschnitt des Gangs zu gewähren. Schlurfen und Röcheln waren mittlerweile um die Ecke gebogen, und nur Sekunden später waberte ein Schatten über den Fliesenboden. Hülyas Nackenhaare richteten sich auf. An diesem Schatten war alles falsch: der gekrümmte Rücken, der umherzuckende Kopf, die endlos langen Arme mit den ruhelos umherfahrenden, knochenlosen Fingern.

»Eine Fremde, eine Fremde«, gurgelte die Gestalt mit der Rostige-Nägel-Stimme und schlurfte näher. »Eine Fremde für den Kalfaktor.«

Ein Lachen wie ein Asthmaanfall hallte durch den Gang. Da tönte eine zweite Stimme durch den Flur.

»Wir haben es ebenfalls vernommen, Kalfaktor.«

Hülya atmete auf. Die neue Stimme klang völlig normal. Ein Typ, eher jünger als älter – vielleicht sogar Mister Neonpink? Neugierig schob sie ihren Kopf näher ans Sichtfenster. Mit dem Rücken zu ihr standen dem seltsamen Schatten zwei Männer gegenüber, groß und sportlich der eine, klein und gemütlich der andere. Allerdings war keiner von ihnen Mister Neonpink, denn statt eines coolen Hoodies mit neonpinkem Muster führten sie Klamotten aus Ur-Opas Mottenkiste spazieren. Der Große trug ein Hemd mit Pluderärmeln, Kniebundhose und Schnallenschuhe, der Kleine Bundfaltenjeans, Lederjacke und Leo-Schuhe im Rockabilly-Style.

»Soso. Die Herren Grafen«, rasselte der Schatten. »Der alte Adel will also wieder alles für sich?«

»Keine Sorge, wir lassen etwas übrig, werter Kalfaktor«, antwortete der Große höhnisch.

Der Kleine kicherte und flüsterte dem Großen etwas zu. Aber das hörte Hülya schon gar nicht mehr. Ihr Blick war auf den Boden gefallen. Eigentlich müssten die Schatten der Neuankömmlinge ebenfalls über die Fliesen wabern, aber da waberte gar nichts. Die beiden hatten keinen Schatten. Seltsam … und ein Foto wert! Hülya hob ihre Kamera ans Sichtfenster und drückte ab. Wie ein Kanonenschuss klackerte das Geräusch des Auslösers durchs Treppenhaus. Die Neuankömmlinge fuhren herum. Hülya tauchte ab. Ihr Herz raste, als hätte sie einen Bungeesprung hinter sich. Denn der eine Sekundenbruchteil, in dem Hülya die Gesichtszüge des größeren Neuankömmlings hatte sehen können, war mehr als genug gewesen. Sie hatte gesehen, dass er ein Junge war, vielleicht 16, kaum älter als sie selbst. Dass seine Kleidung noch unstylisher war als gedacht. Und dass aus seinem Mund Eckzähne ragten wie die Reißzähne eines Raubtiers: messerscharf, nadelspitz, tödlich.

Und dann erklang wieder jenes keuchende Lachen, das Hülya nie wieder würde vergessen können.

»Zeit für die Jagd«, rasselte der Gruselschatten. »Blut für die Grafen, die Seele für den Kalfaktor.«

Das Schlurfen näherte sich der Tür. Hülyas Herz legte noch einen Zahn zu. So leise wie möglich kroch sie rückwärts, aber nach nicht einmal zwei Metern stieß sie mit dem Rücken an die Treppe. Endstation, hallte es durch ihren Kopf.

»Komm zum Kalfaktor, mein Täubchen«, krächzte es hinter der Tür. Der Türknauf begann ganz langsam, sich zu drehen. Wie in Zeitlupe schob sich die Tür auf, quietschend wie ein über Jahrhunderte nicht geöffneter Sargdeckel. Hülya starrte paralysiert auf den entstehenden Spalt, der größer und größer wurde. Mit einem Ruck riss sie ihren Blick los, kniff sich fest in den Oberarm. Der Schmerz brachte Hülyas wild kreiselndes Gedankenkarussell zum Stehen. Entschlossen griff sie einen der herumliegenden Betonbrocken, richtete sich auf. Was immer das Ding auch war, kampflos würde es sie nicht bekommen. Ein gellender Schrei hallte aus den Eingeweiden des Gebäudes.

»Wer ist der Bürgermeister von Weeeeeesel?«

»Eeeesel … eeeesel … eeeesel …«, kam das Echo von allen Seiten. Die Tür stoppte, der Schatten verharrte.

»Ah, dann ist das wohl unser Nachtmahl«, erklang die Stimme des schattenlosen Jungen mit den spitzen Zähnen. »Viel Spaß mit deiner streunenden Katze, Kalfaktor. Wir haben Lust auf etwas Vollwertiges.«

Die Schritte der Neuankömmlinge entfernten sich rasch. Die Rostige-Nägel-Stimme knurrte etwas Unverständliches, dann schwang die Tür wieder mit einem Sargdeckelquietschen zu. Schlurfend entfernte sich der Gruselschatten. Stille kehrte ein. Hülya war wieder allein.

Erst jetzt bemerkte sie, dass der faustgroße Betonbrocken in ihrer Hand zitterte. Sie ließ sich auf die Trümmertreppe fallen und beobachtete, wie das Zittern ihrer Hand nach und nach abnahm. Hülya atmete tief durch. Schon jetzt kam ihr ihre Beinahe-Panik ein bisschen kindisch vor. Hey, es war dunkel und düster und sie war in einer Ruine. Da durfte man auch mit 15 (fast 16!) noch ein kleines bisschen Schiss kriegen, oder? Wahrscheinlich hatte sie ein paar Obdachlose aufgescheucht, die keine Lust auf Konkurrenz hatten. Oder sie war in die Probe eines verfrühten Halloweenstreichs geraten, was auch die Kostüme erklären würde. Echte Monster gab's nicht. Und wenn doch, dann definitiv nicht in Groß-Hertenstett, dem langweiligsten Kaff der Welt. Allein der Gedanke daran ließ Hülya kichern.

Ein Knarren aus dem Flur schreckte sie auf. Hülyas Nerven sirrten vor Anspannung, so angestrengt lauschte sie. Aber da kam nichts mehr. Egal, sie hatte genug für heute.

»HIJKZZ!«, flüsterte Hülya leise. Und verschob das Problem mit den Halloween-Obdachlosen in jene Schublade im hintersten Winkel ihres Kopfes, in die alles reinkam, was später noch mal in Ruhe bedacht werden wollte. Auf der Schublade klebte ein vergilbtes Etikett mit sechs Buchstaben: *HIJKZZ – ›Hab Ich Jetzt Keine Zeit Zu‹*.

Hülya verriegelte die Schublade und wandte sich wieder der ganz realen Wirklichkeit zu. Um Mister Neonpinkt würde sie sich morgen kümmern, wenn es in der Ruine hell, schattenlos und garantiert kein bisschen gruselig war. Dann stand sie auf.

Dafür, dass sie gerade entschieden hatte, dass alles total normal war, warf Hülya einen etwas zu langen Blick in den Hausflur, öffnete die Tür etwas zu leise und hielt den Betonbrocken etwas zu fest umklammert. Doch mit jedem Schritt den Gang hinunter Richtung Ausgang wurde ihr leichter ums Herz. Jeder Schritt brachte sie näher an …

Ihr Arm kribbelte.

Etwas fiel hinter ihr von der Decke.

Eine Hand legte sich auf ihre Schulter.

Hülya wirbelte herum, Adrenalin auf Anschlag, Betonbrocken erhoben. Und hielt mitten in der Bewegung inne. Den dunklen Hoodie mit dem pinken Neonmuster erkannte sie sofort.

»Diese adeligen Trottel sind easy abzulenken, oder?«, sagte eine Stimme tief aus den Schatten unter der Kapuze. »Keinerlei Raubtierinstinkte.«

»Mister Neonpink?«, stieß Hülya überrascht hervor.

»Was deine Frage angeht«, fuhr Mister Neonpink fort, »Fotos sind hier nicht erlaubt. Steht in der Hausordnung.«

»Ja … ich … äh … was?«

»Okay, ganz langsam: Nein, wir machen kein Foto von mir. Und die Fotos, die du bisher gemacht hast, behalte ich.«

Ohne Hülyas Reaktion abzuwarten, griff Mister Neonpink nach ihrer Kamera. Das brach den Bann. Die Kamera war Hülyas größter Schatz! Hülya riss sie aus den Händen des Sprayers und rannte Richtung Ausgang. Doch schon nach wenigen Schritten prallte sie erneut auf Mister Neonpink, als wäre der vor ihr aus dem Boden gewachsen. Verwirrt rappelte Hülya sich auf. Wo kam der denn her? Dann spürte sie seinen Blick. Das Gesicht des Sprayers lag im Schatten der Kapuze hinter dichten schwarzen Locken, doch seine Augen brannten wie von einem unseligen Feuer erfüllt. Grellgelb taxierten sie Hülya wie ein hungriger Wolf ein in die Ecke getriebenes Kaninchen.

Hülya schluckte. Falls das Halloween-Kontaktlinsen waren, sahen sie verdammt echt aus. Mit zitternder Hand hob sie den Betonbrocken.

»Lass mich gehen, sonst …«

Plötzlich ging es ganz schnell. Mister Neonpink schnappte nach der Kamera, Hülya ließ den schweren Betonbrocken niedersausen. Doch der Sprayer war schneller. Viel schneller. Und viel stärker. Mühelos entwand er ihr den Betonbrocken, hob Hülya hoch wie eine Puppe und presste sie an die Wand. Hülya wollte schreien, aber sein eiserner Griff schnürte ihr die Luft ab. Schon begannen grelle Lichtflecken vor ihren Augen zu tanzen. Die Luft wurde knapp. Enger und enger wurde Hülyas Sichtfeld. Mister Neonpinks Stimme war kaum mehr als ein animalisches Knurren.

»Gib mir die Kamera freiwillig, sonst …«.

Mitten im Satz hielt er inne. Schob seinen Kopf näher, bis seine grellgelben Augen nur Zentimeter von Hülyas braunen Augen entfernt waren. Dann legte er den Kopf in den Nacken und … schnüffelte?

»Du riechst komisch.«

Und dann wurde es schwarz um Hülya.

Das war er, der Nullpunkt.

Die Stunde war vorbei.

Es war genau 23:22 Uhr.

I

GROSS-HERTENSTETT

Mittwoch, 21:22 Uhr

120 MINUTEN VOR NULL

Hülya liegt im Bett, klickt auf ihrem Insta-Profil herum. Die Wände ihres Zimmers sind kahl, überall stehen Umzugskartons in verschiedenen Auspackstadien. Auspacken lohnt nicht, findet Hülya. Lange bleibt sie in diesem Kuhkaff sowieso nicht. Dass ihr Hass auf ihre neue Heimat in genau zwei Stunden ihr geringstes Problem sein wird, weil sie an die Wand gepresst um Atem ringen wird – davon weiß Hülya in diesem Augenblick noch nichts.

Aktualisieren.

Nur ein Follower. Und ausgerechnet Sherlock, dieser Idiot.

Am liebsten würde Hülya ihn blockieren. Aber dann wäre sie wieder bei null Followern. Und Leonie hat 346. Auf ihre neue Heimat Groß-Hertenstett gerechnet ist Leonie eine richtige Power-Influencerin. Blond, schön, perfekt gefilterte Haut.

Leonie vor der untergehenden Sonne: #romantic.

Leonie mit 90er-Frisur: #blondeshavemorefun

Leonie im Chanel-Bikini am Pool: #sunlove

Hülya klickt wieder auf ihr eigenes Profil.

Aktualisieren.

Nur ein Follower. Und ausgerechnet Sherlock, dieser Idiot.

Am liebsten würde Hülya ihn blockieren. Aber dann wäre …

Aaaaargh! Zeitschleife!

Hülya lässt das Handy fallen, mustert die Schrift auf den Umzugskartons. »Klamotten«. »Bücher«. »Styling«.

Dann springt sie aus dem Bett, kramt im Stylingkarton herum. Vielleicht hat Emre doch recht, obwohl er ihr Vater ist. Sie muss sich anpassen, dann kommen Follower und Freunde ganz von selbst, hat er gesagt. Hülyas Finger schließen sich um eine kleine Pappschachtel. Sie hebt sie aus dem Karton und betrachtet sie. In dieser Schachtel steckt ihr Plan B. Ein breites Grinsen legt sich auf ihre Lippen. Emre wird es hassen. Aber was interessiert sie seine Meinung, wenn sie sich mit etwas Farbe zu einem der Halbedelsteine von Leonies Gnaden hochschleimen kann?

Montag, 10:12 Uhr

LEONIE

Zwei Tage bis zum Nullpunkt.

Am Ende der Woche würde sich Hülyas Schicksal entschieden haben, und alles würde anders sein. Aber das ahnte Hülya am Beginn dieser Woche nicht mal ein winziges bisschen. Und so verbrachte sie die erste große Pause am Montag ihrer Schicksalswoche wie immer: allein und von allen ignoriert auf dem kleinen Mäuerchen am Rand des Schulhofs.

Missmutig betrachtete sie ihre neue Schule. Den riesigen asphaltierten Hof, verdunkelt von majestätischen Walnussbäumen. Das säulenbestückte Schulgebäude aus dem 19. Jahrhundert, das sie arrogant vom anderen Ende des Schulhofs anstarrte. Und natürlich die auf Hochglanz polierten Messinglettern über dem protzigen Portal: *Karl-Wilhelm–Von-Kronstein-Schule.* Immerhin, den Zusatz *für Knaben* hatte man abmontiert. So viel Moderne war mittlerweile selbst in diesem Kaff angekommen.

Hülya atmete tief durch und schob die negativen Gedanken in ihrem Kopf nach ganz hinten. Sie hatte die letzten zwei Wochen seit ihrem Umzug hierher Trübsal geblasen, das reichte! Mit einem etwas gezwungenen Lächeln auf den Lippen scannte sie den Hof, bis sie gefunden hatte, was sie suchte: Leonie, die Schulhofqueen der Karl-Wilhelm-Von-Kronstein-Schule. Leonie und Hülya waren zwar in einem Jahrgang, aber jemand wie Hülya war für jemanden wie

Leonie vollkommen unsichtbar. Auf Hülyas Beliebtheitsskala war Leonie ein Diamant: größer, schöner, blonder als alle anderen. Die Mädchen, die ihr abwechselnd kichernd oder beeindruckt hinterherdackelten, waren zumindest noch Halbedelsteine. Hülya dagegen war, so ihre selbstmitleidsfreie Eigenbewertung eindeutig Frankensteins Monster – seltsam, anders und ziemlich unbeliebt bei den Leuten aus dem Dorf. So ein Monster war vielleicht mysteriös und stark, saß aber allein auf der Mauer, konnte bei niemandem abschreiben und wurde auf keine Party eingeladen. Schon an ihrer letzten Schule hatte Hülya nicht so richtig reingepasst. Und an der davor auch nicht. Aber hier in Groß-Hertenstett würde das endlich anders werden! Und zwar heute! Denn heute, das hatte sie sich am Morgen vor dem Spiegel fest vorgenommen, würde auch Frankenstein-Hülya zum Halbedelstein aufsteigen. Mission: Freundefinden!

»He, du! Was starrst du mich so an?«

Hülya blinzelte. Einmal im Kopf ein bisschen abgedriftet, und schon ging alles schief. Vor ihr stand Leonie, umringt von ihren Halbedelsteinen.

»Äh … das … das tue ich gar nicht«, murmelte Hülya.

»Sieh an, es kann sprechen. Ich dachte schon, du wärst ein Fisch. In der Klasse hast du jedenfalls bisher keinen einzigen Ton gesagt.«

Großes Gekicher.

»Blubb, blubb, blubb«, machte ein Halbedelstein.

»Ein schwarzhaariger Fisch«, stellte Leonie mit abschätzigem Blick auf die nachtschwarzen Haare, die unter Hülyas bunter Mütze hervorquollen, fest. »Selten, aber nicht schön.«

Erst jetzt wurde es Hülya wirklich bewusst. Die Halbedelsteine waren blond. Und Leonie war am blondesten. Hülya spürte, wie ihr Gesicht heiß wurde. Mühsam schluckte sie die Wut herunter. Das hier war die Chance zum Gelingen ihrer Mission, das durfte sie nicht versauen! Sie verdoppelte ihr Lächeln und sprang von der Mauer. Der großen Blonden reichte Hülya inklusive ihrer knallbunten Mütze nicht mal an die Nasenspitze.

»Hi, ich bin Hülya.«

Leonie ignorierte Hülyas ausgestreckte Hand. Immerhin nickte sie. Hülya nahm sich vor, das als Erfolg zu werten. Als Frankensteins Monster darf man nicht wählerisch sein.

»Du bist bei Insta«, sagte Leonie.

»Stimmt. Ich mache gerne Fotos, wenn ich in eine neue Stadt komme und …«

»Und du findest«, fuhr Leonie fort, als hätte Hülya keinen Piep gesagt, »dass Groß-Hertenstett das langweiligste Kaff der Welt ist.«

Sie hielt Hülya ihr Handy entgegen. Auf dem Display leuchteten ihre Posts der letzten Tage:

#lamestkaffever: die immer gleichen Vorstadtvillen ihrer Siedlung

#amendederwelt: die Straße aus ihrer Siedlung, die mitten in den Feldern endet

#mysteryneueschule: der Schulhof in einer Zeitrafferaufnahme mit unscharfen Schlieren

Schlagartig wurde Hülya klar: Solche Posts waren kein guter Start für Mission Freundefinden. Leider kam die Erkenntnis etwas spät.

»Also, Schwarzhaar-Fischlein«, beugte sich Leonie zu ihr herab. »Groß-Hertenstetter halten zusammen. Ich wohne hier schon immer, und meine Tante ist eine große Nummer in der Nachbarschaftshilfe. Ich kenne mich hier aus – und du nicht. In Groß-Hertenstett ist nichts mystery oder lame oder so. Oder weißt du etwas, was ich nicht weiß?«

Leonie hob fragend eine perfekt geformte Augenbraue.

»Äh … nein?«

»Stimmt. Du weißt gar nichts. Du gehörst hier nicht hin. Trägst im Sommer deine komische Regenbogenmütze und eine lange Jeansjacke, als wenn Winter wäre. Oder macht ihr das so, wo du herkommst?«

Hülya blickte auf die etwas zu langen Ärmel ihrer Jeansjacke. Sie liebte diese Jacke. Die war noch von ihrer Mutter. Ihr Blick wanderte zu Leonies eiskaltem Lächeln. Manche Schulköniginnen herrschen durch Style und Coolness, andere durch Schrecken und Gemeinheit. Und spätestens jetzt wusste Hülya, zu welcher Sorte Leonie gehörte.

»Die hat bestimmt superschäbige Tattoos an den Armen, die sie verstecken will«, sagte eines der anderen Mädchen.

»Oder voll lange Armhaare«, grinste eine andere und verzog übertrieben angewidert das Gesicht. »Bestimmt hat die eine richtige Armhaarfrisur.«

Hülya spürte, wie die heruntergeschluckte Wut nach oben drängte und ihre Freundefinden-Pläne einfach wegspülte.

»Na, na«, hörte sie Leonie noch sagen. »Seid nicht zu gemein zu der lieben Hülya. Die kennt unseren Groß-Hertenstett-Style noch nicht.«

Aber Leonies halbherzige Beschwichtigung kam zu spät. Wenn Hülya einmal in Fahrt ist, gibt's kein Halten.

»Oh, hier gibt's Style? Wo denn?«, ätzte sie mit triefender Ironie. »Das muss dieser weltberühmte Klein-Pieselbacher-Kuhkaffstyle sein, von dem ich noch nie gehört habe.«

Das Gekicher der Halbedelsteine verstummte. Leonies zweite perfekte Augenbraue wanderte ebenfalls nach oben.

»Sorry, ging das zu schnell für dich?«, flötete Hülya. »Mach dir nichts draus. Wenn deine ach-so-wichtige Tante gleichzeitig deine Mutter ist, ist das ganz normal.«

Bam! Mic Drop!

Hülya grinste breit. In Sachen Trashtalk machte ihr niemand etwas vor. In den Gesichtern der Halbedelsteine konnte sie ablesen, wie bei einer nach der anderen der Groschen fiel.

»Meine Tante ist doch nicht meine Mutter …«, fing Leonie an. Dann dämmerte es auch ihr. Ihre Augen wurden zu Schlitzen.

»Du bist ja eine ganz Schlaue, Schwarzhaar-Fischlein«, zischte sie. »Du wirst schon sehen, wie das hier läuft.«

Ansatzlos drehte sie sich um und stakste davon. Hülya behielt ihr überlegenes Grinsen auf dem Gesicht, bis Leonie verschwunden war. Dann atmete sie aus, und ihr Grinsen fiel in sich zusammen wie ein schlaffer Ballon. Goldmedaille im Verbocken erster Eindrücke: Hülya Süer, Weltmeisterin und ewige Rekordhalterin.

Zum Glück klingelte es zum Ende der Pause, bevor Hülya sich selbst noch mehr haten konnte. Nächste Stunde: Kunst. Eigentlich cool. Bis Hülya einfiel, was ihr da heute bevorstand.

Hände wie Grabschaufeln pressten den Türrahmen auseinander, als wäre er aus Pappe. Dahinter, im Dunkel der Öffnung, lauerte er. Aus seinem Hals ragten dunkle Metallbolzen, sein kantiges Gesicht war voller Narben und Nähte, als habe ihn jemand achtlos zusammengeflickt. Außerdem war er ein bisschen unscharf.

»Das ist ein Beispiel dafür, wie Street-Art die reale Umgebung nutzt«, hallte Hülyas Stimme durch das Klassenzimmer. »Hier die Szene aus *Frankenstein* von 1931, in der das Monster ausbricht – übersetzt ins Berlin von heute.«

Klick. Das Beamerbild wechselte.

Aus der Nahaufnahme der Monster-Visage wurde die Totale einer geschlossenen Berliner Kneipe, auf deren verrammelte Tür ein Street-Art-Künstler sein Werk gesprayt hatte: Frankensteins Monster.

»Und der Typ da ist Frankenstein, oder was?«, rief ein Mitschüler in die Dunkelheit des Klassenraums.

»Nicht ganz. Der verrückte Arzt, der das Monster zum Leben erweckt hat, heißt Doktor Frankenstein«, begann Hülya, die den uralten Film von nächtlichen Streaming-Sessions fast auswendig kannte. »Das hier ist seine Kreatur, also Frankensteins Monster, den er …«

»Das ist ein Foto von Hülyas Daddy«, unterbrach sie eine Mädchenstimme, »wenn er sieht, dass sie mal wieder zu spät nach Hause gekommen ist!«

Obwohl das Mädchen nicht laut gesprochen hatte, hatten alle sie gehört. Gekicher brandete auf. Hülya biss sich auf die Lippen. Sie hatte Leonies Stimme sofort erkannt, aber sie sagte nichts. Noch mehr Kleinkrieg brauchte sie wirklich nicht.

Als wenige Sekunden später die Neonröhren unter der Decke des Klassenraums aufflammten, atmete Hülya erleichtert auf. Nach zwei Wochen an der neuen Schule zum Referat verdonnert zu werden, war die Höchststrafe. Selbst wenn es um ein cooles Thema ging: Street-Art. Nach jedem ihrer vielen Umzüge hatte Hülya alles in ihrer neuen Hood fotografiert, was irgendwie cool war – Graffiti, Stencils, Murals. Sie war keine Expertin, aber sie kannte einiges. In Groß-Hertenstett allerdings hatte sie noch kein einziges cooles *Street-Art-Piece* vor die Linse bekommen.

»Und was … was macht das Monster nach dem Ausbruch?« Das war Mitja, ein zierlicher Junge mit längeren Haaren aus der ersten Reihe. »So, wie der aussieht, hat der doch keine Chance da draußen. Oder gibt's ein Happy End?«

Hülya zögerte, aber 26 Augenpaare blickten sie an.

»Am Ende wird er von den Dorfbewohnern mit Fackeln und Mistgabeln in eine Windmühle gejagt, die sie dann anzünden. Also kein Happy End«, sagte sie und fügte leiser hinzu: »Höchstens für die Leute aus dem Dorf. Aber ich finde, im Film sind die Normalos die eigentlichen Monster.«

Das Schweigen, das Hülya entgegenschlug, fühlte sich feindselig an. Zum Glück kam die Kunstlehrerin ihr zu Hilfe. In ihrem violett-metallisch schimmernden Blouson und bunten Sneakern wirkte

Frau Diallo, als wäre sie erst vor wenigen Minuten aus der Uni in die Schule gestolpert.

»Ja, die ewige Frage«, sagte sie. »Wer ist mehr Monster – Mensch oder Monster? Wir oder die *Anderen*?«

»Der Typ ist nicht ›anders‹, sondern ein Freak«, erklang Leonies glockenhelle Stimme. »›Anders‹ sein ist die Ausrede der Faulen, um sich keine Mühe geben zu müssen, sagt meine Tante immer.«

Hülya presste die Lippen aufeinander. Nur nicht noch mehr Streit anfangen!

»Da kann der doch nichts zu, der ist halt so«, murmelte Mitja.

Leonies kalter Blick schwenkte zu Mitja. Nervös strich er seine langen straßenköterblonden Haare hinter die Ohren, hielt aber Leonies Blick stand. Jedenfalls für ein paar Sekunden.

»Mühe gibt es sich jedenfalls nicht. Mal zum Friseur wäre das Mindeste«, sagte Leonie gedehnt. Sie strich sich über ihr langes honigblondes Haar und setzte ein süffisantes Lächeln auf. »Bei dir übrigens auch.«

Wieder Gekicher. Mitja schrumpfte mit hochrotem Kopf auf seinem Stuhl zusammen und sagte nichts mehr.

»Ich ... ich mag deine Haare, Mitja«, versuchte Frau Diallo es hilflos. Mitja wurde noch kleiner und röter. Worte brannten auf Hülyas Lippen, aber egal, was sie sagen würde, es würde alles nur schlimmer machen. Leonie hatte gewonnen – fürs Erste.

Das leere Blatt gähnte Hülya an. Hülya gähnte zurück. Ein paar Alibistriche hatte sie darauf gekritzelt, mehr nicht. Fotos waren ihr Ding, nicht selbst ein Graffito entwerfen. Nicht mal, wenn damit der Stromkasten hinter der Turnhalle besprüht werden sollte, um das anstehende Jubiläum von Groß-Hertenstett zu feiern. Hülya sah sich um. Die anderen saßen konzentriert über ihre Tische gebeugt, nur Leonie ließ desinteressiert zwei ihrer Halbedelsteine etwas für sie aufs

Papier kritzeln. Als sie Hülyas Blick spürte, zog ein kaltes Lächeln über ihre Lippen, und ihre Hand wanderte in die Höhe.

»Frau Diallo?«, rief sie zuckersüß. »Wenn jetzt jemand einfach ein Street-Art-Foto abmalt oder das mit KI macht, reicht das dann für eine gute Note?«

»Nein, natürlich nicht. Wieso fragst du?«

»Ach, nur so. Ich könnte mir nur vorstellen«, sagte Leonie unschuldig mit einem Seitenblick in Hülyas Richtung, »dass es eine große Versuchung ist, was abzumalen. Besonders, wenn man so viel unterwegs war und so viele tolle Fotos gemacht hat und sich so gut auskennt.«

Hülya konnte sehen, dass Leonies berechneter Seitenblick auch der Kunstlehrerin nicht entgangen war. Die Saat war gesät.

Als Hülya in die Pause verschwand, ging sie auf. Auf dem Weg aus der Klasse spürte Hülya den Blick der Kunstlehrerin in ihrem Rücken. Sie wusste: Frau Diallo würde ihren Entwurf durch eine Internetsuche jagen. Mehrfach, der Fairness halber.

Leonie hatte den Laden völlig im Griff. Sie mochte eine Tyrannin sein, aber sie war eine schlaue Tyrannin. Hülyas Plan A – Mission »Freundefinden« – war gescheitert. Sie brauchte einen Plan B, um zumindest einen Waffenstillstand zu erreichen. Andernfalls: kein Abschreiben, keine Partys, keine Freunde – nur aufgestachelte Lehrer und misstrauische Eltern, tagein, tagaus. Dann doch lieber hemmungslos bei der Tyrannin einschleimen. Oder?

Mittwoch, 21:37

105 MINUTEN VOR NULL

PFLATSCH!

landet der Pinsel in der weißlichen Paste in der kleinen Schüssel vor ihr. Hülya betrachtet die Paste skeptisch. Zum Einschleimen ist sie genau richtig, aber will sie das wirklich?

»Je länger ihr das Zeug im Haar lasst, desto blonder werdet ihr. Aber Achtung, Luxusgirls: nicht länger als eine Stunde! Sonst ist das Ergebnis gar nicht Luxus-like!«, scheppert die Stimme von Luxus-Lissy in ihren Gedankengang. Luxus-Lissy ist Hülyas Standard-Beauty-Influencerin, und jetzt läuft gerade ihr Blondier-Tutorial auf Hülyas Handy, das unter dem Spiegel in ihrem kleinen Badezimmer steht. Immerhin das hat sich durch den Umzug verbessert. Hülya hat ein eigenes Badezimmer! Ordnung statt Babas Bartstoppeln und die nötige Ruhe für ein Umstyling am späten Abend.

Hülya wischt die Zweifel weg. Mit etwas Glück wird sie die nächste Schulpause nicht als schwarzhaariges Frankenstein-Monster bestreiten.

»Go, go, Luxusgirlies!«, scheppert Luxus-Lissy. »Jetzt wird gepinselt!«

Hülya grinst. Entschlossen nimmt sie den Pinsel aus der Bleichpampe und zieht eine Strähne ihres Haars nach vorne. Ihr Haar ist dick und schwarz wie die tiefste Nacht im tiefsten Wald – den Finsterforst eingeschlossen. Halb schielend pinselt Hülya die Strähne ein.

Adieu, finsterforstschwarz – hallo, sommersonnenblond!

Hülya grinst. Leonie wird Augen machen. Und Sherlock erst!

Dienstag, 09:53 Uhr

SHERLOCK

Ein Tag bis zum Nullpunkt.

Auch an Tag zwei ihrer Schicksalswoche hatte Hülya in der großen Pause allein auf ihrer Mauer gehockt. Einzig ihr schrottiger Laptop rauschte neben ihr vor sich hin. Hülyas Pläne, zu einem Halbedelstein an Leonies Seite zu werden, waren vorerst auf Eis gelegt. Bis zum morgigen Mittwochabend war Plan B nicht in Sicht, und bis dahin stand auch der Umzugskarton mit der Aufschrift »Styling« unbeachtet in Hülyas Zimmer.

An diesem zweiten Schicksalswochen-Tag hatte Hülya sich entschieden, das Gute am gestrigen Clash mit Leonie zu sehen: kein Maulkorb auf Insta!

Routiniert schob sie die Speicherkarte ihrer Kamera in den Laptop. Fotos von der Schule und ihrem Neubauviertel erschienen auf dem Bildschirm. Der nächste Post wartete schon – ungefiltert!

»Schicke Kamera!«

Hülya schreckte hoch. Vor ihr stand jemand. Ein Junge, etwas älter als sie, vielleicht 16. Typ Klassensprecher mit Cordhose und gemustertem Hemd.

»Hab auch so eine«, sagte der Junge. »Das heißt, eigentlich meine Ma.«

»Aha.«

Schweigen. Hülya musterte den Jungen. Ganz ihr Typ war er nicht mit seinen kurzen straßenköterblonden Haaren und dem faden Fashion-Understatement. Hülya fand Farben gut, je knalliger, desto besser. Aber sein schiefes Halblächeln machte sie trotzdem neugierig. Und als ihr Blick zu seinen Augen hochwanderte, merkte sie drei Dinge. Erstens: Er hatte so knallblaue Augen, dass es sie beinahe umhaute. Zweitens: Er hatte so krasse Augenringe, als würde er sich die halbe Nacht herumtreiben. Und drittens: Er musterte sie ebenso verstohlen wie sie ihn. Zum Glück piepste genau in diesem Moment Hülyas Laptop. Froh, etwas zu tun zu haben, zog sie die Speicherkarte ab und steckte sie zurück in ihre Kamera.

»Die hat ja schon einiges hinter sich«, sagte der Junge und nickte zur Kamera. Er hatte recht. Ein mit Panzerklebeband geflickter Riss zog sich über das Gehäuse.

»No shit, Sherlock«, antwortete Hülya lakonisch.

Aus seinem Halblächeln wurde ein volles Grinsen. Ehrlich und offen und nett. Netter als Leonies und alle anderen bisherigen Groß-Hertenstetter Lächeln zusammen.

»Gerne, Watson.« Er beugte sich vor. »Mein Detektiv-Sinn sagt mir, dass du neu hier bist.«

»No shit …«

»… Sherlock«, ergänzte Sherlock. Sein Lächeln griff auf seine Augen über. Das Blau leuchtete jetzt sogar noch intensiver, stellte Hülya fasziniert fest. Ein Kichern klimperte über den Schulhof. Leonie beobachtete sie. Ein Blick zu dem Jungen. Auch er hatte Leonie entdeckt.

»Freundin von dir, Sherlock?«, fragte Hülya unbeteiligt.

Der Junge wandte sich ihr zu. Sein Blick war kalt, als er den Kopf schüttelte.

»Von dir, Watson?«

Er mochte Leonie nicht, das machte ihn sympathisch. Aber hier vor aller – und vor allem Leonies! – Augen die Kleinstadtgerüchteküche über ihr Liebesleben anzuheizen, darauf hatte Hülya keine Lust.

»Ganz bestimmt nicht«, sagte sie, dann grinste sie. »Aber das wird schon noch!«

Ohne seine Reaktion abzuwarten, sprang sie vom Mäuerchen und marschierte in Richtung des protzigen Schulportals. Im Vorbeigehen grinste sie dem Jungen zu.

»Man sieht sich, Sherlock.«

Noch eine ganze Weile spürte Hülya Sherlocks Blick in ihrem Rücken. Sie grinste selbstzufrieden. Nach so einem mysteriösen Abgang war sie ziemlich sicher, dass sie Sherlock wiedersehen würde.

Der Duft frischer Brötchen kitzelte ihre Nase. Hülya sah überrascht auf. Der Geruch wehte aus einem windschiefen Fachwerkhäuschen herüber, das sich gegenüber vom Schulhof in einem kleinen Waldstück versteckte. Es sah aus, als wäre es lange vor der Erfindung der geraden Linie erbaut worden. Efeu rankte sich eine Hauswand hinauf, die sich in einem wirren Winkel gegen die Schwerkraft behauptete. Daneben gluckerte ein Bächlein unter den tief hängenden Ästen mehrerer ausgreifender Weiden. Neugierig machte Hülya ein paar Schritte über den Schulhof darauf zu. Ein großes Ladenfenster wurde hinter den Bäumen sichtbar. Darüber verkündete stolz ein Schild *»Bäckerei Butze – seit 1597«*. Direkt daneben prangte das Logo von *Sonnenkraft Schokoküsse*: eine Schokokuss-Silhouette wie die aufgehende Sonne am Horizont.

In der Bäckerei hatte sich die halbe Schule versammelt, um sich mit Schokokussbrötchen zu dopen. Offenbar war Hülya die Einzige, die sich mit dem Mensafraß über Wasser hielt. Denn natürlich hatte niemand der Neuen vom versteckten Schokokussbrötchendealer erzählt! Hülya gab sich alle Mühe, sich nicht ausgeschlossen zu fühlen. Bevor das Selbstmitleid sie übermannen konnte, meldete sich ihr linker Arm mit einem Kribbeln. Es fühlte sich an, als marschierte eine Armee Ameisen darüber.

Hülya kannte das Gefühl seit ihrer frühesten Kindheit. Es lief immer gleich ab: Erst wurde der Arm kurz taub, als wäre er eingeschlafen, dann kribbelte er, als würde er aufwachen. Nervenschäden unter der Haut, hatten die Ärzte lapidar erklärt. Aber die hatten auch keine Ahnung, dass ihr linker Arm immer ausgerechnet dann kribbelte, wenn Gefahr drohte – wenn der Lehrer sie beim Abschreiben beobachtete, oder wenn Emre ins Wohnzimmer kam, wo sie gerade die »ausgeliehene« Kamera ihrer Mutter in die Vitrine schob. Wenn die Gefahr vorbei war, verebbte das Kribbeln immer schnell.

Aber jetzt verebbte gar nichts. Im Gegenteil, es wurde intensiver, als verpasste jemand Hülyas linkem Arm eine Massage mit Brennnesseln. Irritiert sah Hülya sich auf der Suche nach einer möglichen Ursache um.

Ihr Blick fiel durchs Ladenfenster der Bäckerei. Dadrin war die Hölle los, aber Bäcker Butze war die Ruhe selbst. Klein, dick, mit rosigen Wangen unter einem dichten weißen Vollbart – wie ein gemütlicher Gartenzwerg verteilte der alte Herr ein Schokokussbrötchen nach dem anderen. Als spürte er Hülyas Anwesenheit, wandte er, ohne in seiner Tätigkeit innezuhalten, den Kopf. Sein Blick traf Hülyas. Wie ertappt fuhr Hülya zusammen, aber sein Lächeln wurde nur noch breiter. Ein echtes Gartenzwerglächeln. Hülya spürte eine warme Woge aus Zuneigung in sich aufwallen, obwohl sie den Gartenzwergbäcker nie zuvor gesehen hatte. Doch da raste ohne Vorwarnung eine Welle flüssigen Feuers über ihren Arm. Unwillkürlich entfuhr Hülyas Kehle ein Schmerzenslaut, sie presste die Lider zusammen. Nur einen Herzschlag später war das Brennen weg, zurück blieb nichts als ein dumpfes Pochen.

Was war das denn gewesen? Eine Bewegung am Bach vor der Bäckerei zog Hülyas Aufmerksamkeit auf sich. Ein Hund stand am Wasser, aber was für einer! Mehr Wolf als Hund. Mächtig, mit massivem Brustkorb, drahtigem Fell und selbst aus der Entfernung kaum zu übersehenden Reißzähnen. Und in seinen Reißzähnen trug er – eine prall gefüllte Papiertüte der Bäckerei Butze, aus der oben ein halbes Schokokussbrötchen hervorragte. Hülyas linker Arm war vergessen. Was für ein hammer Foto!

Blitzschnell hob sie ihre Kamera, zoomte ran. Aus der Nähe betrachtet war der Hund noch seltsamer. Seine gelblichen Augen zuckten hin und her, und für einen Sekundenbruchteil war es, als würden sie Hülya direkt anstarren. Hülya zögerte nur einen Moment, dann drückte sie auf den Auslöser.

Klick.

Für eine 125stel-Sekunde war der Sucher schwarz. Hülya wusste, dass ihr Blick im Sucher über zwei Spiegel durch das Objektiv gelenkt wurde. Wenn sie auf den Auslöser drückte, wurde der Spiegel hochgeklappt, und das Licht fiel auf den Aufnahmechip. Dann zuckte ein schwarzer Blitz durch den Sucher, bevor Sekundenbruchteile später das Bild wieder auftauchte. All das wusste Hülya. Aber sie wusste nicht, dass ein Hund sich so schnell bewegen konnte. Denn als der Spiegel nach genau einer 125stel-Sekunde – das waren nur 0,008 Sekunden! – wieder herabklappte und sie durch den Sucher sehen konnte, war der Hund weg. Das kleine Waldstück war vollkommen leer bis auf eine Schülerin, die mit ihrer Schokokussbeute an den Weiden vorbeistapfte.

Verblüfft klickte Hülya auf den Knopf zur Bildanzeige der Kamera. Immerhin: Auf dem Display war der Hund noch zu erahnen – unscharf von hinten und halb hinter dem nächsten Baum verschwunden. Aber dass ein Hund sich so schnell bewegen konnte, das hatte Hülya noch nie erlebt. Falls es überhaupt ein Hund gewesen war …

Rabba-dumm! ruckelte der Bus über die Verkehrsberuhigungsdinger. Ein langweiliges Haus nach dem anderen zog vorbei. Doch dieses Mal starrte Hülya nicht angeödet aus dem Fenster, sondern happy auf ihr Handy. Gerade erst hatte sie ihren neuen Post online gestellt:

»#LeckerFressi – Riesenhunde würden bei Bäcker Butze kaufen!« mit dem Foto des halb hinter dem Baum verschwundenen Hundehinterns. Nur Sekunden später hatte es *pling!* gemacht. Ihr erster Insta-Follower! Name: NCK. Neugierig wollte Hülya auf das Profil klicken. Aber bevor ihre Finger den Touchscreen berührten, erklang ein lang gezogenes Heulen. Überrascht warf Hülya einen Blick aus dem Fenster. Der Bus rumpelte über eine Landstraße auf ihre neue Heimat zu, eine schachbrettartig angelegte Neubausiedlung, die irgendwelche irren Stadtplaner ins platte Hinterland von Groß-Hertenstett gerammt und »Waldauer Viertel« genannt hatten. Sonst war nichts zu sehen. Noch immer schwebte das Heulen klagend durch die Nachmittagsluft, beinahe ätherisch. Ein Hund? Oder doch ein Wolf? Aber Wölfe gab's hier nicht. Oder?

Hülya durchsuchte die vorbeziehende Landschaft nach einem Hund … oder einem Wolf. Hinter den Häusern am Ende der Siedlung begann der endlose Wald, den alle hier nur den Finsterforst nannten. Aber selbst da gab's keine Wölfe, war Hülya sich fast sicher. Wahrscheinlich war's nur ein Autoalarm gewesen, sonst nichts. Plötzlich leuchtete etwas auf im grauen Einerlei des Häusermeers: ein hauswandgroßes Graffito in grellen Neonfarben. Nur Augenblicke später tauchte es hinter einer Reihe vorüberziehender Möchtegernvillen ab. Aber das wenige, das Hülya hatte sehen können, war verdammt cool gewesen. Grellpinke Farbflächen, neon-violette Wolkenfetzen, kühne Lines.

Der Bus zuckelte um eine Kurve, und das Bild hob sich wieder aus den Häuserfluten. In seinem Zentrum konnte Hülya nun die rohe Skizze eines Girls mit viel Bling-bling-Ketten ausmachen. Aufregung breitete sich in Hülyas Magengrube aus. Das Bild würde der Hammer werden! Dann fiel ihr Blick auf die Augen des Bling-bling-Girls. Sie runzelte die Stirn. Etwas stimmte nicht damit, das spürte sie. Aber was?

Eine Bewegung lenkte sie ab. Am Bildrand sprühte eine Gestalt Farbkleckse und steile Lines, dunkel gekleidet bis auf ein auffälliges neonpinkes Muster an ihrem schwarzen Hoodie.

»Hey, hey, Mister Neonpink«, murmelte Hülya und hob die Kamera ans Auge. »Sag Ameisenscheiße!«

Ein, zwei Herzschläge lang wartete Hülya auf den richtigen Moment zum Abdrücken. Sie wartete zu lang. Denn plötzlich sackte das Bild zur Seite weg. Als ihr Bus in die letzte Kurve vor dem Waldauer Viertel einbog, versank das Bling-bling-Girl hinter ihr im grauen Häusermeer – und mit ihr Hülyas Chance auf ein Foto vom Sprayer.

Noch wusste sie nicht, wie wichtig ihr ein Foto von Mister Neonpink schon am nächsten Abend sein würde. Aber wie hätte Hülya auch ahnen können, dass ausgerechnet ihr vergeblicher Versuch, den Sprayer vor die Linse zu bekommen, das Ende ihrer gesamten gewohnten Welt einläuten sollte?

Mittwoch, 21:44 Uhr

98 MINUTEN VOR NULL

»Schnell die zweite Strähne, Luxusgirls!«, treibt Luxus-Lissy ihre Follower an. »Sonst wird euer neues Blond unregelmäßig, und das ist ein luxusmäßiges No-Go!«

Hülya pinselt die nächste Haarsträhne ein, eingelullt von Luxus-Lissys Geplapper. Wer hätte geahnt, dass es so viele verschiedene Blondtöne gibt?! Erdbeerblond, platinblond, eisblond, honigblond ...

Plötzlich ertönt draußen wieder ein Heulen.

Schon wieder Autoalarm?

Hülya lauscht, den Pinsel voll Blondierpampe in der Hand. Der Laut hallt durch die Nacht. Dieses Mal klingt es viel näher als gestern im Bus. Und dieses Mal klingt es ganz und gar nicht nach Autoalarm!

Hastig wickelt Hülya den Plastikhandschuh als provisorischen Schutz um die beiden eingeschleimten Strähnen, zieht ihre regenbogenbunte Mütze darüber und huscht in ihr Zimmer. Direkt vor ihrem Fenster im ersten Stock steht ein Baum mit ausladenden Ästen, dahinter blitzen die anderen Dächer der Neubausiedlung hervor. Von hier würde sie nicht mal sehen, wenn ein ganzes Wolfsrudel durch die Siedlung marodierte. Also ab auf den Dachboden.

Auf dem Spitzboden ist es eng und niedrig, Kabel liegen herum, ein Paket mit Glaswolle und irgendetwas Elektrisches für die Heizung. Aber es gibt ein winziges Fenster, durch das Hülya die ganze Siedlung überblicken kann bis zum Hügel, wo der Wald in die Häuserreihen hineinwuchert. Was sie nicht sieht: einen Wolf. Dafür leuchtet ganz am

Rande ihres Blickfeldes ein neonbunter Fleck im öden Siedlungsgrau. Neugierig öffnet Hülya das Fenster und lehnt sich raus. Zwei oder drei Straßen weiter prangt an einer Hauswand das bunte Graffito, das sie gestern Nachmittag aus dem Bus heraus gesehen hat. Das Bild ist viel weiter ausgearbeitet, das Bling-bling-Girl fast fertig und die grellen Farbflächen zu blau-violetten Nebelschwaden vor der Skizze eines Mondes geworden. Und ganz unten am Graffito ... Hülya kneift die Augen zusammen. Da ist er wieder: schwarzer Hoodie, Neonmuster – der Sprayer, Mister Neonpink!

Hülyas Herzschlag beschleunigt sich. Plötzlich weiß sie, wie sie die gesammelten Katastrophen dieses fürchterlichen Tages noch geraderücken kann. Angefangen hatten ihre Probleme heute Morgen mit NCK – und alles danach war auch kein Zuckerschlecken gewesen.

Aber Hülyas Entdeckung von Mister Neonpink änderte alles. Nur ein Foto von ihm – und alle werden sehen: Hülya ist unschuldig!

Mittwoch, 07:37 Uhr

NCK

16 Stunden bis zum Nullpunkt.

RRRRRRRRIIIING!

RRRRRRRRIIIING!

Mit diesem Geräusch begann, rund 14 Stunden bevor Hülya auf dem Dachboden entscheiden würde, ihre Unschuld mit einem Foto von Mister Neonpink zu beweisen, Tag drei ihrer Schicksalswoche. Der Tag, an dessen Ende Hülyas bisheriges Leben unwiederbringlich vorbei sein würde.

RRRRRRRRIIIING!

»Ja-haaaaa!«, grummelte es unter der Decke, dann schob sich eine Hand hervor und tastete blind umher. Ein Finger stieß ans Handydisplay – und mit einem Plumps rutschte das Handy vom Nachttisch.

RRRRRRRRIIIING!

Die Hand fischte auf dem Boden umher, stieß an etwas, zog.

Raba-Dumms!

Etwas Schweres trieb der gemütlich eingemummelten Hülya die Luft aus den Lungen. Ächzend schob sie den Kopf unter der Bettdecke hervor, blinzelte umher. Auf dem Bett: ein ausgekippter Umzugskarton mit massig Schulbüchern. Neben dem Bett: die Überreste eines Turms aus vier Umzugskartons. Vor dem Bett: Hülyas Handy.

RRRRRRRRIIING!

»Aaaaahhh!«, schrie Hülya entnervt und biss in die Decke.

RRRRRRRRIII…

Hülyas Finger wischte auf dem Display nach oben. Endlich Stille. Sie schloss die Augen.

Die Tür flog auf und rumste gegen die Wand. Ein Mann im Anzug stand da, frisch rasiert, Bauchansatz unterm Hemd, Aktenkoffer in der Hand, Krawatte um den Hals. Emre, Anwalt, Nervensäge und super Koch zugleich. Ach ja, Hülyas Vater war er auch.

»Hab's rumpeln hören. Alles okay?« Als er das Kartonchaos entdeckte, lächelte er breit. »Ich sehe, du hast angefangen, deine Kartons auszuräumen. Gut, dass du Vernunft annimmst, Hülya.«

»Ach ja?«

»Ja. Wir bleiben nämlich hier. Wie ich es dir versprochen habe: Das war unser letzter Umzug.«

»Ach ja?«, machte Hülya noch einmal, nur viel angriffslustiger.

»Ja. Ich weiß, dass du etwas anderes erwartet hast, aber …«

»Etwas anderes als das öde Ende der Welt? Da hast du wohl recht«, grätschte Hülya in seinen Satz. Sie setzte sich auf und funkelte Emre an. »Erst tingelst du jahrelang von einer Kanzlei zur nächsten. Und dann machst du deinen finalen Karrieremove ausgerechnet in dieses Kaff.«

Emre presste die Lippen aufeinander.

»Gib Groß-Hertenstett eine Chance, Hülya«, sagte er. Sie verzog das Gesicht zu einem freudlosen Grinsen. »Hier gibt's auch coole Leute, du musst sie nur finden.«

Hülya verdrehte die Augen und ließ sich zurück in die Kissen fallen. Typisch Eltern: keine Ahnung, aber dumm rumreden. Sie wusste, Emre wartete auf eine Antwort, aber ihr war die Lust auf das immer gleiche Thema vergangen.

»In Ordnung, dann führen wir das Gespräch später weiter«, sagte Emre schließlich. »Jetzt muss ich los. Konferenz mit einem Mandanten, den sonst niemand will. Was man als der neue Partner in einer

Kanzlei eben so tut.« Er warf ihr einen um Verständnis heischenden Blick zu. »Auch für mich ist das hier ein Neuanfang, Hülya.«

Typisches Elterngerede. Hülya verkniff sich jeden Kommentar.

»Eine letzte Sache noch, Hülya.«

Mit einem unwilligen Grunzen öffnete Hülya die Augen einen Spaltbreit und schenkte ihm minimale Aufmerksamkeit.

»Was?«

»Erstens: Dein Kleinstadtschulbus fährt nur einmal in der Stunde. Außerdem möchte ich dich loben«, fügte er breit grinsend hinzu. »Ich bin beeindruckt von deinem neuen Einrichtungsstil: stylish und minimalistisch zugleich.«

Hülya blitzte ihn an, aber wirklich sauer sein war nicht drin. Das war Emres größtes Talent: Man konnte nie lange auf ihn wütend sein. Hülya schnappte sich eins der Bücher vom Bett und warf es in seine Richtung. Es traf nur noch die Tür, die Emre schnell hinter sich zugezogen hatte. Endlich hatte Hülya ihre Ruhe. Und als die Haustür unten zuschlug, waren ihre Augen längst wieder geschlossen.

Verdammt! Nur noch zwei Minuten! Hülya rannte noch schneller. Wenn sie den Bus verpasste, kam sie sogar zur zweiten Stunde zu spät. Am Ende der Straße hinter ihr röhrte der Motor des Busses auf. Endspurt! Die Haltestelle lag gleich hinter dem protzigen Blumenbeet an der Ecke! Das schaffte sie … nicht. Erst rauschte der Bus an ihr und dann an der Bushaltestelle vorbei.

»Hey!«, rief Hülya und wedelte mit den Armen. Der Bus reagierte nicht.

»Hey!«, rief Hülya wieder. Aus ihrem Wedeln wurde ein ausgestreckter Mittelfinger, aber das stoppte den Bus auch nicht. Unbeeindruckt bog er auf die Landstraße ein und zuckelte davon. Hülya blieben zwei Optionen, beide blöd: eine Stunde warten oder ein langer

Spaziergang die endlose Landstraße entlang bis zur Schule. So ein Mist!

Pling!

Dankbar für die Ablenkung, zog Hülya ihr Handy hervor – und der Ärger war fast sofort vergessen. Eine neue Insta-Message leuchtete unter ihrem Hundehintern-Post. Absender: ihr einziger Follower NCK.

mag deine pics. gibt noch andere strange dinge hier in ghs ... check mal mein profil.

Dieses Mal hielt kein Wolfsheulen Hülya davon ab, das Profil anzuklicken. Kein Profilbild, aber massig Fotos des Ortes warteten dort unter einer seltsamen Überschrift:

Stranger Dings in Groß-Hertenstett

Freakalarm, dachte Hülya, aber da blieb ihr Blick an einem Foto hängen. Es zeigte das halb fertige Graffito, das sie gestern aus dem Bus gesehen hatte. Hülya zoomte ins Bild – und obwohl das Girl nur eine Skizze war, erkannte sie sofort, was sie aus der Ferne so irritiert hatte: Die Augen des Mädchens waren alles andere als normal. Sie strahlten in grellem Gelb!

Pling!

lust auf eine fotosafari hier in ghs? können in der pause eine zeit ausmachen ...

Aha! Ihr mysteriöser Follower ging also auf ihre Schule! Wenn sie sich beeilte, würde sie es sogar noch bis zur Pause schaffen. Und zu ihrem Follower. Sie marschierte los.

Als Hülya mit rauchenden Füßen endlich den Schulhof betrat, war die erste große Pause fast vorbei. Für ein solches Kaff waren die Wege viel zu lang, das gab einen weiteren Minuspunkt auf Hülyas Groß-Hertenstett-Hater-Liste. Hülya pflanzte sich auf ihre Mauer und verschnaufte. Jemand kam auf sie zu: Sherlock. Hülya unterdrückte ein triumphierendes Lächeln. Ihr Abgang gestern war also genau richtig gewesen.

»Spät dran, Watson. Bist du gelaufen?«

Hülya nickte.

»Bus verpasst?«

»Nicht schlecht, Sherlock.«

»Ich kann noch besser: Du wohnst im Waldauer Viertel. Selbst für Groß-Hertenstetter Verhältnisse liegt dein Viertel echt am Arsch der Welt.«

»Hui, Sherlock! Du bist wirklich ein Meisterdetektiv«, nickte Hülya. »Nur eine Sache: Das ist nicht *mein* Viertel. Wenn das mein Viertel wäre …«

»… wäre es wahrscheinlich nicht so steril«, ergänzte Sherlock. »Oder langweilig. Öde. Aseptisch.«

Wider Willen musste Hülya lächeln. Ihre wunden Füße waren fast vergessen.

»›Öde‹ reicht. Nur nicht übertreiben«, sagte sie. »Hast echt einen Lauf heute, Sherlock.«

Der Junge lächelte zurück. Außerdem wurde er ein bisschen rot. Ziemlich süß, entschied Hülya. Sie zeigte zur Bäckerei Butze, die sich in das kleine Wäldchen an der anderen Straßenseite duckte.

»Sag mal, Meisterdetektiv, hast du da drüben schon mal was Seltsames gesehen?«, fragte sie.

»Herrn Butze?«

»Nicht den. Eher einen Hund. Groß, mit krassen Reißzähnen und seltsamen Augen. Und einer Vorliebe für Schokokuss-Brötchen.«

Sherlock schwieg eine Weile. Schließlich machte er einen Schritt auf sie zu. Seine Stimme war gedämpft.

»Hast du ihn wirklich gesehen?«

»Sonst würde ich kaum fragen.«

Überrascht über seinen Stimmungswechsel, musterte Hülya Sherlock noch einmal genau. Der Blick aus seinen blauen Augen wanderte misstrauisch über den Schulhof, als fürchtete er, belauscht zu werden.

»Du auch, oder?«, fragte Hülya und fügte hinzu: »Und das darf keiner wissen, weil der Hund eine verzauberte Prinzessin ist? Nein, ein Alien in Hundegestalt! Oder wieso machst du jetzt einen auf Geheimagent?«

Sherlock sagte nichts, aber Hülya sah an seinen Augen, dass er verschiedene Optionen abwog. Irgendwann straffte er die Schultern und richtete seine knallblauen Augen auf Hülya.

»Ja, ich habe den ›Hund‹ gesehen«, sagte er und sprach die Anführungszeichen bei ›Hund‹ überdeutlich mit, »oder was auch immer das für ein Vieh ist. Und nicht nur ihn. Aber wenn die Langweiler hier an der Schule entdecken, dass ich nach seltsamen Phänomenen suche, halten die mich für bekloppt.« Er lächelte schief, aber dieses Mal erreichte das Lächeln nicht seine Augen. »Die meisten tun das eh längst. Die wahre Wahrheit über Groß-Hertenstett will niemand wirklich wissen.«

Hülyas Augen wurden groß. Jetzt verstand sie.

»DU bist NCK! Der mit den komischen Fotos in seinem Profil.«

Hülya musterte ihn mit neuem Interesse. Unter ihrem Blick wandte er sich ab und deutete zu dem unschuldig gluckernden Bächlein auf der anderen Straßenseite.

»Der Hund, der war da hinten?«

»Ja. Ein Riesentier mit einer Tüte von Bäcker Butze im Maul. Und er hat mich richtig angestarrt. Ich habe die Kamera rausgeholt, ausgelöst – und er war weg.«

»War bei mir auch so. Jedes Mal«, sagte Sherlock. »Ich heiße übrigens Nicolas. Nick für meine Freunde. Und NCK bei Insta.«

»Okay, Nick«, grinste Hülya. »Ich bin Hülya, aber das weißt du ja schon.«

Sie lächelte ihn an, wartete – aber es kam nichts. Nach einer Weile wurde es ihr zu bunt.

»Wolltest du nicht eigentlich eine Zeit ausmachen?«

Nick musterte lange das windschiefe Fachwerkhaus der Bäckerei Butze, aber schließlich nickte er.

»Schon. Aber du hast ja noch gar nicht Ja gesagt.«

»Du hast ja auch noch gar nicht gefragt.«

Hülya konnte sehen, wie Nicks Blick durch den Bach ins Nichts ging.

»Stimmt«, sagte er leise. »Online ist das irgendwie einfacher.«

Hülya wartete. Nick holte tief Luft und wandte ihr den Blick seiner blauen Augen wieder zu.

»Also, Hülya, hast du Lust auf eine Fotosafari zu den strangen Dingen in GHS?«

»Habe ich. Aber nur unter einer Bedingung«, sagte Hülya.

Nick erstarrte.

»Du nennst es nie wieder ›Fotosafari‹. Das hört sich an, als würde mein Dad was Cooles sagen wollen.«

Hülya richtete all ihre Konzentration auf den Zeiger.

Geh weiter! GEH! WEITER!

Unbeeindruckt tickte die Uhr über der Tür des Klassenraums einfach weiter. 13:27 Uhr. Immer noch. Punkt 13:30 Uhr wäre die Schule endlich aus, nicht eine Sekunde früher – egal, wie sehr Hülya den Zeiger hypnotisierte. Dabei gab es viel Wichtigeres als Physikunterricht: soziale Kontakte pflegen und coole Fotos machen!

»…berechnen, Frau Süer?«

Hülya schreckte hoch.

»Ja!«, sagte sie voller Überzeugung, auch wenn sie keine Ahnung hatte, worum es ging. Das mochten Lehrer, wusste sie aus Erfahrung. Nur ihr neuer Physiklehrer nicht.

»Schön, dann kannst du sicher auch den Brennpunkt dieses Parabolspiegels berechnen«, lächelte Herr Jeckl und deutete auf das Schaubild an der Tafel: ein gewölbter Spiegel mit stilisierten Sonnenstrahlen. Hülya hatte eine blasse Ahnung, dass die Strahlen sich irgendwo vor dem Spiegel trafen. Aber die Ahnung war wirklich ziemlich blass.

»Ja … äh … klar, dafür brauche ich diesen … diesen einen Faktor …«, murmelte Hülya gedehnt.

Herr Jeckl nickte halbwegs befriedigt und zeigte auf eine Variable neben der Kurve des Spiegels.

»Du meinst natürlich den Öffnungsfaktor a«, dozierte er. »Damit könnt ihr berechnen, wo die Strahlen sich vor dem Parabolspiegel treffen. Das ist dann der Brennpunkt F.«

Er kritzelte eine Formel an die Tafel: $F = (0{,}1/(4a))$

»Am Brennpunkt ist das Licht maximal gebündelt. So könnt ihr mit einem Kosmetikspiegel sogar ein Spiegelei braten«, sagte Herr Jeckl und lächelte in die Runde. Niemand lächelte zurück. »Kleiner Tipp an alle: Das sollte man auch für unseren Test wissen. Also guckt euch das bis nächste Woche noch einmal an.«

Ein leises Stöhnen lief durch die Klasse. Herr Jeckl nickte fröhlich. Dann wandte er sich unvermittelt wieder Hülya zu.

»Und jetzt bist du dran: Wo ist unser Brennpunkt?«

»Aaaaaalso …«, begann sie so langsam wie möglich, und dann hatte der Zeiger an der Uhr endlich ein Einsehen.

Klick: 13:30 Uhr.

RRRRRIIIIING!

Um Hülya herum sprangen alle auf und stürmten nach draußen. Als auch sie an Herrn Jeckl vorbeihuschte, raunte er ihr etwas zu.

»Perfektes Timing. Wie deine Mutter.«

Hülya erstarrte. Die Flut der anderen Schüler schwappte an ihr vorbei Richtung Ausgang. Wie in Zeitlupe drehte sie sich zu ihrem Lehrer um.

»Meine Mutter?«

»Deine Mutter. Die war genau hier, wenn sie …«

»Wo hier? Hier-Schule oder Hier-Groß-Hertenstett?«

»Hier-Schule natürlich«, antwortete Herr Jeckl, überrascht von der Dringlichkeit in Hülyas Stimme. »Sie hat da vorne gesessen und im Unterricht geträumt, genau wie du.«

In Hülyas Kopf ratterte es. Bestimmt war das eine Art Witz, weil sie hier neu war. Oder?

»Sie ist weggezogen, als sie so alt war wie du jetzt«, redete Herr Jeckl einfach weiter. »Schön, dass sie wieder in Groß-Hertenstett ist. Man kommt eben nie so ganz los von der Heimat, stimmt's?« Er lächelte versonnen. »Ist eben doch ein schöner Ort. So friedlich.«

»Sie müssen sich irren«, unterbrach Hülya den Lehrer viel entschiedener, als sie sich fühlte.

Herr Jeckl schwieg verblüfft.

»Oh, ich dachte …«, begann er. Dann öffnete er das Klassenbuch und suchte nach Hülyas Namen. »Stimmt, du hast einen anderen Nachnamen. Dann habe ich dich wohl verwechselt.« Er lächelte entschuldigend. »Ich hatte mal eine Schülerin, die war dir wie aus dem Gesicht geschnitten …« Er unterbrach sich, musterte Hülya noch einmal. »Wirklich, sie hätte deine Schwester sein können. Aber das Mädchen hieß Sağlam mit Nachnamen. Meryem Sağlam.«

Hülya nickte erst. Dann schüttelte sie den Kopf.

»Süer«, murmelte sie. »Wir heißen Süer. Meine Mutter war nie hier.« Sie schwieg, dann fügte sie leise hinzu. »Außerdem ist sie schon lange tot.«

Ohne eine Antwort abzuwarten, floh sie in den Gang. In ihrem

Kopf rauschte es. Klar, sie hieß Süer mit Nachnamen, so wie Emre. Und sie waren gerade erst hergezogen. Aber ihre Mutter hatte Meryem geheißen. Und vor der Ehe war ihr Nachnahme Sağlam gewesen. Meryem Sağlam. Reiner Zufall, redete Hülya sich ein. Ihre Mutter war nie hier gewesen, hatte Groß-Hertenstett nie gesehen. Emre hätte ihr gesagt, wenn ihre Mutter hier zur Schule gegangen wäre. Und er würde sie nie anlügen, nicht bei etwas mit ihrer Mutter! Entschlossen marschierte Hülya die Treppe zum Schulhof hinunter, aber den einen nagenden Gedanken wurde sie einfach nicht los. Was, wenn sie nicht die Erste aus ihrer Familie war, die hier strandete? Was wäre dann?

Mittwoch, 17:12 Uhr

BÄLLE & BLING-BLING

Fünf Stunden und zehn Minuten bis zum Nullpunkt.

Unendliche Weiten. Unendliche Ödnis.

Hülya saß auf einem Stromkasten, ließ die Beine baumeln und blickte auf *ihr* Viertel. Gleichförmige Einfamilienhäuser hinter akkuraten Vorgärten, eingehegt von den angespitzten Holzpfählen der Jägerzäune und umgeben von schachbrettartig angelegten Straßen – willkommen im Waldauer Viertel, dem idyllischsten Neubauviertel von ganz Groß-Hertenstett! Und – leider! – seit zweieinhalb Wochen Hülyas neue Heimat.

Wie eine Insel lag das Viertel im Nichts. An einer Seite führte eine Landstraße an endlosen Feldern vorbei zu Schule und Altstadt, auf der anderen Seite lag eine Hügelkuppe mit dem Finsterforst, der sich bis in die Unendlichkeit erstreckte. Hier gab es nichts zu sehen und noch weniger zu fotografieren. Mysteriöse Dinge soundso nicht, egal, was Nick angekündigt hatte. Hülya seufzte und klickte auf ihrer Kamera zum nächsten Foto eines aufrechten Jägerzauns.

»He, Nick«, rief sie, ohne aufzublicken. »Sag mir noch mal, warum wir ausgerechnet hier die Fotosafari machen?«

»Wart's ab«, antwortete Nick von der anderen Straßenseite, wo er gerade etwas Kleines, Weißes vom Boden aufhob.

Hülya schnaubte und klickte zum nächsten Bild. Wieder ein Jägerzaun. Auf dem nächsten Bild auch. Und auf dem nächsten … Sie stutzte, klickte ein Bild zurück, dann noch eins. 15 nahezu identische Vorgarten-Fotos später war klar: Das Mysterium des Viertels waren … Golfbälle! Sie waren überall. Zwischen Gartenzwergen. Am Straßenrand. Im Gulli. Unter Rosenbüschen und in Dachrinnen. Ü-ber-all!

»Noch eine Frage«, rief sie. »Wo ist der nächste Golfplatz?«

»Im Nachbarort. Etwa zehn Kilometer nach Norden«, sagte Nick und hob grinsend den Gegenstand hoch, den er soeben aufgehoben hatte: Es war ein Golfball. »Ich habe ja gesagt: Hier stimmt was nicht!«

»Nicht dein Ernst«, sagte Hülya unbeeindruckt, bevor sie in ihre beste Horrorfilm-Trailer-Stimme wechselte. »Der Grusel von Groß-Hertenstett: Golfbälle des Grauens!«

Nick lachte, aber ganz echt klang es nicht.

»Jetzt klingst du wie alle anderen«, sagte er ein bisschen beleidigt. »Oder hast du eine Idee, wo die herkommen?«

»Keine Ahnung. Eine Explosion in der Golfball-Fabrik? Der Absturz eines Golfball-Transportflugzeugs?« Hülya grinste freudlos. »Aber weißt du was? Es ist mir egal.«

Sie sprang vom Stromkasten und baute sich vor Nick auf.

»Lieber Sherlock, bist du sicher, dass deine Fotosafari nicht einfach nur ein superseltsames Date ist?«

Nick zuckte zusammen, als habe er einen Schlag bekommen.

»Nein«, sagte er mit zusammengepressten Zähnen. »Ich meine ja. Ich bin sicher.«

Sie blickten sich stumm an. Hülya brach das Schweigen.

»Dann ist ja gut.« Sie lächelte Nick versöhnlich an. »Wer ein Date mit mir will, soll fragen. Das gilt sogar für Meisterdetektive wie dich.«

Hülya drehte sich um und hob ihre Kamera schussbereit vor die Augen.

»Also, dann zeig mir das krasse Zeug!«, sagte sie und visierte die 47. Satellitenschüssel des heutigen Tages an.

»Ich nehme alles: Vampire, Werwölfe, Mumien …«

Sie stutzte. Weit hinter der Satellitenschüssel lag der Hügel mit dem Wald. Mit dem bloßen Auge war im Astgewimmel nichts zu erkennen, aber durch ihre Kamera sah sie etwas hinter den Baumwipfeln, das ganz und gar nicht in diese Bilderbuchsiedlung voller Einfamilienhäuser passte.

»Ist das ein … Hochhaus?«

»Wo?«

»Na, da hinten! Im Wald.«

Hülya zoomte näher ran, konnte aber kaum etwas erkennen. Das Hochhausdach überragte die Baumwipfel nur knapp.

»Was ist?«, fragte sie. »Oder willst du mir weismachen, dass du nicht weißt, dass da ein Hochhaus im Wald ist?«

Nick musterte die Kuppe mit den knorrigen Bäumen, deren Äste wie Finger in den Himmel ragten.

»Doch, das weiß ich«, war alles, was er sagte.

»Vom Dach hat man bestimmt eine Hammer-Aussicht auf die Siedlung! Das wäre mal ein vernünftiges Foto. Komm!«

Hülya marschierte los, aber Nick rührte sich nicht. Nach ein paar Schritten drehte Hülya sich ungeduldig um. Nick blickte noch immer auf den Hügel am Rande der Siedlung.

»Vor Ewigkeiten sollte auf dem Berg mal eine neue Siedlung gebaut werden, aber die ist nie fertig geworden«, sagte er. »Mitten im Finsterforst will niemand leben. Absolut niemand. Nur ein einziges Hochhaus ist fertig geworden. Und das ist mittlerweile total verfallen.«

»›Total verfallen‹ klingt nach einem super Fotomotiv.«

»Ich finde, das klingt nach Rattenkacke. Außerdem kommt man da nicht rein. Da ist alles verrammelt.«

Bevor Hülya die Augen verdrehen konnte, erklang ein Geräusch. *Klack-klack-klack-klack-klack.* Wie ein Tennisgame auf Speed. Oder eine Spraydose! Wald und Hochhaus waren auf der Stelle vergessen.

»Das Graffiti!«, flüsterte Hülya.

»Grafitt-*o!*«, flüsterte Nick zurück. »Graffiti ist die Mehrzahl. Und hier gibt es definitiv nur eins!«

Jetzt verdrehte Hülya die Augen doch noch. Nick grinste breit. Und damit wurde aus ihrer unschuldigen Fotosafari der Beginn einer Reise in die Nacht.

Ein Zischen hatte das Klackern abgelöst. Es drang hinter der Mauer hervor, an die Hülya sich lautlos schmiegte. Ein paar Schritte hinter ihr wartete Nick ebenso lautlos. Vorsichtig beugte Hülya sich vor, um durch das vergitterte Gartentor zu lugen. Meterhohe Mauern umgaben einen weitläufigen Garten mit einem protzigen Pool, der wie ein antikes Spa angelegt war. Der Pool kam Hülya vage bekannt vor, aber wahrscheinlich hatte sie bei irgendwelchen Insta-Angebern tausendfach ähnliche Pools gesehen. Viel beeindruckender als der Protzpool war aber sowieso das knallbunte Graffito, das die gesamte Hauswand aus modernistisch-kahlem Beton einnahm. Es war viel weiter fortgeschritten als beim ersten Mal, an dem Hülya es aus dem Bus gesehen hatte. Aus den Farbflächen waren Wolken und Nebelschwaden geworden, und das Gesicht vom Teengirl im Zentrum des Bildes war fast fertig ausgearbeitet. Durch die Gitterstäbe beobachtete Hülya, wie der Sprayer den Mund des Mädchens mit ein paar krassen Lines fertigstellte. Sie stutzte. Nicht nur, dass ihre grellgelben Augen, die Hülya bereits auf Nicks Insta-Foto aufgefallen waren, in Wirklichkeit noch intensiver leuchteten – auch das Lächeln des Mädchens war viel … schärfer. Denn hinter ihren vollen Lippen blitzte ein Raubtiergebiss hervor.

Der Sprayer bewegte sich mit den fließenden Bewegungen eines Tänzers. Hülyas linker Arm begann zu kribbeln, als hätte sie ihn in einen heißen Whirlpool gesteckt. Knapp drei Meter entfernt stand der Sprayer jetzt, den Rücken Hülya zugewandt, das neonpinke Muster auf seinem schwarzen Hoodie leuchtend wie ein Erkennungszeichen. Das war die Chance auf das beste Foto dieser Fotosafari: Mister Neonpink und sein Werk! Vorsichtig hob Hülya die Kamera, zog das Bild scharf, legte den Finger auf den Auslöser und …

»Was willst du denn hier?«

Hülya schreckte auf. Auf dem Bürgersteig vor ihr stand Leonie und sah mit hochgezogener Augenbraue auf sie herab.

»Ich … ich hänge so ab«, stammelte Hülya. »Und du?«

Leonie hob ihre linke Hand, von der ein Reiterhelm baumelte.

»Ich war am Stall. Und außerdem«, sagte sie kühl, »wohne ich hier.«

Plötzlich wusste Hülya, woher sie diesen Pool kannte. Knapp die Hälfte von Leonies *#blondeshavemorefun*-Posts waren an dem Protzpool entstanden. Leonie machte einen forschen Schritt auf Hülya zu, sodass die unwillkürlich zurückwich.

»Und jetzt, Schwarzhaar-Fischlein«, sagte Leonie und wedelte mit der Hand, als wollte sie eine lästige Mücke vertreiben. »Abflug.«

Leonie wandte sich ab, marschierte los – und hielt mitten in der Bewegung inne. Starrte durchs Gartentor. Blinzelte, starrte noch einmal. Drehte sich ganz langsam wieder zu Hülya um. Von ihrer sorgsam einstudierten Arroganz war nichts übrig, stattdessen sprühten ihre Augen Funken.

»DU warst das!« Ihre Stimme zitterte vor Empörung. »Du Vandale! Hast du auch nur die geringste Ahnung, was meine Eltern mit dir anstellen werden?!«

Hülya verstand gar nichts mehr. Mit ausgestrecktem Zeigefinger deutete Leonie in den Garten.

»Tu doch nicht so. Das da. An der Wand. Du … du Schmierfink!«

Hülya dämmerte es. Mit einem Knoten im Bauch machte sie einen Schritt nach vorn, sodass sie durch das Gitter in den Garten gucken konnte. Das fast fertige Teengirl mit den Reißzähnen grinste sie von der Wand aus an.

»Ich wusste immer, dass dieses Graffiti keiner von hier gemacht hat! Und ich hatte recht: Es war die Neue«, zischte Leonie. »Du!«

Hülya war eine Sekunde lang viel zu verdattert, um etwas zu sagen. Aber ihre Wut übernahm schnell das Ruder.

»Erstens: Graffit-o. Einzahl. Graffiti ist Mehrzahl«, knurrte sie. »Und zweitens waren wir die ganze Zeit zusammen unterwegs. Stimmt's, Nick?«

Sie wandte sich zu Nick um, aber der Bürgersteig hinter ihr war vollkommen leer. Nick war wie vom Erdboden verschluckt. Leonie hob eine Augenbraue.

»Wenn du mir nicht glaubst, frag den Sprayer halt selbst«, stieß Hülya hitzig hervor und deutete nun ebenfalls in den Garten. Direkt auf ... niemanden?! Nur eine einsame Spraydose lag auf den Terrakotta-Fliesen. Von Mister Neonpink fehlte jede Spur. Aber die Mauern waren mindestens drei Meter hoch! Niemand konnte hier einfach so verschwinden. Mit überlegenem Lächeln schloss Leonie das Gartentor auf und ließ theatralisch ihren Blick über den Pool wandern.

»Voll erwischt, Schwarzhaar-Fischlein«, lächelte Leonie. »Ich bin mir sicher, auch die Polizei wird sich für unsere neue Street-Art-Expertin interessieren.«

Der Knoten in Hülyas Magengrube zog sich zusammen.

»Hör mal, Leonie«, begann sie bemüht ruhig. »Wir beide hatten keinen guten Start, aber du glaubst doch nicht wirklich, dass ich ...«

Leonie schnappte sich Hülyas Arm und zog sie durchs Gartentor.

»Spar dir deine Ausreden für die Polizei.«

Hülya war zu schockiert, um sich zu wehren. Nach ein paar Schritten jedoch riss sie sich los. Ihr Gesicht war heiß, Wut schwappte durch ihre Blutbahn.

»Und wie soll ich das gemacht haben? Und warum überhaupt? Ich bin doch gerade erst hergezogen!«

Leonie blickte Hülya finster an. Sie standen sich gegenüber wie zwei Todfeinde in einem Western.

»Das haben wir uns auch gefragt. Wie jemand über mehrere Tage hinweg immer wieder hier auftauchen kann, ohne dass wir ihn sehen. Und wie dieser Jemand unsere Kameras umdreht.« Sie zeigte nach oben, wo am Dachfirst eine Kamera hing, die in den Himmel gerichtet war. Dann heftete sich ihr Blick wieder auf Hülya. »Aber vor allem habe ich mich gefragt, wieso ausgerechnet unser Haus besprayt wird. Jetzt weiß ich es: weil du neidisch bist auf mich, seit du mich zum ersten Mal in der Schule gesehen hast.«

Hülya konnte nicht anders, sie musste lachen.

»Auf was? Auf deinen Kitschpool? Oder darauf, dass du so tolle blonde Haare hast?«

Leonies Blick wurde noch finsterer. Sie schob sich näher, starrte auf Hülya nieder. Ihre Stimme sank zu einem Flüstern herab.

»Ich habe dir zugehört, du Möchtegern-Street-Art-Fuzzi. Du bist ganz schön oft umgezogen.« Sie lächelte, und ihre Augen wurden noch ein paar Grad kälter. »Die Wahrheit ist: Du fliegst überall raus. Niemand will dich haben. Niemand mag dich. Und deswegen bist du neidisch auf mich – weil mich alle mögen.«

Auch wenn sie sich alle Mühe gab, es vor Leonie zu verbergen: der Knoten in Hülyas Magengrube war jetzt steinhart. Hatte Leonie nicht irgendwie recht? Sie waren in den letzten Jahren wirklich andauernd umgezogen. Aber nein, das war nur wegen Emres Jobs gewesen!

»Mein Vater ist Anwalt, der war in verschiedenen Kanzleien. Seit meine Mutter … nicht mehr das ist, gibt's keinen Grund für ihn, an einem Ort zu bleiben.«

Leonies Lächeln wurde breiter. Sie entblößte ihre Zähne wie zum finalen Biss.

»Siehst du, dann hat die Mama dich also auch nicht gewollt, du armes Kindchen.«

Hülya sagte nichts. An dem Klumpen in ihrem Hals passte eh kein Wort vorbei. Leonie wusste, dass sie gewonnen hatte. Sie machte einen Schritt zurück und musterte Hülya abfällig.

»Meine Tante hat schon recht. Wer keine Wurzeln hat, wird nie ein Zuhause finden, Schwarzhaar-Fischlein. Du gehörst einfach nicht hierher.«

Sie zückte die Schlüssel wie einen Dolch und drehte sich zum Nebeneingang, der an der Seite ins Haus führte.

»Mit deiner Tränendrüsengeschichte und dem Anwalts-Papa gibt's bestimmt nur eine Woche Jugendknast«, sagte Leonie. »Und natürlich die paar Tausend Euro zur Entfernung deiner Schmiererei.«

Hülya schwieg. Auch wenn sie wusste, dass Leonie eine arrogante Kuh war und dass ihre Mutter sie nicht freiwillig verlassen hatte, hatten die Worte der Schultyrannin eine Saite in ihr zum Klingen gebracht, die lange Zeit nachhallen würde. Da schoss jemand zwischen Leonie und Hülya durch die Gartenpforte. Nick! Leonie ließ überrascht den Schlüssel sinken. Ohne sie zu beachten, kniete Nick sich neben die Spraydose, hob sie mit einer Pinzette an und ließ sie in einen Plastikbeutel fallen.

»Ach ja, Nick van Helsen«, sagte Leonie. »Ihr zwei seid ja ein süßes Paar. Hat deine Mama keine Angst, wenn du nach Einbruch der Dunkelheit noch draußen bist? Nicht dass du noch von Dracula gefressen wirst …«

Nick erstarrte. Langsam richtete er sich auf, den Blick voll mühsam unterdrückter Wut.

»Lass meine Mutter aus dem Spiel, Leonie.«

Er drängte sich zwischen ihnen wieder aus dem Garten. Aber Hülya hatte den Knoten in ihrer Magengrube so weit entwirrt, dass sie Nick durchs Gartentor hinterhereilen konnte.

»Willst du etwa noch mal einfach abhauen? Du hast sie doch nicht alle!«, ranzte sie ihn so laut an, dass auch Leonie es mitbekam. »Erst sagst du, was du gesehen hast.«

Sie hielt Nicks knallblaue Augen mit ihrem Blick fest, bis er den Kopf senkte. Vorsichtig schob er den Beutel mit der Spraydose in seine Jacke, dann wandte er sich Leonie zu.

»Hülya hat nichts mit dem Graffito zu tun. Aber das weißt du ja so gut wie ich, Leonie«, sagte er. »Wenn du nicht deine Königin-Leonie-die-Große-Show abgezogen hättest, hätte Hülya den Sprayer fotografieren können. Und ich hätte vielleicht eine Chance gehabt, ihn zu erwischen.«

»Und dieser mysteriöse Sprayer ist über die Mauer geflogen, oder was?«, ätzte Leonie. »Wie ein Vampir? Vielleicht sollten wir dazu mal deine Mama befragen, du kleiner Babypsycho.«

Nicks Kiefermuskeln arbeiteten, aber er sagte nichts. Stattdessen wandte er sich an Hülya.

»Ich muss los«, sagte er leise. »Sorry, aber meine Mutter … Sie braucht mich. Jetzt.«

Damit verschwand er. Hülya starrte ihm ungläubig nach. Aber ihre Verunsicherung war zu kalter Wut geronnen. Sollte der Blödmann doch abhauen. Sie hatte einen Augenzeugen, mehr brauchte sie nicht. Mit einem kleinen, aber umso entschlosseneren Lächeln drehte sie sich um – und starrte in Leonies von Wut verzerrtes Gesicht.

»Vielleicht kann Nick van Helsens Aussage dir den Jugendknast ersparen, Fischlein«, giftete Leonie sie an, »aber da, wo es wirklich zählt, ist sie nichts wert. Ich werde schon dafür sorgen, dass die gesamte Schule erfährt, wie du Psychobraut unser geliebtes Groß-Hertenstett mit deiner Sprayerei verpestest und …«

Ihr Satz ging in einer Rauchwolke und lautstarkem Tuckern unter, als ein Dieselschwaden schnaubendes Ungeheuer am Straßenrand anhielt. Auf dem Bock des uralten Traktors hockte, durch die hinter ihm untergehende Sonne nur als Schattenriss erkennbar, eine kugelrunde, kichernde Gestalt.

»Sie mal einer an«, gluckste die Gestalt vor sich hin, »wenn das mal nicht unser Neuzugang ist.«

Mittwoch, 18:52 Uhr

BUTZE MEETS BABA

Dreieinhalb Stunden bis zum Nullpunkt.

Fünf Minuten später rumpelte es immer noch, nur dass die Dieselschwaden Hülya jetzt vollständig einhüllten. Sie klammerte sich auf dem schmalen Soziussitz des Traktors fest, direkt hinter ihrem kugelrunden Retter. Und der war niemand anders als Bäcker Butze.

»Ach, du bist doch unser Neuzugang hier in Groß-Hertenstett«, hatte er Hülya begrüßt, nachdem er in Leonies Hasstirade geplatzt war. »Willkommen!«

Leonie hatte die Unterbrechung mit einem säuerlichen Gesichtsausdruck quittiert.

»Und die liebe Leonie«, hatte Herr Butze sie mit unbeeindruckter Fröhlichkeit angelacht. »Wie ich sehe, hast du dich auch schon angefreundet mit …?«

Fragend hatte er zu Hülya geschaut.

»Hülya«, hatte die gesagt und dann hinzugefügt:

»Und ganz bestimmt nicht.«

»Die da ist die Sprayerin!«, hatte Leonie gegiftet.

»Bin ich nicht!«

»Bist du wohl!«

»Ach, ja? Ich habe einen Zeugen, und du hast nichts als deine Gehässigkeit.«

Bäcker Butze hatte nur gelacht. Er war nicht nur Schokokuss-Dealer, sondern auch Platzwart des Fußballvereins und Hobbygärtner der Neubauviertel-Vorgärten. Kurz: die gute Seele des Ortes. Gegen so viel Gutmütigkeit hatte selbst Giftspritze Leonie keine Chance. Doch wenn Leonie die Gerüchteküche zum Brodeln brachte, war es egal, ob Hülya das Bling-bling-Bild wirklich gesprayt hatte oder nicht. Je kleiner der Ort, desto eher stechen Gerüchte die langweilige Wahrheit aus, das hatte Hülya über die Jahre gelernt. Und Groß-Hertenstett war winzig!

»Wieso haben sie das gemacht?«, rief Hülya gegen den Traktorenlärm an. »Sie kennen mich doch gar nicht.«

Herr Butze drehte sich zu Hülya um. Mit den roten Wangen, dem weißen Vollbart und dem gemütlichen Bäuchlein hätte er bei jedem Gartenzwerg-Wettbewerb der Welt den ersten Platz gemacht.

»Hermann Butze«, sagte er und streckte ihr die Hand hin. »Aber nenn mich einfach Bäcker Butze. Oder nur Butze. Das machen hier alle.«

Hülya schüttelte seine Hand. Die kurzen, dicken Finger griffen überraschend fest zu.

»Siehst du, schon kennen wir uns«, lachte er und lenkte den Traktor um eine Kurve. »Ich habe dich gestern vor meiner Bäckerei gesehen. Auf dich wartet noch dein Neuzugangs-Begrüßungs-Schokokuss-Brötchen!«

»Ach ja?«, sagte Hülya missmutig. »Ich hatte bisher nicht den Eindruck, dass Neuzugänge hier besonders beliebt sind.«

Herr Butze fuhr den Traktor an den Straßenrand und ließ ihn im Leerlauf weitertuckern, während er sich zu Hülya umdrehte und sie musterte. Zum ersten Mal, seit er sie vor Leonie gerettet hatte, lachte Bäcker Butze nicht.

»Nicht jeder hier mag Neuzugänge, das stimmt«, sagte er ernst. »Aber ich finde frisches Blut sehr … äh … erfrischend.«

»Das hätte Graf Dracula nicht besser sagen können«, lächelte Hülya.

Den Bruchteil einer Sekunde sah Herr Butze aus wie ertappt, dann lächelte er Hülya verständnislos an.

»Dracula. Der Vampir«, erklärte Hülya. »Von wegen frischem Blut.«

»Ach so, ja«, lachte Herr Butze gut gelaunt. Er lehnte sich verschwörerisch zu Hülya und grinste sie an. »Aber hier wohnen nur Schmalspur-Vampire.«

»Und ich glaube, dass hier gar keine Vampire wohnen«, grinste Hülya zurück. »Hier ist es eher Zombie-mäßig.«

Wieder blickte Herr Butze sie mit einer seltsamen Mischung aus Verständnislosigkeit und Überraschung an.

»Zombies. Untote, die aus dem Grab …«, begann Hülya zu erklären. Aber dann machte sie es einfach vor: hob die Arme, stieß einen Grunzlaut aus und schwankte hin und her wie ein Zombie aus einem Film.

Herr Butze prustete los. Er lachte, bis ihm die Tränen die rosigen Wangen hinunterliefen. Und Hülya lachte mit. Was für eine Erleichterung: Wenigstens einer in der langweiligsten Siedlung der Welt hatte Humor.

»Also, ich bin auf deiner Seite, Hülya«, sagte Herr Butze, als er sich beruhigt hatte. »Aber wie ich Leonie kenne, gehen längst Gerüchte um, dass du das Graffitimonster bist. Bedauerlicherweise ist Nick van Helsen kein vertrauenswürdiger Zeuge für die meisten Anwohner Groß-Hertenstetts. Aber keine Sorge. Du und ich, zusammen können wir das wieder geradebiegen!«

Er zwinkerte ihr zu und trat aufs Gaspedal. Der Traktor rumpelte, rauchte, aber bewegte sich keinen Zentimeter. Mit einem letzten Keuchen erstarb der Motor.

»Verflixt und zugenäht«, fluchte Herr Butze und sprang vom Kutschbock. Hülya hörte ihn dumpf grummeln, als er mit dem Oberkörper im Motorraum verschwand.

»Schlimm?«, fragte Hülya ein paar unverständliche Flüche später.

Herr Butze tauchte wieder auf. Sein Lächeln war zurück.

»Ach was! Gib mir ein paar Minuten, dann ist die alte Rosinante wieder fit.«

Er tätschelte den Kotflügel, dann verschwand er wieder mit dem Oberkörper unter der Motorhaube. Hülya kletterte von ihrem Sitz auf die Straße. Sie waren auf dem kleinen Hügel gestrandet, auf dem der Wald wie eine Wucherung in den Millimeterpapiergrundriss der Siedlung hineinragte. Vor Hülya lag eine perfekte Aussicht auf die Neubauödnis, hinter ihr dräute der Finsterforst – und dazwischen blühte die wahrscheinlich einzige nicht gestutzte Wildwiese des gesamten Viertels. Knöchelhohes Gras, ein paar eingesprenkelte Blumen, Maulwurfshügel hier und da. Ein Anblick wie eine kühle Brise in einer Turnhalle nach einer Doppelstunde Sport.

»Nice!«, entfuhr es ihr.

Ihr Blick wanderte von Blume zu Blume. Nach etwa fünfzig Metern Wildwuchs trennte lediglich ein halb im Gras versunkener Jägerzaun die wilde Wiese vom Wald. Und doch schien es Hülya, als markierten die verwachsenen Bäume mit ihren wie zum Gebet ausgestreckten Ästen eine unsichtbare, aber umso schärfere Grenze. Aus dem Wald wehte sie ein eiskalter Hauch an. Hülya fröstelte.

»Dieser Wildwuchs gehört nicht hierher.«

Herr Butze war hinter Hülya getreten. Energisch wischte er sich mit einem Lappen das Öl von den Händen, den Blick düster ins Dunkel unter den Bäumen gerichtet.

»Und das Hochhaus im Wald, gehört das hierher?«, fragte Hülya neugierig.

In Bäcker Butzes kleinen Äuglein glomm Misstrauen auf.

»Du weißt davon?«

»Ich habe das Dach gesehen, mit meinem Kamerazoom. Nick hat

gesagt, dass das Hochhaus eine Ruine ist. Und dass man nicht reingehen darf, wegen Einsturzgefahr und so.«

»Nick hat recht, Hülya. Das Haus ist ... ungesund.«

Er wandte sich um, stemmte die Hände in die Hüften und ließ seinen stolzen Blick über die eintönigen Häuser und Vorgärten der Siedlung wandern. Fast wie ein Gutsherr, der seine Ländereien begutachtet.

»Das Waldauer Viertel ist ein guter Ort, Hülya. Sauber, ordentlich, aufgeräumt.« Sein Blick glitt verächtlich zum dunkel daliegenden Waldsaum. »Aber hinter dem Zaun wartet nur Wald und Dunkelheit. Wildnis. Chaos. Schmutz.«

Das letzte Wort spukte er fast aus.

»Ich find's eigentlich ganz schön«, versuchte es Hülya vorsichtig, aber Herr Butze schwieg. Schließlich zwang er ein Lächeln auf seine Lippen und wechselte brachial das Thema.

»Was erzählen wir denn gleich deinem Vater, Hülya?«

Hülya zuckte zusammen. Jeder Gedanke an die Wiese war wie weggewischt. Herr Butze blickte sie erwartungsvoll an, während sie sich sammelte.

»Ich war's nicht. Aber ich habe den echten Sprayer gesehen«, begann Hülya zögerlich. »Nick auch. Aber sein Gesicht war unter einer Kapuze verborgen. Und als Leonie dazukam, ist der Sprayer über die drei Meter hohe Mauer gesprungen und dann ...« Sie verzog das Gesicht. »Oh Mann. Das wird die schlechteste Ausrede meines Lebens.«

Und das war noch untertrieben.

Die Haustür flog auf. Emre starrte ihr düster entgegen. Kein guter Start.

»Hülya«, sagte er nur. »Ich hab's schon gehört.«

Er machte einen Schritt beiseite, um sie ins Haus zu lassen. Hocherhobenen Hauptes marschierte sie an ihm vorbei.

»Guten Abend, Herr Süer«, erklang da Herr Butzes Stimme. Er war vom Traktor gesprungen und kam mit breitem Lächeln auf Emre zu.

»Ich habe Hülya vor dem Graffito aufgegabelt und ihr die Heimreise angeboten«, sagte er und ergriff enthusiastisch Emres Hand, um sie noch enthusiastischer zu schütteln. »Butze mein Name. Hermann Butze. Aber sie können mich einfach Butze nennen, das machen hier alle.«

Er strahlte Emre an. Emre nickte höflich und machte Anstalten, die Tür zu schließen, aber ohne Punkt und Komma quasselte Herr Butze einfach weiter.

»Ich kenne Hinz und Kunz in Groß-Hertenstett. Und alle kennen mich. Ich bin so etwas wie die gute Seele hier, kümmere mich um den Rasen und alles, was so anfällt. Es ist schön, wenn hier frisches Blut einzieht. Wie sie und ihre äußerst liebenswerte Tochter. Also, im Namen der ganzen Gemeinschaft hier: Herzlich willkommen im Waldauer Viertel!«

Hülya musste grinsen. Solange Herr Butze Emre einwickelte, war sie unbeobachtet. Sie huschte den Flur hinab zum Wohnzimmer.

Hier herrschte auch Wochen nach dem Umzug noch Chaos. Umzugskartons stapelten sich neben dem fast leeren Wohnzimmerschrank, Bücherstapel säumten die Wände. Aber das Wichtigste hatte Emre schon so aufgebaut, wie es sein sollte. In der Mitte des Wandschranks standen hinter einer Glastür ein paar gerahmte Fotos, daneben waren ein einzelner Handschuh mit Brandflecken und zwei uralte Filmrollen drapiert. Im Zentrum dieser Artefakte thronte eine leicht angekokelte Kameratasche. Zerfleddert, verrußt, voller Brandlöcher. Die Tasche selbst aber war leer, denn ihr Inhalt lag in Hülyas Rucksack: die Spiegelreflexkamera ihrer Mutter.

Mit tausendfach geübten Bewegungen zog Hülya die Kamera hervor und schob sacht die Bilderrahmen beiseite. Ihr Blick blieb an einem Foto hängen: eine Frau in Presseweste am Rande einer Demonstration. Anfang dreißig, offenes Lachen, die langen Haare so kohlrabenschwarz wie Hülyas. Und in der Hand die gleiche Kamera, die jetzt, viele Jahre später, auch Hülya in der Hand hielt. Die großen braunen Augen auf dem Bild saugten Hülyas Blick förmlich auf. Seit Hülya denken konnte, hatte sie versucht, sich an diese Frau zu erinnern. Aber da war nichts. Nichts Konkretes jedenfalls. Nur Gefühle, Stimmungen, ein Lachen, eine leise Melodie. Die Frau auf diesem und allen anderen Fotos in diesem Schrein war Meryem, Hülyas Mutter. Meryem als Pressefotografin auf einer Demo. Meryem mit Babybauch beim Renovieren mit dem jungen Emre. Meryem mit der kleinen Hülya im Kinderwagen.

Hülyas linker Arm begann zu kribbeln. Unwillkürlich strich sie mit der Hand sacht darüber. Sie hatte die Jeansjacke auf das Sofa geworfen, sodass ihre Finger über ihre bloße Haut glitten. Haut, die wie geschmolzen und wieder erstarrt war, röter als das umgebende Gewebe und seltsam glatt. Das vor vielen Jahren verheilte Narbengewebe zog sich über ihren gesamten Unterarm und erinnerte sie immer und überall an ihre nie gekannte Mutter, mehr, als alle Fotos der Welt es je gekonnt hätten.

Das Klappen der Haustür riss Hülya aus ihren Gedanken. Routiniert schob sie den Fotoapparat in Meryems Kameratasche und drapierte die Bilderrahmen an ihre Stelle. Perfekt. Wieder einmal würde Emre nicht bemerken, dass sie sich Meryems Kamera ausgeliehen hatte. Hinter ihr öffnete sich die Wohnzimmertür.

»Ich geh hoch. Hausaufgaben«, murmelte Hülya.

»Setz dich mal.«

Emre schob Hülya einen Stuhl hin. Schicksalsergeben ließ sie sich darauf fallen. Emre setzte sich ihr gegenüber an den Esstisch. Schweigen. Dann deutet er auf die Umzugskartons an der Wand und grinste schief.

»Vielleicht sollte ich auch mal aufräumen.«

»Vielleicht.«

»Ich räume hier auf, wenn du die Kartons in deinem Zimmer ausräumst. Deal?«

Hülya sagte nichts. Und wartete. Sie kannte Emre gut genug, um zu wissen, dass er das Schweige-Spiel verlieren würde. Mit Pauken und Trompeten.

»Leonies Tante hat mich angerufen«, sagte Emre schließlich. »Leonie hat dich beim Sprayen erwischt. In Begleitung von einem Jungen, der ...« Er suchte nach dem richtigen Wort. »... der einen etwas seltsamen Ruf hat.«

»Sherlock ist ein Idiot«, murmelte Hülya. »Und Leonie lügt hart.«

Diesmal sagte Emre nichts, sondern sah sie nur an. Hülya hätte sich am liebsten auf die Zunge gebissen. Große Klappe bis zuletzt, dachte sie.

»Sherlock heißt eigentlich Nick. Und das mit dem Sprayen war ich nicht«, stellte sie klar.

Emre nickte ernst.

»Das hat Herr Butze auch gesagt.«

»*Ihm* glaubst du also?«

Emre zögerte lange genug, damit in Hülya eine Welle heißer Wut hochkochen konnte.

»Ich war es nicht«, presste sie hervor.

»In Ordnung. Ich glaube dir.«

»Klar, weil ein Erwachsener das auch sagt.«

»Nein, weil du das sagst«, versicherte er ihr, dann grinste er schief. »Außerdem habe ich mir das Bild auf dem Instagram-Account von Leonie angeschaut. Von dir ist es definitiv nicht. Vielleicht kennst du dich gut mit Graffiti aus, Hülya, aber ganz ehrlich«, sagte er, und sein Lächeln wurde breiter, »Zeichnen war nie deine Stärke.«

Da war es, dieses spezielle Emre-Grinsen, das er nur für sie reserviert hatte. Hülya verschränkte in gespielter Empörung ihre Arme, innerlich aber atmete sie auf. Bis Emres Blick wieder ernst wurde.

»Allerdings ist Leonie fest davon überzeugt, dass du es warst. Leonies Tante ist eine wichtige Stimme in der Nachbarschaftshilfe Waldauer Viertel, Hülya. Und diese Nachbarschaftshilfe ist meine Hauptmandantin in der neuen Kanzlei.« Er blickte Hülya in die Augen. »Ich bin auch neu hier, Hülya. Und ich kann es mir nicht erlauben, Mandanten zu verlieren. Es ist wichtig, dass du dich hier einfügst. Für uns beide.«

»Was soll ich deiner Meinung nach tun?«, fuhr Hülya auf. »Leonie vollschleimen, damit du Karriere machen kannst? Oder das Graffito mit meiner Zahnbürste abschrubben?«

Emre presste die Lippen aufeinander. Dann deutete er auf die Fotos im Schrein.

»Ihr seid euch ganz schön ähnlich, ihr zwei. Meryem hat auch immer gesagt, was sie dachte. Koste es, was es wolle.«

Das reichte. Hätte er nicht ihre Mutter erwähnt, hätte Hülya sich vielleicht zusammenreißen können. Aber so brach die gesamte Frustration der ersten Wochen in Groß-Hertenstett aus ihr hervor.

»Du ziehst mit mir für deinen tollen Job in dieses Langweiler-Kaff, wo ich kein Schwein kenne. Der einzige nette Kerl hat einen«, sie deutete mit ihren Fingern Anführungszeichen an, »›schlechten Ruf‹ und lässt mich bei erster Gelegenheit stehen. Leonie ist eine Schultyrannin, deren Tante aber wichtig für deinen Job ist. Aber *ich* muss mich hier einfügen? Geht's noch?«

Zu ihrer Überraschung blieb Emre ganz ruhig.

»Du hast recht, Hülya. Aber manchmal reicht es nicht, recht zu haben. Manchmal muss man auch durchhalten. Wenn du dich ein bisschen anpasst, wirst du auch hier Freunde finden.«

»Komm du erst mal klar mit deinem neuen Job, bevor du mir gute Ratschläge gibst«, schnitt Hülya ihm das Wort ab.

»Nicht in dem Ton, Hülya.«

Emre wurde lauter. Hülya erst recht.

»Warum nicht? Ziehen wir dann in eine Hundehütte am Nordpol, wo ich mich mit blondierten Eisbären anfreunden darf?«

Emre grummelte etwas, aber Hülya war mit den letzten Worten bereits aus dem Zimmer gerauscht. Halb auf der Treppe, hielt sie inne, dachte kurz nach, rauschte die Treppe wieder herunter und knallte die Wohnzimmertür mit Karacho zu. Die Glastüren des Wohnzimmerschranks schepperten. Zufrieden verzog Hülya sich in ihr Zimmer. Je lauter, desto besser, sonst wird man nicht gehört. Das jedenfalls hätte bestimmt Meryem gesagt, dachte sie grimmig, wenn sie heute hätte da sein können.

Mittwoch, 21:56 Uhr

86 MINUTEN VOR NULL

Im Spitzboden ist es stickig, das Dachbodenfenster ist winzig – aber die Aussicht ist es wert. Hülyas Herz klopft wie wild, als sie von hier oben das Graffito an Leonies Haus beobachtet – und Mister Neonpink.

Wie ein Tänzer huscht der Sprayer von einer Seite der Hauswand zur anderen, sprayt letzte Feinheiten, verstärkt Schatten und arbeitet den Mondschein auf den Wangen des Bling-bling-Girls mit den gelben Augen heraus. Das Bild ist fast fertig, wird Hülya schlagartig klar. Dann wird Mister Neonpink auf Nimmerwiedersehen verschwinden. Und mit ihm Hülyas einzige Chance, ihre Unschuld vor Leonie und Emre zu beweisen. Sie muss sich beeilen, um sich zu holen, was sie braucht: den Fotobeweis von Mister Neonpinks Existenz!

Mit neuer Energie gleitet Hülya die Treppe hinab, schnappt sich die Spiegelreflexkamera aus dem Schrein, huscht zur Haustür – und hält jäh inne. In Emres Arbeitszimmer klickert seine Laptoptastatur. Wenn er die Haustür hört, wird er Hülya seinen üblichen Vortrag über die späte Uhrzeit halten und wie der frühe Vogel den Wurm fängt – und so Hülyas letzte Chance vermasseln. Suchend irrt ihr Blick umher. Und landet bei der Treppe, die nach oben in ihr Zimmer führt. Da gibt es doch diesen Baum ...

Atemlos folgt Hülya dem Klackern der Spraydose durch die nächtlichen Straßen. Sie ist den halben Weg gerannt, außerdem humpelt sie etwas, denn geflogen ist sie auch. Und zwar den Baum vor ihrem

Fenster hinab. Aber die blauen Flecken am Hintern haben sich gelohnt: Emre hat keine Ahnung, dass sie so spätnoch unterwegs ist.

Das nagelneue Schloss am Gartentor ist unberührt, aber jemand hat die Überwachungskamera wieder Richtung Himmel gedreht. So leicht lässt sich Mister Neonpink nicht davon abhalten, sein Werk zu vollenden. Flach auf dem Boden liegend, schiebt Hülya ihre Kamera durch das Metallgitter. Blickt durch den Sucher. Stellt scharf.

Mit dem Rücken zu ihr verpasst der Sprayer dem Bling-bling-Girl den letzten Schliff. Unter seinem schwarzen Hoodie mit dem neonpinken Muster kann Hülya sehnige Muskeln erahnen, als er zur unteren Ecke des Bildes huscht. Direkt in den Fokus von Hülyas Kamera. Mit angehaltenem Atem beobachtet sie, wie er sein Tag sprayt:

L*NA.

Der Sprayer tritt einen Schritt zurück. Hülya macht sich bereit für das ultimative Beweisfoto ... und zögert. Im Schwarz der Kapuze blitzt etwas auf. Sie zoomt näher. Hinter tiefschwarzen Locken leuchten die Augen des Sprayers in einer Intensität, die dem Neonpink seines Hoodies Konkurrenz macht. Und sie sind grellgelb! Der Sprayer legt den Kopf in den Nacken und öffnet den Mund wie zu einem Triumphgeheul. Das ist es! Hülya sucht den richtigen Bildausschnitt ... etwas nach links ...

Ping!

Kaum hörbar berührt Hülyas Kamera das Gartentorgitter. Der Sprayer erstarrt mitten in der Bewegung. Hülya presst ihren Kopf auf den Boden, ihre schwarzen Haare verschmelzen mit dem Asphalt. Ein, zwei Sekunden vergehen. Nichts passiert. Schließlich lugt Hülya unter dem Vorhang aus Haaren hervor. Der Sprayer steht vollkommen still, seine grellgelben Augen scannen die Umgebung wie die eines in die Enge getriebenen Raubtiers. Dann hebt er den Kopf und ... schnüffelt?

Schnell hebt Hülya die Kamera und schießt einfach drauflos.

Klick! Klick! Klick! rattert die Kamera. Aber es ist zu spät. Das Einzige, was Augenblicke später auf dem Display aufleuchtet, sind zwei Beine am oberen Bildrand, mitten im Sprung.

Der Garten ist leer.

Die Mauer ist drei Meter hoch.

Der Sprayer ist weg.

WTF?

Das Fenster von Emres Arbeitszimmer leuchtet Hülya schon aus der Ferne entgegen. Inmitten des Lichtflecks sieht sie Emre vor seinem Laptop sitzen. Er sieht müde aus. Bestimmt liest er Hatemails und fiese Gerüchte über seine einzige Tochter, die angeblich ganz Groß-Hertenstett vollschmiert. Hülya verlangsamt ihren Schritt. Der Gedanke, dass Emre solche Mails kriegen könnte, lässt einen Knoten in ihrem Magen entstehen. Noch ein paar Schritte näher. Jetzt kann sie schon die Sorgenfalten auf seiner Stirn zählen. Sorgenfalten ... wegen ihr? Er hat zwar gesagt, dass er ihr glaubt, aber sie kennt ihn. Sie weiß, dass er ihr nicht wirklich, wirklich glaubt.

Hülya versucht, den Knoten in ihrem Magen zu entwirren. Keine Chance. Nick wird von niemandem ernstgenommen. Leonie wird sie niemals freiwillig vom Haken lassen. Und ein unscharfes Foto von zwei Beinen im Sprung ist kein Beweis. In hilfloser Wut wendet Hülya sich ab, ballt die Fäuste – und blickt direkt auf den schwarzen Umriss, der oben auf dem Hügel über der Häuserwüste alles Licht zu verschlingen scheint. Der Finsterforst. Krumme Baumwipfel wiegen sich im Wind. Sogar der Wald scheint sich über sie lustig zu machen. Plötzlich wischt ein Farbfleck vor dem Dunkel des Waldstücks entlang. Neonpink! Blitzschnell reißt Hülya die Kamera hoch, zoomt näher ran. Tatsächlich, es ist der Hoodie, es ist Mister Neonpink. Was will der Sprayer mitten in der Nacht im Wald? Hülyas Arm kribbelt, als wollte er sie warnen, aber was ist schon ein bisschen Kribbeln gegen die Aussicht auf ein Beweisfoto?

Hülya zischt los. Das erleuchtete Fenster und mit ihm Emre und seine Sorgenfalten werden hinter ihr kleiner, verschwinden hinter einer Ecke, dann hinter noch einer, und schließlich steht Hülya vor der wilden Wiese.

Im Dunkel der Nacht wirkt der Finsterforst vollkommen fremdartig. Aus der Richtung der nach ihr greifenden Äste haucht Hülya ein Atem voll Fäulnis und Schwärze an. Die Lücke zwischen den knorrigen Stämmen, wo der schmale Trampelpfad zwischen den versunkenen Pfählen des vergammelten Jägerzauns seinen Anfang nimmt, scheint sie höhnisch anzugrinsen.

Entschlossen grinst Hülya zurück. Sie wirft einen Blick auf ihr Handy. 22:21 Uhr. Normalerweise müsste sie an einem Wochentag wie heute längst zu Hause sein. Aber so lange kann's ja nicht dauern, ein Foto von Mister Neonpink zu machen.

Hülya holt tief Luft. Und dann macht sie den ersten Schritt in den Wald. Unter ihren Füßen weicht die lebenspralle Wiese einem Teppich toter Nadeln. Ein weiterer Schritt, und die Schwärze verschlingt sie. Wird schon nicht so schlimm werden, macht sie sich Mut.

Aber genau eine Stunde und eine Minute später wird sie den Nullpunkt erreicht haben.

Dann wird sie wissen: Sie hat sich geirrt.

Mittwoch, 23:22 Uhr

DAS ENDE VOM ANFANG

Jetzt ist er da: der Nullpunkt.
Der Punkt, von dem aus alles neu und alles anders ist.

Und alles viel schlimmer, als Hülya es sich hätte vorstellen können, als sie vor einer Stunde und einer Minute den Wald betreten hat. Sie klebt an der Wand der Hochhausruine wie eine Fliege am Fliegenpapier, angenagelt vom eisernen Griff Mister Neonpinks. Während sie um Atem ringt, drehen sich ihre Gedanken fortwährend im Kreis:

Was passiert hier?

Was passiert hier?

Was – passiert – hier?

Sie hat das betonschwarze Ruinenherz des Finsterforstes betreten. Hat im Aufzugsschacht dem Bürgermeister-von-Wesel-Echo gelauscht. Hat sich vor seltsamen Schatten versteckt. All das für ein Foto, das Emre und Leonie beweisen soll, dass sie, Hülya, unschuldig ist. Dass sie keine Sprayerin ist, sondern ein ganz normales Mädchen, mit dem selbst die Schulhofkönigin Schokokussbrötchen essen will.

Stattdessen klebt sie an der Wand.

Der Sauerstoff in ihrem Blut wird knapp, Hülyas Gedankenkreisel langsamer. Vielleicht ist sie nicht normal genug für Groß-Hertenstett, kreiselt es in ihrem Kopf. Vielleicht ist sie einfach zu … *anders*. Sie spürt ihren Arm kribbeln, den linken, den sie immer versteckt, mit der Haut, die aussieht wie geschmolzen und wieder fest geworden. Ja, kreiselt es träge, anders als die anderen ... anders ...

Und dann hält der Gedankenkreisel an. Weil kein Sauerstoff mehr da ist, weil Hülya nicht atmen kann, weil ihr die Luft abgeschnürt wird. Alles wird schwarz. Fast.

Denn plötzlich lockert Mister Neonpink seinen Griff, beugt sich näher und ... schnüffelt. Wie ein Hund, denkt Hülya trunken vom frischen Sauerstoff in ihrer Blutbahn.

Der Sprayer lässt los. Hülya plumpst zu Boden wie ein Sack Mehl, saugt röchelnd die Luft ein.

»Du riechst komisch«, hört sie ihn sagen.

Hülya ist vollkommen egal, wie sie riecht. Sie ist vollauf damit beschäftigt, auf dem schmierigen Boden zu liegen und abgestandene Luft in ihre Lungen zu pumpen. Sie hat eine vage Erinnerung, wie faul und feucht die Luft hier gerochen hat, aber jetzt kommt sie ihr vor wie der frischeste Lufthauch der Welt. Krass, wie fantastisch so etwas Normales wie Luft schmecken kann, wenn man beinahe erstickt ist.

Der Sprayer mustert sie. Wieder hebt er den Kopf und saugt die Luft ein wie ein Hund. Nein, korrigiert sich Hülya. Wie ein Wolf!

»Du riechst komisch«, wiederholt er.

Sauerstoff hilft. Hülyas Instinkte funktionieren wieder. Und ihr erster Instinkt auf den Satz des Sprayers ist: sich zu ihrer Achsel beugen und riechen. Riecht ganz normal. Hülya wirft Mister Neonpink einen düsteren Blick zu.

»Sag das noch mal!«, krächzt sie drohend, aber der Sprayer wirkt nicht im Geringsten eingeschüchtert.

»Du riechst komisch, habe ich gesagt. Und hören tust du auch schlecht.«

In einer fließenden, irgendwie raubtierhaften Bewegung geht er vor Hülya in die Hocke. Unter der Kapuze seines Hoodies ist nichts als Schwärze, in der stechend grellgelbe Augen lodern. Hülya spürt die Hitze seines prüfenden Blicks. Trotzig erwidert sie ihn, ohne auch nur einen Millimeter zurückzuweichen. Dann, wie nebenbei, schlägt Mister Neonpink die Kapuze seines Hoodies zurück. Eine Kaskade dichter schwarzer Locken bricht darunter hervor. Hülya, gerade noch vollauf damit beschäftigt, ihre Lungen mit Luft zu füllen, vergisst kurz das Atmen. Unter den Locken liegen nicht nur die gelben Augen – sondern auch die Züge eines Mädchens. Hohe Wangenknochen, dichte Augenbrauen, eine breite Nase – eindeutig ein Mädchen in ihrem Alter.

»Ist was?«, fragt Mister Neonpink. Nein, *Miss* Neonpink. *Die* Sprayer*in*.

»Nein, ja, nein«, stammelt Hülya, dann atmet sie tief ein. »Ich dachte nur … du bist ja ein Mädchen.«

Die Sprayerin verengt den Blick.

»Ich bin eine Frau«, grollt sie, grinst aber direkt danach. »Na ja, junge Frau. Aber ganz bestimmt kein Mädchen.«

Hülya nickt nur und lehnt sich an die Wand. Vor ihren Augen tanzen noch immer Sterne.

»Und was bist du?«, fragt die junge Frau, als Hülya beginnt, sich an der Wand aufzurichten.

»Auch ein Mädchen … also, eine junge Frau«, krächzt Hülya.

»Nein, ich meine, weil du so riechst.«

Hülya schießt einen blitzenden Blick zur Sprayerin.

»Ich habe heute Morgen geduscht, also …«, krächzt sie genervt. Der Rest des Satzes geht in einem Hustenanfall unter.

Die Sprayerin schnüffelt erneut.

»Stimmt. Cooles Duschgel. Musst du mir mal leihen.«

»Kann mich beherrschen«, krächzt Hülya und schiebt sich Zentimeter für Zentimeter die Wand hoch.

»Sei nicht beleidigt. Ich habe nicht gesagt, dass du müffelst wie ein Zombie. Aber du riechst eben auch nicht wie ein Normalo.« Sie seufzt. »So was versteht ihr Tagwesen einfach nicht.«

»Vielleicht kannst du einfach nicht gut erklären.«

Jetzt steht Hülya. Noch etwas wackelig, aber sie steht.

»Hab ich auch nicht nötig. Schon gar nicht einer wie dir.«

Hülya mustert Miss Neonpink. Sie ist nicht viel größer als sie selbst, aber viel stärker. Hülyas brennender Hals ist der beste Beweis. Also: strategischer Rückzug.

»Gut, dann kann ich ja jetzt gehen«, sagt Hülya und wendet sich dem Ausgang zu. Sie kommt keine zwei Meter weit. Wie aus dem Nichts versperrt ihr die Sprayerin den Weg.

»Versprich mir«, sagt sie, »dass du keinen Ärger machst. Dann lasse ich dich laufen.«

»Auf keinen Fall verspreche ich das. Das endet immer mit was Schlimmem.«

»Zum Beispiel?«

Hülya räuspert sich. Ihre Stimme ist fast wieder normal. Und dieses seltsame Gespräch beginnt, ihr Spaß zu machen.

»Das ist wie«, erklärt sie, »wenn Leute in Horrorfilmen sagen ›Wir teilen uns auf‹. Voll Klischee. Sobald die sich aufteilen, werden sie nacheinander von Zombies gefressen.«

Die Sprayerin blickt sich hastig um.

»Zombies?! Wo? Hier?«

»Was? Nein. Natürlich nicht. Das war nur ein Beispiel aus Filmen. Horror. Zombies, Vampire und so.«

»Ach so. Dokumentarfilme finde ich öde.«

Hülya starrt sie an. Die Sprayerin grinst verlegen.

»Nur 'n Witz«, beeilt sie sich zu sagen. »Dokumentarfilme und so. Haha.« Hülya starrt sie immer noch an, aber die Sprayerin plappert einfach weiter. »Zombies gibt's ja nicht. Und hier schon mal gar nicht. Ist auch besser so. Die müffeln nämlich voll.«

»So wie ich?«

»Quatsch. Zombies riechen wie alte Wurst. Sehr, sehr alte Wurst. Du riechst einfach nur komisch.«

»Also rieche ich nicht wie alte Wurst«, stellt Hülya kühl fest. »Tolles Kompliment.«

»Sag ich ja: mit Normalos über Gerüche zu reden, ist wie …«, beginnt die Sprayerin.

» … mit Vätern über Jungs reden«, vollendet Hülya.

Jetzt starrt die Sprayerin Hülya überrascht an.

»Für eine Normala bist du nicht total doof«, sagt sie schließlich.

»Normal-a?«

»Wie Normalo, nur als Frau. Gibt dafür kein Wort, also habe ich eins gemacht.«

»Okay«, sagt Hülya gedehnt. »Normal« wurde sie in letzter Zeit eigentlich nie genannt. »Normala« erst recht nicht.

»Wenn ich so normal bin, was bist dann du?«

»Berufsgeheimnis.«

»Was für'n Beruf denn?«

»Das heißt: Geht dich nichts an.«

»Ich weiß, was das heißt«, sagt Hülya. »Angeberin.«

»Klugscheißerin«, kommt es wie aus der Pistole geschossen zurück.

Jetzt grinst auch die Sprayerin. Hülya schluckt. Ihre Zähne sind scharf wie Steakmesser. Und dennoch ist ihr breites Grinsen total ansteckend.

»Du bist auch ganz okay für eine was-auch-immer«, sagt sie. »Und vor allem bist du nicht blond.«

»Blond? Wer will denn blond sein? Black rules!«

Wieder grinsen beide. Plötzlich fällt Hülya etwas ein – die Blondierpampe! Hastig reißt sie sich ihre Mütze vom Kopf und zerrt den Plastikhandschuh aus ihrem Haar. Die Pampe ist steinhart geworden und bröckelt zu Boden. Überrascht mustert Miss Neonpink Hülyas Haare.

»Schlimm?«, fragt Hülya.

»Weiß nicht. Ist das jetzt cool bei euch?«

»Hoffentlich. Hast du einen Spiegel?«

»Nee«, sagt die Sprayerin gedehnt. »Wir haben hier Bewohner, die mögen Spiegel noch weniger als Fotos.«

Hülya horcht auf. »Bewohner? In der Bruchbude?«

»Sorry. Noch ein Berufsgeheimnis.«

Hülya verdreht genervt die Augen, stopft den Handschuh in ihre Hosentasche und stapft an der Anderen vorbei.

»Okay, du Geheimniskrämerin, ich muss jetzt mal, sonst ...«

Bevor sie zwei Schritte weit gekommen ist, hat die Sprayerin sie zurückgezogen. Ihr Griff ist wie aus Stahl.

»Bevor du gehst«, sagt die Sprayerin, »brauche ich deinen Fotoapparat.«

»Spinnst du?«

Hülya umklammert ihre Fototasche.

»Du kriegst ihn wieder. Ehrlich. Weil du irgendwie cool bist. Für eine Normala. Aber die Fotos muss ich löschen. Das wäre nicht gut, wenn andere Bilder von ... von hier sehen.«

»Auf keinen Fall kriegst du meine Kamera.«

»Bist du sicher?«

»Aber so was von. Die ist von meiner Mutter. Und die Bilder gehören mir.«

»Tja ...«, macht die Sprayerin bedauernd.

Und dann geht alles so schnell, dass Hülya nicht mehr davon mitkriegt als einen kurzen Ruck. Sterne explodieren. Hülya fällt und fällt und fällt. Immer weiter und immer tiefer. Irgendwann nach Ewigkeiten schlägt sie auf einen unendlich harten Boden auf, und dann ist es schwarz und still, und dann ist gar nichts mehr.

II

DAS ÖDE HAUS

KALFAKTOR

Er war schon lange hier. Unzählige Jahrhunderte fern der Heimat, fern der glühenden Sonne, fern des heißen Windes, der den Sand über die Ebenen trug. Und fern seines verehrten Pharaos Thutmosis I., seiner Tochter Hatschepsut und der göttlichen Prinzessin Tawy.

Jahrtausende waren vorbeigezogen, Reiche zu Staub zerfallen. Heute lebte er in der Fremde. Seine Knochen knackten beim Aufstehen, sein Rücken schmerzte, seine Augen waren trüb. Aber noch sah er genug. Leider. Denn er würde sich niemals an den Anblick von Müll auf seinen Kontrollgängen gewöhnen. Nicht in seinem Haus! Auch wenn andere ihn verlachten – in diesem Hause hatte er, Ottokar Siris XIX., das Sagen.

Denn hier war er der Kalfaktor!

Siris räusperte sich. Es klang, als würde eine Metallschüssel voll rostiger Nägel durch Sand gezogen.

»Müll! Schon wieder!«, krächzte er.

Ächzend rückte er die Brille mit den flaschenbodendicken Gläsern auf seiner geierartigen Nase zurecht und schlurfte näher. Hinter einem der Schutthaufen im Hausflur ragten zwei menschliche Beine hervor. Also hatte sich zu Beginn der Nacht tatsächlich jemand hierherverirrt. Ihn und die jungen Grafen hatte dieser Jemand genarrt, aber einer der anderen Mieter hatte ihn aufgespürt. Selbstverständlich hatte er den Kampf verloren, denn Tagwesen waren schwach. Aber war das ein Grund, die Überreste einfach im Flur liegen zu lassen?

Leise schimpfend zog Siris am vorderen Bein. Überraschung! Die Beine waren gar nicht abgerissen, sondern hingen noch an Jemand dran. Und tot war dieser Jemand auch nicht, nur bewusstlos. Dabei wusste jeder, dachte Siris empört, dass es streng verboten war, die Beute am Leben zu lassen! Mit zusammengekniffenen Augen musterte er das vor ihm liegende Wesen, doch selbst mit Brille war das Gesicht nur ein unscharfer Fleck. Ächzend sank Siris auf die Knie und schob seine Geiernase näher heran. Mondlicht fiel auf ein von schwarzem Haar umflossenes Gesicht. Siris stutzte. Das war gar kein Tagwesen. Das war die Kleine von Herrn Lykopoulos!

DER BEGINN VOM REST DES LEBENS

Lichter ziehen über sie. Hell. Dunkel. Hell. Dunkel.

Es rumpelt. Ein Brummen. Sie kann sich nicht rühren. Etwas hält sie fest. Sie kann nur den Kopf drehen. Dunkle Schatten jagen unscharf vorbei. Eine Stimme. Sie kennt diese Stimme. Die Stimme singt ein Lied. Mama.

Dann ein Ruck. Licht gleißt. Krachen. Splittern. Das Kreischen von Metall. Die Stimme bricht. Glutrote Augen im Dunkel. Kreischen und Hitze. Sie schmilzt. Sie schmilzt.

Hülya riss die Augen auf. Schwarze Schatten statt rotgoldenem Geflacker. Kalt und klamm. Instinktiv legte sie ihre Hand auf ihren linken Arm. Der vertraute Stoff ihrer Jeansjacke beruhigte sie. Vor sich, wie ein Nachbild auf ihrer Netzhaut, sah sie ihre Mutter im Auto sitzen. *Mama.* Die einzige, verschwommene Erinnerung an ihre Mutter und diese letzte, flammendurchtoste Nacht vor 15 Jahren.

Aber das war nur ein Traum gewesen.

Und dies hier war die Realität. Oder?

Hülya sah sich um. Sie saß auf dem Boden, an eine Wand gelehnt im Dunkel eines schäbigen Hausflurs. Wie automatisch wanderte ihre Hand zur Fototasche an ihrer Seite. Aber da war nichts. Hülya erstarrte. Und wie aus dem Nichts sprangen sie die Erinnerungen an die vergangenen Stunden an. Der Wald! Die Ruine! Die

Schatten! Die Sprayerin mit den grellgelben Augen! Und vor allem: die Kamera!

»Fuuuuuuuuuuuuuck!«, murmelte Hülya leise. Emre würde sie bei lebendigem Leibe verspeisen, wenn er von der verlorenen Kamera erfuhr. Aber viel wichtiger: Mit der Kamera war auch die letzte Verbindung zu ihrer Mutter gekappt.

»!«

Eine Stimme, als würden Fingernägel über die Schultafel gezogen. Hülya schreckte auf. Sie kannte diese Stimme. Und den wabernden Schatten auf den Fliesen vor sich kannte sie ebenfalls: verzerrt, seltsam gebeugt, mit knochenlos umherbaumelnden Fingern. Diesen Schatten hatte sie am Anfang der Nacht gesehen. Aus ihrem Versteck im Treppenhaus.

»Fuuuuuuuuuck!«, wiederholte sie, nur viel, viel leiser.

Langsam hob sie den Kopf. Doch statt des erwarteten Gruselmonsters stand an der gegenüberliegenden Wand nur ein gebeugter, alter Mann in einem speckigen Blaumann. Mit dem Rücken zu ihr wedelte er vor dem kaputten Aufzug herum, als dirigierte er eine Oper. Die aus den Ärmeln seines Ringelpullis baumelnden Stofffetzen warfen wilde Schatten über die Fliesen. Von wegen knochenlose Finger, dachte Hülya erleichtert, der Typ ist nur ein Obdachloser mit kaputten Klamotten. Nicht mal ein Halloweenkostüm hatte er an. Vielleicht wusste er, wo die Sprayerin war – und ihre Kamera. Hülya unterdrückte ein Stöhnen, als sie sich aufrichtete. Ihre Knochen fühlten sich an wie ein Puzzle, das falsch zusammengesetzt worden war.

»!«, deklamierte der Obdachlose erneut und fuchtelte mit den Armen. Vielleicht war er wirklich mal Dirigent gewesen? Hülya beugte sich vor, um ihm auf die Schulter zu tippen – und hielt jäh inne. Über die bucklige Schulter des Alten fiel ihr Blick durch die geöffneten Türen in den Fahrstuhlschacht. Im Rhythmus seiner Handbewegungen flirrten dort die zerfransten Stahlseile in einem grünlichen Puls, und das Wasser, das die schimmelbefallenen Wände herabrann, glitzerte wie beschienen von smaragdenen Sternschnuppen. Auf Hülya wirkte der Alte, der mit seinen knochigen Händen komplizierte Muster in die Luft malte, plötzlich nicht mehr wie ein Dirigent, sondern wie ein zerlumpter Moses, der das Rote Meer teilte.

»«, wiederholte er lauter. Das grüne Flirren und Pulsen wurde intensiver und immer intensiver, und dann brach gleißend grünes Licht aus dem Loch in der Wand. Geblendet wandte Hülya den Blick ab.

Pling!

Sanftes Gedudel klimperte. Hülya öffnete die Augen. Die Dunkelheit war zurück, nur auf den Fliesen vor ihr erschien ein schmaler Streifen warmes Licht, der zunehmend breiter wurde. Überrascht hob sie den Kopf. Dort, wo eben noch rostige Aufzugstüren den Blick auf zerfranste Stahlseile freigegeben hatten, leuchtete nun das Innere eines ehemals eleganten Aufzugs, der seine besten Tage hinter sich hatte. Und dann drehte der Alte sich zu Hülya um.

»Du bist wach, Mädchen«, rasselte er.

Hülya korrigierte ihre Einschätzung. Nix Obdachloser, nix Ex-Dirigent, nix Moses. Das Gesicht vor ihr war eine Kraterlandschaft. Alt. Ururalt. Ein Gesicht wie die Reliefkarte des Grand Canyon, durchzogen von Myriaden von Falten, mit zwei trüben Teichen hinter den Gläsern einer klobigen Brille. Der Alte musterte sie wie ein Insekt. Unter der trüben Oberfläche seiner Augen glitzerte etwas unsagbar Böses, das Hülya den Atem raubte. Und dann … lächelte er.

»Der Kampf hat dich erschöpft, Mädchen«, krächzte er beinahe mitfühlend. »Der alte Siris bringt dich zu deinem Vater.«

Und damit schob er Hülya mit überraschender Kraft in den Aufzug, den es nicht geben durfte, und fuhr mit ihr hoch in ein Stockwerk, das es noch viel weniger geben durfte.

LOST IM LABYRINTH

Flackerlicht empfing sie, als sie aus dem Aufzug trat. Ein Drittel der Neonröhren im Gang funktionierte, das zweite Drittel flackerte, und das letzte Drittel war zerbrochen. Ein abgewetzter Teppich führte an Wohnungstüren vorbei einen langen Flur entlang. Weiter hinten gabelten sich die Gänge, es roch modrig und feucht.

Die gesamte rumpelige Fahrstuhlfahrt hatte Hülya damit verbracht, dem neugierigen Blick des Alten zu entgehen. Hatte auf den Boden gestarrt, auf die Knöpfe des Bedienfeldes, auf den mottenzerfressenen roten Samtvorhang, der an der Rückwand der kleinen Kabine von besseren Zeiten kündete. Neugierig hatte Hülya den Vorhang beiseitegeschoben. Dahinter war ein deckenhoher Spiegel in die Aufzugswand eingelassen, aus dem ihr eigenes Gesicht sie angeblickt hatte: neugierige Augen, pechschwarzes Haar … und mittendrin die zwei Strähnen des Horrors. Wie sah das denn aus? Spaghetti-Popel-Pipi-Beige-Gelb-Blond, ratterte sie im Kopf alle Gelbtöne der Welt herunter, bis ein Ruckeln sie von diesem Horroranblick erlöste. Sobald die Tür auch nur einen Spalt offen war, hatte sie schon den Schritt in den Flur gemacht. Nur weg vom Alten und von ihrem ganz persönlichen Fashiondesaster. Doch der Anblick des Ganges ließ sie wie angewurzelt stehen bleiben. Denn dieser Teil der Ruine war auf eine entscheidende Art anders als der Rest: Er wirkte bewohnt.

»Was ist, junge Dame?«, krächzte der Alte und schob sich an Hülya vorbei. »Hast du den Weg nach Hause vergessen?«

Das Krächzen brachte Hülya wieder zu sich.

»Erst mal muss ich die Sprayerin finden«, sagte sie. »Wissen Sie, wohin die verschwunden ist?«

Der Alte drehte sich überrascht um.

»Sprayerin?«, echote er.

»Ein Mädchen. Etwa so groß wie ich. Auch schwarze Haare, aber Locken.«

Vor sich hin murmelnd, kam der Alte näher, wischte die flaschenbodendicken Gläser seiner Brille mit einem der Stofffetzen sauber und musterte Hülya.

»Die einzige Sprayerin hier bist du«, krächzte er gedehnt. »Du bist doch das Fräulein Lykopoulou, nicht wahr?«

Seine letzte Frage schwebte durch den Gang, als ob sie mehr bedeutete. Hülya spürte die Spannung. Langsam nickte sie.

»Äh ... ja, klar bin ich das Fräulein Lykopoulou. Wer sonst?«

Das Lächeln des Alten wurde breiter und offenbarte eine Reihe gelbbrauner Zahnstummel. Er legte ihr seine altersfleckige Hand auf die Schulter und schob sie vor sich in den Gang. Hülya zuckte unter seiner Berührung zusammen wie von einem elektrischen Schlag. In ihrem Schädel schrillten Alarmglocken, ihr linker Arm stand in Flammen. Ihr Hirn sagte: Das ist die Chance, die Sprayerin zu finden – und die Kamera deiner Mutter! Ihr Bauch sagte: Wenn du mit ihm gehst, ist alles vorbei! Mit jedem Schritt erklang eine neue Alarmglocke, bis Hülyas Kopf sich anfühlte wie ein Kuckucksuhrenladen um zwölf Uhr mittags. Und dann, ohne dass der Alte etwas dagegen machen konnte, rannte sie los, den Gang hinab in ein Labyrinth, aus dem es keine Wiederkehr gab.

Hülya wurde langsamer, schließlich stoppte sie. Die Rufe des Alten waren schon lange verklungen. Verklungen war auch das Schrillen in ihrem Kopf aus tausend Alarmglocken. Sie war allein. Als ihr Herzschlag sich halbwegs beruhigt hatte, sah sie sich um. Ohne die unangenehme Präsenz des Alten wirkte dieser Gang nicht mehr besonders gruselig, sondern bloß heruntergekommenen wie in einer alten Mietskaserne. Zumindest bis Hülya die seltsamen Wohnungstüren bemerkte, die den langen Flur säumten. Innerlich korrigierte sie ihren Eindruck von »heruntergekommen« zu »skurril«, von »Mietskaserne« zu »Geisterbahn«. Jede Tür war vollkommen anders: Tür #1 war eine aus Dachlatten gezimmerte Hundehüttentür, Tür #2 sah aus wie der marmorne Eingang zu einem Mausoleum, und bei Nummer #3 hingen nur armdicke Lianen in der Türöffnung. So ging es immer weiter, bis zum Ende des Gangs. Ein vorsichtiges Lächeln zog auf Hülyas Lippen. Leute mit so schrägem Humor können nicht total schlimm sein, dachte sie, die werden mich schon zur Sprayerin führen. Doch schon bald würde Hülya herausfinden, wie sehr sie sich irrte.

Der buttrige Duft frischen Popcorns drang Hülya in die Nase. Sie folgte dem Geruch ein paar Meter den Gang hinunter zu einer bunten Tür mit zwei gemalten Augen über dem Türsturz, rot-weiß-grün geringelten Holzbalken und einer knallroten Clownsnase als Türknauf. Eine Tür wie der Eingang zu einem Zauberzirkus, freute sie sich. Hier würde sie ihre Suche nach der Sprayerin beginnen!

Sie klopfte. Keine Antwort. Dafür drang ein Plätschern aus der von Dschungellianen verhangenen Türöffnung hinter ihr. Sie drehte sich zur Lianentür um. Und sah so nicht, wie die aufgepinselten Augen oberhalb der Zirkustür zum Leben erwachten und jeder ihrer Bewegungen gierig folgten.

Heißfeuchter Nebel schlug Hülya entgegen, als sie ihren Kopf durch die Tür aus Lianen schob. Direkt hinter dem Eingang lag ein großer Raum, der vor Urzeiten mal ein Wohnzimmer gewesen sein mochte. Jetzt aber war er ein Gewächshaus, zugewuchert mit deckenhohen Dschungelpflanzen. Seinen Mittelpunkt bildete ein riesiger Whirlpool, in dem es leise blubberte.

»Hallo?«, machte Hülya vorsichtig.

Keine Antwort.

»Hallo?«, rief sie etwas lauter. »Ich bin auf der Suche nach einer Freundin.«

Träge blubberten die Blasen im Whirlpool. Das war kein Wasser, das war Schlamm. Okay, ein Schlammbad. Soll gut für die Haut sein, redete sich Hülya ein. Mit lautem Schmatzen zerplatzte eine große Blase, Fäulnisgestank schwappte zu Hülya. Eine ungewöhnlich schimmernde Hand hob sich aus dem Schlammbad, klammerte sich an den Wannenrand. Zwischen den grünlichen Fingern spannten sich kleine Häute. Schwimmhäute! Und das Schimmern auf dem Arm waren Schuppen! Hülya wartete nicht ab, bis sich das Ding aus seinem Wellnessbad erhoben hatte. Ruckartig zog sie den Kopf zurück, ließ die Lianen zurückschwingen und machte einen Schritt zurück in den Flur. Tief durchatmen! Vielleicht hatten die Bewohner eine seltene Hautkrankheit, deswegen das Schlammbad? Konnte doch sein! Um ein Haar hätte Hülya ihrer eigenen Erklärung Glauben geschenkt, doch dann streifte ihr Blick die Zirkustür, an der sie zuvor geklopft hatte. Hülya schluckte. Die Augen über der Tür starrten sie an! Und dann verzerrten sich die groben Holzbalken wie schiefe Zähne, formten ein Grinsegebiss, aus dem die Klänge einer Zirkuskapelle heranwehten.

»Hereinspaziert, hereinspaziert!«, rief die Megafonstimme eines Ansagers, und wie der Schlund eines Horrorclowns öffnete sich die Grinsetür nun vollständig. »Wer will noch mal, wer hat noch nicht? Treten sie näher, junge Frau! Hier wird immer nur gelacht!«

Popcornduft umwehte Hülya, so süß, dass ihr schlecht wurde. Angewidert wich sie zurück, bis ihr Rücken an den feuchtwarmen Lianenvorhang stieß. Da hörte sie das feuchte Tapsen hinter sich.

Pflatsch.

Pflitsch.

PFLATSCH.

Eine Wolke heißer Fäulnis strich über Hülyas Nacken. Das brach den Bann. Ohne nachzudenken, rannte sie los. Noch tiefer ins Labyrinth.

Nach unendlich vielen Abzweigungen und ebenso vielen irren Türen blieb Hülya schwer atmend stehen. Der Flur, in dem sie jetzt gestrandet war, sah anders aus als die zuvor. Auch hier flackerten die Neonröhren, aber anders als zuvor hingen Tapetenreste in Fetzen von den Wänden, und Stockflecken zogen sich über die Decke. Statt edler Marmormausoleen gab es hier nur verwitterte Grabsteine als Türen. Hülya stapfte zur letzten Abzweigung zurück. Noch ein langer Flur, der sich am Ende gabelte – und dahinter schien es immer so weiterzugehen. Hülya fluchte leise. Sie hatte sich im Labyrinth verirrt. Ein Blick aufs Handy. Null Uhr. Geisterstunde, schoss es Hülya durch den Kopf. Aber was noch viel schlimmer war: Sie hatte null Balken Empfang. Das Haus war eine tote Zone.

Ein Rumpeln ließ sie aufblicken. Das Geräusch drang aus einem Quergang vor ihr. Vorsichtig spähte sie um die Ecke. Der zunehmende Mond warf sein Licht durch ein schmales Fenster auf einen Mann, der einen Mülleimer in einen Müllschacht entleerte. So weit, so normal. Aber in diesem Haus war bisher gar nichts normal gewesen, also sah Hülya lieber genauer hin. Ein ganz normaler Typ Anfang vierzig, kleiner als Emre. Kein Grusel-Clown, kein Ding aus dem Sumpf. Über seine Wangen zog sich ein dunkler Bartschatten, der in einen mächtigen Walross-Schnurrbart und dichte Koteletten überging. Auf dem Kopf war wie zum Ausgleich nur noch ein feiner Flaum schwarzes Resthaar übrig. Zu ausgeleiertem Karohemd und kurzen Hosen trug er Flip-Flops. Keine Schwimmhäute, keine metertiefen Falten, keine blitzenden Zähne. Fast ein bisschen langweilig.

»Hey, Kleine«, sagte der Mann, ohne aufzublicken.

Hülyas Kopf zuckte zurück. Zu spät. Der Mann trat aus dem Gang, in der Hand seinen Mülleimer. Er blieb vor ihr stehen.

»Was schleichst du hier herum?«

»Ich ... ich suche jemanden«, stammelte Hülya. »Ein Mädchen. So groß wie ich, schwarzer Hoodie mit Neonmuster.«

Der Mann musterte sie.

»Was hat sie jetzt wieder angestellt?«

»Nichts«, beeilte sich Hülya zu sagen. »Aber sie hat etwas, das mir gehört.«

»Ach, ja? Irgendetwas mit Graffiti?« Er lachte bitter. »Falls ja, hat Luna nichts damit zu tun. Und ich erst recht nicht.«

Luna. Das also war ihr Name!

»Und wissen Sie, wo Luna jetzt ist?«

Der Mann stellte den Mülleimer ab und kam auf Hülya zu.

»Hör mal, Kleine ...«

»Nicht ›Kleine‹. Ich heiße Hülya«, konterte Hülya und machte sicherheitshalber einen Schritt zurück. Der Mann blieb stehen und lächelte. Normal große Zähne, registrierte sie beruhigt.

»Also, Hülya. Luna ist meine Tochter.« Er musterte Hülya von Kopf bis Fuß, dann lächelte er. »Tut mir leid, wenn ich etwas schroff war, aber hier im Haus hat Lunas Sprayerei nicht viele Fans. Der alte von Kronstein und die Gräfin hetzen mir ständig unseren Kalfaktor auf den Hals.«

»Den alten Typen mit den vielen Falten?«

»Siris, die alte Mumie«, nickte er. Mit jeder Sekunde wirkte er netter. »Sobald von Kronstein oder die Gräfin sich über Luna beschweren, steht der Kalfaktor bei mir auf der Matte. Du brauchst nur ein ›von‹ im Namen zu haben, dann macht der alles, was du sagst. Siris ist ein echter Adelsjunkie!« Er lächelte breit. »Jedenfalls bin ich deswegen immer vorsichtig, wenn jemand nach Luna fragt. Das verstehst du, oder?«

»Glaub schon. Wissen Sie, wo Luna jetzt ist?«

»Um die Uhrzeit? Zu Hause natürlich.«

Er streckte Hülya die Hand hin.

»Kannst mich ruhig duzen, Hülya. Ich bin Leonidas Lykopoulos, aber alle nennen mich Lon. Wenn Luna was von dir hat, dann helfe ich dir, es zurückzuholen.«

Hülya trottete hinter Lon den Gang entlang. Verstohlen gähnend musterte sie den verschlissenen Läufer unter ihren Füßen. Längst hatte sie es aufgegeben, sich in diesen Gängen zurechtzufinden.

»Und hier«, blieb Lon schließlich stehen und zog einen Schlüsselbund hervor, »wohnen Luna und ich.«

Hülya blickte sich verblüfft um. Sie standen in dem Flur, den sie zuallererst betreten hatte. Vor ihr knarzte es, als Lon eine Tür öffnete, die eine irritierende Ähnlichkeit mit einer Holzkiste für Tiertransporte hatte, komplett mit kreisrunden Luftlöchern und der Aufschrift *»Danger – Live Animals«*. Soweit Hülya aber sehen konnte, wartete hinter der ungewöhnlichen Tür eine völlig gewöhnliche Wohnung. Vor dem Wohnzimmerfenster zogen dichte Wolken über den Nachthimmel, überall lag Hundespielzeug, es roch nach Fell. Hülya mochte Hunde. Lon fing ihren neugierigen Blick auf.

»Luna ist in ihrem Zimmer. Komm doch mit rein.«

»Ich warte lieber. Was für Hunde haben Sie denn?«

Lon stutzte kurz, dann bemerkte auch er die Gummiknochen und lächelte breit.

»Alle möglichen. Ich züchte …«, er zögerte unmerklich, »… ich züchte Dackel. Magst du Hunde?«

»Schon. Ist aber eine kleine Wohnung zum Züchten.«

»Du kennst dich ja gut aus«, nickte Lon und strahlte. »In der Wohnung halte ich die Welpen, die größeren Hunde sind draußen im Zwinger hinter dem Haus. Da haben sie auch frische Luft.«

Hülya nickte.

»Deswegen auch diese seltsame Tür?«

Lon betrachtete die Tür, als sähe er sie zum ersten Mal.

»Ja, das ist so ein Gag hier im Haus. Jeder Mieter kann sich seine Tür aussuchen. Das ist ein ... ein wirklich sehr besonderes Haus.«

Einladend schob Lon die Tür noch etwas weiter auf, aber Hülya machte keine Anstalten, die Wohnung zu betreten.

»Also?«, fragte Lon schließlich. »Lust auf Dackelwelpen-Streicheln?«

»Klar. Luna kann einen Welpen mitbringen, wenn sie mir meine Kamera bringt.«

Ungeduld blitzte in Lons Blick auf, aber Hülya hatte sich vorgenommen, kein Risiko einzugehen. Sie spähte in die Wohnung. Hinter der Fensterfront schob der Wind die Wolkendecke beiseite. Silbriges Mondlicht wanderte über das Hundespielzeug. Als sie sich wieder Lon zuwandte, bemerkte sie, dass seine Augen an ihr vorbeigingen. Und dann krächzte hinter ihr eine allzu bekannte Rostige-Nägel-Stimme.

»Du schon wieder«, rasselte es.

Hülya drehte sich um und blickte in die trüben Augen des Kalfaktors. Lon schien das Auftauchen des Alten ganz und gar nicht in den Kram zu passen.

»Falls es um Luna geht – die ist nicht da«, knurrte er.

Siris stutzte. Hülya auch.

»Ist sie nicht?«, fragte sie perplex.

»Ist sie nicht?«, kam das krächzende Echo vom Kalfaktor.

Lon ignorierte Hülya und knurrte weiter den Alten an.

»Wenn ich das sage. Oder sehen Sie Luna irgendwo?«

»Natürlich sehe ich sie. Ich bin ja nicht blind!«

»Sind Sie nicht?«, knurrte Lon genervt.

Siris ruckelte seine klobige Brille mit den zentimeterdicken Brillengläsern zurecht und warf einen empörten Blick auf Lon.

»Nein, Herr Lykopoulos, das bin ich nicht«, empörte er sich. »Ich trage schließlich eine Brille!« Anklagend stieß er seinen gelben Fingernagel in Hülyas Richtung. »Hier steht sie, Herr Lykopoulos: Luna, Ihre Tochter.« Triumphierend verschränkte er die Arme. »Unten im Eingangsbereich habe ich sie aufgelesen. Hat wohl wieder gegen von Kronstein junior gekämpft – und verloren. Wenn das die werte Frau Gräfin erfährt …«

»Lass mich mit deinem Adelsfimmel in Ruhe, du Blindschleiche«, schnitt ihm Lon das Wort ab. »Die Kleine ist ein Normalo!«

Siris verstummte, ruckelte erneut seine Brille zurecht und schob seine Geiernase ganz nah an Hülya heran.

»Aber die schwarzen Haare …«, murmelte er.

»Schön, dann bin ich also nicht Luna«, unterbrach Hülya seine Glotzerei und machte einen Schritt aus der Reichweite seiner Geiernase, bevor sie sich an Lon wandte. »Und jetzt, da das geklärt ist, können Sie die echte Luna ja herholen. Ich will meine Kamera zurück.«

Lons Lippen verzogen sich zu einem süffisanten Grinsen. Von seiner Freundlichkeit war plötzlich nichts mehr übrig.

»Kleine, ich habe nicht die geringste Ahnung, wo mein feines Töchterchen sich herumtreibt.«

»Aber Sie haben doch gesagt …«, fing Hülya an. Dann verstummte sie. In Lons Blick war etwas Neues getreten. Etwas wie … Hunger. Er machte einen Schritt auf sie zu, sodass er vor seiner Wohungstür in der Mitte des Gangs stand.

»Aber deine Kamera hat sie dagelassen«, sagte er und machte eine einladende Geste. »Komm rein, dann gebe ich sie dir.«

Hülya antwortete nicht. Ihr Blick klebte an der Seitenwand des Gangs. Durch die offene Wohnungstür fiel das Licht des Mondes herein und zeichnete Lons Schatten an die von Kritzeleien übersäte Wand neben ihm. Der Mann war ein Hänfling, doch der Schatten an der Wand war der eines riesenhaften Wesens mit einer lang gezogenen Schnauze voller mächtiger Reißer.

»Ich habe, was du brauchst«, säuselte Lon mit Hundeblick.

Hülya wich einen Schritt zurück, ohne den Blick vom Schatten an der Wand zu lösen. Keine Ahnung, was jetzt schon wieder los war, aber sie musste weg von Lon und seinem Monsterschatten, das spürte sie. In Windeseile ratterte ihr Hirn alle Alternativen durch. Und blieb bei Siris hängen, der asthmatisch atmend hinter ihr stand. Wenn Siris tatsächlich so ein Adelsjunkie war, dann könnte sie …

Mit einiger Mühe riss Hülya den Blick vom Schatten an der Wand, stopfte die aufkeimende Panik in die *HIJKZZ*-Schublade in ihrem Kopf und zwang den hochmütigsten Blick, den sie zustande brachte, auf ihre Züge. Dann wirbelte sie herum und musterte mit kühler Verachtung den Alten vor ihrer Nase.

»Typisch Fußvolk!«, ranzte sie ihn an. »Als ob so einer der Vater von mir sein könnte. Von mir, Hülya *von* Kronstein, zu Besuch von Schloss Vogelöd!« Sie schraubte ihre Stimme höher und höher. »Bei der Ehre meiner Familie! Bei meinem blauen Blut aus uraltestem Hochadel – das ist un-er-hört!«

Gekonnt imitierte Hülya den Tonfall der Adelsheinis aus der türkischen Telenovela, die sie ab und zu mit Emre zum Ablästern guckte. So gekonnt, dass Siris erschrocken zusammenzuckte. Lon hatte recht gehabt: Siris war dem alten Adel treu ergeben.

»Oh, verzeiht, Herrin«, stammelte er unsicher. »Ich wusste nicht, dass Besuch von Schloss Vogelöd im Hause weilt.«

Beinahe tat er Hülya leid, aber das war kein Grund, auf die Bremse zu treten.

»Seit wann muss sich der Adel beim einfachen Volk anmelden? Und jetzt würde ich gerne diesen …«, sie wedelte abschätzig in Richtung Lon, »… diesen Hundezüchter verlassen und meine geliebten Anverwandten aufsuchen.«

»Selbstverständlich, junge Herrin«, sagte Siris, drehte sich um und schlurfte voran. »Ich bringe Sie zur Kronstein-Gruft.«

»Nein, Kalfaktor«, stoppte Hülya ihn. »Zuvorderst muss mein Herr Vater von dieser Schande erfahren. Bringt mich zu eurem Telefon, auf dass er mich abholen lasse.«

Siris hielt inne, dann wandte er sich ganz langsam um. Ein Funken Misstrauen glomm in seinem Blick. Hülya hob ihr Handy.

»Null Balken Empfang, Kalfaktor!«, empörte sie sich. »Und jetzt bringen Sie mich zu einem funktionierenden Telefon!«

Siris musterte sie. Hülyas Mund wurde ganz trocken. Hatte sie überzogen? Dann, nach einer viel zu langen Weile, senkte Siris wieder demütig den Kopf.

»Wie Ihr befehlt, Herrin.«

Er schlurfte voran. Bevor Hülya auch nur einen Schritt machen konnte, war Lon neben ihr. Er lächelte spöttisch.

»Nicht schlecht, Hülya von Schloss Vogelöd«, säuselte er. »Aber wir sehen uns wieder. Für unsereins gibt es nichts Schöneres als die Jagd!«

Er grinste breit. Hülya beeilte sich, Siris zu folgen. Sie ahnte, dass Lon seine Warnung ernst meinte. Was sie nicht ahnte, war, dass es kein bisschen besser war, dem Alten zu folgen. Ganz im Gegenteil.

RUMS!

machte es hinter Hülya.

Erschrocken wirbelte sie herum. Und stand vor einer massiven Steinplatte, die den Eingang von Siris' Wohnung luftdicht versiegelte. Siris selbst war direkt nach dem Betreten seiner Wohnung mit den Schatten verschmolzen. Hülya war allein.

Neugierig schaute sie sich um. Zwei lodernde Fackeln über einem durchgesessenen Sofa erhellten Wände wie aus Wüstenlehm, über die ein Band aus ägyptischen Hieroglyphen lief. Die einzige Deko waren kleine Regale mit Totenschädeln und Miniaturpyramiden. Angesichts der abstrusen Abnormalität der Wohnung um sie herum und der Steinplatte hinter ihr fühlte Hülya sich wie die letzte Idiotin. Ausgerechnet hierher war sie Siris treudoof hinterhergetrottet, um Lons seltsamem Schatten zu entkommen? Nur um von einer tonnenschweren Steintür in einem pseudo-altägyptischen Tempel eingeschlossen zu werden?

Schön blöd!

Mit aller Kraft lehnte sich Hülya gegen die Steintür. Nicht einen einzigen Millimeter gab der Stein nach.

»Willkommen in meiner Mastaba, Mädchen«, tönte da die Rostige-Nägel-Stimme aus den Schatten. »Jetzt erzähl dem alten Siris mal, wer du wirklich bist.«

Nur mit Mühe gelang es Hülya, ihr arrogantes Adelsgesicht wieder aufzusetzen.

»Was erlauben Sie sich? Eine von Kronstein wird vom niederen Volk nicht geduzt!«

Im Schatten kicherte es. Es klang, als würden alle Mathelehrer der Welt ihre Fingernägel gleichzeitig über die Tafel ziehen.

»Beinahe hättest du mich überzeugt, Mädchen. Aber nur beinahe.«

Und dann trat Siris aus dem Dunkel in den Schein der Fackeln. Der arrogante Adelsausdruck rutschte Hülya endgültig aus dem Gesicht. Der Mann vor ihr war nicht mehr der tatterige Alte, der Hülya in seine Wohnung gelotst hatte. Der Mann vor ihr trug eine weiße, von Goldfäden durchwirkte Robe, auf seinem Haupt wand sich ein Haarreif, aus dem sich drohend eine goldene Kobra erhob, und seine Augen hinter den flaschenbodendicken Brillengläsern leuchteten. Dieser neue Siris strahlte eine Macht aus, die nicht hierhin gehörte, sondern in ein Land aus Wüste und Sonne vor über fünftausend Jahren – die Macht eines altägyptischen Hohepriesters.

»Du bist kein einfaches Tagwesen, Mädchen«, sagte Siris mit einer Selbstsicherheit, die Hülya von dem unterwürfigen Kalfaktor nicht erwartet hätte. »Niemals sonst hätte ich dich mit einer von uns verwechselt.«

Ohne Vorwarnung zog er sie mit seiner faltigen Hand zu sich. Unfähig, wegzuschauen, tauchte Hülya tief ein in die trüben Teiche seiner Augen. Falten umkreisten sie wie Aasgeier ein Wasserloch in der Wüste.

»Du bist … ungewöhnlich«, krächzte der Alte. »Ein Tagwesen, aber nicht nur. Was bist du: Wechselbalg? Ghul? Eine Harpyie vor der Mauser?«

Hülya zwang sich zur Ruhe. Der Typ hatte vielleicht einen kruden Pharaonen-Fetisch, aber er war alt und schwach. Hülya dagegen war jung und stark. Sie befreite sich aus dem Klauengriff und blickte dem Faltenopa fest in die Augen.

»Ich bin ich. Und ich bin hier, weil diese Luna etwas hat, das mir gehört. Wenn Sie mir helfen, Luna zu finden, verrate ich niemandem, dass Sie junge Mädchen in Ihre Geisterbahn entführen. Das interessiert bestimmt die Polizei!«

Der Alte blinzelte überrascht. Dann kicherte er.

»Was gibt's da zu lachen?«, fragte Hülya,

»Du weißt es nicht.«

»Was weiß ich nicht?«

»Wer du bist. Was du bist.«

Hülya versuchte ein »Mir-doch-egal«-Gesicht. Es misslang.

»Ist das nicht egal, wer ich bin? Am Ende sind wir doch alle gleich«, brachte sie nur lahm hervor.

»Nun, Mädchen, die einen sind Jäger, die anderen Beute«, krächzte der Alte. »Wenn du keine von uns bist, dann bist du Beute. Und damit mein Opfer für den Herrn des Totenreichs.« Er griff in die Tiefen seines weiten Gewandes. Ein Lichtreflex fing sich in der langen Zeremonienklinge, die er plötzlich in der Hand hielt. »Du wirst sterben, Mädchen. Hier in meiner Mastaba, zu Ehren des großen Anubis.« Er lächelte sie mit seinen gelbbraunen Zahnstummeln fröhlich an. »Das ist eine große Ehre für ein nichtswürdiges Wesen wie dich.«

Er hob die Klinge. Im Flackerlicht tanzten altägyptische Hieroglyphen über den Messergriff, die Klinge schimmerte in schwarzem Obsidian. Und dann der Blick des Alten! In seinen Augen war ein smaragdgrüner Funke zum Leben erwacht, der tief in Hülyas Gedanken einzudringen schien.

»Ja, danke, aber … aber ich … äh … ich bin ein ganz schlechtes Opfer. Ich habe auch gar keine Erfahrung im Opfersein, und ich bin auch viel zu nicht-nichtswürdig«, stammelte sie. Ihre Zunge fühlte sich wie ein Fremdkörper in ihrem Mund an, trotzdem plapperte sie einfacher weiter. »Ich … ich bin eine Normala. Ein Tagwesen.« Mit jedem Wort gewann sie die Gewalt über sich zurück. »Hülya. 15 Jahre alt. Auf der Suche nach meinem Fotoapparat. Aber ich bin ganz bestimmt kein Opfer!«

Der Bann war gebrochen. Blind griff sie in ein Regal neben der Tür. Ein Stein. Faustgroß. Eine Waffe! Drohend hob sie ihn über ihren Kopf. Siris erstarrte. Wie eingefroren standen sie sich gegenüber: Hülya mit Stein und blitzenden Augen, der Alte mit Zeremonienmesser und Panik im Blick. Dann plötzlich schepperte der Dolch zu Boden, und der Alte warf sich auf die Knie.

»Hochedle Prinzessin!«

Hülya atmete auf. Das hatte besser geklappt als erwartet. Sogar etwas zu gut. Dann mischte sich der Stein ein.

»Was wagt eine Niedriggeborene, die edle Prinzessin Tawy zu berühren?«, zischte der Stein. Hülya starrte zu dem Ding in ihrer Hand. Der Stein war kein Stein. Es war ein Totenkopf, und er starrte sie giftig an. Mit einem erschrockenen Quieken ließ Hülya ihn fallen. Der Alte neigte vor dem Totenkopf das Haupt.

»Verzeiht, hochedle Prinzessin Tawy.«

»Menschen verzeihen. Tawy ist eine Göttin«, klapperte der Totenkopf. »Göttinnen verzeihen nicht. Ich fordere Rache.«

Der Alte nickte gehorsam.

»Es sei.«

Beinahe zärtlich hob er den Totenkopf auf, dann traf sein Blick Hülya. Hass loderte darin.

»Du hast Prinzessin Tawy aus der Dynastie des Snofru befleckt«, grollte der Alte. »Nun spüre ihre Rache.«

In den Augenhöhlen des Schädels glomm grünliche Glut. Anklagend stach der Alte seinen Zeigefinger in Hülyas Richtung.

»Was auch immer du sein magst, Tagwesen oder Kreatur der Nacht, höre den Fluch«, deklamierte er. »Die Ehre des Opfertodes bleibt dir versagt. Unendliche Ewigkeit im Steinbruch für die große Pyramide der edlen Tawy harret deiner!«

»!«, deklamierten Siris und der Totenkopf im Gleichklang.

Die smaragdgrüne Glut in den Augenhöhlen des Totenschädels loderte auf, das Grün sickerte in Hülyas Hirn. Gluthitze breitete sich in ihr aus, sengender Wüstenwind fuhr durch ihr schwarzes Haar. Hülya stürzte in die leuchtenden Augen des Totenschädels, ihre Hände schmerzten vom Schlagen der Steine, ihr Rücken brannte von der Peitsche der Sklaventreiber. Alles nur, weil sie gegen alle Warnungen das Hochhaus im finsteren Herzen des Waldes betreten hatte. Doch im Pyramidensteinbruch der göttlichen Tawy, wo sie die Ewigkeit als steinschlagende Sklavin verbringen würde, gab es kein Bedauern. Nur Schmerzen, ewige Schmerzen und ewige ...

RUMS! dröhnte es neben Hülya. Und wieder: *RUMS!*

Zack! Hülya stürzte zurück in die Wirklichkeit. Gerade noch hatte Wüstenwind ihre Haare zerzaust, jetzt starrten Faltenopa und Totenkopf sie an.

»What the ...«, murmelte sie völlig neben der Spur. Hatte sie wirklich noch vor wenigen Sekunden Kalkstein für die Pyramiden aus dem Fels gebrochen – oder war das nur ein Hypnosetraum gewesen, den ihr Pharaonenfan Siris eingeimpft hatte? Benommen entschied sich Hülya für den Hypnosetraum, die Alternative war einfach zu wahnsinnig. Sie schüttelte den Kopf, um ihre Gedanken zu klären. Aber noch immer spürte sie die Wucht des Steinhammers, hörte die Pauke des Antreibers ... nein, halt! Das war keine Hypnosepauke, das kam neben ihr aus der Wand. Und Faltenopa und Totenkopf starrten auch gar nicht sie an, sondern an ihr vorbei. Langsam drehte auch Hülya sich zur Wand. Risse zogen sich durch den Putz vom Boden bis zur Decke.

WTF?!

RUMS! machte es wieder.

Die Wand hinter Hülya wackelte, als wäre eine Abrisskugel dagegen geprallt.

RUMS!

Die Risse schlängelten aufeinander zu, Putz rieselte auf Hülyas Schultern. Hastig machte sie einen Schritt zur Seite. Keine Sekunde zu früh. Die Risse trafen aufeinander und …

RRRRUMS!!!

Ein mannshohes Stück Stahlbeton krachte mit ohrenbetäubendem Lärm an Hülya vorbei in die Wohnung. Eine Staubwolke schwappte hinterher. Hülya hustete. Durch das von den zerrissenen Stahlstreben gesäumte Loch in der Wand fiel Neonlicht in die nur von flackernden Fackeln erhellte Grabkammer. Überall Betonstaub, selbst der Totenkopf in Siris' Hand war schmutzig grau.

»Hochedle Prinzessin!«, stieß Siris erschrocken hervor und begann, mit seinem Gewand den Schädel wieder auf Hochglanz zu polieren. Das war Hülyas Chance!

Ohne nachzudenken, machte sie einen Satz durch die neue Öffnung in der Wand – und erstarrte. Im Gang, umwirbelt von Staub und Neonlicht, lauerte etwas. Reißzähne blitzten im flackernden Neonlicht, der Geruch eines wilden Tieres auf der Jagd lag in der Luft. Hülya warf einen Blick über ihre Schulter zurück. Zerfetzt von Reißzähnen oder verflucht zum ewigen Frondienst im Steinbruch. Tolle Wahl.

Ein tiefes Grollen erklang, und die Schattenbestie machte einen Schritt auf sie zu. Hülya klaubte einen Betonbrocken vom Boden und schleuderte ihn in ihre Richtung.

»Hey!«, grollte der Schatten.

Hülya schnappte sich den nächsten Stein, holte aus, warf. Und traf.

»Au!«, schrie der Schatten auf. »Hat sich die Blondiercreme in dein Hirn geätzt, oder was?«

Hülya riss schon den nächsten Brocken vom Boden, zielte – und stutzte. Blondiercreme? Und woher kannte sie diese Stimme?

»Ein ›Danke‹ wäre das Mindeste«, knurrte der Schatten. »Dich rette ich bestimmt nicht noch mal!«

»Äh … what?«, brachte Hülya hervor.

Der Schatten machte einen Schritt auf sie zu, schien dabei zu schrumpfen. Dann stand er direkt unter einer flackernden Neonröhre. Und Hülya fielen beinahe die Augen aus dem Kopf. Vor ihr rieb sich Luna (aka Miss Neonpink aka die Sprayerin aka die, die sie die ganze Zeit gesucht hatte) das Kinn.

»Du!«, brachte Hülya nur hervor.

»Genau. Ich. Also: Bedankst du dich jetzt?«

»Wofür? Dass du mich beklaust?« Drohend hob Hülya den Betonbrocken in ihrer Hand. »Gib mir meine Kamera wieder, damit ich endlich aus diesem Irrenhaus verschwinden kann!«

»DU!«, krächzte es hinter Hülya. Wurfbereit wirbelte sie herum, aber Siris interessierte sich gar nicht für sie.

»Luna Lykopoulou!«, krächzte er wütend. »Erst lässt du Tagwesen ins Haus, dann demolierst du meine Wohnung, und dann«, er hob anklagend die Hand mit dem wieder auf Hochglanz polierten Totenkopf, »beschmutzt du die hochverehrte Prinzessin Tawy!«

»Eine weitere Sklavin für Tawys Pyramide!«, klapperte der Totenkopf freudig. Und dann begannen seine leeren Augenhöhlen wieder grün zu glimmen.

»!«, stimmten Siris und die Totenkopf-Prinzessin ihren Fluch-Chor an.

Nicht schon wieder! Hülya griff nach Lunas Schulter, aber die stierte bereits mit leerem Blick ins grüne Licht. Hülya schüttelte sie. Nichts. Hülya schüttelte fester.

»Aufwachen!«, drängte sie. Immer noch nichts. »Wach gefälligst auf, du bescheuerte Kameradiebin!«

Lunas Augen waren leer bis auf das Grün, das darin tanzte. Schon spürte Hülya, wie die fremdartigen Silben des Fluchs auch in ihre

Gedanken einsickerten, fühlte den sengenden Wüstenwind, das Brennen der Sonne …

Hülya verpasste Luna einen Schlag. Lunas Kopf pendelte hin und her, aber ihr Blick blieb leer wie die Sahara in der Mittagshitze. Frustriert schrie Hülya auf. Wenn sie Luna einfach dem Spinner und seinem Totenkopf überließ, würde sie nie an ihre Kamera kommen. Kurz entschlossen visierte sie die weiche Stelle zwischen Lunas Hals und ihrer Schulter an – und kniff mit aller Kraft zu.

»Aua!«, jaulte Luna auf.

Reflexhaft schlug sie um sich. Zum Glück hatte Hülya sich in Sicherheit gebracht, sonst hätte sie die Ohrfeige ihres Lebens kassiert. Immerhin war Leben in Lunas Augen zurückgekehrt.

»Ich … ich war in der Wüste …«, flüsterte sie benommen, »und habe mit einem riesigen Hammer auf Steine eingeschlagen. Dabei hasse ich Handwerken!«

»!«

Siris' Fluchdeklamation wurde intensiver, zerrte Hülyas Gedanken in den Wüstensand. Mit der Kraft der Verzweiflung schob sie Luna weg vom grünen Glühen und den magischen Worten. Luna taumelte erst, doch nach ein paar Metern wurden ihre Schritte sicherer. Und auch Hülya spürte, wie ihre Gedanken sich klärten.

»Wenn wir nicht die nächsten Jahrtausende Steine kloppen wollen, müssen wir hier weg – sofort«, rief sie.

Dieses Mal verstand Luna. Sie nickte, rannte los. Um eine Ecke, in einen Quergang, einen Flur hinab. Hülya immer hinterher. Das gutturale Gebell von Siris und der Totenkopf-Prinzessin wurde leiser und leiser, bis es schließlich nicht mehr zu hören war.

Die Mädchen blieben stehen und lauschten. Stille umfing sie. Das hier musste ein unbewohnter Teil des Gebäudes sein, dachte Hülya, als sie sich umschaute. Tapete schälte sich von den Wänden, und die Türen waren nicht bunt und skurril, sondern bloß schwarze Löcher voller Leere. Dennoch fühlte sie sich sicherer als je zuvor in dieser Nacht. Und das lag an ihrer Begleiterin, die sich hier so zu Hause zu fühlen schien, als säßen sie auf dem Sofa vor einer Schüssel Chips.

»Ich bin übrigens Luna«, sagte Luna.

»Ich weiß. Ich war bei deinem Vater.«

»Hat er mir erzählt. Er hat sich auch beschwert, dass der alte Siris ihn um seine Beute betrogen hat. Dass du mit der alten Mumie mitgegangen bist … echter Anfängerinnenfehler.« Sie grinste. »Andererseits ist mein Vater auch nicht die beste Gesellschaft für jemanden wie dich.«

»Ja, echt interessant«, nickte Hülya ungeduldig. Für Small Talk war sie nicht hier. »Krieg ich jetzt meine Kamera?«

»Klaro«, antwortete Luna, »aber erst, wenn du mir deinen Namen sagst. Und mir einen Gefallen tust.«

»Und wenn nicht?«

Die beiden Mädchen guckten sich in die Augen. Luna zögerte, dann drehte sie sich um.

»Dann nicht.«

Sie machte ein paar Schritte. Hülya verdrehte die Augen.

»Hülya.«

Wie ein Blitz wirbelte Luna herum.

»Boah, endlich! Ich hatte schon Angst, dass du stur bleibst«, sagte sie. »So wie du dich bisher geschlagen hast, hättest du vielleicht sogar bis Sonnenaufgang durchgehalten. Dann hätten wir uns nie wiedergesehen.«

»Wieso bis Sonnenaufgang?«

»Dann ist hier nix mehr los. Nach Sonnenaufgang entkommt echt jede noch so dämliche Normala.«

»Du machst echt super Komplimente«, erwiderte Hülya sarkastisch.

»Und du machst echt super Fotos, Hülya«, sagte Luna ohne auch nur ein Fitzelchen Sarkasmus. Ihre Augen strahlten. »Ganz ehrlich! Ich wollte die Kamera schon im Müllschacht entsorgen, aber dann habe ich mir die Fotos angeguckt. Megagut!«

Luna war voll in Fahrt. Und so seltsam die ganze Nacht bisher auch gewesen war – Hülya fühlte sich geschmeichelt.

»Am besten sind die Fotos vom Sprayen. Vor allem das, auf dem ich die Mauer hochspringe. Das hat voll Power!«, schwärmte Luna. »Zum Glück habe ich dich gefunden, bevor Siris dich ganz für sich haben konnte.«

Super Fotos. Das hatte noch nie jemand zu Hülya gesagt. Vielleicht hatte Luna tatsächlich guten Geschmack.

»Okay, meinen Namen weißt du jetzt«, sagte Hülya. »Was ist das mit dem Gefallen?«

Lunas Grinsen wurde breiter. Sie huschte neben Hülya und zog ihr altersschwaches Handy hervor.

»Ich dachte, Handys gehen hier nicht?«

»Normalo-Handys nicht. Meins schon.«

Luna hielt Hülya ihr Handy unter die Nase. Auf dem Display leuchtete ein Foto. Und was für eins! Ein kleines Mädchen mit dichten schwarzen Locken im pinken Einhornpullover grinste mit blitzender Zahnspange und eisverschmiertem Gesicht in die Kamera. Hülya warf einen vorsichtigen Blick auf Luna. Kein Zweifel.

»Das bist … du?!«

Luna nickte ernst.

»Ja, leider. Hat meine Mama gemacht – da war ich zehn!«

Hülyas Augen wurden groß.

»Mein Handy ist zu schrottig für Selfies. Und hier im Haus macht keiner Fotos, weil die Gräfin das nicht will. Die haben alle Schiss, dass jemand was mitkriegt von uns. Aber ich brauche dringend ein vernünftiges Bild für meinen Account bei Finstagram, sonst …«

»Moment, Moment«, unterbrach Hülya sie. »Nicht so schnell. Wer ist die Gräfin? Und wenn wir schon mal dabei sind: Was war das gerade mit dem Alten und seinem Zaubertotenkopf?«

Luna zögerte.

»Du willst doch ein Foto für Insta, oder?«

»Nicht Insta«, korrigierte Luna. »*Finsta.* Wir hängen doch nicht auf einer Normalo-Community ab!« Sie dachte nach. »Und deine Fragen … das hier ist ein besonderes Haus. Es ist besser, wenn du nicht zu viel weißt. Das ist gegen die Regeln.«

Hülya verschränkte die Arme. Luna warf verzweifelt die Arme in die Luft.

»Meinetwegen. Wir machen einen Deal«, sagte sie. »Du machst die Bilder. Und dann kriegst du deine Kamera … und ein paar Antworten. Aber nur ein paar.«

»Und wenn ich mehr will als ein paar?«

»Dann muss ich dich töten.«

Das war so sehr wie aus einem schlechten Film, dass Hülya kichern musste. Luna aber blieb ernst. Todernst. Ohne ein weiteres Wort verschwand sie im Dunkel des Gangs.

»Komm schon, Megafotografin!«, rief sie. »Ich will mindestens noch so ein Powerfoto wie das beim Sprung!«

Hülya zögerte. In ihrem Inneren lieferten sich Unruhe und Vorfreude ein Duell. Aber jetzt galt es, sich auf das Fotoshooting zu konzentrieren. Hülya entschied sich also für die Vorfreude, und die Unruhe stopfte sie in ihre *HIJKZZ*-Schublade. Ihr erster richtiger Fotojob! Mit Riesensätzen eilte sie Luna hinterher, immer tiefer in das Labyrinth, das ihr Leben für immer ändern würde.

FINSTA-FOTOSHOOT

Klick! Klick! Klick!

Silbriges Mondlicht zauberte blinkende Discokugeln aus den Lüftungsschächten aus Metall, die übers Dach verteilt waren. Hinter ihnen verschwammen die Lichter Groß-Hertenstetts, während im Vordergrund jemand posierte: Luna, die schwarzen Haare zurückgeworfen, die grellgelben Augen in die Kamera zwinkernd.

»Einen Schritt nach links«, dirigierte Hülya sie.

Luna machte einen Schritt.

»Das andere Links. Kameralinks!«

Luna zwinkerte nicht mehr, sondern guckte genervt. Sie machte einen Schritt über den Kies zur anderen Seite.

»Nicht so weit! Und nicht so fakemäßig gucken. Du bist doch keine Heidi Klum!«

»Heidi wer? Hast du's jetzt mal langsam?«

»Wer wollte denn coole Fotos haben – ich oder du?«

»Und wer musste dafür erst gerettet werden?«

Hülya nahm die Spiegelreflexkamera runter.

»Nicht nur ich. Du auch«

»Aber du viel mehr«, schmollte Luna.

»Ach ja? Und wer hat rumgeheult, dass sie Handwerken hasst?«

»Das war nur, weil ich dich vorher gerettet habe«, knurrte Luna trotzig und stapfte mit verschränkten Armen bis zur Kante des Flachdachs. Ihr Blick verlor sich im Dreiviertelmond, der sein fahles Licht über die knorrigen Wipfel des Finsterforstes ausgoss.

Das war's! Hülya riss die Kamera hoch.

Klick! Klick! Klick!

Im Akkord knipsend, schritt sie langsam übers Flachdach auf Luna zu. Das Dach des Hochhauses hatte Luna als Location ihres Fotoshootings auserkoren – und eine bessere war kaum denkbar, fand Hülya. Ein besseres Model allerdings schon. Luna war die ganze Zeit total unecht gewesen … bis jetzt!

Erst als Hülya nur noch einen Meter entfernt war, bemerkte Luna sie. Unwillig drehte sie sich um. Hülya machte noch ein, zwei Fotos, setzte dann mit einem breiten Grinsen die Kamera ab. Das war mega gewesen!

»Was gibt's da zu grinsen?«, maulte Luna. »Ist doch ein echter Reinfall. Ich wusste gar nicht, dass Fotos machen so nervt.« Sie stapfte zu einem der Lüftungsschächte und stellte sich in Pose. »Hier ist vielleicht besser, oder?«

Den Kopf in den Nacken, den Rücken durchgedrückt, die Hände hilflos an den Seiten – Luna sah aus wie eine Galionsfigur mit Magenproblemen, fand Hülya.

»Ich glaube, wir haben, was wir brauchen«, sagte sie stattdessen und ging rüber zu Luna.

»Du sollst Fotos machen, Hülya. Das war der Deal«, presste Luna durch ihr gefaktes Lächeln hervor und drückte den Rücken noch mehr durch. Jetzt war sie eine Galionsfigur mit Durchfall.

Wortlos hielt Hülya ihr das Display ihrer Kamera unter die Nase und klickte durch die Fotos von eben. Luna am Rand des Daches, ernst zum Mond blickend, die Lichter der Kleinstadt verschwommen hinter den Baumkronen. Luna, wie sie sich zur Kamera drehte, mit Augen voller Energie, das schwarze Haar wie ein ungebändigter Strom ihre Züge umfließend. Echte, ungestellte Bilder voller Kraft: Luna, wie sie wirklich war, ganz ohne Möchtegern-Model-Durchfall-Pose.

Luna sagte nichts, als Hülya die Kamera sinken ließ, aber ihre Augen hatten einen seltsamen Glanz angenommen.

»Und?«, fragte Hülya.

Vor Anspannung war ihr ganz flau im Magen. Luna warf sich Hülya wortlos an den Hals. Und drückte zu. Hülya fühlte sich, als wäre sie in eine Müllpresse gefallen.

»Hammer, Hammer, Hammer!«, flüsterte Luna ihr ins Ohr und drückte der nach Luft schnappenden Hülya einen Kuss auf die Wange. »Das hat noch nie, nie, nie jemand für mich gemacht. Als ob du mich …« Sie zögerte, schob Hülya von sich und blickte sie ernst an. »Als ob *wir* uns schon ewig kennen würden.«

Dann ließ sie Hülya los. Nach der Umarmung musste Hülya erst mal tief Luft holen.

»Gern geschehen«, brachte Hülya hervor. »Aber wenn du so weitermachst, bringst du mich aus Versehen um. Erst die Tracht Prügel und jetzt zerquetschst du mich fast …«

»Oh, sorry. Auch wegen dem Kameraklauen«, grinste Luna. »Ich bin eben eine starke Frau. Und du bist eine megakrasse Fotografin.«

Hülya strahlte.

Ans kühle Metall des Luftschachts gelehnt, ließ sich Hülya von der frischen Nachtluft umwehen. Neben ihr klapperte die Tastatur von Lunas uraltem Laptop, auf den Luna die Fotos von Hülyas Speicherkarte kopierte. Ein Lächeln umspielte Hülyas Lippen. Zum ersten Mal seit dem Umzug nach Groß-Hertenstett hatte sie nicht das Gefühl, vom Universum an der falschen Stelle ausgespuckt worden zu sein. Allerdings war ihr immer noch ein Rätsel, wo genau es sie ausgespuckt hatte. Aber dieses Rätsel würde sie jetzt lösen.

»Das Haus hier ist ein bisschen seltsam, oder?«, fragte sie nachdenklich. »Von außen voll die Ruine, aber trotzdem wohnen hier Leute. Und zwar echt seltsame Leute …«

Lautstark klappte Luna den Laptop zu, obwohl der Kopierbalken noch längst nicht fertig war.

»Danke noch mal«, sagte sie knapp und hielt Hülya die alte Spiegelreflexkamera hin. »Wir sind quitt. Dann kannst du ja jetzt gehen.«

Paff. Mitten in die Fresse. Hülya spürte, wie heiße Wut in ihr aufwallte.

»Schon klar«, presste sie hervor. »So viel zu deinem ›Wir haben einen Deal‹ und ›Wir kennen uns schon ewig‹.«

Luna wich Hülyas Blick aus. Wortlos legte sie die Kamera vor Hülya ab, stand auf und stapfte zum Rand des Dachs. Der Kies knirschte unter ihren Schritten. Unschlüssig wog Hülya die Kamera in den Händen.

»Das Haus hier …«, begann sie von Neuem, vorsichtiger als zuvor, »das ist doch nicht einfach nur eine Ruine, oder?«

Hülya sah, wie sich die Muskeln in Lunas Schultern verhärteten.

»Du fragst zu viel«, sagte Luna nach einer Weile, ohne sich zu rühren. »Zu viel Wissen ist ungesund.«

Hülya wartete auf mehr, aber Lunas Schweigen war lauter als jedes gesprochene Wort. Unentschlossen fuhr Hülya mit ihren Fingern über die vertraute Form der Spiegelreflexkamera, über das Panzertape, das den uralten Riss abdichtete, über die von der Nutzung blank gescheuerten Knöpfe. Mit dieser Kamera hatte ihre Mutter Tausende Fotos gemacht, und Hülya hatte es ihr von frühester Kindheit an gleichgetan. Der vertraute und geliebte Gegenstand unter ihren Fingerspitzen kühlte Hülyas heiße Wut. Luna war die erste coole Person, die sie hier getroffen hatte. Einfach umdrehen und abhauen kam nicht infrage. Hülya schob die Kamera in die Fototasche, erhob sich und machte ein paar Schritte zum Rand des Daches. Hinter Luna blieb sie stehen, deutete in die Ferne.

»Da unten, in der Siedlung, wo die Lichter brennen, da wohne ich.« Luna reagierte nicht. Hülya zögerte, dann fasste sie sich ein

Herz. »Vielleicht besuchst du mich ja mal. Dann kannst du in Ruhe erzählen, was hier los ist.«

Luna rührte sich nicht. Erst nach einer endlos erscheinenden Weile antwortete sie.

»Vergiss einfach, dass wir uns getroffen haben, Hülya«, sagte sie mit einer Stimme voller Bitternis. »Und jetzt geh, bevor es zu spät ist.«

Hülya zuckte zusammen, als hätte Luna sie geschlagen. Unschlüssig zögerte sie ein, zwei Lidschläge, dann drehte sie sich um und stapfte zu dem kleinen Betonhäuschen mit der Metalltür, durch die sie aufs Dach gekommen waren. In ihr brodelte es. Niemanden zu kennen, war blöd genug. Aber jemanden kennenzulernen, der einen dann fallen ließ wie ein verschimmeltes Mettbrötchen – das war richtig übel.

»Niemand wird erfahren, dass du hier warst, Hülya«, rief Luna ihr hinterher, und es klang wie ein Befehl. »Und niemand wird erfahren, dass ich das Graffito gemacht habe.«

Hülya stapfte einfach weiter.

»Was ich wem erzähle«, presste sie hervor, »geht dich einen Scheiß an!«

Wie aus dem Nichts stand Luna vor ihr, wie aus dem Boden hervorgewachsen.

»Hülya, ich mein's todernst.«

Hülya starrte sie einen langen Augenblick an. Luna erwiderte ihren Blick eine Weile, aber dieses Duell verlor sie. Ohne ein weiteres Wort schob sich Hülya an ihr vorbei. Weit kam sie nicht. Lunas Hand senkte sich bleischwer auf ihre Schulter.

»Du darfst niemandem von hier erzählen«, erklang Lunas Stimme. »Bitte.«

Hülya schüttelte die Hand unwillig ab, ohne Luna anzublicken.

»Oder was? Verprügelst du mich dann wieder? Oder bringst du

mich direkt um?« Hülya hatte endgültig genug. Sie drehte sich zu Luna um und hielt ihren Blick fest. »Dein Nachbar ist ein ägyptischer Gruselopa, du schlägst mit bloßer Hand Wände ein, und jetzt schmeißt du mich raus, obwohl wir gerade die coolste Fotosession seit Erfindung der Fotografie hatten.« Sie atmete tief durch, bevor sie mit sanfterer Stimme weitersprach. »Du hast mir Antworten versprochen und einen auf beste Freundin gemacht, Luna. Das war knallhart gelogen.«

Hülyas Blick bohrte sich in diese seltsamen gelben Augen, bis Luna schließlich hörbar ausatmete.

»Wie du willst, Hülya. Wir sind Ausgestoßene. Wenn jemand erfährt, dass wir hier sind, dann verlieren wir alles. Und wenn du zu viel weißt, dann … dann darf ich dich nicht gehen lassen. Das sind die Regeln des Pax Transsylvanica.« Sie wich Hülyas Blick aus, sah in die Nacht. »Die muss ich befolgen. Ob ich will oder nicht.«

Wieder eine Schlechte-Film-Drohung, aber dieses Mal blieb jedes Kichern in Hülyas Hals stecken. Lunas Blick war unerbittlich. Was sie gesagt hatte, hatte sie ernst gemeint. Die Drohung verdrängte den Sauerstoff zwischen ihnen. Schließlich machte Luna einen Schritt zur Seite. Der Weg war frei, vor Hülya lag die verbeulte Metalltür in dem Gang, aus dem sie vor nicht einmal einer halben Stunde aufs Dach gestolpert waren, giggelnd wie die allerbesten Freundinnen. Das Giggeln war längst verhallt, jetzt war es so still, als hielte die Nacht den Atem an.

»Das letzte Haus links, am Ende der Siedlung, hundert Meter von der Bushaltestelle entfernt«, sagte Hülya leise in die Stille. »Da wohne ich. Falls du deine Meinung änderst. Aber wenn du kommst, bring Antworten mit. Deal ist Deal!«

Luna antwortete nicht. Schließlich machte Hülya einen Schritt an ihr vorbei und … *SSSSING!* Etwas pfiff zwischen ihnen hindurch und *PÄNNG!* dengelte mit voller Wucht an einen metallenen Lüftungsschacht hinter ihnen. Eine kleine, weiße Kugel fiel in den Kies. Ein Golfball.

»Meiner Treu, das doppelte Fräulein Lykopoulou!«, erklang eine höhnische Stimme aus dem Zugang zum Dach. Kniebundhosen, Schnallenschuhe, eine Weste über einem Hemd mit Pluderärmeln und ein unverkennbar arroganter Tonfall. Kein Zweifel, in der Metalltür des Betonhäuschens stand der größere der beiden Teenager, vor denen Hülya sich zu Beginn dieser seltsamen Nacht im Treppenhaus versteckt hatte. Aber jetzt im Mondlicht wirkte er nicht mehr gruselig, sondern cool: kantiges Kinn, klare Augen, das strohblonde, schulterlange Haar locker nach hinten gekämmt, einen Golfschläger lässig über die Schulter gelegt – ein Surfertyp, der Ururopas Kleiderkiste geplündert hatte. Ziemlich hot, musste Hülya sich eingestehen. Luna sah das ganz anders.

»Korbinian, du blasses Stück Kaltfleisch«, knurrte sie.

»Luna, haarige Grazie der Vollmondnacht«, erwiderte Korbinian mit einer Verbeugung, bevor er seine eisblauen Augen auf Hülya richtete. »Und die große Unbekannte, die seit Stunden mein Herz verwirrt. Mit wem habe ich die Ehre?«

»Ich heiße …«, begann Hülya. Der Rest ihres Satzes ging in ihrem überraschten Keuchen unter, als Luna ihr mit voller Kraft den Ellenbogen in die Rippen rammte.

»Nichts sagen! Das sind Kaltblute«, zischte sie ihr zu. Dann baute sie sich vor Korbinian auf.

»Was willst du?«

Korbinian ließ sich nicht aus der Ruhe bringen.

»Meinen Abschlag üben wie jede Nacht … falls mein Caddy jemals auftaucht.« Ungeduldig wandte er sich zur Metalltür um. »Maximilian, wo bleibst du denn?«

Rumpeln und angestrengtes Stöhnen erklangen statt einer Antwort, als der Angesprochene seine Ladung die kleine Treppe zur

Metalltür hochwuchtete. Aus dem Dunkel des Ganges tauchte zuerst eine pomadige Tolle über einem runden Gesicht mit dunkelbraunen Augen und einer markanten Nase auf, dann eine schwarze Lederjacke, akkurat gebügelte Jeans und schließlich Leo-Schuhe. Hülya erkannte als Erstes Grusel-Teenager #2 und als Zweites, was er hinter sich herzog: einen beinahe mannshohen Golftrolley voll mit Golfschlägern aller Größen und Stile.

»Ihr seid das! Wegen euch liegen in der Siedlung überall Golfbälle«, platzte es aus Hülya heraus.

Korbinian lächelte.

»Vor dir stehen der künftige Golfchampion des 576. Transsylvania-Cups und sein treuer Caddy Max, der ...«

KLICKERADOMMS!

Ein Krachen schnitt ihm das Wort ab. Vor dem zweiten Teenager mit der Haartolle purzelten die Golfschläger wie überdimensionierte Mikadostäbchen in den Kies. Inmitten des Chaos lag der Golftrolley und streckte seine Räder in die Luft wie ein umgekippter Elefant. Instinktiv machte Hülya einen Schritt nach vorne, um beim Aufräumen zu helfen. Ihr Blick traf den von Max. Er lächelte, und seine dunkelbraunen Augen schienen mit einem Mal zu schimmern. Das Lächeln war so ansteckend, dass Hülya es einfach erwidern musste – doch da fing sich ein Fetzen Mondlicht darin. Für einen Sekundenbruchteil blitzten seine Eckzähne spitz und scharf wie die eines Raubtiers, und aus dem ansteckend freundlichen Lächeln wurde das Grinsen einer Bestie. Hülya erstarrte mitten in der Bewegung, dann war das Aufblitzen vorbei und Max einfach ein netter, etwas gemütlicher Junge mit Rockabilly-Fimmel. Aber Hülya hatte gesehen, was sie gesehen hatte. Oder?

»Weiß dein Rudelführer, dass du Normalos ins Haus bringst und mit ihnen abhängst?«

Korbinians Stimme klang plötzlich so nahe, dass Hülya beinahe einen Satz machte vor Schreck. Leise wie ein Schatten war er zwischen sie und Luna getreten. Luna schwieg ihn an mit kalter Wut, aber Korbinian nickte wissend.

»Dachte ich mir.« Dann wandte er sich an Hülya, und seine Stimme sank zu einem intimen Flüstern herab. »Und du, meine Teure, du bist doch ein Normalo, oder?«

Korbinian lächelte sie an. Hülya wollte etwas sagen, aber plötzlich war ihr Mund wie ausgetrocknet, und in ihrem Bauch war ein bisher unbekannter Schwarm Schmetterlinge zum Leben erwacht. Ihre eigene Stimme klang seltsam schrill in ihren Ohren, als sie es endlich doch noch schaffte, etwas zu sagen.

»Ich? Ich bin … mein Name ist …«, stammelte sie und hätte sich am liebsten auf die Zunge gebissen. Wie peinlich kann man eigentlich sein? Das war doch bloß irgendein Typ! Zum Glück schob sich jemand vor sie – Luna.

»Normal-*a*, Kaltblut, Normal-*a*«, zischte Luna kühl. »Und mein Rudelführer wird nie davon erfahren, ist das klar?«

Ihre grellgelben und Korbinians eisblaue Augen funkelten einander kampfeslustig an. Die Luft sirrte vor Anspannung, aber dann ertönte eine Stimme aus dem Treppenhaus, die alles Sirren augenblicklich verstummen ließ.

»Was werde ich nicht erfahren, Luna?«

Dumpf und grollend und bedrohlich rollte die Stimme übers Dach. Luna schob Hülya hastig in den Schatten eines Luftschachts. Ihr dunkler Teint war mit einem Mal kreidebleich, und auch Korbinian und Max wichen von dem kleinen Betonhäuschen mit der Stahltür zurück, ihre Golfschläger erhoben wie neuzeitliche Keulen. Aus dem Dunkel hinter der Metalltür drang kehliges Grollen, als tobte in den Eingeweiden des Hauses ein Gewitter.

»Sag nichts. Beweg dich nicht. Atme nicht mal!«, zischte Luna Hülya zu, dann verschwand sie. Hülya drückte sich in den Schatten des Luftschachts. Lunas Blick war nicht nur besorgt gewesen, sondern beinahe panisch. Während das bedrohliche Knurren aus der Schwärze des Treppenhauses lauter wurde, während Luna sich behutsam der Metalltür näherte, während Korbinian und Max ihre Golfschläger-Keulen fester griffen, wurde Hülya etwas klar. Was auch immer an diesem Haus so anders und besonders war – es war verdammt gefährlich.

»Ich rieche … Kaltblutbrut!«

Aus dem grollenden Knurren wurde bestialisches Brüllen. Hülya warf einen Blick zu Korbinian und Max. Beiden stand die Angst ins Gesicht geschrieben, die Enden ihrer Golfschläger zitterten. Luna trat vor die Tür und rief ins Dunkel.

»Korbinian und Max sind hier. Aber es ist alles okay.«

Ein Knurren war die Antwort. Dann erklangen schwere Schritte. Hülya hielt den Atem an. Lauter und lauter wurden die Schritte. Und dann trat etwas ins Licht des Dreiviertelmonds. Hülya stieß die angehaltene Luft aus. Was war das denn? Das Monster mit der tiefen Stimme war schmächtig, trug einen mächtigen Walross-Schnauzer im Gesicht und wenig Haare auf dem Kopf, dazu Unterhemd, kurze Hosen und Flip-Flops. Im Zugangshäuschen stand Lon, Lunas Vater.

»Nur das Übliche mit den beiden Kaltblut-Boys, Papa«, säuselte Luna und legte ihm vertraut die Hand auf den Arm. »Kein Stress, wirklich.«

Lons Blick wanderte von Luna zu Max und Korbinian. Noch immer hielten sie ihre Golfschläger zuschlagbereit, aber jetzt hatte sich ein unsicheres Lächeln dazugesellt. Aus Lons Kehle drang ein Knurren, das so gar nicht zu seinem Äußeren passen wollte.

»Bleibt von meiner Kleinen weg, klar? Und nehmt die Dinger runter, bevor ihr euch noch wehtut.«

Gehorsam ließen Korbinian und Max die Schläger sinken.

»Ach, Papa. Ich kann mich schon selbst wehren.« Luna legte Lon sanft die Hand auf die Brust. »Lass uns lieber den Mond bewundern. Wir haben doch so selten Zeit für ein Mondlichtbad.«

Sie lächelte ihn warm an, und Lon schmolz dahin. Sacht schob sie ihn zum Rand des Dachs. Mit dem Rücken zu Korbinian, Max und dem Luftschacht, in dessen Schatten Hülya verharrte, blieben sie vor dem Abgrund stehen. Versonnen betrachtete Lon den Mond über den Häusern Groß-Hertenstetts. Hülyas Augen aber klebten auf Lons Schatten, der vom Mond auf den Kies geworfen wurde. Es war der Schatten eines riesenhaften, muskelbepackten Mannes – nein, nicht der eines Mannes, sondern der eines …

Wie aus dem Nichts tauchte jemand vor ihr auf. Bevor sie aufschreien konnte, legte sich eine eiskalte Hand auf ihre Lippen.

»Pssst. Besser, Herr Lykopoulos erfährt nichts von deiner Anwesenheit.«

Es war Korbinian. Er schob sie eilig zum Treppenhaus, warf dabei immer wieder Blicke über die Schulter zu Luna und Lon.

»Ich bring dich nach unten, Unbekannte«, flüsterte er. »Hier wird's zu gefährlich für eine Normal-*a*.«

Geschickt wie eine Katze, führte Korbinian Hülya über die kreuz und quer liegenden Golfschläger. An der Tür angekommen, hörten sie Kies hinter sich knirschen. Korbinian wirbelte herum. Aber es war nur Max.

»Korbinian, soll ich das nicht lieber machen?«, flüsterte er. »Dann … dann kannst du auf die beiden Lykanther aufpassen.«

»Bah, Humbug«, erwiderte Korbinian, doch dann kräuselte ein süffisantes Lächeln seine Lippen. »Oder möchtest du mit dem Fräulein alleine sein? Das wird die Gräfin freuen!«

Max starrte Korbinian mit einer Mischung aus Wut und Hilflosigkeit an, aber kein Wort drang über seine Lippen. Er warf Hülya noch einen Blick zu, als täte ihm irgendetwas leid, dann stapfte er zurück zu seinem Golfschläger-Mikado. Korbinian zog Hülya ins Dunkel des Treppenhauses. Hülya wunderte sie noch, wie kalt seine Finger waren, aber der von seiner Berührung aufgescheuchte Schmetterlingsschwarm in ihrer Magengrube ließ sie das schnell wieder vergessen.

Ganz ohne seltsame Zwischenfälle hatte der Aufzug sie ins Erdgeschoss gefahren. Korbinian war ein formvollendeter Gentleman gewesen. Hatte Small Talk geführt und den alten Kalfaktor bis zur Perfektion imitiert, bis Hülya Tränen lachte. Als die Kabinentür sich schließlich im Erdgeschoss öffnete, hatte Hülya bereits vergessen, dass sie ihn jemals arrogant gefunden hatte. Im Gegenteil: Korbinian war charmant, witzig und sah wirklich teuflisch gut aus.

»Nun trennen sich unsere Wege, meine Liebe«, säuselte er. Seine altmodische Höflichkeit passte so gar nicht zu dem schäbigen Hausflur, in den sie traten. Zufrieden tätschelte Hülya die Tasche an ihrer Seite. Die Kamera ihrer Mutter war wieder da. Mission erfüllt. Dann fiel ihr etwas ein.

»Meinst du, sie kriegt Ärger?«

»Luna? Von Lon? Keine Sorge, so ein Rudel hält zusammen.«

Ein amüsiertes Lächeln umspielte seine Lippen. Wenn er lächelte, wurde in seinem Kinn ein Grübchen sichtbar. Sieht gut aus, dachte Hülya, bevor sie es verhindern konnte. Schnell sah sie weg.

»Du magst Fräulein Lykopoulou.«

Hülya zuckte mit den Achseln.

»Ihr seid euch ähnlich«, stellte Korbinian fest. »Für einen Normalo bist du ein ganz patentes Frauenzimmer.«

Hülya spürte, wie sie errötete.

»›Patentes Frauenzimmer‹ … ist ja ein tolles Kompliment«, sagte sie hastig. »Passt perfekt zu deinen Opa-Klamotten.«

Korbinian blickte an sich herab.

»In meiner Familie trägt man das so.«

»Muss ja eine interessante Familie sein.«

Sie blickten sich an. Wieder blieb Hülyas Blick an seinem Kinngrübchen hängen. Wieder sah sie schnell weg.

»Ja, meine Familie war ... ist interessant. Vielleicht darf ich sie dir einmal vorstellen?«

Hülya hielt den Blick auf den Ausgang gerichtet, um nicht wieder in irgendwelche Grübchen zu fallen.

»Ja, vielleicht.«

»Vielleicht, wenn du mich in der nächsten Nacht besuchst?«

»Hmm.«

»Und dann verrätst du mir deinen Namen – und ich verrate dir, was an diesem Haus so besonders ist.«

Hülya sah ihn an. Sein Blick war warm. Wärmer, als Hülya es erwartet hatte. Sie schluckte. Dann zog Korbinian etwas von seinem Finger und hielt es Hülya hin.

»Hier, damit du nicht vergisst, mich zu besuchen.«

Der Gegenstand war klein und kühl und überraschend schwer. Ein Ring mit abgeflachtem Kopf auf dem ein verschlungenes Wappen abgebildet war.

»Mein Siegelring«, sagte Korbinian. »Er wird dich zu mir geleiten, und dann wirst du die Wahrheit über diesen Ort erfahren.« Er machte einen eleganten Schritt rückwärts in den Aufzug und verbeugte sich. »Adieu, namenlose Schöne.«

Der Blick aus seinen eisblauen Augen hielt Hülyas fest. Sein Lächeln wurde breiter. Er schob seine Finger ineinander und verschränkte sie. Wegschauen war unmöglich.

»Bis dahin wirst du diese Nacht vergessen. Bis Morgen nach Sonnenuntergang.«

Seine verschränkten Hände wogten sanft hin und her, seine Augen wurden immer größer und immer blauer, seine Stimme immer tiefer. Ein Puls hinter Hülyas Stirn setzte ein, Kopfschmerz wogte durch ihren Schädel, pulsierte im Rhythmus von Korbinians wiegenden und wogenden Handbewegungen. Hülya presste die Lider zusammen. Tiefe Ruhe breitete sich in ihr aus. Schwärze flutete ihren Kopf.

FALSCHES ERWACHEN

Dunkelheit. Schaukeln. Lichtflecken fliegen über sie hinweg. Mamas Stimme. Mama singt. Hülya lacht.

Mama sitzt vorne und dreht an etwas. Die Lichtflecken kippen zur Seite. Hülya folgt den Lichtern mit den Augen. Ein Berg türmt sich auf, voller wilder Bäume, die nach ihnen greifen. Dann ein Monolith, schwärzer noch als die Nacht. Das Schaukeln stoppt. Mama singt nicht mehr. Sie ruft etwas. Grelles Licht flutet über ihr Gesicht. Wird größer, heller, strahlender, bis Mama nur noch ein Schatten ist. Jetzt ruft sie nicht mehr. Sie schreit. Alles wankt. Hülya fliegt, und Mama schreit. Grelles Licht verbrennt jeden Fetzen Dunkelheit. Glühendes Rot füllt alles aus

gleißt blendet brennt

rot

Einer Ertrinkenden gleich, schnappte Hülya nach Luft. Vor ihren Augen tanzten rote Lichtflecken. Heftig atmend versuchte sie, ihre taumelnden Gefühle zu sortieren. Seit Jahren hatte sie diese Träume nicht mehr gehabt – und jetzt schon wieder. Sie gähnte. Ihre Zunge fühlte sich an, als hätte eine sehr alte und sehr schmutzige Katze darauf geschlafen. Sie drehte sich auf den Rücken … und hielt inne. Was war mit ihrem Bett los? Seit wann war das so hart und kalt? Versuchsweise öffnete sie ein Auge. Trübes Morgenlicht. Da stimmte was nicht. Über ihr wölbte sich nicht die Zimmerdecke, sondern der Himmel im fahlen Licht des frühen Morgens!

Mit einem Ruck setzte sie sich auf. Ihr Kopf meldete sich mit stechendem Schmerz. Dann ihr Rücken mit verspanntem Ziehen. Und zu guter Letzt ihr Hirn mit bimmelnden Alarmglocken. Ungläubig blickte sie an sich herab. Sie lag auf festgetretenem Boden. Ihre Kleidung war schmutzig und feucht von Tau. Und um sie herum war nicht ihr Zimmer, sondern die Waldlichtung vor der Ruine. Dunkel ragte der Monolith über ihr in den Morgenhimmel. Hatte sie hier geschlafen?

Hülya stöhnte. Die letzte Nacht war ein Sumpf, träge blubberten Erinnerungsfetzen an die Oberfläche. Sie war dem Sprayer gefolgt … nein, halt, der Sprayerin! Dann hatte sie ihre Kamera verloren, war Aufzug gefahren mit einem obdachlosen Dirigenten, dann war sie … Ihre Erinnerungen endeten im Nichts. Pixelmatsche verstopfte die Leitungen in ihrem Kopf.

RRRRIIIINNNNNG!

RRRRIIIINNNNNG!

Hülya riss die Augen auf. Ihr Handywecker! Das bedeutete: Emre deckte genau jetzt den Frühstückstisch. Und bald würde er ungeduldig werden und die Treppe hochgehen und an ihre Tür klopfen und hereinkommen und ihr leeres Bett sehen und …

»FUUUUUUUUUUUUCK!«

Hülyas Schrei hallte durch den Wald. Aus den verwachsenen Wipfeln des Waldes stiegen Krähen in die kühle Morgenluft, aufgescheucht von der ungewohnten Unterbrechung ihrer Morgenroutine.

Vor der Höhle des Löwen atmete Hülya noch einmal tief durch. Im Haus herrschte Stille. Noch. Sie warf einen Kontrollblick auf die Papiertüte in ihrer Hand, sog den verführerischen Duft ein. Auf dem Weg nach Hause hatte sie diese Geheimwaffe besorgt. Und falls die versagte, wartete unter ihrer Mütze Geheimwaffe #2 auf ihren Einsatz. Aber sie betete zu allen Göttinnen des Styles, dass sie diese Waffe niemals würde einsetzen müssen!

Lautlos zog sie die Tür ins Schloss und lauschte. Kein Geschrei, kein heranstürmender Emre. So weit, so gut. Aus der Küche drang das Gluckern der Kaffeemaschine, durchs Fenster das Gezwitscher der Vögel. Von Emre aber fehlte jede Spur. War er schon im Büro? Oder hatte er sie etwa gar nicht vermisst? Ein Blick aufs Handy: Die erste Stunde hatte gerade angefangen, Emre war mit Sicherheit längst in der Kanzlei. Aber da war kein Anruf in Abwesenheit, keine Nachricht von Emre, nichts …

Ein gutturales Stöhnen drang aus der Küche, als würde sich ein Zombie durch die Mülltonne wühlen. Hülya schlich zur Küchentür. Was sie da sah, war krasser als jeder Zombie.

Denn der Typ, der mit dem Rücken zu ihr vor der Kaffeemaschine stand, war zwar Emre. Aber nicht *ihr* Emre. Statt des geschniegelten Anwaltspapas lungerte da ein unrasierter Typ in Unterhemd, Boxershorts und einer einzelnen Socke herum. Er streckte sich ausgiebig und stöhnte erneut. Hülyas nächtliche Abwesenheit hatte er anscheinend verschlafen. Hülya machte sich bereit zum Rückzug, doch die Geheimwaffen-Papiertüte in ihrer Hand knisterte bei der kleinsten Bewegung. Emre hielt im Strecken inne, klappte erst ein Auge auf, dann das andere. Beide verquollenen Äuglein blickten Hülya überrascht an.

»Du bist schon wach?«

Hülya hob stumm ihr Handy. Auf dem Display leuchtete die Uhrzeit: 08:32 Uhr.

»Oh«, machte Emre nur. Seine noch von Schlaf verklebten Augen wanderten zur Smartwatch, die er Tag und Nacht trug. Das Display war dunkel.

»Scheiß-Akku. Einmal nachts nicht geladen …«

»Hast du … durchgefeiert?«

»Schön wär's«, brummte Emre, noch immer mit seiner Uhr beschäftigt. »Herr Butze ist auf Sprayer-Jagd. Und weil seine Nachbarschaftshilfe meine größte Mandantin in der neuen Kanzlei ist, muss ich besonders nett sein. Also: Nachtschicht.« Er verpasste der Kaffeemaschine auf dem Tresen einen ungeduldigen Klaps. »Komm schon!«

Die Kaffeemaschine gluckerte unbeeindruckt weiter. Leise und ohne Papiertütenknistern machte Hülya sich bereit zum Abgang.

»Die ganze Nacht haben wir dem Sprayer aufgelauert, im Gebüsch von Leonies Garten. Einmal habe ich ihn sogar gesehen.«

Hülya blieb wie angewurzelt stehen, drehte sich langsam wieder zu Emre um.

»Ihr habt sie gesehen?«, fragte sie verblüfft.

»Wen – *sie?*«

Hülya zuckte kurz, dann hatte sie sich wieder im Griff.

»*Ihn* meine ich. Den Sprayer.«

»Ein Junge hat da mitten in der Nacht herumspioniert«, nickte Emre. »Für mich sah der nach Sprayer aus. Aber Herr Butze meinte, der ist bloß ein Schulfreund von dir.«

»Ich habe keine Schulfreunde … oder meinst du Sherlock?«

Hülyas anfängliche Erleichterung wurde von Misstrauen abgelöst. Was wollte Sherlock mitten in der Nacht beim Graffito?

»Komischer Name. Aber Herr Butze hat ihn sofort erkannt. Der kennt hier jeden und alles«, sagte Emre und gähnte ausgiebig. »Hat seine Bäckerei, kümmert sich um die Vorgärten und ist nebenbei noch Präsident dieser Viertelverschönerungs-Nachbarschaftshilfe – ein echtes Faktotum.«

»Faktotum – ist das so was wie ein Kalfaktor?«

»Eher so was wie ein Mädchen für alles«, sagte Emre und kratzte sich ganz un-anwaltlich am Hintern. »Ein Kalfaktor ist ein Hilfsarbeiter oder Hausmeister. Lernt ihr solche Uralt-Wörter eigentlich in der Schule?«, fragte er gähnend, hielt inne, dachte nach, drehte sich um und musterte Hülya zum ersten Mal richtig.

»Wieso bist du eigentlich nicht in … der …?«

Emre brach ab. Mit großen Augen sah er an Hülya herab.

»Was ist denn mit dir passiert?«

Hülya holte tief Luft für eine Ausredenkaskade, aber da meldete sich die Kaffeemaschine mit einem Piepen. Emre wirbelte herum, kippte schwarze Brühe in seine Tasse, nahm gierig einen Schluck und brummte zufrieden.

»Also? Ich höre«, sagte er zwischen zwei Schlucken.

Zeit für die Geheimwaffe!

»Ich … ich habe gedacht, wir frühstücken mal wieder ganz in Ruhe. Vater-Tochter-Style.« Sie hob die Papiertüte in ihrer Hand – darin: frische, noch dampfende Brötchen. Emre nippte an seinem Kaffee und musterte sie stumm. Hülya blickte an sich herab. Nicht nur ihre Hose war feucht und voller Grasflecken.

»Äh … ich hab auf dem Weg zum Bäcker eine Abkürzung durchs Feld genommen und bin ausgerutscht.« Sie grinste schief. »Landleben muss ich wohl noch üben.«

Emre nippte noch mal und nickte gewichtig.

»Ja, das hört sich nach meinem Töchterlein an.«

Bingo! Ausreden- und Geheimwaffen-Queen #1: Hülya Süer! Aber ihr Triumph währte nicht lange.

»Das mit den Brötchen ist nett. Aber zur Schule gehen wäre auch nett. Wenn du jetzt schon so anfängst … «

Hülya schwieg. Emre auch. Je länger das Schweigen dauerte, desto klarer wurde ihr: Sie würde Geheimwaffe #2 einsetzen müssen. Innerlich bat sie die Göttinnen des Styles um Vergebung, dann legte sie beiläufig die Brötchentüte auf die Theke.

»Okay, wie du willst«, sagte sie und zog wie nebenbei ihre knallbunte Mütze ab. »Ich mache mir nur fix ein Brötchen, dann bin ich weg.«

Wie schockgefrostet starrte Emre dahin, wo Hülyas Mütze gerade eben noch das Schlimmste verborgen hatte. Hülya wusste, wie er sich fühlte. Als sie vor einer halben Stunde aus dem Finsterforst gestolpert war, hatte sie im Selfie-Modus ihres Handys das ganze Ausmaß des Desasters erstmals bei Tageslicht betrachtet. Inmitten ihrer dichten, tiefschwarzen Haare leuchteten zwei neu eingefärbte Strähnen. Allerdings nicht in Platin-, Gold- oder Honigblond. Nein, mit ihrer XXL-Einwirkzeit hatte Hülya bisher ungekannte Blondtöne entdeckt: Eine Strähne leuchtete pipiblond mit popelbeigen Einsprengseln, die andere changierte je nach Lichteinfall zwischen 70er-Jahre-Durchfallfarben und Spaghetti-Orange.

»Das war doch deine Idee, Baba«, flötete sie jetzt mit unschuldigem Augenaufschlag. »Du hast gesagt, ich soll mich anpassen, um Freunde zu finden.«

»Und was hat das mit«, gestikulierte Emre hilflos in Richtung ihrer Strähnen, »... mit dem da zu tun?«

»Leonie ist blond. Und all ihre Freundinnen auch. Ich passe mich an, wie du gesagt hast. Wusstest du übrigens, dass es 27 verschiedene Blondtöne gibt?«

Emre starrte stumm die Katastrophe auf Hülyas Kopf an. Und als Hülya wenig später Richtung Schulbus trabte, hatte er über den Schock nicht nur vergessen, ihr eine Gardinenpredigt übers Schulschwänzen zu halten. Er hatte ihr auch hoch und heilig versprochen, nie wieder herumzunörgeln, dass sie sich anpassen sollte. Hülya grinste zufrieden, auch wenn der Preis fast unmenschlich hoch war. Dass sie aber längst viel größere, gefährlichere und gruseligere Probleme als Pipi-Blond, Popel-Beige und Co. hatte, würde sie sehr bald am eigenen Leib zu spüren bekommen.

EIN RING, SIE ZU KNECHTEN

Rabba-Dumm!

Hülya krallte sich an die Sitzlehne vor ihr, als der Bus über die Verkehrsberuhigungsdinger rumpelte. Dummerweise mit der Hand, in der sie die Entschuldigung für den Sportunterricht hielt. Zum Glück war Emres Unterschrift trotz Knitterfalten noch deutlich zu erkennen, sonst würde niemand glauben, dass ihr Vater das tatsächlich unterschrieben hatte.

An die Leitenden des Sportunterrichts,

bitte entschuldigen Sie Hülyas heutige Abwesenheit.

Hülya hat auf dem Weg zum Bus einen angefahrenen Hundewelpen in einem frisch geharkten Blumenbeet aufgelesen und zum Arzt gebracht. Nur dank Hülyas Herzdruckmassage und den fulminanten Fahrkünsten ihres Vaters lebt der Kleine noch.

Sein Name ist Stulle.

Mit hochachtungsvollen Grüßen
Dr. jur. Emre Süer

Hülya war stolz. Alles, was Emre über Ausreden wusste, hatte sie ihm beigebracht! Um weitere Schäden an diesem Meisterwerk der Entschuldigungskunst zu vermeiden, schob sie den Zettel in ihre Jeansjacke. Keine Sekunde zu früh.

Rabba-Dumm!

Das zweite Verkehrsberuhigungsdings erinnerte sie daran, dass der Bus in zwanzig Minuten an der Bushaltestelle gegenüber der Schule anhalten würde. Das gab ihr zwanzig Minuten ohne Emre oder andere Störfaktoren. Zwanzig Minuten, um herauszufinden, warum sie die Nacht im Wald vor der Ruine verbracht hatte und was in dieser Nacht in der Ruine passiert war. Hülya atmete tief durch, lehnte sich zurück, schloss die Augen und versank im Erinnerungssumpf der gestrigen Nacht.

Die Verfolgung von Mister Neonpink, die Halloween-Obdachlosen, der Sprayer, der in Wirklichkeit eine *Sie* war, der Verlust der Spiegelreflexkamera ihrer Mutter – das alles lief ruckelfrei und knackscharf vor Hülyas innerem Auge ab wie der Anfang eines Films. Aber dann wurden die Bilder unschärfer. Ein komischer Alter starrte sie an, ein langer Flur lag vor ihr, eine Stück Wand krachte neben sie … ihr Erinnerungsfilm wurde immer sinnloser und immer pixeliger. Und lange vor dem Abspann war nichts mehr übrig außer unscharfer Pixelmatsch.

Hülya presste die Augenlider noch fester zusammen, konzentrierte sich. Tief in ihren Hirnwindungen erklangen fremdartige Silben, dann waberte vor ihrem inneren Auge ein Surfertyp an knallbunten Zirkustüren vorbei und machte Foto um Foto um Foto. Und immer wieder grellgelbe Pupillen, die sie anstarrten. Was waren das denn für irre Träume? Hatte sie komische Dämpfe eingeatmet? Und dann erklang eine Stimme.

»Bis Morgen nach Sonnenuntergang.«

Hülya riss die Augen auf. Und starrte direkt auf die Fototasche auf dem Sitz neben ihr. Nach den wirren Traumerinnerungen konnte sie kaum einen klaren Gedanken fassen, aber etwas klingelte bei dem Anblick. Fotos. Sie hatte Fotos gemacht! Mit vor Aufregung zitternden Händen schaltete Hülya die Kamera ein – und hielt überrascht inne. *»Speicherkarte fehlt«* blinkte im Display.

Hülya runzelte die Stirn. Sie hatte immer eine Speicherkarte dabei! Mit den Fingern fuhr sie durch die Fächer der Fototasche. Doch statt ans Plastik ihrer Speicherkarte stieß ihr Finger an ein kühles Stück Metall. Sie zog es hervor. Es war ein schwerer Silberring mit abgeplattetem Kopf, in den eine Krone, durchdrungen von Wurzeln, eingraviert war. Ein Siegelring? Hülya hatte den Ring noch nie gesehen. Einer Eingebung folgend, legte sie ihn auf den Sitz neben sich, hob ihr Handy und machte ein Foto.

Das Schrillen der Pausenglocke hing noch in der Luft, als Hülya durch die Schatten der Walnussbäume über den menschenleeren Schulhof stapfte. Sie betrat die weitläufige Eingangshalle des alten Gebäudes. Links und rechts gingen die Gänge zu den Unterstufenklassenräumen ab, daneben führten zwei große Freitreppen zu den höheren Klassen. Ursprünglich war die Schule eine Kaderschmiede gewesen, und das schlug sich auch fast 180 Jahre nach der Gründung noch im verzierten Treppengeländer, dem gemusterten Fliesenboden und den Stuckverzierungen der hohen Decke nieder. Hülya hätte lieber etwas Modernes gehabt als den staubigen Schick des 19. Jahrhunderts, aber weil es in Groß-Hertenstett nicht viel anderes zum Drauf-stolz-Sein gab, hatte die Stadt statt schnellem WLAN lieber einen riesigen Glaskasten voller historischem Kram aus der Gründungszeit der Schule in das Foyer gepflanzt.

Laaaangweilig!

Hülya passierte den Glaskasten, ohne ihn eines Blickes zu würdigen, und betrat die Treppe nach oben. Bereits auf der ersten Stufe begann ihr Arm zu kribbeln. Zweiter Schritt. Das Kribbeln wurde stärker, gedankenlos rieb sie über den dicken Jeansstoff ihrer Jacke. Dritter Schritt. Das Kribbeln wurde zum Brennen, und in der Seitentasche ihrer Jeansjacke wurde es warm, als würde sie ein glühendes Stück Kohle spazieren tragen.

WTF?

Hülya schob ihre Hand in die Jackentasche – und zog sie mit einem überraschten Laut wieder zurück. Der Ring, den sie dort deponiert hatte, war glühend heiß. Mit einem Taschentuch zog sie ihn hervor. Das Brennen lief ihren Arm herab zum Ring, als würden die beiden aufeinander reagieren. Was war denn jetzt auf einmal los? Hülya ließ ihren Blick durch die Eingangshalle schweifen. Als ihre Augen über den Glaskasten glitten, fuhr ein Stromstoß durch ihren Arm. Das war es – aber was?

Versuchshalber machte sie einen Schritt auf die Vitrine zu. Der Ring in ihrer Hand begann zu pulsieren. Hülyas Augen scannten das historische Geraffel und blieben an einer kleinen, mit Samt ausgeschlagenen Schatulle hängen. In der Schatulle lag … ihr Ring!

Unsere geliebte Schule: Die mysteriösen Anfänge

von Rosa Bödeschwing (Schulsprecherin)

Schulgründer Karl-Wilhelm von Kronstein, Sproß einer Verlegerdynastie aus dem rumänischen Siebenbürgen, ließ sich 1824 in dem damaligen Weiler Hertenstett nieder. Hier wurde er angesehener Bürger, Gelehrter und schließlich sogar Bürgermeister. Er schloss die umliegenden Weiler zu Groß-Hertenstett zusammen, bevor er im Frühjahr 1844 unsere Schule als Lehranstalt für Knaben gründete und zur wichtigsten Kaderschmiede der Region machte.

Im Herbst 1864 erkrankte Karl-Wilhelm von Kronstein schwer. Er starb blass und ausgezehrt. Innerhalb weniger

Wochen wurde seine gesamte Familie nach und nach von einer mysteriösen Blutseuche hinweggerafft.

Als Letzter erkrankte im Winter 1864 sein 17-jähriger Sohn. Ob auch ihn die Blutseuche traf, ist unklar. Selbst stark geschwächt, verweigerte er dem Arzt den Zutritt zur Villa Kronstein. Als besorgte Bürger sich am Folgeabend sich gemeinsam Zutritt zur Villa verschafften, war der kronsteinsche Erbe verschwunden – und mit ihm alles Hab und Gut seiner Sippe. Bis heute ist das Mysterium um das Verschwinden des jungen von Kronstein und seines Familienerbes ungelöst. Einzig der Siegelring unseres Gründers Karl-Wilhelm von Kronstein, den er zu Lebzeiten unserer Schule vermachte, ist der Nachwelt erhalten. Mögen wir ihn stets in Ehren halten!

Hülyas Blick glitt von der Texttafel auf Karl-Wilhelm von Kronsteins Ring, der in der Schatulle davor lag. Im direkten Vergleich war der Ring, den sie in ihrer Fototasche gefunden hatte, eine Nummer kleiner und weniger protzig, zeigte aber das gleiche Motiv mit Krone und Wurzeln. Es war eindeutig: Beide Ringe gehörten zusammen. Hinter der Schatulle stand ein körniges Schwarz-Weiß-Foto Darunter stand:

Sommer 1864

Karl-Wilhelm von Kronstein nebst Familie wird von Honoratioren der Stadt besucht

Vor einer Villa mit verschnörkeltem Metallzaun posierte selbstbewusst ein eindrucksvoller Mann mit dickem Bauch, hohem Zylinder und mächtigem Backenbart. Das musste Schulgründer von Kronstein sein. Neben ihm stand seine Frau in weit ausladendem Kleid und einem Schirmchen gegen die Sonne, drum herum lächelten, sichtlich eingeschüchtert, die Honoratioren der Stadt unter ihren tief sitzenden Zylindern in die Kamera. Hülya wollte bereits den Blick abwenden, doch da entdeckte sie *ihn*. *Er* war fast vollständig vom körnigen Durcheinander aus Zylindern, Monokeln, Rockschößen und Puffärmeln verdeckt, trotzdem erkannte Hülya ihn sofort: Kniebundhose, Schnallenschuhe, schulterlange Haare und sexy Grübchen am Kinn!

Wie ein greller Lichtstrahl leuchtete ein Erinnerungsfetzen im trüben Pixelmatsch in Hülyas Kopf auf. Dieser Typ auf dem Foto sah haargenau so aus wie der Typ, der ihr gestern Nacht den Ring gegeben hatte! Der sie angelächelt hatte mit seinem sexy Grübchen, der ihren Blick gebannt hatte mit seinen eisblauen Augen und der sie irgendwie hypnotisiert hatte mit den Bewegungen seiner ineinander verschränkten Hände.

Hülya atmete tief durch. Ihr war ganz schwindelig von diesem wiederentdeckten Erinnerungsschnipsel, aber das Rätsel der letzten Nacht löste er nicht. Im Gegenteil. Wenn ihr Surfertyp wirklich der Typ auf dem Foto war, dann war ihr Surfertyp niemand anders als der Sohn des Schülgründers. Und seit 1864 verschollen. Hülya schluckte. Dafür gab es drei mögliche Erklärungen.

Erklärung #1: Sie hatte mit einem Toten gesprochen. Aber das konnte natürlich nicht sein, weil Tote nicht sprechen und erst recht nicht wie Surfertypen aussehen.

Erklärung #2: Ein Doppelgänger. Ja, klar, was sonst!?

Erklärung #3: Wahnvorstellungen, Gedächtnisschwund, nachts im Wald aufwachen – wurde Hülya langsam verrückt?

Dann doch lieber Erklärung #2. Das war unmöglich, aber nur fast – und definitiv besser als sprechende Tote und beginnender Wahnsinn!

»Und wie weit ist unsere Street-Art-Expertin?«

Vor Schreck fiel Hülya fast der Stift aus der Hand. Frau Diallo war wie aus dem Nichts hinter ihr aufgetaucht. Heute trug die Kunstlehrerin eine weit geschnittene Bluse mit Retro-Blümchen-Muster im Oma-Stil, die sie noch mehr aussehen ließ wie eine Studentin. Neugierig beugte sie sich über Hülyas Entwurf für das Stromkasten-Graffito. Hülya nutzte die Gelegenheit, um ausgiebig zu gähnen. Sie war todmüde, ihre Knochen schmerzten von der Nacht auf dem harten Waldboden, und ihr Kopf platzte vor lauter Fragen. Wie sollte sie sich so auf das Bild konzentrieren?

Nach der Entdeckung des Zwillingsrings im Glaskasten hatte sie sich mit Mühe und Not ins Lehrerzimmer geschleppt, um ihrer Sportlehrerin Emres Entschuldigungsschreiben in die Hand zu drücken. Deren ungläubiger Blick beim Lesen hatte Hülya wieder etwas aufgerichtet. An die Mathestunde danach hatte sie dennoch keine Erinnerung. Und jetzt Kunst ... sie mochte Kunst eigentlich, aber um über dieses Jubiläums-Graffito nachzudenken, fehlten ihr eindeutig die Hirnkapazitäten.

»...Werwölfe, Mumien und Monster und so?«, hörte sie noch den letzten Teil von Frau Diallos Frage.

»Mmh?«, machte Hülya abwesend.

Die Kunstlehrerin musterte sie.

»Geht's dir gut, Hülya? Du wirkst erschöpft.«

Hülya setzte sich aufrecht hin und nickte enthusiastisch, aber selbst sie fand ihr kleines Schauspiel nicht sonderlich überzeugend.

»Ja, ja«, sagte sie also schnell. »Nur schlecht geschlafen.«

Frau Diallo nickte langsam.

»Neu ankommen ist schwer, Hülya«, sagte sie. »Ich bin ja auch erst seit einem Jahr hier.« Sie senkte die Stimme. »Groß-Hertenstett hat es mir wahrlich nicht leicht gemacht. Ich weiß, wie du dich fühlst.«

Das bezweifelte Hülya. Es sei denn, die junge Lehrerin hatte auch eine Nacht im Wald verbracht und den Ring eines Toten gefunden. Trotzdem nickte sie natürlich. Frau Diallo drückte ihr aufmunternd die Schulter.

»Und manchmal machen es einem auch die anderen nicht leicht«, sagte sie und machte eine winzige Kopfbewegung nach hinten. Hülya wusste sofort, wen sie meinte: Leonie, die sich in der letzten Reihe ein paar Entwürfe von ihren Halbedelsteinen vorführen ließ. Jetzt musste sogar Hülya lächeln. Es tat gut, dass auch jemand anders sah, was sie sah – selbst, wenn's nur eine Lehrerin war!

»Also, Monster, Werwölfe, Mumien – und eine alte Kamera«, wandte sich die Kunstlehrerin wieder der Skizze zu, auf der aus Hülyas Spiegelreflexkamera seltsame Spukgestalten hervorbrachen. »Hat das etwas zu bedeuten?«

»Keine Ahnung. Ich … ich habe heute Nacht wirklich wild geträumt.«

»Albträume?«

»Nur als Kind«, sagte Hülya schnell. Auf die Besorgte-Pädagoginnen-Nummer hatte Hülya jetzt wirklich keine Lust. »Heute nicht mehr. Und ganz bestimmt nicht«, fügte sie an und machte ebenfalls eine winzige Kopfbewegung in Richtung Leonie, »wegen solcher Sachen.«

Und es stimmte. In ihrem Kopf tanzten uralte Runzelmänner, kameraklauende Sprayerinnen und verschollene Surfertypen mit sexy Grübchen verpixelten Ringelreihen. Zu der Party war Schulhofqueen Leonie nicht eingeladen.

»Wenn sich das ändert, gib mir gerne Bescheid, ja?«, sagte Frau Diallo, dann nickte sie zum Bild. »Und denk dran: Das Bild ist für das Stadtjubiläum. Monster und so, das kennen die in diesem idyllischen Ort gar nicht.«

Damit setzte sie ihre Runde fort. Hülya sah ihr nach. Du hast nicht die geringste Ahnung, dachte sie mit einem grimmigen Lächeln, wie unrecht du hast!

Als sie nach Schulschluss über ihr Mäuerchen kletterte, sah Hülya vom Bus nur noch die Heckleuchten in der Ferne verschwinden. An allen anderen Tagen wäre sie gerannt, aber nicht heute. Im Kopf drehte sich ihr Gedankenkarussell noch immer wie wild.

Erschöpft sank Hülya auf die Plastikbank der Bushaltestelle, zog ihre knallbunte Mütze vom Kopf und fischte ihre Kopfhörer aus dem Rucksack. Kopfhörer auf, Musik an, Welt aus. Mit geschlossenen Augen tauchte sie in die Musik, und nach und nach brachten die deepen Beats ihr Gedankenkarussell zum Stillstand. Warm schimmerte das Licht der Nachmittagssonne durch ihre Lider. Schön warm. Fast schon zu warm. Das Schimmern vor ihren Augäpfeln wurde unruhiger, fast flackernd, die Beats begannen, zu stolpern, zu knistern und zu knacksen. Irritiert schirmte Hülya die Augen mit ihrer Hand ab. Unnatürliche Hitze versengte ihr die Haut, als stünde sie zu nah an einem Scheiterhaufen. Und plötzlich brach durch das Knistern ein verzerrter Schrei.

»Hüüüüüülyaaaaaa!«

Erchrocken zerrte Hülya die Kopfhörer vom Kopf, riss die Augen auf – und erstarrte. Die Schule, die Straße, die Bushaltestelle – alles weg. Rings um sie schlugen haushohe Flammenwände in den Himmel. Metall glühte. Unter dem Krachen der Flammen brodelte es, rau wie der Schmerz der Hölle. Hülya wollte sich die Ohren zuhalten, die Lider zusammenpressen, aber etwas hielt sie davon ab. Und dieses Etwas kroch langsam auf sie zu. Näher und näher, mitten durch die gleißende Glut. Eine Flammenwand türmte sich vor Hülya auf, Augen leuchteten darin auf wie rot glühende Kohlen aus einem seit Jahrmillionen lodernden Feuer. Sie starrten sich an, Hülya und das Ding, umwabert von flirrender Luft. Und dann erklang wieder dieser mit letzter Kraft hervorgestoßene Schrei.

»Hüüüüüüüülyaaaaa!«

Eine Träne rann Hülyas Wange hinab. Einen Herzschlag später war sie verdampft.

»Mama?«

Hülyas Stimme war nicht mehr als ein gehauchtes Flüstern inmitten des brodelnden Irrsinns. Das Ding starrte sie stumm aus der züngelnden Flammenwand an, die rot glühenden Pupillen ohne Gnade auf sie gerichtet.

Eine Hand legte sich auf ihre Schulter.

Und schüttelte sie.

Hülya blinzelte.

Und dann war alles weg. Die Flammen, die Hitze, das düstere Brodeln. Auf der anderen Straßenseite ruhte die Schule im Schatten der Walnussbäume, darüber schien die Sonne.

Wieder schüttelte jemand ihre Schulter.

»Hülya?!«

Sie schüttelte sich, um den Albtraum zu vertreiben. Ganz gelang es ihr nicht, aber sie konnte ihn in die hinterste Ecke ihres Hirns verbannen.

»Ich dachte, du fällst in Ohnmacht.«

Endlich sah Hülya auf. Neben ihr auf der Bank saß Nick. Er wirkte verunsichert und sah sie beinahe ängstlich an.

»Ich … ich bin okay«, sagte Hülya stockend.

Ihre eigene Stimme klang fremd in ihren Ohren. Nick musterte sie. Vollends überzeugt wirkte er nicht.

»Sicher?«

Hülya nickte viel entschiedener, als sie sich fühlte.

»Was willst du, Nick?«

»Dich sprechen. Du hast …« Er stutzte, dann wanderte sein Blick zu ihrem Kopf. »Hast du was mit deinen Haaren gemacht?«

Hülya zuckte zusammen. Der nächste Albtraum: ihre Strähne! Hastig kramte Hülya nach ihrer Mütze, doch schon nach wenigen Augenblicken erlahmten ihre Bemühungen. Musste sie sich wirklich vor diesem Typen schämen?

»No shit, Sherlock«, sagte Hülya und zog die leere Hand wieder aus dem Rucksack. »Aber ich bin mir nicht sicher, ob ich Stylingratschläge von jemandem will, der einfach verschwindet, wenn's ernst wird.«

»Wohl eher nicht«, sagte er mit schiefem Grinsen. »Das war uncool von mir, oder?«

Hülya brummte nur.

»Tut mir auch leid.« Nicks unsicheres Lächeln war fast süß, stellte Hülya fest. »Aber wenn du wissen willst, ob ich eine Wahl hatte, dann lautet die Antwort nein. Meine Mutter ... sie ... sie braucht mich.«

Nick brach ab. Er wirkte verletzlicher als sonst. So verletzlich, dass es Hülya schwerfiel, noch sauer zu sein. Aber sie hatte gerade wahrlich genug eigene Probleme.

»Schon okay«, sagte sie und hob ihren Kopfhörer. »Du kannst dich Morgen richtig entschuldigen. Jetzt gerade habe ich eine wichtige Verabredung mit mir selbst.«

Bevor sie die Kopfhörer wieder über ihre Ohren schieben konnte, legte Nick ihr die Hand auf den Arm.

»Deswegen bin ich nicht hier, Hülya«, sagte er, dann schob er ihr sein Handy unter die Nase. Auf dem Display leuchtete Hülyas Insta-Post mit dem Foto vom Ring, das sie im Bus gemacht hatte – *#nochmehrmystery*. »Sondern deswegen. Wo hast du den her?«

Hülya blinzelte überrascht.

»Wenn ich das wüsste, würde da kaum mystery stehen, oder?« Sie tippte auf ihre Kopfhörer. »Und wenn du nichts dagegen hast, würde ich jetzt gerne ... «

»Hülya, das ist wichtig«, drängte Nick und schob das Handy noch näher. »Wo hast du den Ring her?«

»Nicht aus dem Glaskasten geklaut, falls du das meinst«, gab Hülya scharf zurück, stand ruckartig auf und wandte Nick den

Rücken zu. Sie wollte Ruhe und Beats, nicht Albträume und einen aufdringlichen Nick!

»Diesen Ring dürfte es nicht geben«, sagte Nick hinter ihr. Seine Stimme zitterte beinahe vor unterdrückter Aufregung. »Der sieht aus wie der Ring von Kronstein junior und …«

»… und der ist im Winter 1864 unter mysteriösen Umständen verschwunden«, ergänzte Hülya tonlos. Sie war plötzlich unendlich müde. »Ich habe deine Entschuldigung angenommen, Nick«, sagte sie leise, immer noch mit dem Rücken zu ihm. »Aber ich hatte eine harte Nacht und würde jetzt gerne …«

»Hülya, das kann nicht warten«, unterbrach er sie. Dann legte er seine Hände auf ihre Schultern, drehte sie zu sich herum und sah ihr fest in die Augen. »Wer hat dir den Ring gegeben?«

»Keine Ahnung, Mann«, platzte es aus Hülya heraus. Und mit den Worten kamen all jene Gefühle hoch, die sie die letzten Stunden von sich geschoben hatte. Verwirrung. Hilflosigkeit. Angst.

»Ich weiß es nicht. Ich weiß, dass ich … im Finsterforst war. Und dann im Haus … und dann ist alles matschig und verschwommen. In meinem Kopf ist nur Matsche. Ich … ich habe keine Ahnung, wo ich diesen Ring herhabe.«

Als ihre Augen Nicks trafen, glomm etwas darin. Neugier, Aufregung – und Sorge?

»Heute Morgen bin ich vor der Ruine aufgewacht«, fuhr sie stockend fort. »Ich … muss da geschlafen haben. Meine Klamotten waren nass und dreckig. Ich bin nach Hause gerannt und …«

»Und der Ring?«

»Denn habe ich in meiner Kameratasche entdeckt. Ich glaube, den hat mir ein Typ gegeben. In der Nacht.«

»Der Sohn vom alten Kronstein? Aber der ist doch …«

»Nein, Quatsch«, schüttelte Hülya vehement den Kopf. Dann nickte sie. Und schüttelte wieder den Kopf. »Oder doch? Aber kann ja nicht sein. Ein Doppelgänger vielleicht. Keine Ahnung. Nichts ergibt Sinn. Nichts!«

Hülya atmete tief durch. Pixelmatsch verstopfte all ihre Denkprozesse. Sie spürte Nicks Blick. Er musterte sie, wie ein Arzt eine Patientin begutachten würde. In der Psychiatrie.

»Ich bin nicht verrückt!«, brach es aus Hülya hervor mit einer Heftigkeit, die sie selbst überraschte.

Nick schwieg. Das Glimmen in seinem Blick hatte sich verstärkt. Dann, ganz plötzlich, war er ganz nah, fuhr mit seinen Fingern über ihren Hals.

»Vor dem Haus aufgewacht, erinnert sich nicht …«, murmelte er und strich über die Stelle ihres Halses, unter der die Hauptschlagader pulste. Wut spülte Hülyas Angst und Verwirrung weg. Mit voller Wucht trat sie ihm auf den Fuß. Nick quiekte überrascht auf, taumelte zwei Schritte rückwärts und plumpste auf seinen Hintern.

»Das nächste Mal fragst du, bevor du mich antatschst«, zischte Hülya. Sie drehte sich um und marschierte los. Sie würde einfach nach Hause laufen!

»Hülya …«, erklang es kleinlaut hinter ihr.

Hülya wandte sich um und musterte den auf dem Boden sitzenden Nick kühl.

»Wenn du mir helfen willst, herauszufinden, was im Wald passiert ist – bitte. Aber wenn du wieder Geheimniskrämer spielen willst wie beim Graffito, dann bleib mir bloß vom Leib. Verstanden?«

»Hülya!«

Sie war schon hundert Meter weit gekommen, aber Nick ließ einfach nicht locker. Er rannte, um sie einzuholen. Dann stapfte er, ohne ihr in die Augen zu sehen, neben ihr her, egal, wie sehr sie ihn ignorierte.

»Sorry«, sagte er schließlich. »Als du das mit der Nacht im Wald gesagt hast, habe ich überreagiert.«

»Das mit dem Entschuldigen musst du echt noch üben«, brummte Hülya genervt, ohne ihren Schritt zu verlangsamen. Sie schwiegen einige Meter, bis Nick es nicht mehr aushielt.

»Ich kann dir helfen, herauszufinden, was letzte Nacht passiert ist. Du bist nicht die Erste, der im Finsterforst etwas widerfährt, weißt du?«

Hülya verzog den Mund zu einem grimmigen Lächeln.

»Kriegt jeder hier Ringe von Leuten zugesteckt, die schon lange tot sind? Oder wacht ohne Erinnerung im Wald auf?«

»Nicht jeder.«

Etwas an Nicks Tonfall ließ Hülya aufhorchen. Sie blieb stehen und drehte sich zu ihm um.

»Was heißt das: ›nicht jeder‹?«

Nick wich ihrem Blick aus.

»Und nicht jeder ist verrückt, auch wenn alle das sagen«, murmelte er, und eine ungekannte Härte stahl sich in seinen Blick.

»Nick!«, bohrte Hülya weiter. »Wer?«

Nick atmete tief durch.

»Die Leute hier ... in der Schule glauben alle, dass sie bloß halluziniert. Deswegen nennen sie alle nur Hallu van Helsen. Erwachsene nennen sie die Verschwörungsrichterin. Aber alle halten sie für total psycho.« Die Härte floh aus seinem Blick, zurück blieb die Verletzlichkeit eines alleingelassenen Pandababys.

»Wen?«

»Meine Mutter.«

STRANGER DINGS ALLERDINGS

Hülyas Finger fuhren über den unregelmäßig abgeplatzten Lack des Metallzauns. In endlosen Wiederholungen erwuchs aus den schmiedeeisernen Schnörkeln ein immer gleiches Muster: eine Krone, aus der nach unten Wurzeln rankten. Hinter den Eisenkronen leuchtete Hülya ein sattgrüner Urwald entgegen, und hinter dem Urwald ragten die gotisch anmutenden Erker und Türmchen einer altertümlichen Villa in den trüben Himmel. Die endlos wiederholten Kronen im Metallzaun waren das Wappen derer von Kronstein und die Villa ihr Stammhaus. Jedenfalls bis zum Winter 1864, in dem schlussendlich auch der jüngste Spross der Familie so mysteriös verschwunden war – der Doppelgänger von Hülyas Surfertypen, der als Einziger klar erkennbar durch die Pixelmatsche in ihrem Kopf surfte.

»Hülya, kommst du?«

Hülya zuckte zusammen. Vergangenheit und Gegenwart überlagerten sich. Dort, wo vor vielen Generationen der Surfertyp-Doppelgänger fotografiert worden war, wartete nun ein anderer Junge auf sie. Hülya betrat das Gelände durch ein verzogenes schmiedeeisernes Tor und suchte sich ihren Weg über die zerbrochenen Steinplatten eines Weges, der seit Jahren in ein Rückzugsgefecht mit dem verwilderten Garten verwickelt war und verlor. Ungeduldig blickte Nick ihr von der Freitreppe entgegen.

»Du hast mir nicht gesagt, dass du in *seinem* Haus wohnst«, sagte Hülya.

»Es gibt vieles, was du noch nicht weißt – und was ich nicht verstehe«, sagte er, dann musste er über seinen eigenen mysteriösen Tonfall grinsen. »Wir sind erst vor ein paar Jahren hierhergezogen. Nachdem meine Mutter ihr … ihr Erlebnis hatte.«

Nick schob die übermannshohen Türflügel der massiven Doppeleingangstür auf. Neugierig lugte Hülya an ihm vorbei ins schummerige Innere der Villa.

»Und was war das für ein … ›Erlebnis‹?«, fragte sie. Ihre Stimme hallte durch einen riesenhaften Eingangssaal, in dem aufgewirbelter Staub durch Sonnenlichtstrahlen vor Bleiglasfenstern tanzte.

»Wart's ab«, erwiderte Nick und verschwand im Dämmer.

Ihre Augen hatten ein paar Sekunden gebraucht, um sich an das Licht zu gewöhnen. Unzählige Vitrinen und Schaukästen waren in der weitläufigen Halle verteilt wie Findlinge, überwacht von meterhohen Zeitschriftenstapeln und unzähligen Landkarten voller Markierungen an den holzgetäfelten Wänden.

»Willkommen im Messie-Monster-Museum«, lächelte der in der Mitte der Halle stehende Nick mit einer angedeuteten Verbeugung. Dann drehte er sich um, kurvte zwischen Zeitschriftenstapeln und Vitrinen hindurch und wischte im Vorbeigehen über den verstaubten Glasdeckel eines Schaukastens. Seine Finger hinterließen Linien im Staub.

»Beeindruckend, nicht wahr? Im Arbeitszimmer hat sie noch mehr.«

»Sie …? Deine Mutter?«

Hülya sah trotz des Dämmerlichts, wie ein trauriger Zug auf Nicks Gesicht erschien, als er an der gegenüberliegenden Wand stoppte. Doch statt zu antworten, legte er einen Schalter um. Verborgene Glühbirnen flammten in den Vitrinen und Schaukästen auf, tauchten die düstere Eingangshalle in diffuses, warmes Licht. Nick winkte Hülya zu einem Glaskasten in der Mitte der Halle, in dem ein aufgeschlagenes Buch mit seltsam verschnörkelter Schrift lag. Hülya verknotete ihre Augen, aber lesen konnte sie kaum etwas.

»Frakturschrift«, hörte sie Nick sagen. »Das Buch ist von 1595. Das einzige Exemplar, das noch existiert.«

»Und es geht um ...« Hülya beugte sich näher, um die Buchstaben entziffern zu können. »... um den Bauern Peter Stump aus Epprath.« Sie sah Nick zweifelnd an. »Was hat mein Erlebnis gestern Nacht mit einem Bauern aus dem 16. Jahrhundert zu tun?«

Nick leckte sich nervös über die Lippen.

»*Du* hältst mich nicht für verrückt, oder?«

Hülya breitete grinsend die Arme aus, als wollte sie all die Zeitschriftenstapel, die vollgestopften Vitrinen und den allgegenwärtigen Staub umarmen.

»Natürlich nicht, Nick. Das hier ist alles voll normal!«

Nick lächelte nicht. Nach einer Weile nahm Hülya die Arme runter und erwiderte Nicks ernsten Blick.

»Nein, ich halte dich nicht für verrückt, Nick.«

»Danke, Hülya«, sagte er.

Er atmete noch einmal tief durch, als stünde er vor einem Sprung ins Ungewisse.

»Es ist so«, begann er zögerlich, »all das Zeug hier in den Vitrinen, in den Zeitschriften, die Markierungen auf den Landkarten an den Wänden ... all das sind Beweise für das Unbeweisbare.«

»Hä?«

»Für die Existenz der *Anderen*. So nennt meine Mutter sie.« Seine Augen glitten über die Vitrinen und Glaskästen, deren Beleuchtung sich in seinen blauen Augen widerspiegelte. »In all den Sagen, Märchen und Horrorstorys, die wir kennen, kommen sie vor. Monster. Vampire. Werwölfe. Ungeheuer, die in den Schatten wohnen und uns alle fressen wollen.« Nicks Augen hielten Hülyas Blick fest, doch sein Blick flackerte unsicher. »Meine Mutter ist fest davon überzeugt, dass das nicht nur Geschichten sind. Dass es diese Wesen wirklich gibt. Und mit ihrer Sammlung hier will sie es beweisen.«

Er blickte sie an, als erwartete er, dass sie lachte oder davonlief. Hülya tat nichts von beidem. Ja, was Nick da sagte, war kompletter Blödsinn. Aber sie spürte auch, dass es in Groß-Hertenstett mehr unerklärliche Dinge gab, als es geben dürfte. Die letzte Nacht zum Beispiel. Ein Räuspern ließ sie aufblicken. Nick lächelte sie unsicher an.

»Glaub mir, Hülya, ich bin nicht total durchgeknallt. Das mit den Monstern ist mit ziemlich hoher Wahrscheinlichkeit Quatsch«, sagte er bemüht locker, dann aber wurde er ernst. »Aber dass etwas in Groß-Hertenstett strange ist, das glaube ich auch. Nur habe ich es nie richtig zu fassen gekriegt. Bis jetzt. Bis du aufgetaucht bist.« Seine Augen suchten Hülyas Blick. »Du bist anders als die anderen. Du siehst Dinge, die andere nicht sehen. Und gestern Nacht hast du etwas erlebt, das nicht sein kann.«

Sie sahen sich an. Stille.

»Stranger Dings«, sagte Hülya.

»Allerdings.«

Mit geübter Bewegung zog Nick weiße Stoffhandschuhe über, die er aus einem kleinen Regal genommen hatte, und hob den Glasdeckel des Schaukastens an.

»Und jetzt zeige ich dir, was dein Erlebnis mit dem Bauern Peter Stump zu tun hat.«

Sachte hob er das uralte Buch hervor und schlug es auf. Ein großer Holzschnitt prangte auf der ersten Seite, formte aus einzelnen, verschieden breiten Linien ein Bild. Hülya brauchte einen Moment, dann schrak sie zurück. Aus den Linien des Holzschnitts wuchs das Bild eines Mannes, auf allen vieren wie ein Tier, mit zerrissenen Kleidern, wildem Haar, weit aufgerissenen, seltsam stechenden Augen. In seinem Mund … nein, seinem *Maul* voll spitzer Zähne trug er ein schreiendes Baby. Der Mann war kein Mann, sondern …

»Ein Werwolf«, hörte Hülya Nick leise sagen. Kaltes Grauen aus ferner Vergangenheit griff nach ihr.

»Werwölfe gibt es nicht«, flüsterte sie beinahe trotzig, dabei fühlte sie sich plötzlich wie jemand, der auf dem dünnen Eis der Realität einzubrechen droht.

»Und dennoch wurde Peter Stump hingerichtet«, erwiderte Nick. »Weil er seine Nachbarn umgebracht und gefressen hat. Aber vor allem, weil er dem Abt des Klosters gebeichtet hat, ein Werwolf zu sein.«

Hülya riss sich von dem Bild los, blickte in Nicks blaue Augen.

»So wie die angeblichen Hexen gestanden haben, dass sie Sex mit dem Teufel hatten«, sagte Hülya, entschlossen, den Bezug zur Realität nicht zu verlieren. »Wenn mich jemand foltert, würde ich sogar gestehen, dass meine Strähnen-Katastrophe Absicht war.«

»War es nicht?«

»Was?«

»Absicht. Deine Strähnen.«

Hülya stutzte. Dann lachte sie laut los.

»Die Strähnen? Spinnst du?«

Nick sagte nichts. Hülyas Lachen federte durch den Raum wie ein Springteufel.

»Echt jetzt?«, fragte sie noch immer kichernd, nahm die knallbunte Mütze ab und zog die zwei Strähnen nach vorne, um sie sich noch einmal ganz genau anzuschauen.

»Sieht doch gut aus«, brach es aus Nick heraus. »Du hast eh tolle Haare. So ein Schwarz hat hier niemand. Und mit den bunten Strähnen wird das nur noch deutlicher.«

Hülya ließ die Hand mit den Strähnen sinken und sah Nick erstaunt an.

»Sag das noch mal.«

»Äh … ich sagte, dass du … äh … tolle Haare …«

Nick wurde immer leiser, verstummte schließlich. Dann wurde er knallrot. Hülya räusperte sich.

»Ja … danke«, sagte sie irgendwann.

Abrupt wandte sich Nick ab. Mit hochrotem Kopf griff er in den Glaskasten und stellte zwei unscheinbare Schalen neben das Buch. In ihnen kräuselten sich je zwei, drei lockige schwarze Haare.

»Schau mal«, war alles, was er sagte.

Langsam wechselte der Teint seines Gesichts von überreifer Tomate wieder zu seiner üblichen Hautfarbe.

»Was ist das?«, fragte Hülya, dankbar für die Ablenkung. »Überbleibsel vom Friseur?«

»Haare von Peter Stump. Der Abt hat sie nach der Hinrichtung an sich genommen und im Kloster verwahrt.«

Nicks Stimme war distanziert. Hülya nahm es ihm nicht übel. Sie wusste, wie Rotwerden sich anfühlt. Außerdem war das ein schönes Kompliment gewesen, dafür hatte er etwas gut bei ihr.

»In der Schale daneben«, fuhr Nick fort, »sind Haare, die ich in Leonies Garten gefunden habe.«

Hülya ließ ihren Blick über die beiden Schalen gleiten. Die Strähnen aus Leonies Garten waren tiefschwarz und gelockt, das von Peter Stump in der Schale daneben war ebenfalls tiefschwarz, und doch war es ganz anders.

»Das ist ja gar kein richtiges Haar, dazu ist das viel zu drahtig«, murmelte sie überascht.

»Drahtig wie das Fell eines Wolfs«, bestätigte Nick, zeigte dann auf die Schale mit dem Haar aus Leonies Garten und hob fragend die Augenbrauen. »Und das hier?«

»Haare halt.« Hülya guckte genauer hin. »Schwarz, gelockt, ziemlich lang …«

»Niemand in Groß-Hertenstett hat schwarze Haare. Niemand außer dir.« Hülya hob den Blick und sah Nicks knallblaue Augen auf ihren Haaren ruhen. Schnell sah er wieder beiseite. »Aber du hast keine Locken. Und du springst auch nicht über eine drei Meter hohe Mauer, nachdem du ein riesiges Grafitto mit einem gelbäugigen Monstermädchen gesprayt hast.«

»Die Haare sind von der Sprayerin?«

»Jedenfalls klebten sie an der Spraydose. Meine Mutter glaubt, dass das die Haare eines Werwolfs in Menschengestalt sind und …« Plötzlich stutzte er. »Sprayer-in?«

Hülya setzte an, etwas zu sagen, zögerte, klappte den Mund wieder zu. Dann sagte sie langsam:

»Hab ich nur so gesagt. Wegen Gender-Equality. Der Sprayer hätte ja auch eine Frau sein können. Oder ein Mann. Was weiß denn ich?«

Eigentlich hatte sie Nick sagen wollen, was sie wusste: dass das Graffito von dem Mädchen gesprayt worden war, das ihr die Kamera geklaut hatte. Aber wie aus dem Nichts war ein Lichtfinger durch die Pixelmatsche in ihrem Kopf gedrungen und hatte ein Gesicht mit stechend gelben Augen angeleuchtet: breite Nase, hohe Wangenknochen und ebenjene dichten schwarzen Locken, die dort vor ihr in der Schale lagen. Ein Name war aufgeploppt: Luna, die Sprayerin. Und eine kleine Stimme hatte sich in Hülyas Kopf gemeldet. Verrate sie nicht, hatte die Stimme geflüstert, verrate Luna nicht.

Hülya hatte also nichts gesagt, jedenfalls nichts Wichtiges. Nick musterte sie, als spürte er, dass ihre lahme Ausrede eine tiefere Wahrheit verbergen sollte. Schnell wandte Hülya sich der ersten Schale zu, als ob sie urplötzlich großes Interesse am angeblichen Werwolf-Fell verspürte. Nicks Blick kribbelte in ihrem Nacken, während sie das drahtige Fell intensiv musterte.

Und dann, ohne Vorwarnung, zuckte ein zweiter Lichtfinger durch die Pixelmatsche in Hülyas Schädel. Dieses Mal mit der grellen Gewalt eines Blitzes. Drahtiges Fell, knotige Muskeln, geifernde Reißzähne. Ein bedrohliches Grollen im Mondschein. Hülyas Herz machte einen Satz, ihr Mund wurde trocken. War auch das eine Erinnerung an diese Luna? Oder nur ihre überhitzte Fantasie?

»Euer Sprayer war weder Frau noch Mann«, riss eine Stimme sie zurück in die Halle voller staubbedeckter Beweise für Unbeweisbares. Eine in der Holzvertäfelung verborgene Tür am anderen Ende des Saals hatte sich geöffnet. Im Türrahmen lehnte eine schmale Silhouette.

»Er war nicht einmal ein Mensch. Es war ein Wesen aus einer anderen Zeit.« Die Silhouette löste sich aus der Tür, kam auf sie zu. »Ein Wesen ohne Gnade, mit nur einem Ziel: zu fressen. Ein Mischwesen, ein Gestaltwandler, ein Lykanther. Nicht Mensch, nicht Tier – beides!«

Die Silhouette trat zu ihnen. Der Schein des Schaukastens erhellte die Züge einer hageren, groß gewachsenen Frau mit hohen Wangenknochen, tiefen Augenringen und bis auf den Rücken reichendem silbergrauem Haar. Sie sah aus wie die Prophetin eines anderen Zeitalters.

»Ein Werwolf. Todfeind des Menschen seit Anbeginn der Zeit.« Für einen Moment verzerrte Verwirrung ihre Züge. »Ein … ein Monster.«

Sie taumelte. Mit einem Satz war Nick bei ihr.

»Mama!«

Die Frau stützte sich an einer Vitrine ab, wedelte ihn mit ihrer Hand weg.

»Lass nur, Nick«, sagte sie und straffte die Schultern. »Stell mir lieber deine Gästin vor. Es passiert nicht oft, dass du ein Mädchen mit nach Hause bringst.«

Puff! Wieder wurde Nick knallrot. Aber Hülya hatte keine Zeit, über Nicks Teint nachzudenken. Die Transformation seiner Mutter von Schicksalsprophetin zu kränklich wirkender Frau nahm Hülya vollständig gefangen. Jetzt, da sie nicht mehr im quasiprophetischen

Tonfall sprach, wirkte Nicks Mutter nur noch blass und erschöpft mit ihrem verwaschenen Schal um den Hals und dem entschieden unmodischen Strickpulli am Leib. Alles an ihr strahlte Müdigkeit und Resignation aus. Alles, bis auf die fiebrig leuchtenden Augen.

»Das ist Hülya«, sagte Nick. »Eine … Freundin.«

»Nur eine Freundin«, ergänzte Hülya. Nick sah sie an mit dem Blick eines Pandababys, dem sie auf die Tatze getreten war.

»Nun, Hülya, ich bin Valentina van Helsen.« Ihre fiebrigen Augen erforschten Hülyas Gesicht, als wollte sie sich jeden Zentimeter einprägen. »Du bist nicht aus Groß-Hertenstett, oder? Ich habe ein Gespür für Neue.«

»Das haben hier anscheinend alle«, erwiderte Hülya. »Ich bin vor zwei Wochen hergezogen.«

»Hülya war dabei, als der Sprayer verschwunden ist«, mischte Nick sich ein. »Und sie hat … etwas erlebt heute Nacht. Im Finsterforst.«

Bei Nicks letzten Worten zuckte ein Blitz durch die Augen seiner Mutter. Ihr forschender Blick war nun von beinahe schmerzhafter Intensität, ihre schmalen Lippen wie ein mit einem Messer gezogener Strich.

»Soso. Eine von denen. Du hast also … etwas erlebt?«

Sie spuckte die Worte aus wie scharfkantige, von Bitternis überzogene Splitter.

»Ja, ich … ich weiß nicht«, stotterte Hülya, von der plötzlichen Schärfe in der Stimme der Frau verunsichert.

»Du hast also etwas erlebt, aber du weißt nicht, was«, fasste Frau van Helsen mit der Kälte einer Kettensäge aus dem Tiefkühlfach zusammen. »Vielleicht weißt du es nicht, weil du einfach mal die berüchtigte Messie-Villa sehen wolltest? Weil du die Halluzinationen der alten Hallu van Helsen auschecken wolltest? Ist das jetzt die Aufnahmeprüfung für die Clique der coolen Kids?«

»Mama! Bitte!«

Nick schob sich zwischen Hülya und seine Mutter, legte ihr eine Hand auf die Schulter.

»Hülya ist keine von denen!«

Mit seiner Berührung wich schlagartig alle Spannung aus der hageren Frau, als hätte jemand die Fäden einer Marionette durchgeschnitten.

»Nicht?«, hauchte sie mit abwesender Stimme. Dann richtete sich ihr umwölkter Blick wieder auf Hülya. Sie musterte sie eingehend, schließlich zog ein Lächeln über ihre Züge.

»Nein, du hast recht. Sie ist anders.« Sacht legte sie ihre Hand auf Hülyas linken Arm. Sofort begann er zu kribbeln. »Du hast tatsächlich etwas erlebt«, hauchte sie und rückte noch näher. »Es ist lange her. Viele Jahre. Ist es nicht so, Hülya?«

Ihre Augen schienen ins Innerste von Hülyas Seele zu blicken. Hülya wich einen Schritt zurück. Es rumpelte, als sie mit dem Rücken an den Schaukasten stieß.

»Nein, nicht früher«, stieß sie hervor. »Gestern Nacht.«

»Verwirrung ist in Ordnung, Hülya. Auch ich war lange Zeit verwirrt, konnte mich an nichts erinnern als an diese Augen. Seine glühend, glühend roten Augen und seine widerliche, widerliche Stimme …«

Frau van Helsen verlor sich in ihrer Erinnerung. Die Haare in Hülyas Nacken richteten sich auf. Die Worte von Nicks Mutter brachten etwas in der letzten Ecke ihres Hirns zum Klingen. Bevor sie es greifen konnte, drang aus Frau van Helsens Kehle ein leises Lachen.

»Die *Anderen* wollen nicht, dass man etwas über sie weiß«, flüsterte sie Hülya zu. »Sie sorgen dafür, dass niemand mir glaubt. Aber ich habe nach Beweisen für ihre Existenz gesucht. Und ich habe sie gefunden!« Ihre Stimme war lauter geworden, füllte schließlich den gesamten Saal. Und dann breitete sie ihre Arme aus in einer Geste, die nicht nur den Saal zu umfassen schien, sondern die ganze Welt. »Überall auf der Welt. Überall!«

Ihr Zeigefinger wanderte von dem Schaukasten über staubige Vitrinen und historische Karten bis zu mannshohen Zeitschriftenstapeln.

»Der Vampir von Düsseldorf! Der Unhold von Erfurt! Die weiße Frau von Schottenstein! Die Moorleiche vom Wurzacher Ried!« Bei jedem Satz wurde ihre Stimme lauter. Schließlich deutete sie auf die Schale mit den tiefschwarzen Locken aus Leonies Garten. »Und Nicks neuester Fund: der Graffiti-Werwolf von Groß-Hertenstett. Bald wird man mir glauben. Und dann werden wir sie jagen! Bald!«

Erschöpft ließ sie ihre Hand fallen. Ihre Stimme sank zu einem heiseren Flüstern herab, als sie ihre fiebrig leuchtenden Augen wieder auf Hülya richtete.

»Die *Anderen* sind unter uns, Hülya. Die Monster. Hier im Finsterforst. Ich habe es erlebt. Und überlebt.«

Mit zitternden Fingern zog sie ihren Schal beiseite und entblößte ihren Hals. Neben der Halsschlagader konnte Hülya zwei helle Punkte erahnen. Sie wusste sofort, was das war: Narben. Kreisrunde Narben.

»Mama, reg dich nicht so auf«, sagte Nick leise. Seine Hand legte sich auf ihre knochigen Schultern. »Du weißt, was die Ärztin sagt.«

Frau van Helsens Blick bohrte sich ein, zwei Herzschläge in Hülyas Augen.

»Glaub ihnen nicht, Hülya«, hauchte sie. »Glaub nur dir selbst. Sie sind mitten unter uns. Die *Anderen* sind hier!«

Erschöpft sank sie in Nicks Arme und ließ sich von ihm zur offen stehenden Tür führen. Hülya hörte ihre Stimme leiser werden.

»Nick, mein braver Nick. Du glaubst mir doch, nicht wahr? Wenn ich dich nicht hätte ...«

Das Zuschlagen der Tür schnitt ihre Worte abrupt ab. Mit einem Mal war Hülya allein mit ihren Gedanken.

Sie hatte gewartet. Erst eine Minute, dann zwei, dann zehn. Erst hatte sie ihren Blick noch neugierig über die Inhalte der anderen Vitrinen wandern lassen, aber schnell war es ihr zu viel geworden. Alte Bücher, seltsame Fotos, Phiolen mit undefinierbaren Flüssigkeiten. Dachbodenplunder? Beweise für die Existenz von Monstern? Oder Hinweise auf den Wahn ihrer Sammlerin? Hülya spürte, dass im Finsterforst Seltsames vor sich ging. Die Erinnerungsfetzen in ihrem Kopf waren der letzte Beweis, und doch war dieses Messie-Museum einfach zu irre. Aber was war schon normal … normal … normal …

Normal-*a*?!

Wo kam dieses Wort plötzlich her?

Hülyas Gedankenkarussell drehte sich, schneller und immer schneller, bis ihr schwindelig wurde. Sie musste raus aus diesem staubigen Museum des Wahnsinns! Mit einer bewussten Willensanstrengung stoppte Hülya das Karussell und verfrachtete alle wirren Gedanken in ihre *HIJKZZ*-Schublade. Zu Hause würde sie darüber nachdenken – in Ruhe und nach einer ordentlichen Portion Schlaf!

Sie sah sich um. Wo blieb eigentlich Nick? Hatte er sie etwa vergessen? Schon wieder?

WTF?!

Hülya machte den letzten Schritt aus dem verwilderten Garten auf den Bürgersteig. Die Wolkendecke lag tief über der Stadt, aber die Luft roch frisch und nicht nach altem Staub. Ohne sich umzublicken, marschierte Hülya los.

»Hülya, warte!«

Hülya ging einfach weiter.

»Es tut mir …«, begann Nick.

Nicht schon wieder! Wütend drehte Hülya sich um.

»Wage es nicht, dich schon wieder zu entschuldigen! Das ist das zweite Mal in zwei Tagen, dass du mich sitzen lässt.«

»Meine Mutter … die Erinnerungen … das war anstrengend für sie.« Er blickte sie aus Hundeaugen an. »Ich dachte, du würdest das verstehen.«

»Vor allem verstehe ich, dass du mich ständig irgendwo stehen lässt.« Hülya verschränkte die Arme. »Wieso hast du mich hergebracht?«

»Damit du weißt, dass ich dir glaube«, sagte Nick lahm.

»Du weißt ja nicht mal, ob du deiner eigenen Mutter glauben kannst!«

»Doch, ich glaube ihr. Ihr ist tatsächlich etwas passiert. Irgendetwas …«

Hülya blickte ihn abwartend an. Nach einer Weile fuhr Nick fort.

»Vor fünf Jahren. Im Spätsommer. Meine Mutter ist tagelang nicht nach Hause gekommen. Ein Suchtrupp hat sie im Finsterforst entdeckt. Verwirrt, orientierungslos, total geschwächt. Sie muss sich verletzt haben, jedenfalls hat sie viel Blut verloren. Im Krankenhaus habe ich über sie gewacht, Tag und Nacht. Im Traum hat sie um sich geschlagen. ›Feueraugen‹, hat sie geschrien, immer und immer wieder. ›Feueraugen!‹ Das ist alles, was sie noch weiß. Rote Augen.«

Ein Schauer huschte über Hülyas linken Arm. Schon wieder diese roten Augen!

»Bevor sie im Wald verschwand, war Mama Richterin und Stadträtin. Wir waren wer in der Stadt. Aber nach dem Krankenhaus, da hat sie vor Gericht wirre Vorträge gehalten. Dass wir die Monster töten müssen, bevor sie uns töten. Erst haben die Leute nur hinter ihrem Rücken geredet. Dann haben sie die Straßenseite gewechselt, wenn wir ihnen entgegenkamen. Und in der Schule …«

Er verstummte. Für einen kurzen Moment huschten seine Augen zu ihrem Gesicht, dann betrachtete er wieder die zerborstenen Gehwegplatten. Aber der Moment hatte Hülya gereicht, um zu sehen, wie sehr es in Nick brodelte. Trauer, Überforderung und Wut wechselten sich ab.

»Erst hat sie ihren Job verloren. Dann hat sie unser ganzes Geld für die alte Kronstein-Villa ausgegeben und angefangen mit ihrer Sammlung. Und jetzt hängt sie den ganzen Tag im Netz ab. In ihrer Internet-Community ist sie eine Art Prophetin, diese Freaks glauben ihr einfach alles. Und wenn sie genug Beweise haben, dann wollen sie eine Jagd auf die *Anderen* machen. Hier in Groß-Hertenstett!«

Hülya fröstelte. Die Vorstellung, wie ein Internetmob durch den Finsterforst zog und alles jagte, was irgendwie anders war, war beängstigend. Kein Wunder, dass die halbe Stadt sich über Nicks Mutter lustig machte. Und erst recht kein Wunder, dass Nick das fertigmachte. Fast war ihr, als stünde vor ihr ein ganz anderer Nick. In seinen knallblauen Augen leuchteten Schmerz und Scham. Zögerlich machte Hülya einen Schritt auf ihn zu, legte die Hand auf seinen Arm. Ein kleines Lächeln brach durch die widerstreitenden Gefühle auf seinem Gesicht. Er atmete tief durch und legte seine Hand auf die ihre.

»Du bist anders, Hülya. Mit dir kann ich darüber reden.«

Nicks Hand lag warm auf ihrer. Haut an Haut. Hülya spürte, wie es in ihrem Bauch kribbelte. In diesem Moment fühlte sie sich Nick wirklich nah. Sie waren auf der gleichen Seite. Sie konnten füreinander da sein. Nicks Finger strichen über ihre Hand. In Hülyas Bauch machte sich ein Schwarm Schmetterlinge auf zu einer wilden Party.

»Hülya?«

»Ja?«

»Du und ich … willst du …« Er stockte.

»Ja?« Zu mehr war Hülya nicht in der Lage.

Nick zögerte, dann fasste er sich ein Herz.

»Hilf mir, Beweise zu finden. Ich brauche dich – um meine Mutter zu retten!«

Er sah ihr in die Augen. In seinem Blick lag jene fiebrige Intensität, die Hülya schon in den Augen seiner Mutter hatte leuchten sehen. Die Schmetterlinge in ihrem Bauch gerieten ins Taumeln.

»Ich soll … was?«, brachte sie hervor.

»Meine Mutter ist nicht verrückt. Hier in Groß-Hertenstett stimmt etwas nicht, das wissen wir beide«, stieß Nick hervor. »Und zusammen können wir das beweisen!« Seine Stimme wurde fest, sein Blick glänzte noch fiebriger. »Du und ich – wir werden beweisen, dass meine Mutter recht hat. Dann nennt sie niemand mehr Verschwörungsrichterin oder Hallu van Helsen. Dann wechselt niemand mehr die Straßenseite, wenn wir kommen! Dann sind wir wieder wer!«

Bam!

Die Wahrheit traf Hülya wie ein Dampfhammer. Es ging Nick nicht um das, was sie fühlte oder was sie erlebt hatte. Es war ihm nie um sie gegangen. Die Schmetterlinge in Hülyas Bauch stürzten ab und flatterten hilflos mit den Flügeln. Hülya suchte Nicks Blick, fand aber nur kalte Wut. Er starrte durch sie hindurch in eine Zukunft, in der er nicht länger allein am Rand des Schulhofs stand, das Kichern der anderen im Ohr.

»Auf Knien werden sie uns um Verzeihung bitten«, murmelte er leise. »Sie wird wieder in den Stadtrat einziehen. Und in der Schule nennt mich dann niemand mehr *Babypsycho!*«

Spätestens jetzt waren alle Schmetterlinge in Hülyas Bauch tot und begraben. Und falls jemals ein Zombie-Schmetterling zurückkehren sollte, würde Hülya eigenhändig den Sargdeckel zunageln. Sie löste Nicks Hand von ihrem Arm.

»Deswegen hast du mich hergebracht?« Sein Blick glitt zu ihr. Die Wut schwand, die fiebrige Intensität blieb. »Es ging nicht um das, was ich erlebt habe? Oder um … mich? Oder darum,«, fügte sie leise hinzu, »dass wir uns richtig kennenlernen?«

Ein verwirrtes Blinzeln, dann breitete sich eine Erkenntnis auf

Nicks Zügen aus. Die Erkenntnis, dass er Hülya tief getroffen hatte. Zu spät. Denn auch Hülya hatte etwas erkannt: dass sie allein sich um sich selbst kümmern musste. Dass sie niemanden hatte in diesem beschissenen Kaff. Nur eine tyrannische Schulhofqueen und einen verstörten Jungen, der sie dazu benutzen wollte, den Ruf seiner Mutter zu retten – und seinen eigenen.

Ohne ein Wort machte Hülya kehrt. Nick hielt sie nicht auf. Was hätte er auch sagen sollen? Als der schmiedeeiserne Zaun mit dem Wappen der verschwundenen Familie hinter ihr zurückblieb, wusste Hülya nicht, dass zu Hause noch mehr Erkenntnisse auf sie warteten. Und zwar solche, die um einiges monströser waren – und tödlicher.

NACHRICHT AUS DEM ZWISCHENREICH

hey normala!

danke für die hammerfotos! eigentlich wollte ich dir die speicherkarte schon auf dem dach zurückgeben, aber dann musste mein dad dazwischenfunken – typisch eltern!

ach ja, die pics hab ich draufgelassen. wäre zu schade, die zu löschen. aber du weißt ja: die darf niemand sehen! versprochen?

*L**

P.S.
wäre echt cool, dich zu besuchen. aber eine normala und eine von uns – das wäre zu gefährlich für uns beide.

P.P.S.
falls in deinem kopf ein schwarzes loch ist, dann hat korbinian seine hypnose-show abgezogen. never trust a kaltblut – besonders korbinian nicht!

Hülya las die Zeilen wieder und wieder. Mit jedem Mal war sie noch ein bisschen mehr erleichtert. Der Brief war der Beweis, dass sie nicht verrückt war. Im Briefkasten hatte er auf sie gewartet, als sie von Nick nach Hause kam. Er stammte von *ihr* – der Sprayerin.

Luna hieß sie, wenn Hülya ihren Erinnerungsfetzen Glauben schenken konnte. Vor ihrem geistigen Auge tauchten wieder diese wilden schwarzen Locken auf, durch die ein stechend gelber Blick blitzte. Und ein ansteckend breites Grinsen. Hülya schüttelte den Briefumschlag, etwas fiel heraus. Ihr Herz machte einen Sprung. Es war die Speicherkarte ihrer Kamera!

Auf dem Kameradisplay leuchteten sie scharf und völlig klar: Hülyas Erinnerungen. Der Pixelmatsch in ihrem Kopf löste sich mit jedem Foto, das sie betrachtete, weiter auf. Die Hochhausruine. Lüftungsschächte im Mondlicht. Und immer wieder die Sprayerin – Luna. In ihren Erinnerungen war sie genauso wie auf den Fotos. Kein Wunder, dass Luna mit den Bildern zufrieden war.

Und dann überfiel Hülya der letzte Rest Erinnerung.

Auf dem Dach. Hülya macht Fotos von Luna. Und dann kommen sie. Surfertyp und Rock 'n' Roller. Es fehlt nicht viel, und sie prügeln sich mit Luna. Doch dann grollt etwas im Gang, tritt auf das Dach. Die beiden Jungs heben ihre Golfschläger wie Keulen. Korbinian bringt Hülya zum Ausgang. Ganz Gentleman alter Schule, aber nicht älter als sie. Fester Blick. Kinngrübchen. Hülyas Herz pocht. Plötzlich hält sie seinen Ring in der Hand. Er lächelt ihr zu, sie werden sich wiedersehen ...

Hülyas Augen wurden groß.

...und dann verspricht er ihr die Wahrheit. Heute Nacht.

Heute Nacht! Hülyas Herz setzte einen Schlag aus. Selbst als Erinnerung hatte dieser mysteriöse Surfertyp ein Charisma, das sie von den Füßen holte. Schade, dass sie von ihm kein Foto hatte, zu gerne hätte sie ihre Erinnerung mit der Realität abgeglichen.

Eines war mal klar: Sich mitten in der Nacht ins Gruselhaus zu schleichen, war gefährlich. Andererseits – wenn sie wissen wollte, was sie erlebt hatte, dann musste sie zu diesem Date. Und wenn sie den Surfertypen wiedersehen wollte, erst recht! Hülyas Herz begann schneller zu schlagen. Nicht aus Angst oder Verwirrung, sondern aus Vorfreude. Mit einem Grinsen im Gesicht huschte sie ins Bad, im Kopf nur einen Gedanken: Wie stylt man sich für jemanden, von dem man nicht weiß, ob er nur ein heißer Doppelgänger ist – oder tatsächlich ein lebender Toter?

Die Nacht brach mit Wucht über die Siedlung herein. Der Himmel kippte von Blau ins Rosa, und Sekunden später stürzte die Sonne wie ein Stein hinter den Finsterforsthügel. So, als drehte sich die ganze Stadt um den Wald, mit dem Gruselschloss aus verwittertem Stahlbeton als Gravitationszentrum. Und dann war es dunkel. Dating Time!

Contouring? Check.

Lipgloss? Check.

Pfefferspray und Trillerpfeife? Check.

Absolut übertriebene Aufregung und weiche Knie? Check und Doppel-Check!

Fertig geschminkt und aufgestylt, durchwühlte Hülya die Küchenschublade. Sie zog ein großes Küchenmesser heraus, prüfte die Schärfe der Klinge, schob es enttäuscht wieder zurück. Sie brauchte eine bessere Waffe!

Schließlich waren nicht alle Erinnerungen, die aus der Pixelmatsche aufgetaucht waren, angenehm. Einige von ihnen waren wohl eher Albtraum-Fetzen, nur unterscheiden konnte Hülya es nicht. Diese Erinnerungen fühlten sich an, als sei Hülya Zuschauerin in einem trashigen Gruselfilm, bei dem sie selbst mitspielte. Da war zum Beispiel diese eine Sache mit dem Hohepriester, der sie verfluchen wollte …

Hülya schob die Erinnerung beiseite. Der altägyptische Hohepriester gehörte eindeutig in die Albtraum-Kategorie. Was tatsächlich passiert und was nur Kopfkino war, würde zwar ihr Date aufklären, aber trotzdem wollte Hülya vorbereitet sein für alles von Romantik bis Horror. Schließlich zog sie etwas aus der Küchenschublade, mit dem sie sich selbst den hartnäckigsten Hohepriester vom Leib halten konnte! Hülya musterte das Teil, grinste breit und ließ – *WUMMS!* – einen schweren stählernen Fleischklopfer in ihren Rucksack plumpsen.

Sie hatte gerade den Vorgarten durchquert, als ein seltsames Geräusch aus dem Inneren des Hauses sie innehalten ließ. Hülya lauschte. Dann ging es ganz schnell: ein schriller Schrei, ein Klirren, ein schmerzerfülltes Stöhnen. Hülya wirbelte herum. Hinter den Fenstern zum Arbeitszimmer flackerte Licht, irres Gelächter erklang. Jemand – etwas! – war bei Emre! Hülya sprintete zurück, riss die Haustür auf und stürmte, Fleischklopfer voran, ins Arbeitszimmer.

Emre saß an seinem Laptop und starrte sie an.

»Äh … kann ich etwas für dich tun?«

Langsam ließ Hülya den Fleischklopfer sinken, scannte den Raum. Keine Dämonen, keine Monster, kein Nichts.

»Ich habe was gehört. Du nicht?«

»Ich? Nö.«

Emre schaute unschuldig wie ein Lamm, aber seine Finger waren an der Tastatur zugange. Mit einem Satz war Hülya neben ihm. Eine Excel-Tabelle voller Zahlen bedeckte den Bildschirm.

»Ich dachte, ihr Anwälte macht Schriftsätze«, sagte Hülya misstrauisch.

Emre zögerte kaum merklich mit seiner Antwort.

»Ja, auch. Aber wir Anwälte machen auch … äh … Berechnungen.«

Er setzte ein noch unschuldigeres Lächeln auf. Ein wenig zu unschuldig, fand Hülya. Mit der Maus schob sie die Excel-Tabelle beiseite. Darunter flimmerte die Fratze eines Vampirs unter dem blutroten Schriftzug »*Game over*«. Emre zuckte lächelnd die Schultern, dann zog er das Gamepad hervor, das er auf seinem Schoß versteckt hatte.

»Wenn wir nicht gerade Vampire killen.«

Hülya zeigte auf den flimmernden Game-over-Schriftzug.

»Oder euch killen lasst.«

»Ich war eben nie so gut im Zocken wie Meryem.«

Hülya hob überrascht die Augenbrauen. Emre sprach fast nie über ihre Mutter.

»Mama hat gezockt?«

»Am liebsten Hack'n'Slays. Das sind Games, in denen man …«

»Hackt und slayt«, ergänzte Hülya. »Schon klar.«

Sie zog den zweiten Stuhl näher und setzte sich neben ihn.

»Geht das auch zu zweit?«

Emre nahm einen zweiten Controller aus der Schublade und hielt ihn Hülya hin.

»Ich wusste gar nicht, dass du zockst«, sagte er.

»Tu ich auch nicht. Das ist Kinderkram.«

»Ach ja, stimmt. Nichts für seriöse Anwälte oder Fast-Erwachsene wie dich. Deswegen macht's ja so viel Spaß.«

Grinsend wollte Emre auf Start drücken, dann aber warf er Hülya einen so überbesorgten Blick zu, wie nur Eltern es können.

»Bist du sicher? Das ist schon etwas gruselig.«

Hülya schnaubte verächtlich.

»Und dein … Date? Kann das warten?«

Der Satz traf Hülya völlig unvorbereitet.

»Äh … was?«

»Coole Kleider, Lipgloss und so … «, sagte Emre und lächelte. »Man muss kein Meisterdetektiv sein, um zu sehen, was du vorhast. Steht dir übrigens gut.«

Hülya schwieg.

»Ist es dieser Junge, von dem Herr Butze gesprochen hat? Dieser Sherlock?«

Hülya schwieg noch lauter.

»Okay, okay, geht mich nichts an.«

Statt zu antworten, startete Hülya das Spiel. Ein dumpfes Grollen schepperte aus den Laptoplautsprechern, und eine Straße schälte sich aus dem Dunkel. Darauf standen zwei eckige Figuren. Bisher war das Gruseligste die kantige Uralt-Grafik.

»Schon wieder Pixelmatsche«, murmelte Hülya.

»Stimmt. *Dracula's Revenge* ist uralt. Das haben Meryem und ich gezockt, als sie schwanger war.«

ROOOAR! Ein riesiges Monster griff an, aber sofort war Emre zur Stelle. Neben ihr hackte er wie tollwütig auf dem Gamepad herum, auf dem Monitor vollführte er elegante Sprünge.

FLATZZZZSCH! platzte das Monster auf. Pixelige Eingeweide spritzten über die Straße, aus dem Matsch züngelten schleimige Schlangen. Hülya starrte auf den Monitor.

»*Das* hast du mit Mama gespielt?«

»Fast jede Nacht. Als sie nicht schlafen konnte, weil du in ihrem Bauch so getreten hast«.

Sie musterte ihn mit neuem Respekt. Emre war sichtlich stolz, einmal nicht der nervige Papa zu sein.

»Das Spiel hat sogar eine Geschichte«, sagte er. »Wir sind in einem verseuchten Dorf gestrandet. Das Ding gerade eben war der mutierte Vampir-Hund des Bürgermeisters.«

»Was sonst?«, murmelte Hülya, aber Emre nerdete einfach ungerührt weiter.

»Zum Kämpfen haben wir Holzpflöcke und Knoblauchspray, was anderes hilft gegen Vampire nicht. Unser Ziel ist es, alle Vampire und Monster im Vampir-Hauptquartier im finsteren Wald zu killen und …«

»Sag mal, hat Mama eigentlich auch mal hier gewohnt?«, platzte es aus Hülya raus.

»In Groß-Hertenstett? Von wem hast du das denn?«

»Ist doch egal. Als sie so alt war wie ich vielleicht?«

»Ich … ich glaube nicht. Soweit ich weiß, hat sie schon immer in Dortmund gewohnt, bevor wir uns kennengelernt haben.« Er dachte eine Weile nach. »Aber hier in der Gegend war sie bestimmt mal. Sie war ja Fotografin für Magazine und so. Hier in der Ecke gab's mal ein großes Bauprojekt im Wald. Eine Hochhaussiedlung, ganz modern und nah an der Natur und so. Kann sein, dass sie davon Fotos gemacht hat. Aber sicher bin ich mir nicht.«

»Wann war das?«

»Ein paar Tage … ein paar Tage bevor ihr den Unfall hattet.« Er wandte den Blick ab und starrte durch den Laptop hindurch. Hülya schwieg betroffen. Für sie war ihre Mutter ein Sehnsuchtsmensch, den sie nie wirklich gekannt hatte. Für Emre dagegen war sie real. Sie wollte nicht weiter in der Wunde bohren, aber eine Frage brannte ihr noch auf den Lippen.

»Baba?«

»Hm?«

»Gibt's die Fotos noch?«

»Fotos?« Emres Stimme kam aus einem tiefen Loch.

»Die Mama gemacht hat. Von diesem Bauprojekt im Wald.«

»Ach, Hülya, das weiß ich doch nicht. Ich weiß nicht mal, ob diese Hochhäuser überhaupt gebaut wurden. Nach dem Unfall ist alles drunter und drüber gegangen. In meinem Kopf ist das ein einziger Brei.«

Seine Stimme wurde mit jedem Satz lauter. Dann atmete er tief durch und zwang sich zurück in die Gegenwart.

»Sorry, Kleine. Ich … ich weiß das einfach nicht mehr.«

Er legte das Gamepad beiseite.

»Ich glaub, mir reicht's für heute mit Vampiren«, sagte er. »Und du musst ja eh zu deinem mysteriösen Date.«

Hülya sprang mit gespielter Empörung auf.

»Ich habe kein Date!«, rief sie theatralisch. »Und wenn, dann geht dich das gar nichts an! Du alter Mann!«

Sie stapfte zur Tür. Aus den Augenwinkeln bemerkte Hülya zufrieden, dass Emre ein kleines bisschen lächelte.

»Hülya?«

Sie drehte sich um.

»Sei um halb elf zurück, okay?«

Hülya grunzte etwas Unverständliches.

»Ich mein's ernst. Wenn dir auch noch was passiert ... Ich glaube, das würde ich nicht aushalten.«

FIRST DATE FROM HELL

»Weg mit dem Schandfleck!«,

prangte es fett auf dem Plakat. Das Hochhaus war durchgestrichen, und in der oberen rechten Ecke klebte das Logo der »Nachbarschaftshilfe Waldauer Viertel«. Die Nachbarschaftshilfe war der Grund, warum Emre plötzlich voll antigraffiti war und seine Anwaltstätigkeit ins Gebüsch an Leonies Pool verlegt hatte. Aber dass die Nachbarschaftshilfe unbedingt die Hochhausruine abreißen wollte, war neu für Hülya. Und dieses Plakat war ihr bei ihrem letzten Besuch gar nicht aufgefallen. Kein Wunder. Der wackelige Bauzaun war mit Plakaten, Postern und Schmierereien der letzten Jahrzehnte gepflastert. Wie lange mochte die Ruine leer stehen? Zehn Jahre? 15 Jahre? Hülyas Gedanken schweiften wild umher, dabei wartete ihr Date bestimmt schon. Doch statt sich zu beeilen, tat sie so, als würde sie sich für die ollen Plakate interessieren.

Warum? Weil sie Angst hatte.

Allerdings nicht vor den seltsamen Bewohnern des Hauses. Die eine Hälfte ihrer Erinnerungen waren Albtraum-Reste, und die andere Hälfte würde sie schon irgendwie wuppen. Zur Not mit der Hilfe von Mister Fleischklopfer. Und ihr Surfertyp wohnte hier, der würde schon wissen, was zu tun war. Allerdings war auch genau dieser Surfertyp der Grund, aus dem Hülya mit weichen Knien ums Haus schlich, anstatt einfach reinzugehen.

Das Tuckern eines Motors dröhnte hinter den knorrigen Bäumen hervor. Beinahe dankbar für die Ablenkung huschte Hülya hinter den Bauzaun. Das Tuckern wurde lauter, dann rumpelte ein uralter Traktor mit Anhänger aus dem Wald. Hülya kannte den Traktor und seinen Fahrer. Sie runzelte die Stirn.

Der hier? Um neun Uhr abends?

Plötzlich sauste etwas vom Hochhausdach, prallte auf den Boden der Lichtung und hoppelte ein paar Meter weiter, bis es vor dem Traktor liegen blieb. Herr Butze bremste. Mit wutverzerrtem Gesicht starrte er auf das kleine Ding, das vor dem Traktor lag. Dann sprang er mit einem Satz herab und hob es auf. Klein, rund, weiß – ein Golfball. Hülya wusste sofort, wer ihn geschlagen hatte: ihr Surfertyp. Er wartete also bereits auf dem Dach. Sie drehte sich um und legte den Kopf in den Nacken. Mit zusammengekniffenen Augen konnte sie zwei Gestalten mit Golfschlägern gegen den klaren Nachthimmel ausmachen, eine groß, eine klein.

Hinter ihr kicherte jemand, heiser und atemlos. Erschrocken wirbelte Hülya herum. Doch da war niemand mehr. Nicht einmal Herr Butze. Traktor und Anhänger standen friedlich im Mondlicht, aber vom Fahrer fehlte jede Spur. Wahrscheinlich war er in den Wald gegangen, weitere Golfbälle einsammeln. Neugierig schlich Hülya zum Anhänger. Holzpflöcke lagen darin, gestapelt und angespitzt. Was zur Hölle?

Hülya brauchte eine Weile, bis sie verstand, dass die Holzpflöcke nichts anderes waren als der in Einzelteile zerlegte Jägerzaun vom Waldrand. Deswegen also war Herr Butze hier: um den vergammelten Zaun am Waldrand zu reparieren. Hülya fuhr mit dem Finger über die Spitze eines Pfahls. Für einen Vampir sollte das reichen, dachte sie … und musste grinsen, als ihr klar wurde, was für einen Quatsch sie da gerade dachte.

Mit einem Ruck wandte Hülya sich ab und marschierte auf die Ruine zu. Date-Angst hin oder her, sie wollte wissen, was hier los war. Und wenn nebenbei etwas Wildromantisches mit dem Surfertypen passierte, hatte sie auch nichts dagegen. Für alle Fälle hatte sie dennoch einen der Holzpfähle vom Zaun neben Mister Fleischklopfer in ihren Rucksack gestopft. Wahrscheinlich war das Quatsch, aber man konnte ja nie wissen.

Ratlos stand Hülya vor dem Loch in der Wand. Zwei halb geöffnete, verrostete Metalltüren, dahinter Glibberwasser und fransige Stahlkabel. Damit sollte sie aufs Dach kommen? Doch je länger Hülya auf das Loch starrte, desto mehr Erinnerungsfetzen wirbelten durch ihren Kopf. Ihr war, als ertönten kehlige Silben einer lange ausgestorbenen Sprache. Der Kalfaktor hatte die Silben vor sich hin gemurmelt, fast wie eine Beschwörung. Hülya schloss die Augen und tauchte ein in den Strom ihrer Erinnerung. Bilder aus der gestrigen Nacht durchflossen ihren Geist, brachten ihren linken Arm zum Kribbeln. Die Worte in ihrem Kopf wurden klarer, und plötzlich tropften ihr die fremdartigen Silben ganz ohne ihr Zutun von den Lippen.

»!«, flüsterte sie stockend.

Wie von Fäden gezogen, legte sich ihre linke Hand auf das angerostete Metall. Die krächzende Stimme in ihrem Kopf klang nun so deutlich, als stünde der Alte nur eine Armlänge entfernt.

»!«, wiederholte Hülya unsicher seine Worte.

Ihr linker Arm wurde heiß, als feierten Tausende Ameisen eine Party. Das Metall unter ihrer Hand nahm die Wärme pulsierend auf, eine Melodie stahl sich in ihren Kopf. Ein Lied, das tief in ihr schlummerte. Mamas Lied. Hülya sah nach oben …

Straßenlaternen wischen vorbei, und vor ihr summt Mama ein Lied. Ihr Traum! Sie ist in ihrem Traum! Wenn sie den Kopf hebt, sieht sie Mamas lächelndes Gesicht, bevor es zu spät ist, bevor das gleißende Leuchten sie alle …

Hülyas linker Arm glühte, Funken zuckten über ihre Haut.

»!«, brach es aus ihr hervor, nicht fragend oder unsicher diesmal, sondern wie ein Befehl über ein Heer von Sklaven unter der Wüstensonne. Aus den Funken auf ihrem Arm wurde eine Feuersbrunst. Das Metall der Aufzugstür verflüssigte sich, Hülyas Arm versank darin bis zum Ellenbogen.

Und da ist ihre Mutter. Direkt vor ihr. Meryem. Aber sie singt nicht mehr. Sie kreischt.

Mit einem Aufschrei riss Hülya ihren Arm zurück. Smaragdgrünes Licht flutete über sie, und mit einem Mal war alles weg, die Stimme ihrer Mutter, die sengende Hitze, das kochende Metall, das Brennen.

Pling!

Gedudel füllte die Stille.

Hülya schlug die Augen auf. Vor ihr gab ein breiter werdender Spalt den Blick in eine Aufzugskabine frei. Der mottenzerfressene Samtvorhang schwang sacht vor dem wandhohen Spiegel am Ende des engen Raums, als hätte der Aufzug gerade erst angehalten. Nur mühsam hielt Hülya ihre Aufregung in Schach. Das Wahrwerden ihrer seltsamen und absolut unwahrscheinlichen Erinnerungen zu erleben, trieb ihren Puls in die Höhe. Die Aussicht auf das Date erst recht. Mit klopfendem Herzen betrat sie den Aufzug. Hinter ihr schlossen sich scharrend die Türen. Dann ruckelte der Aufzug los, ins Ungewisse.

Ein langer, unbeleuchteter Gang. Auf halbem Weg eine im Schatten liegende Seitennische für Besen und Wischer. Und am Ende ein paar Stufen hoch zu einer massiven Stahltür. Dahinter wartete das Dach – und Hülyas Date. Hülyas Knie waren weich wie Gummi. Monster-Erinnerungen und Dating-Angst tanzten Polonaise und sangen aus voller Kehle ihr Lieblingslied: ab nach Hause!

Hülya machte die Musik einfach aus. Sie war zu weit gekommen, um jetzt noch aufzugeben. Sie wollte die Wahrheit wissen!

Die Tür zum Dach hätte eher in ein Verlies gepasst als in ein Wohnhaus: aus uraltem, massivem Stahl, mit einem Drehrad in der Mitte wie bei einem Tresor. Mit ihrem ganzen Gewicht lehnte Hülya sich auf das Drehrad. Knarzend drehte es sich, die Verriegelungen wurden eingezogen. Mit einem unsäglichen Quietschen schwang die schwere Tür auf. Ein Strahl Mondlicht fiel auf Hülya, vor ihr lag die Kiesfläche des Flachdachs. Weit wie das Meer und ebenso still. In der Mitte stand Korbinians großer Golftrolley, daneben lagen zwei Golfschläger und ein paar Bälle. Aber kein Korbinian und kein Max. Hülya betrat das Dach, schaute sich um.

»Hallo?«, rief sie halblaut.

Niemand antwortete. Hülya stapfte um den Golftrolley herum, sah hinter ein, zwei Lüftungsschächte. Hier war niemand. Als sie sich umdrehte, blickte sie direkt auf das kleine Betonhäuschen mit der Metalltür, aus der sie aufs Dach gekommen war. Hinter dem Häuschen lagen noch ein paar Meter Dach, vielleicht wartete ihr Surfertyp da? Kies knirschte unter ihren Schuhen, als sie zum hinteren Teil des Dachs stapfte. Doch bis auf ein paar Bretter und etwas Plane, die knatternd im Wind flatterte, gab es auch hier nichts zu entdecken. Frustriert griff Hülya in die Tasche ihrer Jeansjacke und zog den Siegelring hervor, den Korbinian ihr gegeben hatte. Mit dem Ring werde sie ihn finden, hatte er gesagt. Doch abgesehen davon, dass das Kronstein-Wappen im Mondlicht leise schimmerte, war das Teil einfach nur ein stinknormaler Ring. Er wurde nicht mal warm wie beim Glaskasten in der Schule, er pulsierte nicht – sie hätte genauso gut eine Schraube in der Hand halten können. Dennoch hob sie den Ring in die Nacht und versuchte, sich nicht zu dämlich vorzukommen.

»Korbinian?«, rief sie. »Ich bin's, das … äh … ›patente Frauenzimmer‹. Wir hatten ein Date. Sorry, wenn ich zu spät bin.«

Still lag die Nacht da. Eine Fledermaus flatterte vorbei und flog ein, zwei Schleifen am Haus vorbei, sang ihr unhörbares Lied in die

Nacht hinaus. Dann war sie wieder weg, und sonst passierte nichts. Ihr Date hatte Hülya offensichtlich verpasst.

Hülya hatte der Fledermaus enttäuscht nachgeblickt und eine weitere Runde übers Dach gedreht, aber sie hätte schlecht die ganze Nacht hier abhängen können. Emre würde vor Sorge ausrasten, wenn sie nach ihrem Gespräch heute Abend zu spät kam. Also war sie missmutig die paar Treppenstufen in den schummrigen Gang hinabgestapft. Was für eine Niederlage.

Halb entschlossen, einfach alles, was in der letzten Nacht passiert war, zu vergessen – dieses Mal aber wirklich! –, schlich Hülya den Gang entlang. Den Ring hatte sie frustriert wieder in ihre Tasche gerammt. Sie seufzte. So viel Aufwand für nichts und wieder nichts … irritiert hielt sie inne. Blieb stehen. Sog die Luft prüfend ein. Was war das für ein seltsamer Geruch?

Plötzlich durchfuhr ein Blitz Hülyas linken Arm. Seit sie die Ruine betreten hatte, war ihr Arm aus dem Kribbeln gar nicht mehr herausgekommen, aber jetzt fühlte es sich an, als hätte jemand kochende Batteriesäure darübergeschüttet. Eine Welle heißer Luft spülte über sie hinweg, und der beißende Gestank schmelzenden Metalls verschlug ihr den Atem. Ihre Nackenhaare richteten sich auf. Vor ihr lauerte etwas. Langsam hob sie den Blick. Aus der Dunkelheit des Ganges vor ihr starrte sie ein Paar glutroter Augen an. Es waren, erkannte sie mit Schrecken, die glühenden Augen ihrer Bushaltestellen-Halluzination. Doch dieses Mal lauerte das Wesen nicht in einer verrückten Albtraumwelt, sondern hier, in ihrer ganz normalen Realität! Das Wesen machte ein Geräusch. Rasselnd, asthmatisch, bösartig. Es … es kicherte? Das Kichern brandete durch den Gang, lauter und lauter werdend.

Hihichihichihichrihihcihikchihihi …

Hülya spürte, wie sie am ganzen Körper zitterte. Die glutroten Augen pulsierten, der Gestank betäubte ihre Sinne, und dann war um sie herum nichts mehr außer bösem Kichern und schmelzendem Stahl.

KLICKERADOMMS!

hallte es scheppernd aus den Tiefen des Hochhauslabyrinths, als wären alle Kochtöpfe in allen Wohnungen gleichzeitig heruntergefallen.

»Meiner Treu, zum Caddy taugst du wirklich nicht«, wehte stark verhallt eine schnöselig klingende Stimme hinterher.

Die Augen im Gang erloschen, ein Hauch glühend heißer Luft wischte an Hülya vorbei. Sie blinzelte. Vor ihr lag der dunkle Gang. Leer. Und statt nach schmelzendem Stahl roch es wieder nach altem Flur. Aber Hülya hatte keine Zeit zum Durchatmen. Aus dem Gang vor ihr näherten sich Schritte. Ohne nachzudenken, huschte sie in die dunkle Nische zwischen Besen und Wischmopp – und prallte mit voller Wucht gegen einen wackeligen Turm gestapelter Kartons. Hülya konnte einen Blick auf das Logo erhaschen – *Sonnenkraft Schokoküsse* mit der aufgehenden Schokokuss-Silhouette –, dann geriet der Stapel ins Taumeln. Den obersten Karton bekam sie zu fassen, die anderen kippten um. Eine Flut Flugblätter schwappte bis in den Gang. Hastig schaufelte Hülya die Flyer aus dem Gang zurück in die Nische. Gerade noch rechtzeitig; nur einen Herzschlag später betraten zwei Silhouetten den Gang.

»Warum so eilig? Gerade hieß es noch, dass deine Schläger poliert werden müssen.«

Jetzt, da die Stimme nicht mehr völlig verhallt war, erkannte Hülya sie. Sie gehörte dem kleineren, eher gemütlich aussehenden Rock-'n'-Roll-Typen.

»Alles zu seiner Zeit, mein Bester. Auf uns wartet eine Überraschung.« Und das war ihr Surfertyp, stellte Hülya erleichtert fest. »Das heißt, eigentlich wartet sie auf mich.«

Mit einem leisen Lachen federte ihr athletischer Surfertyp an

Hülyas Versteck vorbei, dann folgte Max deutlich weniger federnd. Auf seinen Armen balancierte er einen wackeligen Haufen Golfschläger, der jederzeit aus der Balance geraten konnte. Hülya grinste zufrieden. So würde sie wohl doch noch zu ihrem Date kommen. Sie schob Besen und Wischmopp beiseite, doch bevor sie in den Gang treten konnte, schepperte es erneut.

RABA-DUMMS!

Direkt vor ihrer Nische klapperten die Golfschläger auf den Boden des Flurs.

»Nicht schon wieder!«, stöhnte Max halblaut.

»Ach, Mäxchen«, erklang spöttisch Korbinians Stimme. »Mit deiner Ungeschicklichkeit verjagst du noch unsere Beute.«

Irritiert hielt Hülya inne. Beute? Sie blieb, wo sie war, und schob Besen und Wischmopp wieder in aller Stille vor sich.

»Beute?«, fragte auch Max, während er die Golfschläger einsammelte. »Ich dachte, du willst deinen Abschlag für den Transsylvania-Cup üben.«

»Die Pläne haben sich geändert«, sagte Korbinian leichthin. »Sie ist hier, auf dem Dach. Das Mädchen.«

Sein Tonfall war sehnsüchtig, fast schon … hungrig. Hülya lief es kalt den Rücken hinab.

»Die von gestern?«, fragte Max verständnislos. »Warum sollte sie zurückkommen?«

Schritte kamen näher, dann stand Korbinian vor der Nische. Zum ersten Mal konnte Hülya ihn richtig betrachten. Er war einen halben Kopf größer als Max und viel athletischer, und er war noch heißer als in Hülyas Erinnerungsfetzen. Außerdem sah er dem verschollenen Sohn des Schulgründers wirklich verflucht ähnlich … wobei, in diesem Halbdunkel kann man das gar nicht beurteilen, redete Hülya sich ein, bevor sie den Gedanken schnell in die *HIJKZZ*-Schublade abschob.

Wäre Hülya in diesem Augenblick hinter Wischmopp und Besen ehrlich zu sich selbst gewesen, dann hätte sie gewusst, dass ihr die rationalen Erklärungen für das Unerklärliche längst ausgegangen waren. Und sie hätte auch gewusst, dass die *HIJKZZ*-Schublade in ihrem Kopf zum Bersten voll war und dass die heiß ersehnte ruhige Minute zum Nachdenken über den Irrsinn der letzten Tage niemals kommen würde. Was sie allerdings nicht gewusst hätte und auch nicht wissen konnte, war, wie nahe sie in diesem Augenblick dem Absturz in einen tödlichen Strudel aus Blut und Leid tatsächlich war.

»Das Mädchen ist zurückgekommen«, zischte Korbinian Max zu, »weil ich sie eingeladen habe.«

Sein Kopf zuckte umher wie der einer Schlange auf der Suche nach einem Opfer. Max musterte ihn unbehaglich.

»Du hast ihr den Ring gegeben, stimmt's?«

Unwillkürlich berührte Hülya den Ring in ihrer Tasche. Er pulsierte heiß, als spürte er Korbinians Anwesenheit. Als sie wieder aufblickte, fiel ein Strahl Mondlicht vom Dach auf Korbinians Lächeln. Sie zuckte zusammen. Seine Eckzähne glitzerten lang und spitz wie die einer Kobra vor dem Biss.

»Wohl wahr, ich gab ihr den Ring«, nickte Korbinian, und ein widerliches Grinsen verzerrte sein attraktives Gesicht zur Fratze eines Dämons. »Und vor wenigen Minuten vernahm ich seinen Ruf. Das Mädchen ist ihren verschwommenen Erinnerungen gefolgt. Hierher, aufs Dach. Zu mir.« Sein Grinsen wurde noch breiter, seine Zähne noch spitzer. »Und falls du dich fragst, warum ich sie eingeladen habe: Ich habe Durst. Blut ist süßer als Liebe – und man kann es trinken. Das jedenfalls pflegt mein werter Herr Vater Karl-Wilhelm von Kronstein immer zu sagen.«

Sein ... Vater?!

Der Karl-Wilhelm von Kronstein, Gründer von Groß-Hertenstett, Patron ihrer Schule und im Jahre 1864 verstorben? Der sollte der

Vater ihres Surfertypen sein? Mit einem Krachen, das sie bis ins Innerste erschütterte, brach Hülyas *HIJKZZ*-Schublade auf, und eine Flut weggeschobener Fragen flutete ihren Kopf. Wie konnte die Sprayerin die drei Meter hohe Mauer hochspringen? Wie konnte der Runzelopa sie ins alte Ägypten versetzen? Und wie konnte der Surfertyp im Gang vor ihr der Sohn ihres seit Ewigkeiten toten Schulgründers sein?

Hülya hatte keine Wahl. Sie konnte ihre Augen nicht länger verschließen vor dem, was nicht sein durfte und doch war. Ihre Nerven glühten beim Versuch, Albtraum und Realität, Wirklichkeit und Wahn zu sortieren. Wenn der Vater des Surfertypen tatsächlich der ewig tote Karl-Wilhelm von Kronstein war, dann musste der Surfertyp uralt sein … nein, Quatsch, tot musste er sein!

Einfach nur tot.

Und doch stand er vollkommen untot vor ihr im Gang. Aber wenn das gerade echt passierte, dann waren auch all die seltsamen, verstörenden und offenkundig unmöglichen Gedankenbilder, die sie für Albtraum-Reste gehalten hatte, tatsächlich echte Erinnerungen. Dann war nicht sie selbst verrückt, sondern die Wirklichkeit war verrückt. Und genau deswegen konnte sie Wirklichkeit nicht von Wahn trennen und Albtraum nicht von Realität – weil Wirklichkeit und Wahn und Albtraum und Realität in diesem Haus identisch waren.

Hatte der Surfertyp nicht gerade gesagt, schoss es ihr plötzlich durch den Kopf, dass er Durst hatte? Wenn der untot-tote Surfertyp Durst hatte und keinen Schatten warf und eiskalte Hände hatte, dann war er ein …

Hülya stockte der Atem. Langsam, ganz langsam wanderte ihre Hand in ihren Rucksack. Ihre Finger fanden den Holzpfahl und umklammerten ihn. Ein angespitzter Holzpfahl ins Herz, nur das half, hatte Emre gesagt. Und wenn es im Game so war, musste es auch in echt so sein. Oder? Schweiß ließ das Holz des Pfahls glitschig werden. Sie würde die Wahrheit über dieses Haus erfahren, hatte Korbinian gestern Nacht gesagt. Er hatte nicht zu viel versprochen. Hülya hatte die Wahrheit erfahren. Aber sie wünschte, sie hätte es nicht.

»Auf, spielen wir eine Partie«, erklang da fröhlich Korbinians Stimme. »Ein Schlückchen warmes Blut wird meinem Abschlag neue Kraft verleihen, das spüre ich! Und wenn ich das Spiel beendet habe, laben wir uns an den Resten ihres Lebenssaftes.«

Er lächelte das mit Abstand charmanteste Lächeln, das Hülya je gesehen hatte. Als er in Richtung Dach federte, war er wieder der coole Surfertyp mit dem sexy Grübchen. Max schaute ihm nach, dann widmete er sich seufzend dem Golfschläger-Mikado zu seinen Füßen. Er stutzte, zog unter einem Schläger etwas hervor: einen Flyer. Max hob den Kopf, starrte in die Schwärze der Nische, wo neben Hülya die Kartons standen. Sein Blick schien sich durch die Dunkelheit zu bohren bis zu Hülya, die, versteckt hinter Besen und Wischmopp, ihren Holzpfahl so fest umklammerte, dass ihre Knöchel weiß wurden. Sie spannte alle Muskeln an für einen Angriff. Da blinzelte Max, als hätte er ein Staubkorn ins Auge bekommen. Abrupt drehte er sich von der Nische weg.

»Warte, Korbinian«, rief er in Richtung Dach, ließ den Flyer fallen und sammelte im Rekordtempo die Golfschläger ein. Wenige Herzschläge später knirschten seine Schritte über den Kies des Dachs. Endlich.

Hülya atmete erleichtert aus und trat aus der Nische. Ihre Hände zitterten. Sie wusste jetzt, was im Haus los war – aber verstehen konnte sie es nicht. Es gab hier so was wie Untote oder Vampire und andere Albtraumgestalten, aber wie und was und warum? Keine Ahnung.

Sie zog Korbinians Ring hervor. Für Korbinian fungierte er offenbar als eine Art Peilsender. Nur weg damit! Sie pfefferte ihn in die Nische zu den restlichen Flyern, dann huschte sie in Richtung Ausgang. Viel

Zeit blieb ihr nicht, bis Korbinian herausfinden würde, dass sie nicht auf dem Dach wartete. Sie hatte genug von diesem Ort, an dem Realität und Albtraum eins waren. Sie wollte nur noch weg von diesem Horrorhaus und nie wieder etwas damit zu tun haben.

Doch wer eine bittere Wahrheit erkennt, der kann ihr nicht mehr entkommen. Den verfolgt sie bis ins Grab. Das galt auch für Hülya.

ANSCHLAG BEI NACHT

Der Mittelstreifen einer Landstraße. Nebelwolken im Licht der Scheinwerfer. Baumwipfel im plüschigen Weiß. Sie kichert. Ein warmes, weiches Geräusch. Die Watte wabert um sie herum, zerfasert an den Rändern. Ihr Gesicht ist unscharf, nur ihre tiefbraunen Augen leuchten. Doch sie kommt näher, mit jedem Zentimeter wird ihr Gesicht schärfer, vertrauter.

Mama!

Gleißendes Licht frisst sich in die Wattewolken. Mama wirbelt herum. Grelle Augen durchschneiden die Weichheit, rot glühend von Hass. Ein irres Kichern schwillt an, und die Augen wachsen, wachsen, füllen alles aus. Mama wirft sich über sie, nur das Kichern das Kichern das KICHERN DAS KICHERN KICHERN KICHERN DAS

Das Wasser war eiskalt. Triefend kam sie hoch, atmete in Schüben, hielt dann den Kopf wieder unter den rauschenden Wasserhahn. Das Wasser lief durch ihre Haare, den Nacken hinab, über die Stirn, in die Augen. Was wach machte, war gut. Was diese Träume aus ihrem System spülte. Irgendwann drehte Hülya den Hahn zu, stand da, pitschnasser Kopf, in ihrem Schlafanzug. Aber wach und albtraumfrei, endlich.

Unter ihren Füßen versickerte eine Pfütze im Teppich vor Emres Zimmer. Ihre Haare tropften. Sie fror, durchnässt, wie sie war. Sie hatte die Hand zum Klopfen erhoben, um nicht allein zu sein mit diesen Traumbildern. Als Kind hatte sie sich immer unter seiner Bettdecke versteckt, bis der Traum weit weg war. Und irgendwann waren die Träume verschwunden.

Bis vorgestern.

Aber jetzt konnte sie sich nicht unter Emres Bettdecke verstecken und sich den Kopf streicheln lassen. Nicht nach dem Empfang heute Abend.

Ja, es war viel später gewesen als vereinbart. Aber sie hatte sich nicht ausgesucht, dass ihr Date ein blutgieriges, seit 1864 verschollenes Monster war. Und dass es ewig gedauert hatte, den verfluchten Aufzug zu holen, weil ihre Stimme bei den altägyptischen Silben gezittert hatte und sie bei jedem Geräusch zusammengezuckt war. Oder dass es im Finsterforst so finster gewesen war, dass sie zwei Mal die Abzweigung zur Siedlung verpasst hatte. Und erst recht hatte sie sich nicht ausgesucht, dass Emre von diesen Dingen auf keinen Fall erfahren durfte. Also war sie heimlich über den Baum vor ihrem Fenster in ihr Zimmer geklettert.

Dumm nur, dass Emre dort auf sie gewartet hatte.

»Es ist spät«, hatte er nur mit müder Stimme gesagt.

»Ja. Tut mir leid. Ich …«

»Keine Ausreden, Hülya. Bitte nicht.«

Lange Pause.

»Ich hoffe, es hat sich wenigstens gelohnt. Dein Date.«

Hülya hatte mit den Schultern gezuckt. Emre hatte genickt.

»Ich bin froh, dass du in einem Stück nach Hause gekommen bist. Und zu Hause wirst du auch übers Wochenende bleiben. Bis Montag hast du Hausarrest.«

Hülyas Kopf war hochgeschnellt, aber Emres Gesicht hatte ihr gezeigt, dass es keinerlei Verhandlungsspielraum gab.

»Ich will nicht so ein Vater sein, Hülya. Aber unsere Verabredungen müssen gelten. Ich will dich nicht auch noch verlieren.«

Er hatte gewartet, dass sie etwas erwiderte. Aber sie hatte verbissen geschwiegen. Und irgendwann war er gegangen.

Und jetzt, ein paar Stunden und einen Albtraum später, stand sie vor seiner Zimmertür und ließ die Hand sinken. Sie war kein Kind mehr. Es gab niemanden, der ihr über den Kopf strich und bei dem sie Albträume loswerden konnte. Kein Baba, keine Mama, keine Freundin, kein Nichts. Hülya war allein.

Auch wenn ab jetzt alles anders war, der nächste Schultag war wie immer. Er begann auf der Mauer, allein. Und er endete auf der Plastikbank der Bushaltestelle, ebenfalls allein. Hülya ignorierte die vorbeilaufenden Freundesgruppen und scrollte durch Insta. Öde. Insta war öde, Schule war öde, und auch in ihrem Kopf herrschte Ödnis. Sie gähnte.

»Schlechte Laune?«

Hülya erkannte die Stimme sofort. Darauf hatte sie jetzt echt keine Lust.

»Kannst du nicht wen anders belagern?«

»Definitiv schlechte Laune!«

Hülya brummte etwas, blickte aber nicht auf.

»Ich habe nachgedacht«, sagte Nick schließlich. »Vielleicht müssten wir uns mal auf die Lauer legen. Im Wald, vor der Ruine. Um zu sehen, was da nachts so passiert …«

»Damit du wieder zu Mami abhaust, wenn's losgeht, oder was?«

Hülya biss sich auf die Lippe. Das war zu hart gewesen. Sie sah jetzt doch auf. Nick stand nur ein paar Schritte entfernt. Doch zwischen der Plastikbank und ihm lag ein tiefer Graben.

»Das …«, sagte Hülya schließlich nach einer Weile, »das klang irgendwie krasser, als es klingen sollte.«

»Schon okay. Du bist ja nicht die Einzige, die das denkt.«

Er zwang ein Lächeln auf sein Gesicht.

»Außerdem war ich gestern auch nicht gerade Mister Charming. Lass uns das Kennenlernen einfach nachholen. Magst du Eis?«

Hülya musterte ihn überrascht. Sein Lächeln war verkrampft, als würde er gerade die größte Kröte der Welt schlucken. Hülya ahnte, was los war.

»Hör mal, Nick. Du musst mir nichts vorspielen. Der Zug zum Kennenlernen ist abgefahren. Spätestens, als du mich als deinen Spürhund einspannen wolltest.«

Nicks angestrengtes Lächeln verschwand.

»Du hast recht. Wir kennen uns längst«, sagte er mit einem halbwegs normalen Lächeln und machte einen Schritt auf sie zu. »Wir wären ein gutes Team. Wir suchen Beweise für die Monster, rehabilitieren meine Mutter und mich. Und die sorgt dafür, dass ihre Online-Freunde in Groß-Hertenstett aufräumen.«

Hülya verschränkte die Arme.

»Du willst wirklich, dass eine Horde Internetfreaks hier einfällt und … und was genau tut? Mit Mistgabeln und Fackeln durch den Finsterforst zieht und jeden killt, der aussieht wie ein Monster?«

Auch wenn sie sich vorgenommen hatte, die Ruine und die Leute dadrin einfach zu vergessen, tauchte plötzlich ein ansteckend breites Grinsen vor ihrem inneren Auge auf. Luna, die Sprayerin. Luna war cool, meinte Hülya sich zu erinnern. Und selbst wenn sie Luna nie wiedersehen würde, eine Horde Internetfanatiker hatte sie nicht verdient. Nicht mal Korbinian hatte das. Nick aber war zu allem entschlossen.

»Wenn das der Preis dafür ist, dass meine Mutter und ich wieder ernst genommen werden – dann ja. Und für dich ist ja auch was drin. Wenn wir wieder wer sind, werde ich dafür sorgen, dass du in den Pausen nicht mehr wie eine Aussätzige auf der Mauer hocken musst. Du wirst den Respekt bekommen, den du verdienst.«

Wieder war Hülya, als sähe sie ihn zum ersten Mal. Nur dass es dieses Mal ein anderer Teil von Nick war. Ein wesentlich unsympathischerer.

»Danke, das schaffe ich schon selbst«, entgegnete sie kühl. »Aber über den Rest denke ich noch mal nach, okay? Und du kannst ja mal drüber nachdenken, ob diese Mistgabel- und Fackelzugidee wirklich so toll ist.«

Sie stand auf und marschierte los, ohne Nicks Reaktion abzuwarten. Nick folgte ihr zögerlich, aber Hülya hatte Glück. Ein Hupen erlöste sie, bevor sie weiter über diesen Wahnsinn sprechen musste. Im Auto saß Emre.

»Darf ich die junge Frau mitnehmen?«

Auch wenn Hülya wusste, dass Emre nur hier war, damit sie nach der Schule direkt in den Hausarrest rutschte, war sie erleichtert. Emre war vielleicht nervig, aber wenigstens wollte er niemanden mit Mistgabeln aus der Stadt jagen.

Hülya hockte auf dem Bett und sortierte Pullis aus dem Umzugskarton in den Kleiderschrank. Nicht gerade toll für einen Freitagabend, wenn man fast 16 ist und nicht scheintot. Andererseits – was hätte sie ohne Hausarrest gemacht? Fingernägel lackieren mit Leonie? Mistgabeln schärfen mit Nick? Seufzend blickte sie durchs Fenster in die untergehende Sonne. Ihr blieb nur eine Hoffnung: Umzug. Auch wenn das bedeutete, niemals herauszufinden, was hier eigentlich los war. Und Luna niemals wiederzusehen. Ein Klopfen, dann ging die Tür auf.

»Habe ich ›Herein‹ gesagt?«, blaffte Hülya.

»Oh, stimmt. Tut mir leid«, sagte Emre. »Ich sehe, dass ich bei wichtigen Dingen störe.«

»Haha.« Sie ließ den Pulli sinken und sah Emre an. »Bild dir bloß nicht ein, dass ich in diesem Kaff bleiben möchte, nur weil ich mein Zeug einsortiere.«

»Kein Gedanke. Ich weiß ja, dass du nur bleiben willst, weil der Junge von heute Nachmittag verrückt nach dir ist.«

Hülya stopfte wortlos den Pullover in den letzten Minispalt des Schrankfachs.

»Du weißt das, oder?«

»Dass er verrückt ist? Ja. Nach mir? Eher nicht.«

»Ich fand, der sah ganz nett aus. Viel normaler, als wenn er mitten in der Nacht um das Graffito herumschleicht. Das war doch dieser Sherlock, oder?«

Hülya drehte sich jetzt doch zu ihm um.

»Was willst du eigentlich?«

»Dass du akzeptierst, dass wir hier wohnen. Und dass du aufhörst, bockig zu sein wie ein Kleinkind.«

»Ich bin kein Kleinkind!«

Machte er das extra, oder war er einfach nur ein wandelndes Kommunikationsdesaster? Emre verstummte. Immerhin schien er zu wissen, wann er besser schweigen sollte.

»Okay, Hülya. Ich muss zu einer Sondersitzung der Nachbarschaftshilfe wegen der Graffitisache. Kann spät werden.«

»Was will deine Nachbarschaftshilfe eigentlich mit diesem Hochhaus im Wald machen? Es in die Luft sprengen?«

»Sagen wir mal so: Herr Butze ist kein Fan. Am liebsten würde er den ganzen Wald roden und als Bauland ausweisen.«

Hülya brummte. Das erklärte das Plakat am Bauzaun.

Als die Haustür zuschlug, knallte Hülya sich aufs Bett und starrte an die Decke. Jetzt war nicht mal mehr jemand da, auf den sie sauer sein konnte. Das würde ein öder Kack-Abend werden, dachte sie missmutig. Sie täuschte sich.

Hülya schreckte hoch. In ihrem Mund klebte ein Geschmack wie von einem alten Teppich. Draußen war es dunkel und still. Das heißt:

Still war es ganz und gar nicht. Kleine Steinchen schepperten an ihr Fenster. Hatte Emre seinen Schlüssel vergessen? Oder wollte Nick ihr romantisch kommen? Oder ... sie schluckte. Oder war Korbinian tatsächlich dem Ruf ihres Blutes hierhergefolgt, um zu machen, was auch immer er Widerliches mit ihr machen wollte?

Wieder schepperten Steinchen an ihr Fenster.

Ohne Licht zu machen, lugte Hülya hinaus. Hinter dem Baum lauerte ein Schatten. Das war auf keinen Fall Emre. Und für Nick war der Schatten zu muskulös. Es konnte nur einer sein – Korbinian! Hastig ging Hülya ihre Optionen durch.

Ergeben. Fliehen. Kämpfen.

Wenn sie sich ergab, dann würde er ... ja, was eigentlich? ... ihr Blut trinken? Sie auffressen? Oder sie in eine Fledermaus verwandeln? Egal, jedenfalls war nichts davon gut.

Fliehen ... wohin? Sie war hier zu Hause, sonst hatte sie nichts und niemanden.

Kämpfen ... Hülyas Blick fiel auf ihren Rucksack.

Ihre eine Faust war fest um Mister Fleischklopfer geschlossen, die andere um den Holzpfahl. Beide Fäuste zitterten. Durch den Glaseinsatz in der Haustür beobachtete Hülya den Schatten hinter dem Baumstamm. In der Ferne startete ein Mofa. Der Schatten drehte sich um zum Knattern. Das war die Gelegenheit! Hülya riss die Haustür auf, sprintete los, Mister Fleischklopfer und den Holzpflock hocherhoben.

»Nimm das, Monster!«

Der Schatten wirbelte herum. Zu spät. Hülya fegte ihn mit der Wucht eines voll beladenen Güterzugs von den Füßen. In einem Wust aus Beinen, Armen und Fangzähnen gingen sie zu Boden. Hülya war als Erste wieder oben und riss den angespitzten Holzpflock in den Nachthimmel. Sie wusste: Das hier war ihre einzige Chance. Monster oder Mensch – nur einer von ihnen würde überleben!

III

VON MONSTERN UND MENSCHEN

MONSTER

Still ruhte der Finsterforst im Mondlicht. Nach dem Aufruhr der letzten Stunden wirkte die Stille unnatürlich auf die einsame Gestalt am Rand der wilden Wiese. Ihre Blicke suchten den Waldsaum ab, wie ein Raubtier auf der Flucht. Niemand brach durch das Unterholz des Waldes, aber am Nachthimmel flatterten Fledermäuse. Sie waren auf der Suche. Wenn sie fanden, was sie suchten, würden sie keine Gnade walten lassen. So erging es Vogelfreien und Verrätern.

Von Haus zu Haus, von Schatten zu Schatten huschte die Gestalt. Stets außerhalb des Blickfelds der flederigen Spione, immer mit einem hastigen Blick zurück auf etwaige Verfolger. Atemlos. Ängstlich.

Die Flucht endete vor einem Haus. Das letzte Haus links, am Ende der Siedlung, hundert Meter von der Bushaltestelle entfernt. *Ihr* Haus. Dort oben musste ihr Zimmer sein. Die Gestalt wartete. Im Zimmer blieb es dunkel, trotz der Steinchen, die sie gegen die Scheibe schnippte. Das Röhren eines Mofas ließ sie zusammenzucken. Das war *er!* Angetrieben von Rachedurst, würde er …

»Nimm das, du Monster!«

Wie aus dem Nichts raste etwas heran. Vor dem Aufprall hatte die Gestalt nur Zeit für einen Gedanken: Er hatte sie erwischt! Dann der Aufprall mit der Wucht eines Güterzugs. In einem Wust aus Armen, Beinen und Fangzähnen gingen sie zu Boden. Als Nächstes ragte ein Holzpflock in den Nachthimmel, und ein metallener Fleischklopfer blinkte im Mondlicht. Moment mal: Holzpfahl? Fleischklopfer?

MENSCH

Als wäre sie ungebremst gegen eine Betonwand gerannt. So fühlte sich Hülya in dem Sekundenbruchteil nach dem Crash. Das Gesicht ihres Gegenübers hatte im Dunkel einer Kapuze gelegen, und in dem winzigen Moment zwischen seinem Umdrehen und ihrem Aufprall hatte Hülya nichts gesehen außer dem Aufblitzen von Reißzähnen im Mondlicht. Korbinians Vampirzähne, hatte es durch ihr Hirn gezuckt, dann war sie auf ihn geprallt. Sie gingen zu Boden, dass es staubte. Hülya war als Erste wieder da. Blind riss sie den angespitzten Holzpflock über ihren Kopf, stach nach unten in seine Richtung. Daneben. Sie rammte den Fleischklopfer hinterher. Sehen konnte sie in diesem Wirbel aus Schatten nichts, aber sie spürte, wie der Metallkopf des Fleischklopfers auf etwas Weiches traf. Ein Ächzen. Korbinian kippte weg. Hülya setzte nach. Warf sich über ihn, rammte die Spitze des Holzpflocks nach unten. Aber wie ein Raubtier rollte sich Korbinian zur Seite. Die Spitze des Pflocks drang ins Erdreich. Steckte fest. Hülya riss daran herum, schon schnellte Korbinians Hand vor, krallte nach ihr. Als wäre ihre Hand in eine Schrottpresse geraten. Bevor Hülya den Fleischklopfer erneut heben konnte, geriet auch ihr zweites Handgelenk in seine Fänge. Hülya kniete über Korbinian, sie hatte die Waffen, aber er hatte schier unmenschliche Kraft. Langsam presste er ihre Arme auseinander. Hülya krallte sich ins trockene Gras. Vergebens. Ihre Finger rissen Pflänzchen und Wurzeln mit sich, als er ihre Hände auseinanderzwang. Sie wusste, ihr blieben nur Sekunden, dann würde sie Fleischklopfer und Holzpflock loslassen müssen. Dann wäre sie der blutgierigen Bestie ausgeliefert.

Nach Hülyas Kampfschrei war kein Wort gefallen. Stumm und verbissen war ihr Ringen gewesen. Ein zufällig vorbeigehender Passant hätte die beiden Schemen, die sich unter dem alten Baum wälzten, vielleicht für ein Liebespaar gehalten. Passanten jedoch gab es um diese Uhrzeit nicht. Jedenfalls keine normalen. Doch zu denen zählte der jugendliche Mofafahrer in frisch gepresster Jeans und eng geschnittener schwarzer Lederjacke, der mit suchendem Blick die Häuserzeilen entlangtuckerte, ganz sicher nicht.

Passanten, auch unnormale, waren Hülya gerade vollkommen egal. Sie spürte ihre Kräfte schwinden, spürte Fleischklopfer und Holzpflock ihrem schweißnassen Griff entgleiten. Sie würde das Kräftemessen verlieren. Und damit ihr Blut. Ein Gedanke schoss in ihr überhitztes Hirn: Wenn du nicht gegenhalten kannst, dann …

Ohne Vorwarnung ließ sie sich fallen. Wie ein Sack Mehl plumpste sie auf Korbinian.

»Ey!«

Sein erstes Wort. Dumpf, weil Hülya auf ihm lag. Aber auch sonst klang er irgendwie anders. Seine Schrottpressen-Klauen lösten sich, als er nach ihren Schultern griff. Hülyas Hände schlossen sich um den Fleischklopfer, rissen ihn hoch, um ihn mit voller Wucht auf Korbinians Schädel niederfahren zu lassen und … Sie erstarrte. Die Kapuze hatte sich gelöst. Die wogenden Schatten vor dem Gesicht ihres Gegners waren Haare. Tiefschwarze, gelockte Haare. Und durch diese Locken starrte sie ein grellgelbes Augenpaar an.

UND?

»Du?!«

»Selber du!«

»Was machst du denn hier?«

»Dasselbe könnte ich dich fragen.«

»Ich wohne hier!«

»Ich weiß. Deswegen habe ich dich ja geweckt.«

»Und wieso klingelst du nicht?«

»Ich habe meine Gründe. Das versteht eine Normala nicht.« Lunas grellgelbe Augen wanderten zum Fleischklopfer, den Hülya immer noch hocherhoben hielt. »Was hältst du davon, wenn du das Ding da mal runternimmst?«

Hülya zögerte. Der Fleischklopfer blieb, wo er war.

»Gar nichts halte ich davon. Jedenfalls nicht, bis ich weiß, was du willst. Lauerst du mir auf?«

»Gegenfrage: Was willst du? Harmlose Passanten mit einem Holzpflock pfählen? Oder mit einem Fleischklopfer weich klopfen?«

»Ich dachte, du wärst Korbinian.«

»Eine Kaltblut? Ich?«

Mehr Empörung in diese drei Worte zu legen, war unmöglich. Hülya musste wider Willen kichern. Es war mitten in der Nacht, alle Muskeln taten ihr weh, und sie hatte sich gerade das erste Mal in ihrem Leben richtig geprügelt – aber mit Luna zu reden, machte einfach Spaß. Sie nahm den Fleischklopfer runter und stieg von Lunas Bauch, ließ sie aber nicht aus den Augen.

»Dein Brief war eindeutig: keine Besuche.«

Luna richtete sich ebenfalls auf und klopfte Erdkrumen von ihrem unvermeidlichen Hoodie.

»Der Brief ist der Brief, dieses Mal ist ...«

Das Aufheulen eines Motors durchbrach die Stille der Nacht wie ein Schrei. Mit einem Satz warf sich Luna auf Hülya. Sie prallten im Schatten des Baumes auf die Erde.

»Spinnst du?«, keuchte Hülya. Luna hielt ihr den Mund zu.

»Psst!«, zischte sie beinahe panisch. »Das ist *er*. Wenn er mich findet ... Wir müssen rein. Ohne Einladung kann er dein Haus nicht betreten.«

»Er? Wer?«

»Maximilian von Schreck. Der Kaltblut-Freund von Korbinian. Wenn Max mich findet, bin ich tot. Und du auch.«

PAX TRANSSYLVANICA

Die in Leder gekleidete Gestalt auf ihrem auf Hochglanz polierten 50er-Jahre-Mofa verschwand am Ende der Straße in der Nacht. Luna lehnte erleichtert ihren Kopf an die Fensterscheibe. Auf der anderen Seite des Zimmers wartete Hülya ungeduldig auf eine Erklärung. Seit sie einige Minuten zuvor ins dunkle Zimmer geschlichen waren, hatte Luna schweigend durchs Fenster gestarrt und beobachtet, wie der Typ auf dem Mofa die Straße hin und her knatterte. Das Gefährt war uralt, aber mit Liebe hergerichtet. Und der Typ war Max.

»So, dann ist Max jetzt wohl weg«, stellte Hülya fest und schaltete das Licht an. »Also, was machst du hier?«

Mit einem Riesensatz war Luna bei ihr und prügelte den Lichtschalter wieder herunter.

»Willst du uns beide umbringen? Da draußen wimmelt es von Kaltbluten! Max ist nur der Schlimmste!« Sie sah Hülya todernst an. »Es geht um Korbinian.«

»Lass mich raten. Du willst mich vor ihm warnen«, sagte Hülya und grinste schief. »Nett, aber nicht mehr nötig. Ich war gestern Nacht im Haus und hab ihn und Max belauscht.«

»Du warst im Haus? Allein?!« Luna klang erschüttert.

»Auf dem Dach«, nickte Hülya. »Korbinian hatte mir seinen Ring gegeben, und dann hatte ich alles vergessen und … ach, zu kompliziert. Kurz gesagt, wir hatten so eine Art Date.«

Ansatzlos griff Luna nach Hülyas Kopf und versuchte, ihre Lippen hochzuziehen.

»Ey, lass das!«, versuchte Hülya nach der ersten Schocksekunde zu sagen. Heraus kam aber nur ein vernuscheltes »Eeehlaschdasch«. Kein Wunder, bei der Fummelei in ihrem Mund. Mit aller Kraft schob sie Luna von sich und rieb sich über die Lippen.

»Keine Sorge, ich habe die beiden belauscht, bevor sie mein Blut kriegen konnten«, sagte sie genervt. »Ich bin immer noch eine ganz normale Normala.«

Sie bleckte ihre Zähne. Nicht unbedingt zahnarztperfekt, aber ohne komisch verlängerte Eckzähne. Erleichtert ließ Luna sich auf die Bettkante plumpsen.

»Mutter Mond sei Dank! Wenn du auch noch ein Kaltblut wärst, hätte ich nirgends hingekonnt.« Auf einmal wirkte sie todmüde. »Korbinian ist im Siechenhaus. Er ist schwer verletzt. Ob er durchkommt, weiß keiner. Aber alle denken, dass ich eine Verräterin bin, die versucht hat, ein Kaltblut zu töten. Die Gräfin hat mich für vogelfrei erklärt. Jedes Wesen der Nacht wird mich auf der Stelle töten.«

Sie blickte Hülya flehend an.

»Darf ich bei dir bleiben? Bitte?!«

Korbinian halb tot. Max auf Rachefeldzug. Luna vogelfrei. Und Hülya die letzte Zuflucht. So weit Hülyas Versuch, Lunas aufgeregten Bericht in eine halbwegs sinnvolle Ordnung zu bringen.

Es war aber auch eine Menge passiert. Irgendjemand hatte die Tür zum Dach verbarrikadiert, kurz vor Sonnenaufgang, als Korbinian allein Abschläge übte. Erst vor wenigen Stunden war er gefunden worden, verbrannt von der Sonne, mehr tot als lebendig. Der Verdacht war auf Luna gefallen. Alle wussten, wie sehr sie und Korbinian sich hassten.

»Aber nur, weil die Sonne aufgeht, stirbt man doch nicht«, wandte Hülya ein. Luna verdrehte die Augen.

»Typisch Kaltblute. Tun voll hart, sind aber Weicheier. Sonne, Holzpflöcke, Knoblauch – in echt sind die voll empfindlich.«

Hülya sagte eine Weile nichts. Dann, zweifelnd:

»Wie ein Vampir, oder was?«

Luna nickte nur und redete weiter, als wäre das alles das Normalste der Welt.

»Jedenfalls wollte der Rat der Kaltblute heute nach Sonnenuntergang mein Zimmer durchsuchen. Wir haben genug Stress wegen meiner Sprayerei, also habe ich sie reingelassen. Und was finden die als Allererstes in meiner Schublade mit den Spraydosen?« Sie sah Hülya erwartungsvoll an. Hülya starrte sie an wie ein Auto, innerlich noch vollauf mit der Vampirfrage beschäftigt.

»Korbinians Ring. Für die war das der Beweis, dass ich ihn auf dem Dach habe verbrennen lassen. Die Kaltblüter wollten mich sofort killen. Ein Wunder, dass ich fliehen konnte!«

Korbinians Ring … in Hülya klingelte etwas. Sie wusste, wo der Ring eigentlich … aber bevor sie den Gedanken zu greifen bekam, polterte ein anderer, viel absurderer Gedanke dazwischen. Vampire! Also doch. Echte Vampire!

W – H – A – T – T – H – E – F – U – C – K!?

»Du hast ja gesagt, wenn ich dich besuche, soll ich Antworten mitbringen«, hatte Luna gesagt, als die Fragezeichen in Hülyas Augen einfach nicht weggehen wollten. »Ist leichter, du blätterst darin etwas herum, als wenn ich alles erklären muss.«

Mit diesen Worten hatte sie ein modrig riechendes Buch aus ihrem Rucksack gezogen. Es war eine in Leder gebundene Schwarte, auf deren Umschlag in goldenen Lettern *Allgemeyne Nachtwesenkunde* stand. Hülya hatte das Buch aufs Geratewohl aufgeschlagen und war bei der Überschrift »Der Transsylvanische Frieden von 1598« gelandet.

...und so beendete der 1598 geschlossene ***Pax Transsylvanica*** genannte Friedensvertrag die Kämpfe von Sippe gegen Sippe. Nur wenn Vampire, Lykanther und andere Wesen der Nacht einander nicht bekriegten, so das Kalkül, war das Überleben in der von Tagwesen geprägten Welt noch möglich.

Mit bewundernswerter Effizienz bekehrte Gräfin ***Bella von Schreck*** schließlich sogar die uneinsichtigen Lykanther zum Transsylvanischen Frieden.

Hülya blätterte um. Und erschauderte. Ein Holzstich zierte die Seite. Er erinnerte sie an das Bild des Werwolfs Peter Stump – nur zeigte der Stich dieses Mal das Porträt einer eleganten Edelfrau, die mit kaltem Lächeln vor einer endlosen Reihe gepfählter Werwölfe stand. Unter dem Bild stand eine Widmung.

Gräfin Bella von Schreck

1598 Anno Diabolus

Das war also »bewunderswerte Effizienz« – Kaltblut-Style! Schnell wandte Hülya den Blick ab und las weiter.

Mit ebensolcher Effizienz predigte Gräfin von Schreck auch den Kerngedanken »Unsichtbarkeit schützt« des neuen ***Transsylvanischen Verhaltenskodex***. Auch heute noch gelten dessen drei Kernregeln:

I – Jagd im Verborgenen
II – Tötung der Beute nur bei Notwendigkeit
III – Beseitigung aller Zeugen unserer Existenz

Dank dieser Regeln hat der heutige Mensch längst vergessen, dass es uns Wesen der Nacht überhaupt gibt. Seit Jahrhunderten verhindert so der ***Pax Transsylvanica*** den erbarmungslosen Krieg zwischen den Wesen der Nacht und den Wesen des Tages – und somit den Untergang der Welt, wie wir sie kennen. Doch die Forderungen, das freie Jagen und Töten wieder aufzunehmen, sind nie verstummt und …

»Musst nicht alles lesen. Wir schreiben ja keinen Test.«

Luna nahm Hülya das Buch aus der Hand.

»Das lernt ihr in der Schule?«

»Ja, leider«, maulte Luna. »Transsylvanischer Friede und so. Voll öde!« Sie grinste freudlos. »Immerhin weißt du jetzt, warum ich nicht sagen konnte, was bei uns im Haus los ist.«

»Hä?«

»Transsylvanischer Verhaltenskodex, Regel 3: Beseitigung aller Zeugen unserer Existenz.«

Es dauerte eine Sekunde, bis Hülya verstand, was Luna meinte.

»Oh«, machte sie schließlich und ließ sich erschöpft auf einen Umzugskarton plumpsen.

Die letzte Stunde war ein Wirbelwind aus Geschichten und Geschichte gewesen. Die Kurzfassung: Das Horrorhaus war eine Nachtwesen-Siedlung, die Bewohner eine gemischte Tüte aus Horrorgestalten – Mumien, Vampire, Werwölfe, Sumpfmonster und so weiter. Korbinian und Max waren Vampire, Luna eine Werwölfin. Hülya hatte sofort an Nicks Mutter denken müssen. Und daran, dass niemand ihr glauben wollte. Luna hatte zufrieden genickt. Seit Anbeginn der Zeit hatte Krieg zwischen Monstern und Menschen geherrscht, doch seit der Erfindung des schwarzpulvergesteuerten Holzpflockwerfers im 14. Jahrhundert hatten die Menschen jede Schlacht gewonnen. Nach Jahrhunderten der Niederlagen und des Rückzugs hatten die Wesen der Nacht mit dem Transsylvanischen Frieden ihre internen Blutfehden beendet und sich ins Verborgene zurückgezogen. Heute hatten die Menschen fast vergessen, dass die Monster aus ihren Gruselgeschichten, Mythen und Märchen nur allzu real waren. Aber auch wenn heute jemand das Pech hatte, aus Versehen in so eine Siedlung zu stolpern, gab es kurzen Prozess.

»Wieso habe ich eigentlich überlebt?«, fragte Hülya.

»Habe ich mich auch schon gefragt. Habt ihr eine Hexe oder einen Werwolf oder so in der Familie?« Luna scannte Hülya von oben bis unten, sog dann die Luft durch die Nase ein. »Nein. Nicht mal ein Fitzelchen. Du riechst ganz normal nach Normala ... nein, warte.« Sie schloss die Augen und schnüffelte erneut, dieses Mal hoch konzentriert.

»Da ist eine Note Nacht in deinem Geruch.«

»Kein Wunder. Ich war ja gestern erst im Haus.«

Luna zuckte die Schultern.

»Das wird's sein. Trotzdem komisch, dass du noch lebst.«

»Ich find's ganz gut.«

»Ich auch.« Luna grinste breit. Aber ihre Augen blickten ernst. »Ich auch.«

Plötzlich schrie sie auf.

»Das Ritual! Wir haben das Ritual noch gar nicht gemacht!«

Und so holten sie das Ritual nach, mit dem Hülya Luna ganz offiziell in ihre Wohnung einlud. Das war eherne Tradition bei den Nachtwesen und absolut superwichtig, hatte Luna gesagt. Nur weil sie in Menschengestalt unterwegs war, hatte sie überhaupt Hülyas Haus betreten können. Aber selbst so war die Sache riskant: einmal zu lange bei Vollmond am Fenster gestanden, aus Versehen in einen Werwolf verwandelt und – ka-zzing – zu Staub zerfallen. Hülya hatte skeptisch geguckt, aber Luna hatte Stein und Bein geschworen, dass einem Schwippschwager ihrer angeheirateten Großtante im Jahr 1874 genau das passiert war. Wenn der damals das Ritual gemacht hätte, statt unachtsam nach dem Gelage vor dem Fenster einzuschlafen, hätte er noch jahrzehntelang den Mond anheulen können! Hülya hatte nur ergeben genickt. Dann also ein Ritual. Warum auch nicht? Auf der nach oben offenen Irrsinsskala der letzten Tage war ein Ritual das geringste Problem.

»Hiermit lade ich, Hülya Süer aus der Sippe der Tagwesen, dich, Luna Lykopoulou aus der Sippe der Lykanther, ein …«, murmelte Hülya den eingeübten Text. Sie hielt eine brennende Kerze auf Schulterhöhe, hatte den Rücken durchgedrückt und eine feierliche Miene aufgesetzt. Hülya konnte nicht anders, sie musste grinsen. Luna knurrte genervt. Sie hockte auf dem Ast des Baumes vor dem Fenster, während Hülya innen stand. Hülya kicherte bei dem Anblick von Luna auf dem Ast.

»Konzentration, Hülya, bitte«, sagte Luna. »Wenn ich auf dem Ast bin, ist es, als würde ich gerade reinkommen. Und nur wenn du mich offiziell einlädst, darf ich bleiben.« Sie zuckte mit den Schultern. »Menschen und Monster, das ist eben kompliziert. Immerhin habt ihr jahrhundertelang jeden Werwolf, den ihr gefunden habt, zu Tode gehetzt, auf Scheiterhaufen verbrannt, ertränkt und so weiter.«

»Und ihr habt uns gefressen.«

Hülya erinnerte sich an das Buch, das bei Nicks Mutter in der Vitrine lag. Und besonders an den Holzstich vom Werwolf mit dem Baby zwischen den Lefzen. Aber so war Luna nicht. Oder?

»Keine Sorge«, sagte Luna, als hätte sie ihre Gedanken erraten. »Deswegen gibt's das Ritual – für beide Seiten. Als Gast ist es meine Pflicht, dich vor einem dunklen Schicksal zu bewahren. Ich werde dir nichts tun.«

»Weiß ich doch«, sagte Hülya schnell, aber Lunas Blick brachte sie zum Schweigen.

»Nein, weißt du nicht«, sagte sie. »Wir sind Raubtiere. Wir töten, um zu überleben. Und ihr seid unsere Beute.«

Sie blickten sich an. Hülya stellte sich wieder in Position, hob die Kerze, setzte eine feierliche Miene auf. Eine Sekunde dauerte die Ernsthaftigkeit, dann zog ein Grinsen auf Hülyas Lippen. Luna versuchte noch, ernst zu bleiben, aber sie hatte keine Chance. Wenige Sekunden später giggelten sie um die Wette. Ritual am Arsch! Was konnte eine Freundschaft über die Gräben von Licht und Dunkel hinweg besser besiegeln als gemeinsames Lachen?

THEORIE VS. WIRKLICHKEIT

»War nicht so schlimm, dein Freitagabend-Hausarrest, oder?«

Ungläubig drehte Hülya sich um. Das war die dümmste Frage der Weltgeschichte. Aber so, wie Emre sie vom gedeckten Frühstückstisch aus angrinste, wusste er das auch.

»Jedenfalls hat dein Appetit nicht darunter gelitten.«

Hülya blickte auf das Tablett in ihrer Hand: Wurstbrötchen-Türme neben einem Berg Fleischwurstscheiben und einer kleinen Schale Müsli.

»Wenn ich schon nicht rausdarf, will ich wenigstens beim Essen meine Ruhe haben«, sagte Hülya kühl.

Sie drehte sich um, um mitsamt Tablett in ihr Zimmer zu verschwinden. Aber Emre war noch nicht fertig.

»Hülya?«

Hülya schaltete auf Angriff.

»Hast du noch mehr Kommentare zu meinen Essgewohnheiten auf Lager? Oder willst du die Dicke meines Hinterns bewerten?«

Das saß. Emre zuckte regelrecht zusammen.

»Das …«, stammelte er, »das wollte ich … das habe ich doch gar nicht gesagt.«

Das wusste sie. Und er tat ihr fast leid. Aber nur fast.

»Schon klar«, sagte sie. »Kann ich jetzt gehen?«

»Ja, du kannst gehen. Und eigentlich wollte ich nur sagen, dass dein Hausarrest aufgehoben ist, wenn du mir versprichst, in Zukunft unsere Absprachen einzuhalten.«

Hülyas Herz machte einen Sprung. Trotz ihres Pokerface-Versuchs musste das auch Emre gesehen haben, denn sein Sauertopfgesicht hellte sich auf.

»Du kannst natürlich auch das gesamte Wochenende in deinem abgedunkelten Zimmer verbringen, wenn du möchtest.«

Hülya schenkte Emre ein dankbares Grinsen.

»Keine Sorge«, sagte sie. »Ich kriege schon genug Sonne.«

»Rausgehen? In die Sonne? Bist du irre?«

Luna zog den Vorhang wieder vors Fenster und ließ sich aufs Bett fallen. Dann griff sie sich das nächste Salamibrötchen, zupfte die Salami runter, rollte sie zusammen und schob sie sich in den Mund. Das Brötchen interessierte sie genauso wenig wie die anderen leer gefutterten Brötchenhälften, die sich auf dem Tablett türmten. Hülya saß auf einem Umzugskarton und löffelte ihr Müsli.

»Wir können nicht den ganzen Tag hierbleiben. Wenn Emre dich findet, macht er Hackfleisch aus dir!«

»Lecker, Hackfleisch!«

»Kannst du auch mal an was anderes als an Essen denken?«

»Das ist bei Wölfen nun mal so.«

Luna angelte nach der nächsten Scheibe Fleischwurst.

»Aber du hast recht«, sagte sie. »Wenn wir rausfinden wollen, was los ist, dann ist die beste Zeit die, in der die Sonne aus Kaltbluten Kohlebricketts macht.«

Vor dem Frühstück hatten Hülya und Luna Kriegsrat gehalten. Auf Dauer konnte Luna sich nicht bei Hülya verstecken. Emre war ein Problem, Lunas Verfolger ein noch größeres. Es gab nur eine Lösung: Sie mussten herausfinden, wer Korbinian auf dem Dach ausgesperrt hatte. Luna hatte dazu eine Theorie.

»Ganz klar«, hatte sie von ihrem improvisierten Bett am Fußende aus gesagt, »das waren andere Kaltblute! Bei denen geht es immer um Macht. Wer ist die adeligste Familie, wer hat das meiste Blut getrunken und so weiter.«

»Ja, und?«

»Also, die Vorsitzende vom Hohen Rat ist Bella von Schreck! Und die will …«

»Bella von Schreck? Ist das die Mutter von Max?«

Luna hatte Hülya mit ihren gelben Augen angestarrt wie ein begriffsstutziges Kleinkind. Dann hatte sie gekichert.

»Sorry, hab vergessen, dass du eine Normala bist«, sagte sie, nachdem sie sich wieder beruhigt hatte. »Nein, die gehören nur zu einer Sippe. Familienverhältnisse sind kompliziert bei Kaltbluten. Jedenfalls ist Bella knapp sechshundert Jahre alt, und Max ist noch voll jung. Der wurde erst in den Fünfzigern gebissen.«

»Moment mal!« Hülya rechnete im Kopf nach. Und dann noch mal, zur Sicherheit. »Dann ist Max über siebzig!«

»In Menschenjahren ja. Aber als Kaltblut ist der ein Welpe.«

»Aber der ist älter als mein Opa!«

»Dein Opa ist aber auch kein Kaltblut.«

Hülya richtete sich auf und versuchte, im schwachen Licht des frühen Morgens Lunas Gesicht zu fixieren.

»Wie alt bist du, Luna?«

»Lykanther sind wie Menschen. Nur cooler und stärker.« Sie wurde ernst. »Seit ich denken kann, sind Max und Korbinian gleich alt. Aber ich werde älter. Und jetzt bin ich 17.«

»Oh, gut!«

»Und du?«

»Fast 16.«

»Aha«, machte Luna mit ihrem typischen breiten Grinsen, »quasi ein Kleinkind.«

Lunas Theorie, fand Hülya, hatte das Niveau von Emres (und ihrer) türkischen Lieblings-Telenovela – maximal dramatisch, mittelmäßig glaubwürdig. Sie ging so: Bella von Schreck, seit sechshundert Jahren Vampir-Matriarchin im Horrorhaus, will ihre Kalblutkonkurrenz ausdünnen, indem sie Korbinian, den Erben der lokalen Celebrity-Family, umbringt, aber den Mord der vampirhassenden Teen-Werwölfin Luna anhängt, um dem verfeindeten Werwolfrudel eins reinzuwürgen, damit ihre Chefposition im Horrorhaus noch unangefochtener wird als eh schon und … na ja, ehrlich gesagt: hundertprozentig verstanden hatte Hülya die Theorie nicht.

In einer Sache aber waren sie und Luna sich einig: Dass alle Monster auf der Suche nach Luna waren, war genau das, was irgendjemand wollte. Dieser Jemand wollte Unfrieden stiften, und deswegen hatte er (oder sie oder es) Luna den ultimativen Beweis ihrer Schuld untergejubelt: Korbinians Ring.

»Im Gang, in der Nische mit den Flyer-Kartons. Hundertprozentig!«

»Aber er lag bei mir in der Schublade.«

Hülya verdrehte die Augen. Sie drehten sich schon eine ganze Weile im Kreis.

»Also hat jemand den Ring aus der Nische genommen und in deine Schublade geschmuggelt«, wiederholte sie.

»Unmöglich«, hielt Luna abwesend dagegen, dann drehte sie sich zu Hülya um. »Sag mal, das geht gar nicht. Oder?«

Sie stand vor dem Schrank und probierte sich durch Hülyas Anziehsachen. Soeben hatte sie Hülyas Lieblingspulli aus dem letzten Herbst übergestreift, ihr Hoodie mit dem Neonmuster hing über der Lehne von Hülyas Schreibtischstuhl.

»Niemand kann sich in die Wohnung eines Werwolfs schleichen«, sagte Luna und tippte an ihre Nase. »Jedes Lebewesen riecht nach etwas. Jedes. Und wir Werwölfe, wir riechen alles.«

»Es hat aber jemand gemacht«, sagte Hülya. »Und der Pulli steht dir gut. Er ist nur etwas …«

»Zu schick für mich?«

»Zu eng für dich.«

Lunas Blick war tödlich, aber Hülya schüttelte den Kopf.

»Obenrum. Deine Schultern sind viiiiel breiter als meine.«

Es stimmte. Luna hatte die Beine einer Tänzerin und die Schultern einer Profischwimmerin.

»Wollte ich dir eh schon sagen«, fuhr Hülya fort, »du hast voll den Mega-Sport-Body.«

Lunas Blick wechselte von beleidigt zu geschmeichelt.

»Und du hast voll den guten Style.« Luna strich über den Arm von Hülyas Oversize-Jeansjacke. »Vielleicht kannst du mir die mal ausleihen?«

Unwillkürlich zuckte Hülya vor der Berührung zurück.

»Auf keinen Fall! Die Jacke ist von meiner Mutter.«

Luna sagte nichts, aber Hülya spürte, dass sie sich vor den Kopf gestoßen fühlte. Wortlos wandte Luna sich wieder dem Schrank zu. Hülya musterte ihren muskulösen Rücken einen Augenblick, dann fasste sie sich ein Herz.

»Meine Mutter …«, begann sie, brach dann ab. Luna drehte sich um. Der Blick in Lunas Augen gab Hülya neue Kraft. Mit einem Mal war sie sicher, dass die Wahrheit bei Luna gut aufgehoben wäre.

»Meine Mutter ist tot«, sagte sie. »Die Jacke ist das Letzte, was ich von ihr habe. Na ja, fast das Letzte …«

Luna sagte nichts. Aber in ihren Augen schimmerte etwas. Dann blinzelte sie, und das Schimmern war verschwunden. Dafür war da ein zartes Lächeln, das Hülya bei ihr noch nie gesehen hatte. Ein Lächeln voller Trauer und Ruhe.

»Schon irre, wie ähnlich wir uns sind«, sagte Luna mit diesem seltsamen Lächeln.

»Sind wir das?«, fragte Hülya.

Luna nickte, öffnete den Mund …

und dann sprang die Tür auf. Emre stand im Türrahmen.

»Hey, Hülya …«, begann er.

»Klopfen, Baba, Klopfen!«, unterbrach Hülya ihn genervt.

Aber Emre achtete gar nicht auf sie. Sein Blick ging direkt an ihr vorbei zum Kleiderschrank.

»Was ist das?«

Emre rauschte an Hülya vorbei ins Zimmer. Hülya wirbelte herum.

»Äh, ja, das ist …«

Sie verstummte. Da war niemand. Nur Emre, der Lunas Hoodie mit Neonmuster vom Stuhl nahm.

»Schickes Teil!«, sagte er. »Neu?«

Hülya starrte erst ihn an, dann den Pulli, dann wieder ihn.

»Äh, ja«, sagte sie lahm und ließ ihren Blick unauffällig durchs Zimmer schweifen. Von Luna keine Spur.

»Cooles Muster«, sagte Emre, dann musterte er den Hoodie genauer. »Wusstest du, dass Herr Butze jemanden mit so einem pinken Neonmuster beobachtet hat?«

»Aha«, nickte Hülya abwesend.

Ihr Blick fiel auf ihren dunklen Laptopmonitor, in dem sich die Decke des Zimmers spiegelte – und Luna. Hülyas Blick schnellte hoch. In der Ecke des Zimmers, die Füße gegen die Oberkante des Kleiderschranks und den Rücken gegen die Decke gestemmt, klebte Luna wie eine Stubenfliege. Sie zwinkerte Hülya zu.

»Ich sagte, dass Herr Butze jemanden mit diesem Pulli gesehen hat«, wiederholte Emre. »Am Graffito.«

Sein Tonfall war streng. Hülya wurde heiß, als ihr klar wurde, was genau Emre da eigentlich sagte.

»Zur Info: Ich habe den Pulli gestern erst gekauft«, sagte sie. »In der Mall hinter der Schule.«

»Für einen neuen Pulli ist der ganz schön oll.« Er roch daran. »Riechen tut er auch. Nach nassem Hund.«

Mit einem Schritt war Hülya bei ihm und nahm ihm den Pulli ab. »Was willst du überhaupt? Falls du mir wieder das Graffito in die Schuhe schieben willst …«

»Nein, nein«, wiegelte Emre ab. Er klang ehrlich, registrierte Hülya erleichtert. »Ich wollte dich auf ein Versöhnungseis einladen, weil wir in letzter Zeit so viel Stress hatten.«

»Sorry, keine Zeit.« Hülya tat es fast ein bisschen leid. Versöhnungseis ging immer! Es sei denn, man muss eine vogelfreie Teen-Werwölfin von der Zimmerdecke holen.

»Ich muss in die Mall. Der Pulli müffelt voll nach Hund, den gebe ich zurück.«

Die Mall von Groß-Hertenstett war ein gesichtsloser Endneunzigerbau mit viel Glas, türkis gestrichenen Metallstreben und einem überdimensionierten Parkplatz. An diesem Samstag schien die halbe Stadt hier zu shoppen. Voll war es trotzdem nicht, denn die Stadt war ja auch nur ein Kaff, dachte Hülya missmutig.

»Wow!«, unterbrach Luna Hülyas inneren Anti-Kleinstadt-Rant. »Das ist der totale Hammer!«

»Äh, ja?«

»Voll der totale Oberhammer!« Luna bestaunte mit leuchtenden Augen den Glas-und-Stahl-Eingangsbereich wie ein Baby ein überdimensioniertes Bällebad. »Wir müssen sofort alle Läden abchecken!«

»Äh, ja?«, wiederholte Hülya dieses Mal noch skeptischer.

Neben ihr stürmte Luna los zur Rolltreppe. Sie trug wieder ihren Neonmuster-Hoodie, darüber ein Regencape von Hülya, eine Kappe und eine Sonnenbrille, die ihre grellgelben Augen verbarg. Werwölfen machte die Sonne zwar nicht so viel aus wie Vampiren, trotzdem gehörte Sonnenbaden nicht zu ihren Hobbys. Shopping wiederum gehörte nicht zu Hülyas Hobbys.

Aber Shopping mit Luna war anders. Luna äffte die Posen der Schaufensterpuppen nach, ohne sich um die Blicke anderer zu kümmern. Luna kombinierte Jungsklamotten, die zu ihren muskelbepackten Schultern passten, mit pinkem Girly-Stuff. Und Luna hatte keinerlei Probleme, die Verkäufer mit Sonderwünschen in den Wahnsinn zu treiben. Kurz: Eine Shoppingtour mit Luna war ein großer Spaß.

»Gehst du oft shoppen?«, fragte Hülya, als sie Luna ein grellpinkes Schlabberoberteil in die Umkleide reichte.

»Nie. Jedenfalls nicht richtig«, sagte Luna und warf eine Hose über die Kabinentür. »Die Läden für uns Nachtwesen sind echt altbacken.«

Das konnte Hülya sich lebhaft vorstellen. Max war in den Fünfzigern hängen geblieben, und Korbinian trug Blusen mit Pumpärmeln. Fashion ging anders.

»Du bist aber nicht altbacken«, sagte Hülya.

»Ich besorge mein Zeug auch nicht in Nachtwesen-Läden.« Die Kabinentür öffnete sich. Luna grinste sie an. »Ich gehe in ganz normale Geschäfte … nachts, wenn niemand da ist. Wie findest du das?«

Unter dem pinken Schlabberoberteil trug Luna ein enges Männershirt, dazu eine olivgrüne Cargohose und lila Chucks. Ziemlich wild – und ziemlich cool.

»Voll gut«, sagte Hülya mit einem Anflug von Neid. Dann flüsterte sie: »Und du brichst nachts hier ein?«

»Nicht hier. Nur in kleine Läden ohne Security. So eine Mall mit den ganzen Überwachungskameras, das ist viel zu gefährlich. Und überhaupt – das mache ich so selten wie möglich.« Sie grinste Hülya an. Die Begeisterung in ihren Augen war ansteckend. »Nachts alleine shoppen ist voll öde. Mit dir zusammen macht's viel mehr Spaß. Und so viel Zeit hatte ich noch nie. Wenn mich nachts jemand erwischt, gibt's ja nicht nur eine Anzeige. Sondern ich wandere direkt auf den Scheiterhaufen.«

Zwei Stunden später fuhren Hülya und Luna die Rolltreppe wieder herunter. Ihre Ausbeute: zwei große Tüten wild durcheinandergewürfelte Kleidung und Muskelkater vom Lachen. Ein glockenhelles Kichern holte Hülya in die Wirklichkeit zurück. Unten im Eingangsbereich hielt Leonie Hof, umgeben von ihren Halbedelsteinen. Dem Gelächter ihres Hofstaats nach zu urteilen, hatte sie soeben den Witz des Jahrtausends gemacht. Ohne zu zögern, machte Hülya kehrt und hastete über die nach unten laufende Rolltreppe wieder nach oben.

»Oha«, machte Luna überrascht, drehte sich um und federte tiefenentspannt die Rolltreppe bergauf. »Workout?«

»Nö«, keuchte Hülya. »Flucht. Ich will mir meine Shoppingtour nicht versauen lassen.«

Außer Atem verzog sie sich hinter einer der großen Plastikpalmen, die die verglaste Reling nach unten säumten. Leonie hatte sie nicht bemerkt.

»Die Blonde?«, flüsterte Luna, als sie sich neben Hülya hockte. Von Anstrengung war bei ihr nichts zu spüren.

»Leonie«, keuchte Hülya, während sie ihren Atem zu beruhigen versuchte. »Ist bei mir in der Stufe. Die ist die Schulhofqueen – und ich ...«

»Hülya?«, erklang eine Stimme hinter ihnen. Hülya versteifte sich. Das war Nick!

»Kein Werwolf-Scheiß, okay?«, zischte sie Luna leise zu, dann drehte sie sich um.

»Hey«, war alles, was sie sagte.

»Dein Vater hat mir gesagt, dass du hier bist«, sagte Nick etwas verunsichert von Hülyas abweisendem Blick. »Dass du mit Leonie verabredet bist, hat er nicht gesagt.«

»Bin ich auch nicht.«

»No shit, Watson«, sagte er mit dem Versuch eines Lächelns. »Dein Rolltreppen-Sprint war echt beeindruckend. Aber keine Sorge: Die Königin ist schon im nächsten Geschäft.«

Seine Lippen umspielte das typische Nick-Lächeln. Ob sie es wollte oder nicht, dieses schiefe Halblächeln brachte etwas in ihr zum Klingen. Ein paar Schmetterlinge flatterten auf, dabei war Hülya sich sicher gewesen, dass sie längst alle begraben hatte. Sie verschränkte die Arme.

»Okay, jetzt bist du hier. Also?«

»Ich wollte mal hören, ob du es dir überlegt hast. Ob du und ich …«, begann Nick. Dann brach er mit einem Seitenblick auf Luna ab. »Sollten wir das nicht besser unter vier Augen besprechen?«

Luna hatte ihn neugierig gemustert, jetzt grinste sie.

»Romantisch!«, flötete sie. »Soll ich euch allein lassen?«

Nicks Augen glitten über Lunas Sonnenbrille zu dem unpassenden Regencape, und sein Lächeln wurde fadenscheinig. Fast so, als spürte er, dass es über sie mehr zu wissen gab.

»Das ist meine Cousine Luna«, sagte Hülya, bevor er etwas sagen konnte. »Aus Nordnorwegen. Da ist es immer dunkel im Winter.«

»Ich habe empfindliche Augen«, ergänzte Luna und tippte an ihre Sonnenbrille.

»Nordnorwegen … ist da nicht auch gerade Sommer?«, fragte Nick. Sein Blick wurde noch ein bisschen misstrauischer.

»Genau. Total Sommer und die ganze Zeit hell«, grätschte Hülya dazwischen und zog Luna zur Rolltreppe. »Deswegen muss Cousine Luna immer ihre Sonnenbrille tragen. Sonst sind die Augen zu sehr an die Helligkeit gewöhnt, wenn's im Winter wieder den ganzen Tag dunkel ist.«

»Nord-Norwegerinnen sehen im Dunkeln am besten!«, rief Luna noch, und dann rollten sie auch schon die Rolltreppe wieder herab, bevor Nick die hanebüchene Geschichte auch nur ansatzweise begreifen konnte.

»Überleg's dir, Hülya. Ich ... wir brauchen dich!«, rief er ihnen nach. In Hülyas Ohren klang es wie eine Drohung.

»Der sah eigentlich ganz lecker aus«, sagte Luna, als sie hinter Hülya über den Parkplatz der Mall stapfte. Hülya blieb abrupt stehen und drehte sich zu ihr um.

»Wenn's nach Nick geht, zieht demnächst ein Mob Internetirrer mit Mistgabeln zu eurem Hochhaus und zündet es an«, sagte sie eindringlich. »Du kennst dich vielleicht mit Kaltbluten und Werwölfen besser aus als ich, aber bei menschlichen Raubtieren musst du mir vertrauen.«

»Was soll der denn für ein Raubtier sein? Ein tollwütiges Eichhörnchen?«

»Ein Bluthund«, sagte Hülya. »Ein Bluthund, der deine Spur aufgenommen hat und dich und deine Familie zu Tode hetzen wird, wenn wir ihm die Chance dazu geben.«

Emre verstand nur Bahnhof.

»Eine Austauschschülerin? Ab wann?«

»Ab heute. Jetzt.«

Emre starrte erst sie an, dann Luna, die neben ihr vor der Tür ihres Hauses in der Langweilersiedlung stand. Luna erwiderte seinen Blick mit einem schüchternen Lächeln.

»Wo, sagst du, kommt sie her?«

»Aus Nordnorwegen. Ganz oben am Polarkreis. Da ist jetzt immer Tag, deswegen muss sie die Sonnenbrille tragen.«

Jetzt sah Emre Hülya an, als hätte sie einen Dachschaden.

»Das ergibt doch keinen Sinn, Hülya. Wenn da immer Tag ist …«, sagte er langsam.

»Sie hat empfindliche Augen wegen der ständigen Sonne«, unterbrach Hülya ihn schnell. »Willst du ihr etwa verbieten, die Sonnenbrille zu tragen? Dann musst du das ihrem Augenarzt erklären. Auf Norwegisch.«

Emre schüttelte langsam den Kopf. Hülya atmete tief ein. Jetzt kam der schwierige Part.

»Im Übrigen finde ich es krass, dass du den Brief der Schule nicht gelesen hast«, sagte sie leise.

»Welchen Brief?«

Hülyas Schultern sackten tief enttäuscht nach unten.

»Ich habe ihn im Müll gefunden«, sagte sie vorwurfsvoll und zog einen zerknitterten Brief hervor. »Ich weiß ja, dass du mit der neuen Kanzlei viel um die Ohren hast, aber …«

Sie ließ den Satz unvollendet, sah traurig zu Boden. Doch aus ihren Augenwinkeln beobachtete sie Emre ganz genau. Die beste Waffe gegen ihn war sein schlechtes Gewissen. Emre arbeitete viel, sie waren gerade erst hergezogen, Hülya hatte keine Freunde – und jetzt hatte Rabenvater Emre auch noch diesen Brief übersehen. Mehr schlechtes Gewissen ging gar nicht. Zumindest solange er nicht erkannte, dass der Brief ein Photoshop-Fake war.

»… und so freuen wir uns, die Austauschschülerin Luna Wulfen bei Ihnen unterzubringen«, las Emre laut, dann blickte er von dem Brief auf zu Hülya. In seinem Blick glitzerte etwas. Misstrauen?

Hülyas Zuversicht bröckelte. Ihre Photoshop-Künste würden keiner genauen Begutachtung standhalten, das wusste sie. Nachdem sie über den Baum ins Zimmer geklettert waren, hatte Luna sich mit einem biederen Strickpulli aus der Mall als schüchterne Austauschschülerin zurechtgemacht, während Hülya den Brief am Laptop zusammengebastelt, ausgedruckt und kunstvoll zerknittert hatte.

Jetzt aber sah sie die Misstrauensfalte zwischen Emres Augenbrauen immer größer werden. Auftritt Luna Wulfen, schüchterne Austauschschülerin aus Nordnorwegen am Polarkreis.

»Ist schon okay, Hülya«, sagte Luna leise und legte Hülya tröstend die Hand auf die Schulter. »Bestimmt kann ich bei einer anderen Familie wohnen.«

Hülya nickte unglücklich. Wie zwei Trauerlilien standen sie vor Emre, der seinen Blick unwohl von einer zur anderen wandern ließ.

»Nein, also ja«, stieß er schließlich hervor. »Du kannst natürlich bleiben, Luna. Wir sind gerade erst eingezogen, da ist der Brief wohl untergegangen.«

Er winkte die Mädchen herein. Doch noch bevor Luna die Treppe zu Hülyas Zimmer erreichte, meldete sich noch einmal sein Misstrauen.

»Wieso kannst du eigentlich so gut Deutsch, Luna?«

Hülya und Luna tauschten einen Blick. Zum Glück hatten sie den Rückweg von der Mall genutzt, um Luna eine mehr oder weniger glaubwürdige Hintergrundgeschichte zu verpassen.

»Meine Eltern sind aus Deutschland.«

»Lunas Vater arbeitet auf einer Bohrinsel«, warf Hülya ein, und Luna glänzte mit ihrer in Hülyas Zimmer zusammengebastelten Onlineübersetzung: »Vi snakker mye tysk hjemme. Ich meine … wir sprechen ganz viel Deutsch zu Hause.«

Emre war sein Misstrauen sichtlich peinlich.

»Ja, dann … willkommen, Luna. Möge unser Heim dein Heim sein.«

Und mit diesen Worten hatte nun auch Emre, ohne es zu wissen, die vogelfreie Teen-Werwölfin Luna in sein Haus eingeladen. Und damit auch all ihre Probleme. Blutgierige Kaltblute, menschliche Bluthunde – und einen glutäugigen Dämon, der nur ein Ziel hatte: die Welt von Monstern und Menschen mit dem Höllenfeuer seines Hasses zu überziehen und alles brennen zu sehen.

WG MIT WERWOLF

»So ist das also!«

»So ist was?«

Luna drehte sich auf Hülyas Schreibtischstuhl einmal um ihre eigene Achse.

»Na, das! Alles!«

Seit sie Türsteher-Emre überlistet hatten, war Luna durchs Zimmer gestromert, hatte alle Ecken beschnüffelt und sich dann breitbeinig auf Hülyas Schreibtischstuhl gepflanzt. Immerhin hebt sie nicht das Bein, um ihr neues Revier zu markieren, hatte Hülya gedacht, aber den Gedanken wohlweislich für sich behalten. Luna blätterte neugierig durch das Chaos auf ihrem Schreibtisch, dann hob sie den Kosmetikspiegel hoch, mit dem Hülya einen Stapel Lernblätter für Physik beschwert hatte.

Flatsch! landete der Blätterhaufen auf dem Boden.

»Mann, Luna«, schnaubte Hülya. »Das sind meine Notizen für den Test.«

»Ups«, machte Luna, hörte aber nicht mal eine halbe Sekunde auf, ihrem vergrößerten Selbst auf der gewölbten Seite des Spiegels Grimassen zu schneiden. Entnervt wischte Hülya die Blätter vom Boden zusammen. Luna drehte den Spiegel auf die plane Seite und richtete ihn so aus, dass sie Hülya darüber beobachten konnte.

»Siehst du, das meine ich. Hausaufgaben, Tests und so«, sagte sie. »Mehr normalo geht gar nicht!«

»Mehr öde geht nicht, meinst du wohl«, grummelte Hülya, zupfte

Luna den Spiegel aus der Hand und beschwerte mit ihm den wackeligen Papierstapel, den sie wieder aufgetürmt hatte. »Physik, Strahlenoptik, Brennpunkte – das brauche ich im Leben nie wieder.«

Der Spiegel wackelte, aber der Papierstapel hielt.

»Sei doch froh«, sagte Luna. »Falls wir mal Schule haben, dann ist das fast immer praktisch. Wie berechne ich die Mondphasen? Welche Organe sind essbar, welche nicht? Wo beiße ich zu, damit die Beute nicht schreit?«

Luna kam ins Stocken, als sie merkte, wie Hülya sie anstarrte. Bevor die aber etwas sagen konnte, zog Luna aus dem Schreibtischchaos ein zerknülltes Blatt Papier und entfaltete es neugierig.

»Übrigens: Was ist das?«

»Lenk nicht ab«, sagte Hülya.

»Lenk mal lieber selbst nicht ab«, brummte Luna und betrachtete das Blatt interessiert. Es war Hülyas Graffito-Entwurf mit dem Fotoapparat, aus dem allerlei Gruselgestalten sprangen. Viele Male ausradiert und neu gezeichnet, trotzdem noch mehr als unfertig. Und voll peinlich, fand Hülya.

»Ich lenke nicht ab, du lenkst ab!«, sagte sie hastig und riss Luna das Papier aus der Hand. Zu spät. Luna hatte alles gesehen.

»Nur ein blödes Schulprojekt«, entgegnete Hülya ihrem fragenden Blick. »Aber ich mache da nicht mehr mit. Mehr blamieren muss ich mich nicht.«

»Wenn so ein Bild aus deinem Inneren kommt«, sagte Luna ganz ruhig, nahm Hülya vorsichtig die Skizze wieder aus der Hand und strich sie glatt, »dann kannst du dich gar nicht blamieren.«

»Aber die Figuren sehen aus, wie … wie Babyzeichnungen.«

Lunas Augen huschten über die Bleistiftlinien.

»Na ja, die Hände sind komisch. Und die Gesichter auch.« Luna grinste. »Aber die Idee ist cool. Und zum Glück kennst du einen Profi!«

Durch das Fenster warfen die Äste des Baums ein kompliziertes Schattenmuster auf den überarbeiteten Graffito-Entwurf. Die Monster wirkten lebensnah, die Kamera sah aus wie echt – hier war eine professionelle Künstlerin am Werk gewesen. Doch diese Künstlerin lehnte am Schreibtisch und schmollte.

»Ich versteh das nicht«, sagte Luna, ihre Stimme rau vor unterdrückter Enttäuschung. »Ich dachte, es gefällt dir.«

»Tut es auch.« Hülya deutete auf den Werwolf, der die Kameralinse in Stücke hieb. »Das hier finde ich am besten.«

Lunas sauertöpfische Miene hellte sich ein kleines bisschen auf.

»Ja, das splitternde Glas ist ganz schön geworden.«

»Ganz schön? Das sieht voll cool aus!« Luna lächelte versöhnt, aber Hülya war noch nicht fertig. »Viel zu cool. Jeder, der das sieht, wird sofort denken, dass ich das war mit dem Graffito.« Sie sah Luna ernst an. »Wenn ich das so abgebe, bin ich gesellschaftlich tot.«

Luna schwieg eine Weile. Schließlich nickte sie, schob den Entwurf beiseite und zog ein unbemaltes Blatt hervor.

»Okay, dann ist das eben zu gut. Also, Hülya«, sagte sie, »jetzt bist du dran. Dieses Mal allein.«

Mit sanfter Gewalt presste sie Hülya auf den Stuhl und drückte ihr einen Bleistift in die Hand.

»Es muss nicht schwierig sein«, sagte Luna, »solange es aus deinem Inneren kommt. Schließ die Augen und mach einfach.«

Was Graffiti anging, duldete Luna keinen Widerspruch. Also fügte sich Hülya in ihr Schicksal, schloss die Augen, setzte den Bleistift aufs Papier und wartete darauf, dass es aus ihr herausfloss. Sie versuchte, an gar nichts zu denken. Schwärze. Stille. Ohne ihr Zutun wanderten Hülyas Gedanken zu ihrer letzten Nacht auf dem Dach. Sie wartet auf Korbinian. Allein. Es ist dunkel und leer. Ein Geruch kitzelt ihre Nase. Sie kennt ihn. Es ist der Geruch von Metall, realisiert sie, und will die Augen öffnen, aber … *ein Klirren. Ein überrasch-*

ter Aufschrei. Gleißendes Licht versengt ihre Augen. Der Gestank nach kochendem Stahl lässt sie würgen. Ein grelles rotes Gleißen das sich durch sie hindurchbrennt Kreischen von Metall auf Metall zu nah zu heiß zuheißheiß

Mit einem Ruck schnellte Hülya hoch. Der Stuhl polterte zu Boden. Hülyas Herz schlug wie ein Dampfhammer auf Speed. Sie blinzelte ein, zwei Mal, dann war sie wieder ganz da. Und sah zwei Dinge.

Erstens: Lunas weit aufgerissene Augen.

Und zweitens: das Blatt.

Eine Linie war darauf zu sehen, schnurgerade erst, dann zerhackt und zerstückelt, und dann war das Papier zerrissen von der puren Wucht, mit der Hülya den Stift darübergeprügelt hatte. Der Bleistift lag zerbrochen auf dem Boden.

»Das …«, begann Luna zögerlich, »das kam auf jeden Fall aus deinem Inneren.«

»Habe ich geschrien?«

Luna schüttelte den Kopf. »Du warst ganz still, dann hast du angefangen, diese Linie zu zeichnen, und dann … dann bist du durchgedreht.« Sie machte einen Schritt auf Hülya zu. »Was war denn los?«

Sacht legte sie ihre Hand auf Hülyas linken Arm. Hülya zuckte zurück, als hätte ein elektrischer Schlag sie erwischt. Luna sagte nichts, aber ihr Blick verriet, wie sehr Hülyas Zurückweichen sie traf.

»Ein Albtraum«, murmelte Hülya. »Den hatte ich als Kind schon.« Sie atmete tief durch. »Geht gleich wieder.«

»Willst du erzählen?«, hörte sie Luna leise fragen.

Hülya schüttelte den Kopf und schloss die Augen, um sich ganz auf sich zu besinnen.

»HIJKZZ«, murmelte sie zu sich selbst.

»Hicks?«, wiederholte Luna, und ein Lächeln stahl sich auf ihre Lippen. »Hicks – wie Schluckauf? Du hast Albträume über Schluckauf?«

Hülya öffnete die Augen. Als sie Lunas Lächeln sah, wogte eine warme Welle durch ihren Bauch, und der Knoten in ihrer Magengrube löste sich.

»Nicht hicks. HIJKZZ«, wiederholte Hülya. Erst jetzt wurde ihr klar, dass sich beides genau gleich anhörte. »Hab ich jetzt keine Zeit zu.«

Luna hob eine Augenbraue, dieses Mal beleidigt.

»Kein Grund, gleich pampig zu werden.«

»Nein, H – I – J – K – Z – Z. Hab ich jetzt keine Zeit zu.«

Dieses Mal betonte sie alle Buchstaben überdeutlich. »Da kommt der Albtraum hin, in meine Hab-Ich-Jetzt-Keine-Zeit-Zu-Schublade.«

Lunas Augenbraue wanderte wieder runter, um einem Blick völliger Verwirrung Platz zu machen. Das sah so seltsam aus, dass Hülya kichern musste.

»Kennst du das nicht? Irgendwas Seltsames passiert, und du weißt gar nicht genau, was Sache ist, aber es ist einfach zu viel los, um sich damit zu beschäftigen, und dann sagst du ›Da hab ich jetzt keine Zeit zu – darüber denke ich nach, wenn mehr Luft ist‹? Das ist meine HIJKZZ-Schublade: aufmachen, Seltsames rein, zumachen.«

Luna nickte. Erst langsam, dann immer nachdrücklicher.

»Klar, du meinst das Fuck-it-Fach.« Sie grinste. »Crazy stuff passiert, aber du bist gerade auf der Jagd und brauchst die Instinkte, damit die Beute nicht entkommt, also erst mal alle Gedanken ins Fuck-it-Fach.«

»Oder: In diesem komischen Haus sind alle Leute Monster«, ergänzte Hülya schnell, »aber zum Nachdenken ist keine Zeit, weil du sonst als Steinbruch-Sklavin verflucht wirst.«

Sie grinsten sich an. Hülya spürte, wie die Schwere ihres Kurz-Albtraums verflog. Aber egal, ob Fuck-it-Fach oder *HIJKZZ*-Schublade – eine Sache gab es, die sie mal daraus hervorholen sollten. Und zwar sofort.

Verschiedenfarbige Klebezettel bildeten einen Kreis an Hülyas Kleiderschrank. In der Mitte klebte ein einzelner Zettel mit einem Namen: *Korbinian*. Die Zettel drum herum trugen ebenfalls Namen: *Luna, Hülya, Max, Bella, Siris, Lon.* Und an der Seite klebte ein Notizzettel mit einer Skizze von Korbinians Ring.

»Schön bunt«, kommentierte Luna trocken, als sie etwas ratlos vor ihrem Kunstwerk standen.

»In Krimis funktioniert das immer.« Hülya ging die einzelnen Zettel durch. »Hier die Verdächtigen, in der Mitte das Opfer. Fehlt nur noch das Motiv.«

»Macht. Habe ich ja gesagt: Die Kaltblute sind schuld.«

Hülya nahm einen Zettel, schrieb etwas darauf und klebte ihn dazu. *Wilde Verschwörungstheorie* stand darauf.

»Das ist nicht wild. Das ist einfach wahr.«

Jetzt kritzelte auch Luna etwas auf einen Zettel und klebte ihn zu den Verdächtigen: *Nick*.

»Der weiß doch gar nicht, dass es euch gibt«, sagte Hülya.

»Nach dem, was du erzählt hast, weiß es zumindest seine Mutter«, konterte Luna. »Und Nick will es beweisen.«

»Aber in der Nacht war Nick nicht da«, beharrte Hülya.

Luna zuckte nur die Schultern.

»Du hast doch selbst gesagt, dass er ein Bluthund ist.« Sie grinste Hülya an. »Oder willst du einfach nicht, dass Nick was damit zu tun hat, weil du ihn doch lecker findest?«

»Schwachsinn!«, stieß Hülya mit Nachdruck hervor, bevor sie rot werden konnte.

Lunas Grinsen wurde noch breiter. Sie tippte an ihre Nase.

»Ich bin eine Wölfin, Hülya«, sagte sie. »Es war kaum zu überriechen, dass da was zwischen euch ist. Das war die reinste Pheromon-Explosion!«

Hülya sagte nichts, sondern stapfte wortlos zu ihrem Schreibtisch und kam mit ihrem Laptop wieder. Luna hob fragend die Augenbrauen.

»Die Fotos«, sagte Hülya. »Falls Nick uns heimlich gefolgt ist, könnte er auf den Fotos von unserer Nacht auf dem Dach zu sehen sein.«

»Gute Idee«, nickte Luna. »Und was diese Pheromon-Explosion angeht …?«

»Mit Nick war längst alles vorbei, bevor es je anfangen konnte«, brummte Hülya, dann zog ein teuflisches Grinsen über ihre Lippen, und sie klickte auf eine Bilddatei. »Und wenn du jetzt nicht die Klappe hältst, liebe Cousine, dann sorge ich dafür, dass das hier dein Profil-Foto auf deinem Finstagram-Account wird!«

Vom Laptop-Monitor strahlte ein Foto vom Dach: Luna in Heidi-Klum-Gedächtnis-Pose mit dem verkrampften Lächeln einer Galionsfigur mit Durchfall.

»Das wagst du nicht«, hauchte Luna.

Hülya tätschelte ihre Schulter.

»Keine Sorge, dein Geheimnis ist sicher bei mir.«

»Puh. Danke!« Luna lächelte erleichtert. »Im Gegenzug behalte ich deinen fragwürdigen Männergeschmack für mich. Deal?«

»Deal!«

Eine Stunde später hatten sie viereckige Augen vom Starren auf den Laptop. In fast jedes Foto vom Dach hatten sie hineingezoomt, bis sie alle Pixel persönlich kannten. Gefunden hatten sie: nichts. Hülya rief das nächste Bild auf: ein zweites Foto von Luna in seltsamer Pose.

»Nicht schon wieder«, stöhnte Luna.

Hülya zoomte an Lunas peinlicher Pose vorbei, bis in der Unschärfe nur die geöffnete Tür zum Dach zu sehen war.

»Das war, kurz bevor Korbinian und Max gekommen sind«, murmelte Hülya.

»Zum Glück!« Luna schüttelte sich. »Das wäre das Schlimmste: bei so einer Pose erwischt zu werden.«

Schnell wollte sie das Bild wegklicken – aber plötzlich hielt sie inne.

»Äh … Hülya?«, sagte sie und zoomte noch näher ran. Hülya kniff die Augen zusammen. Tatsächlich. Das, was Hülya für kaputte Pixel gehalten hatte, war etwas ganz anderes.

»Das sieht aus wie … wie Augen«, murmelte Luna verwundert. »Glühend rote Augen … die … uns beobachten?«

Hülya überlief es eiskalt.

»Das Ding!«, hauchte sie. »Das ist das Ding.«

Glasklar stand ihr die Nacht ihres Dates wieder vor Augen. Kurz bevor sie sich in der Nische versteckt hatte, war da dieses Ding gewesen. Im Gang hatte es geschwebt, mit glutroten Augen und heiserem Kichern. Und vorher an der Bushaltestelle in ihrer Halluzination. Und in ihren wiederkehrenden Träumen von dieser einen schicksalsträchtigen Nacht … die Nacht, in der ihre Mutter …

Hülya sprang auf, zog Luna hinter sich her. Die Treppe hinab zum Schrank im Wohnzimmer, wo Emre ihrer Mutter den kleinen Schrein gebaut hatte. Hülya atmete tief durch. Das würde nicht einfach werden. Aber wenn es wirklich so war, wie sie befürchtete, half nur Offenheit.

»Ich habe dir ja erzählt, dass meine Mutter gestorben ist«, sagte sie, ohne Luna anzusehen. »Das war kurz nach meinem ersten Geburtstag.«

Luna nickte. Hülya hob die Kameratasche aus dem Schrein. Sie war angesengt und verrußt.

»Meine Mutter … sie hatte einen Unfall. Also, wir hatten den Unfall. Ich war dabei.« Sie ließ ihre Finger über die angekokelte Oberfläche der Tasche gleiten. Ihre Stimme war jetzt ganz weit weg.

»Sie war Fotoreporterin. Sie hatte wohl am Straßenrand geparkt, um Fotos zu machen. Mich und ihr ganzes Fotoequipment hatte sie schon aus dem Auto geräumt. Aber dann … « Hülya brach ab, schwieg eine Weile. Dann fuhr sie noch leiser fort.

»›Fahrerflucht‹, hat die Polizei meinem Vater gesagt. Ein anderes Auto ist voll in ihren Wagen reingefahren. Meine Mutter … sie hat noch etwas aus dem Auto geholt, glaube ich. Auf jeden Fall saß sie drin, als …«

Sie brach ab. Dann atmete sie tief durch.

»… als unser Wagen anfing zu brennen. Ich hatte Glück, dass ich nicht so nahe an den Flammen saß. Ich habe überlebt, aber eine Sache wird mich immer daran erinnern.«

Hülya rollte den Ärmel ihrer Jeansjacke hoch, hob ihren linken Arm vor Lunas Augen. Bis über ihren Ellenbogen sah die Haut aus, als wäre sie geschmolzen und in kleinen Wellen wieder erstarrt – das vernarbte Gewebe einer Brandwunde. Hülya spürte Lunas Blick. Sich so nackt zu zeigen, war härter, als sie gedacht hatte.

»Der andere Wagen wurde nie gefunden«, sagte sie, als das Schweigen in ihren Ohren zu dröhnen begann. »Und falls mein Vater mehr weiß, so spricht er nicht darüber.«

Hülya verstummte, sah zu Boden. Sie hatte Angst, in Lunas Augen das zu entdecken, was stets in den Augen anderer beim Anblick ihres Arms zu lesen war: pures Mitleid. Irgendwann aber blickte sie auf, zögerlich und scheu. Ihre Augen fanden Lunas. Mitgefühl spiegelte sich darin. Verstehen. Und vielleicht sogar etwas wie Freundschaft.

Sie schwiegen eine Weile gemeinsam.

»Danke, dass du mir das erzählst, Hülya«, sagte Luna schließlich leise. »Aber das ist nicht alles, oder?«

Hülya suchte in Lunas gelben Werwolfaugen nach Anzeichen dieses schmierigen Mitleids, das sie immer nur zum Opfer machte. Sie fand keine.

»Du hast recht, da ist noch was. Es ist keine wirkliche Erinnerung, aber …«, fuhr sie zögerlich fort. »Als Kind hatte ich Albträume. Du bist die Erste, der ich das erzähle – außer meinem Baba natürlich.« Sie lächelte traurig bei der Erinnerung an die durchwachten Nächte in Emres Armen. »Die Träume waren immer gleich. Meine Mutter und ich im Auto. Sie singt. Ein Licht, das auf uns zurast. Ein Krachen, ein unglaublicher Ruck, glühende Hitze. Und dann ein Kichern.«

Sie verstummte, übermannt von den Bildern, die in ihr aufwirbelten. Da ergriff Luna ihre Hand. Eine Berührung, so tröstlich wie unerwartet. Hand in Hand standen sie da, vor der verkohlten Fototasche ihrer Mutter.

»Seit ich hier wohne, sind die Träume zurück.« Ohne es zu merken, presste Hülya Lunas Finger zusammen. »Bisher dachte ich, dieses Licht, das auf uns zurast, das sind einfach Autoscheinwerfer. Aber das Licht ist rot, glutrot. Wie … wie Augen.« Luna verstärkte den Druck ihrer Hand, gab Hülya Halt. »Die glühenden Augen von den Fotos – das sind die Augen aus meinen Träumen. Die gleichen glühenden Augen, die auf uns zurasen. Die glühenden Augen, die mir meine Mama wegnehmen.«

Der fast volle Mond tauchte den neuen knallroten Klebezettel im Zentrum ihrer Klebezettel-Spirale in silbernes Licht. Ein einzelnes Wort stand darauf: *Glutauge*.

Glutauge musste ein Wesen der Nacht sein. Aber wer? Mit der Zahnbürste im Mund starrte Hülya auf den Zettel, dann klebte sie ihn neben den Zettel mit Korbinians Ring.

»Der Ring«, dachte sie laut nach. »Glutauge muss Korbinians Ring in deine Schublade geschmuggelt haben. Nur wie?«

»Du meinst: Bella von Schreck hat ihn da reingeschmuggelt«, erklang Lunas Stimme aus dem Badezimmer.

»Du hast doch gesagt, dass ihr Werwölfe alle Lebewesen riechen könnt. Dann hättest du auch ein Kaltblut gerochen, oder?«

»Dann haben die halt irgendwas erfunden, damit sie nicht mehr so nach Erde müffeln oder so … Au!«

Hülya steckte ihren Kopf durch die Badezimmertür. Luna starrte in die gewölbte Oberfläche von Hülyas Schminkspiegel, fünffach vergrößert starrte Spiegel-Luna zurück. Beide setzten eine Pinzette an einer Augenbraue an.

»Au!«

Hülyas Blick fiel ins Waschbecken. Mit einer Werwölfin zusammenzuleben, hatte nicht nur Vorteile. Luna folgte ihrem Blick zu dem Häuflein schwarzer Haare im Waschbecken. Sie wurde rot.

»Sorry. Übermorgen ist Vollmond. Und bei mir fängt es mit den Haaren schon ein paar Tage früher an. Werwölfinnen-Schicksal!«

»Und bei Vollmond macht's dann puff?«, fragte Hülya neugierig. »Und du bist so ein haariges Ding?«

»Ich bin dann kein haariges Ding!« Luna blitzte Hülya wütend an. »Ich bin dann eine Wölfin!«

»Oh, sorry. War nicht so gemeint.«

Luna grummelte etwas Unverständliches und widmete sich wieder ihren Augenbrauen. Hülya stand noch ein paar Sekunden unschlüssig in der Tür, dann trat sie ins Bad und hockte sich mit angewinkelten Beinen auf die Toilette. Voller Neugier ließ sie ihren Blick über Luna gleiten, bis die sich irgendwann genervt umdrehte.

»Was?«

»Ich versuche nur, mir das vorzustellen. Bist du dann einfach eine Wölfin oder so eine Mischung – halb Mensch, halb Wolf?«

»Das wirst du nie erfahren«, sagte Luna bestimmt, »weil du mich nie als Wölfin sehen wirst.«

Hülya legte ihr die Hand auf den Arm.

»Komm, sag's mir.«

»Warum?«, fragte Luna und verzog ihre Lippen zu einem bitteren Grinsen. »Stehst du auf Freakshows?«

»Du bist doch kein Freak!«

»Klar bin ich ein Freak! Stark sein und so ist ja ganz nett, aber diese Haare ...« Luna nickte zu den Haarbüscheln im Waschbecken. »Du bist ja noch nie ausgelacht worden, weil bald wieder Vollmond ist und du voll viele Haare am Arm hast. ›Hahaha – der Freak braucht wieder eine neue Armhaarfrisur!‹« Die Bitternis ihres Tonfalls erschreckte Hülya.

»Und es sind ja nicht nur die Haare, das ist auch im Kopf«, fuhr Luna leise fort. »Stell dir vor, du hast einmal im Monat einen Tag, wo du total abdrehst. Als Wölfin, da bin ich gar nicht mehr ich selbst. Da bin ich eine Mordmaschine auf zwei Beinen ...«

»Auf zwei Beinen?«

»Ja, Werwölfe stehen auf den Hinterläufen. Wir sind auch stärker als normale Wölfe und können trotzdem reden und so.«

»Hört sich nicht so schlecht an.«

»Fühlt sich auch nicht schlecht an. Fühlt sich sogar super an. Voll Mond-Power! Da lacht niemand mehr! Aber das bin halt nicht ich.« Luna stockte, suchte nach den richtigen Worten. »Also, das bin schon auch ich. So eine superbrutale Version von mir selbst, voll Vollgas und keine Rücksicht und so. Aber mein Menschen-Ich gefällt mir besser. Das ist ... netter.« Sie blickte Hülya an. In ihren Augen glänzte bisher ungekannte Unsicherheit. »Kannst du das irgendwie verstehen?«

Hülya dachte nach, bevor sie etwas sagte. Luna war ihre Offenheit schwergefallen, das spürte Hülya. Dieses Vertrauen wollte sie nicht kaputtmachen.

»Ich ... ich weiß nicht. Manchmal werde ich ganz wütend, dann überspült mich das richtig, und ich kann gar nichts tun. Dann bin ich ganz sicher, dass ich in allem recht habe, und disse alle anderen. «

Sie verstummte. Wie auf dünnem Eis fühlte sie sich, als könnte sie jederzeit einbrechen und untergehen und Luna bliebe zurück und wäre dann weg. Luna blinzelte, dann nickte sie ganz langsam. Hülya spürte, wie das Eis unter ihren Füßen dicker wurde.

»Ja … so ungefähr …«, murmelte Luna.

»Nur ohne Superkräfte.«

»Und ohne die ganzen Haare!«

Luna lächelte. Und Hülya lächelte zurück. Sie waren zurück auf festem Boden.

»Kannst du dich nicht einfach nicht verwandeln?«, fragte sie.

Luna schüttelte den Kopf.

»Kannst du nicht einfach nicht wütend werden?«

Jetzt schüttelte Hülya den Kopf.

»Vollmondlicht – puff – haariges Ding«, sagte Luna mit einem Grinsen. »Aber dafür brauche ich die volle Dosis. Wenn ich also bei Vollmond einfach nicht rausgehe, ist das kein Problem. Und wenn ich richtig erwachsen bin, kann ich das steuern. Mein Vater kann das an- und abschalten, aber das muss man halt üben.«

Hülya nickte fasziniert. Ob sie wollte oder nicht, sie war irre neugierig auf die maximal haarige und maximal starke Werwolf-Luna. Luna musste ihre Neugier gespürt haben, denn sie grinste plötzlich.

»Never gonna happen, Hülya! Freakshow beendet!« Sie drehte sich um und setzte ihre Pinzette wieder an. »Und jetzt muss ich meine Fast-Vollmond-Haare unter Kontrolle kriegen!«

Hülya stand auf und ging zur Tür. Im Türrahmen blieb sie stehen.

»Ich verstehe trotzdem nicht, wieso du zupfst. Dichte schwarze Augenbrauen und gelbe Augen, das matcht total!«

Luna hielt inne und musterte sich im Spiegel. Nach einer Weile nickte sie.

»Du hast recht«, grinste sie Hülya an, »dieses Mal wird Korbinian keine dummen Sprüche machen!«

»Dieses Mal?«

»Wenn wir ihn im Groß-Hertenstetter Siechenhaus ausquetschen, ob er ein Kaltblut mit glühenden Augen auf dem Dach gesehen hat.«

»Und was genau ist dieses ... Siechenhaus?«

»Ich glaube, bei euch heißt das Krankenhaus.«

»Willst du mir etwa sagen«, sagte Hülya überrascht, »dass Korbinian von Kronstein hier im Krankenhaus liegt?«

»Prinzipiell schon«, nickte Luna, aber etwas in ihrer Stimme war komisch. »Aber als Besucherin bist du etwas zu ...«

»Zu was?«

»Zu ... lecker. Unser Siechenhaus liegt zwar im Normalo-Bezirkskrankenhaus, aber Korbinians Station ist ganz und gar nicht normal.« Grinsend entblößte sie ihr rasiermesserscharfes Raubtiergebiss. »Auf Korbinians Station haben dich alle zum Fressen gern.«

IM SIECHENHAUS

Pling!

Die Aufzugstür öffnete sich. Vor Hülya lag ein langer Gang. Linoleum auf dem Boden, die Wände weiß getüncht, an den Seiten leere Krankenhausbetten und an den Türen Zimmernummern. In der Luft mischte sich die Schärfe der Desinfektionsmittel mit dem Plastikblumenduft von Bodenreinigern. Sofort hatte Hülya das Gefühl, sich hier auszukennen, auch wenn sie noch nie hier gewesen war. Von klein auf hatte sie viel Zeit in Krankenhäusern verbracht – Narbentherapie, Narbenmassage und ab und an kleinere Operationen, wenn das Narbengewebe sich blöd anfühlte. Mal war sie nur ein paar Stunden da gewesen, mal mehrere Tage. In jedem Fall aber hatte sie alle möglichen Krankenhäuser kennengelernt. Natürlich gab es gestresste Pfleger und Ärztinnen, aber es gab eben auch die anderen. Pflegerinnen, die von ihren Kindern erzählten. Ärzte, die nach dem Aufwachen ihre Hand hielten. Und natürlich Emre, der mehr als einmal auf einem Plastikstuhl neben ihrem Bett eingeschlafen war.

»Aus dem Weg!«, raunzte jemand hinter ihr.

Ein alter Mann schlurfte mit wehendem Bademantel vorbei. Hülya warf ihm ein Lächeln zu. Der Mann fauchte mit einem Raubtiergebiss voll messerscharfer Zähne zurück.

»Werwolfpack!«, grummelte er. Erst jetzt sah Hülya den Katzenschwanz, der hinten aus seinem Bademantel ragte. Ein Katzenmenschenrentner?! Willkommen im Siechenhaus!

Nur eine Viertelstunde vor ihrer Begegnung mit dem werwolfhassenden Katzenopa hatte Hülya noch mit Luna im Gebüsch vor dem Eingang gehockt. Die untergehende Sonne glitzerte auf dem verglasten Eingangsbereich der St.-Urbanus-Klinik, davor saßen zwei Männer mit eingegipsten Beinen und rauchten. Mehr normal ging gar nicht.

»Korbinian liegt *hier?*«, fragte Hülya ungläubig.

»Genau hier.«

»Dann sind diese Gipsbein-Typen irgendwie ... äh ... Monster?«

»Die nicht.« Luna zeigte auf einen Jungen, der auf den Eingang zurannte. »Aber der da.«

Der Junge war vielleicht sieben Jahre alt, hatte wilde braune Haare und jauchzte, als sein Vater ihn einholte und in der Luft herumwirbelte. Zusammen verschwanden sie im Eingang.

»Der?«

»Die Romeros aus unserer Etage«, nickte Luna. »Zombies.«

Hülya starrte sie an.

»Was? Dürfen Zombies keine Kinder haben?«, fragte Luna bissig.

»Doch, klar«, sagte Hülya schnell. »Die sahen nur so normal aus, das ist alles.«

»Die sind ja auch normal. Nur eben untot und mit komischen Essgewohnheiten.« Luna zuckte die Schultern. »Ich glaube, dem Kleinen fällt ab und an sein Arm ab, dann muss der wieder angenäht werden. Standard-OP bei Zombies. Deswegen sind die oft hier.«

Das Glitzern auf dem Glaseingang wurde schwächer, als die Sonne hinter die Dächer auf der anderen Straßenseite rutschte. Ein Vogel flog vom Dach des Krankenhauses auf. Sieht komisch aus, dachte Hülya, und erst dann erkannte sie ihren Irrtum. Der Vogel war kein Vogel, sondern die erste Fledermaus der aufziehenden Nacht. Auch Luna hatte sie gesehen. Unruhig blickte sie sich um.

»Ich verzieh mich besser, bevor zu viele Kaltblute hier umherschwirren. Hast du alles?«

Hülya blickte an sich herab. Sie trug Lunas schwarzen Hoodie mit dem Neonmuster, ihre Sonnenbrille, ein altes Basecap und Lunas Schuhe. Sie roch entschieden nach nassem Hund, aber das war Teil ihrer Tarnung. Wer sich unter Wölfe begab, sollte riechen wie einer.

»Solange du die Sonnenbrille auflässt, sieht niemand deine Normala-Pupillen«, sagte Luna zufrieden. »Und selbst für eine Werwölfin riechst du wie drei Tage nicht gewaschen.«

»Danke für das Kompliment«, sagte Hülya sarkastisch. »Nur, um noch mal sicherzugehen, dass ich alles verstanden habe: Wenn ein Patient kommt, steige ich mit in den Aufzug. Richtig?«

»Richtig. Dann bleibt im Untergeschoss der Aufzug stehen. Und nur wenn ein Nachtwesen drin ist, geht's weiter runter. Wenn dann das nächste Mal die Tür aufgeht, dann bist du im Siechenhaus.«

Hülya spürte, wie das Adrenalin einsetzte – und die Angst. Korbinian mutterseelenallein zu besuchen, war das Letzte, was sie wollte. Aber sie hatte keine Wahl. Wenn jemand Luna erkannte, wäre das ihr Todesurteil. Sogar hier im Gebüsch zu hocken, war für eine Vogelfreie wie Luna ein Himmelfahrtskommando. Luna legte ihre Hand auf Hülyas linken Arm.

»Danke, dass du das tust, Hülya.«

Hülya lächelte. Die Wärme von Lunas Berührung gab ihr Mut. Dann, bevor sie etwas sagen konnte, war Luna um die Ecke verschwunden wie ein Schatten. Hülya war allein. Angst kroch in ihr hoch. Bevor das Gefühl übermächtig werden konnte, eilte Hülya der Zombiefamilie nach und betrat eine Welt, in der sie als Mensch kaum mehr war als Beute.

Das Erste, was Hülya im Siechenhaus auffiel, war der Katzenmenschen-Opa mit Werwolf-Abneigung. Das Zweite das Fahndungsplakat hinter dem Empfangsschalter mit einem körnigen Foto von Luna.

GESUCHT

Luna Lykopolou. Lykantherin, 17 Jahre alt.
Vogelfrei wegen Verrats und Mordversuchs.
Gesucht, tot oder lebendig.
Tot bevorzugt.

Das gleiche Plakat hing auch neben der Zimmertür, die ihr die Schlangenfrau vom Empfang mit ihrer gespaltenen Zunge zugezischt hatte: »Ssssssimmer sssssssiebsssssehn.«

Sonst war alles völlig normal. Schlecht gelaunte Patienten, gut gelaunte Besucherinnen, hektische Pfleger. Nur eben etwas bunter. Ein Werwolf-Pärchen hatte im Vorbeigehen ein kleines Begrüßungs-Heulen losgelassen, und ein hagerer Hexer mit Gipsbein, Wallebart und schwarzer Katze auf der Schulter war im Rollstuhl an ihr vorbeigerollt, geschoben von einem reißzahnbewehrten Gruselclown im Arztkittel. Hülyas Werwolf-Verkleidung funktionierte! Sie legte ihre Hand auf die Klinke von Korbinians Tür.

Als Luna im Waldauer Viertel ankam, war es bereits viel dunkler als gedacht. Vampirzeit. Immer wieder hatte sie sich in Hauseingänge drücken müssen, um den Fledermäusen zu entgehen. Doch dann ragte es endlich vor ihr auf: Hülyas Haus! Luna huschte zum Kletterbaum. Ein Satz, und sie hockte auf dem obersten Ast, nur einen Schritt vom Fenster entfernt. Sie zögerte. Etwas war anders. Etwas … roch anders.

Sie schloss die Augen. Schnüffelte. Nein, das war kein Kaltblutgeruch nach Moder und feuchter Erde. Es war eigentlich gar kein Geruch, sondern bloß eine vage Ahnung. Sie öffnete die Augen – und zuckte zusammen. Hinter Emres Arbeitszimmerfenster! Einen Sekundenbruchteil lang hatte sie von dort ein rotes Paar Augen angestiert. Oder? Luna sah genauer hin. Nein, da war niemand, sie musste sich getäuscht haben. Dafür bemerkte sie jetzt ein anderes, klitzekleines Detail, das ihr bisher entgangen war. Es stand in der Auffahrt hinter dem Auto von Hülyas Vater. Es war ein … Traktor!?

Korbinians Krankenzimmer war ein Blumen- und Genesungskartenmeer. Erst hier, umgeben von Gute-Besserungs-Karten mit Trauerrändern und nach Vampirmode verwelkten Friedhofsblumen, wurde Hülya klar, wie bedeutend Korbinians Familie tatsächlich war. Doch im gleichen Moment erkannte sie auch, wie wenig Korbinian davon hatte. Wie eine Mumie war er in Mullbinden eingewickelt, lediglich zwei Streifen um Augen, Mund und Nase waren freigelassen. Immerhin: Er war wach.

»Hi, Korbinian«, sagte Hülya.

Korbinians Augen verengten sich. Hass sprang Hülya entgegen. Seine Lippen waren trocken, die Haut rissig und verkohlt.

»Stinkendes Werwolfpack«, murmelte er krächzend.

Hülya trat neben sein Bett, ließ ihren Rucksack auf den Boden gleiten, zog Mütze und Sonnenbrille ab und stopfte sie hinein. Dann lächelte sie Korbinian an – mit ihrem vollkommen menschlichen Lächeln.

»Du?«, krächzte er überrascht. »Das Mädchen … vom … Dach?«

Seine Stimme brach vor Anstrengung. Er war schwächer, als Hülya gedachte hatte. Für Begrüßungsrituale blieb nicht viel Zeit.

»Genau, dein Date mit dem frischen Blut«, nickte sie, »aber nenn mich ruhig Hülya.«

Korbinians Blick verriet Neugier, aber er schwieg.

»Weißt du, wer dir das angetan hat?«

Korbinians Zunge fuhr über seine spitzen Eckzähne.

»Luna.« Seine Stimme war schwach, aber entschieden.

»Sicher?«, hakte Hülya nach. »Oder war es vielleicht ein anderer Vampir? Aus Rache? Oder Machtgier?«

Korbinian hob mühevoll den Kopf vom Kissen und sah Hülya an. »Du weißt nichts, Menschlein. Kein Vampir würde einen anderen der Sonne aussetzen. Vampire sind edelmütig und stolz.«

Erschöpft ließ er den Kopf ins Kissen sinken.

»Luna ist ebenfalls edelmütig und stolz«, erwiderte Hülya. »Sie würde nie jemanden verbrennen lassen. Du musst dafür sorgen, dass die anderen Vampire das wissen.«

»Luna ist eine Werwölfin. Alle Werwölfe hassen Vampire. Und Luna hatte meinen Ring.«

Hülya schüttelte den Kopf.

»Ich hatte deinen Ring, schon vergessen?«

Korbinian starrte sie an.

»Dann hast du …?«, krächzte er matt. Seine Lider flatterten.

»Quatsch«, unterbrach Hülya ihn. »Ich habe dich und Max belauscht, dann habe ich mich vom Acker gemacht. Deinen Ring habe ich in die Nische im Gang geworfen.«

Aus dem Krankenhausflur drang ein Geräusch. Schritte? Hastig zog sich Hülya die Müffel-Mütze über den Kopf. Die Schritte verklangen. Erleichtert wandte sie sich wieder Korbinian zu. Er war kurz davor, vor Erschöpfung wegzudämmern. Hülya griff nach seiner Schulter. Als sie ihn berührte, stöhnte er gequält auf.

»Nur noch kurz«, sagte Hülya, »dann kannst du schlafen.«

Korbinians Augen öffneten sich, aber sein glasiger Blick ging durch Hülya hindurch. Keine Ahnung, ob er sie überhaupt hörte. Ganz leicht schnippte Hülya gegen seine Schulter. Korbinian bäumte sich auf vor Schmerz. Hülyas Gewissen meldete sich, aber wenn sie Luna retten wollte, hatte sie keine Wahl.

»Was ist auf dem Dach passiert, Korbinian?«, drängte sie.

Mühsam fokussierte er seinen schmerzverschleierten Blick.

»Max war gerade gegangen«, murmelte er.

Hülya schob ihren Kopf näher, kam mit ihrem Ohr so nah wie

möglich an seinen Mund. Dennoch musste sie sich anstrengen, um sein heiseres Nuscheln zu verstehen.

»Plötzlich knallt die Tür zu … und dann … die Sonne …«

Korbinian verstummte. Sein Atem rasselte in der Brust. Plötzlich klappten seine Lider auf. In seinen Augen stand blanke Panik.

»DIE SONNE!«, brach es aus ihm hervor, als durchlebte er das Grauen noch einmal. »Tür öffnen. Verkeilt. Verbogen. Die Sonne … die …« Er stieß einen Schmerzensschrei aus. »Brennt! Feu … Feuer! Und dieses …«

Sein geschundener Körper bäumte sich auf. Ein unmenschlicher Schrei hallte durch das enge Krankenzimmer. Korbinians Decke rutschte zu Boden und entblößte Verbände an seinem gesamten Körper. Zwischen den Mullbinden starrte Hülya rohes Fleisch entgegen. Die Geräte hinter dem Bett blinkten alle gleichzeitig rot, vielstimmiges Piepen mischte sich in Korbinians schmerzerfülltes Jaulen. Stimmen und Schritte im Gang. Hülya legte Korbinian die Hand auf den Arm.

»Was siehst du?«

Korbinian keuchte gequält. Das Summen, Piepsen, Schnarren der Maschinen schwoll an zu einem kakofonischen Chor.

»Augen! Augen, die Augen brennen die AugenrotAugenrotrotrot«, keuchte Korbinian, bäumte sich vor Schmerzen kreischend auf. »FEUERFEUERFEUERFEUERFEU …«

Dann, als wären die Fäden einer Marionette durchschnitten, stürzte Korbinian zurück ins Krankenbett. Über Hülyas linken Arm zuckten kleine Blitze. Das Feuer, das Korbinian beschrieb, das Gefühl, lebendig zu verbrennen, die glühenden, roten Augen – Hülyas Albtraumerinnerungen loderten auf. Korbinians Lippen bewegten sich unmerklich. Hülya beugte sich ganz nah an seinen Mund. Nur langsam schälten sich aus dem Flüstern Worte. Doch was Hülya hörte, ließ sie erstarren.

»kichert … kichert … kiccchhh … kicccchhhhhherrrt …«

Korbinians Pupillen rollten nach oben, bis nur das Weiße zu sehen war. Mitgefühl strömte durch Hülya, Korbinians Leid erschütterte sie. Es war egal, wurde ihr schlagartig klar, dass Korbinian ein Wesen der Nacht war, dass er ihr Blut trinken wollte – er war ein fühlendes Wesen. Niemand hatte es verdient, so zu leiden. Sacht strich sie über die Innenseite seiner Hand. Seine Finger schlossen sich um ihre. In diesem Moment waren sie sich trotz aller Unterschiede nahe, zwei fühlende Wesen, die gelitten hatten, zwei fühlende Wesen, die …

Dann brach die Hölle los.

Ein zwei Meter großer Werwolf polterte ins Zimmer. Eine wunderschöne Frau mit zischelnden Schlangen statt Haaren auf dem Kopf pflügte eine Schneise durch die Blumen. Ihr folgte der Gruselclown mit entblößten Reißzähnen, in den Händen eine riesige Spritze. Und Hülya erkannte plötzlich, dass sie eine wichtige Sache vergessen hatte. Ihre Sonnenbrille. Jeder konnte ihre braunen, typisch menschlichen Augen sehen. Jeder konnte sehen, dass sie keine Werwölfin war.

Sondern Beute.

»Septischer Schock!«

»140 Milliliter Frischblut. Sofort!«

»Platz, wir brauchen Platz!«

Hülya wurde unsanft an die Wand geschoben. Werwolf, Schlangenhaarfrau und Horrorclown interessierten sich nicht für ihre Augen, sondern nur für den leblosen Korbinian. Fast wie im Fernsehen, dachte Hülya kurz – nur klang es hier ein winzig kleines bisschen anders.

»Infusion mit Jungfrauenblut! Schnell!«, knurrte der Werwolf.

»Wir brauchen Graberde. Je schimmeliger, desto besser!«, zischelte die Schlangenhaarfrau.

Und der Gruselclown quiekte nach einer Weile erleichtert: »Mondwasser eingeimpft, konstanter Blutfluss erzeugt.«

Hülya schob die Sonnenbrille auf ihre Nase, schlich unbeobachtet zur Tür – und stieß mit etwas zusammen.

»Passen Sie doch auf!«, quäkte eine Stimme vor ihr. Und unter ihr. Vor Hülya, auf Augenhöhe mit ihren Knien, stand ein sehr kleiner Mann in einem winzigen Arztkittel. Er war so klein, dass seine Faust nur ganz knapp den normal großen Kugelschreiber umfassen konnte, den er über einer normal großen – und für ihn riesenhaften – Patientenakte hielt.

»Tss, Werwölfe!«, schüttelte der sehr kleine Mann den Kopf, dann trat ein misstrauischer Funke in seine Augen. »Kennen Sie zufällig diese Luna Lykopoulou?«

Hülya starrte auf ihn herab, unfähig zu einer vernünftigen Ausrede. Sie konnte sehen, wie jede Sekunde ihres Zögerns den Funken Misstrauen in seinen Augen weiter anfachte. Zum Glück schob sich der Horrorclown zwischen ihn und Hülya.

»Der Patient ist wieder stabil, Oberarzt Gimli«, sagte er. »Meinen Sie, wir brauchen noch eine Anti-Knoblauch-Kur?«

Die Stimme des Horrorclowns klang wie eine kaputte Hupe, er roch nach Popcorn und abgestandenem Blut, und seine Zähne waren verrostete Rasierklingen. Den sehr kleinen Mann schien das nicht zu stören, jedenfalls verstrickte er den Horrorclown in ein medizinisches Fachgespräch. Hülya nutzte die Ablenkung und huschte an den verwelkten Blumen vorbei aus dem Zimmer.

Glutauge. Immer wieder Glutauge. Er tauchte auf dem Dach auf, war Stammgast in Hülyas Albträumen, spukte durch die Erinnerungen von Nicks Mutter, und jetzt schien er sogar Korbinian auf dem Dach ausgesperrt zu haben. Hülya versuchte, ihre Gedanken zu ordnen während sie durch den Krankenhausflur auf den Aufzug zutrottete. Bei Nicks Mutter war Glutauge ein Vampir gewesen, bei Korbinian definitiv nicht. In Hülyas Träumen war er ein körperloses Paar Augen, aber um Korbinian auszusperren, brauchte er einen Körper …

Sie seufzte. Es war einfach alles viel zu kompliziert.

Der Schalter des Aufzugs leuchtete rot, als Hülya ihren Finger dagegen presste. Erschöpft schloss sie die Augen. Nur noch eine Aufzugfahrt, dann war sie hier raus.

Pling!

Die Tür glitt auf. Hülya öffnete die Augen, ein Lächeln auf den Lippen. Ihre Pupillen weiteten sich. Vor ihr im Aufzug stand *er* – Schmalztolle, Lederjacke, Jeans wie ein Halbstarker aus den Fünfzigern: Max von Schreck, Korbinians bester Freund, Vampir auf Rachefeldzug. Ein einziges Wort aus seinem Mund genügte, und Hülya wusste, dass ihre Tarnung aus Müffel-Mütze und Sonnenbrille aufgeflogen war.

»DU?!«

ALLEIN UNTER RAUBTIEREN

Das Duell war vorbei.

Sieger: Cola. Verlierer: Zitronenlimo. Nach diesem durchwachten Tag brauchte Luna Koffein, wenn sie ihr Versprechen einhalten wollte: Hülya rausholen, wenn sie bis Mitternacht nicht zurück war. Mit der eiskalten Flasche in der Hand stapfte sie gerade die Treppe hoch, als ihr Werwolfgehör Stimmen im Arbeitszimmer ortete. Zwei Stimmen! Lunas Raubtierinstinkte meldeten sich. Erst die Augen im Fenster, dann der Traktor, jetzt die Stimmen. Vielleicht hatte Emre bloß nächtlichen Besuch, aber irgendetwas daran fühlte sich falsch an. Luna schloss die Augen. Selbst wenn eine Werwölfin eine Gefahr nicht sehen konnte, riechen ging immer! Sie sog die Luft tief ein, schob sie hin und her und schloss ihre Augen.

Wie bei einem Absprung ins Unbekannte sammelte Luna sich – und ließ sich fallen. Langsam sank sie durch die obersten Geruchsschichten, vorbei am Pizzaduft ihres Abendessens und der metallischen Kälte der Colaflasche, bis sie sanft vor einem Nebelfeld landete. All diese Gerüche, Düfte und Aromen hatten ihre Werwolfsinne in den Sekunden ihres Einatmens gesammelt, nun ordneten sie sich vor Luna zu einem dreidimensionalen Objekt aus wirbelndem Nebel.

Vor Lunas innerem Auge entstand eine dunstige Ansicht von Hülyas Haus, geschichtet aus den unnachahmlichen Gerüchen, die es durchdrangen. Luna glitt hinein. Im Flur empfingen sie die getragenen Mäntel und Jacken mit ihrem Mief der Stadt, dann glitt sie vorbei an der Küche mit ihren vordergründigen Essensdüften und dem Aroma von Streit und Zusammenraufen, von Lachen und Weinen. Der bebende Gestank von Rauch und Feuer zog Luna ins Wohnzimmer. Beißend drang Hitzedunst aus dem Schrein, darunter wirbelte der erdige Geruch gelebter Trauer und der säuerliche Gestank abgestandener Wut. Doch nur ein leiser Atemzug, und die Wut machte dem süßen Duft echter Zuneigung Platz, dem warmen Hauch hart erkämpfter familiärer Verbundenheit. Beinahe fühlte Luna sich wie ein Eindringling, als sie sich so Hülyas intimsten Emotionen näherte. Der Schrein war das olfaktorische Zentrum des Hauses, sein Anfang und sein Ende, das spürte sie.

Eine weitere Tür ballte sich vor ihr aus den nebligen Duftwolken: die Tür zum Arbeitszimmer. Luna glitt hindurch – und erkannte auf der Stelle die Widersinnigkeit jenes Brodems, der ihre Sinne in Alarmbereitschaft versetzt hatte. Es war … Nichts. Eine unmögliche Leerstelle in einem Haus wirbelnder Düfte. Um dieses Nichts wogte Emres angenehmer, leicht salziger Eigengeruch, der Schweiß an seinen Fingerspitzen, wenn er bis nachts am Laptop saß, und die flüchtige Blumigkeit des Stolzes auf seine Tochter. Und diese Leerstelle umfloss auch Hülyas zwischen Tag- und Nachtwesen changierendes Aroma, das das gesamte Geruchsgebäude durchwehte wie ein frischer Windhauch. Luna erkannte: Nicht das, was sie roch, kitzelte ihre Werwolfsinne. Sondern das, was sie nicht roch: die unmögliche Leere, in der eigentlich der Geruch eines weiteren Wesens außer Hülya und Emre wirbeln müsste. Aber wie konnte das sein?

Einer Taucherin gleich glitt Luna durch die Duftschichten empor, glitt aus der Tür des Geruchsgebäudes und verharrte davor. Sie stieß den angehaltenen Atem aus, das Haus aus Dunst verwirbelte vor ihrem inneren Auge, verflüchtigte sich, war weg. Übrig blieb nichts außer der metallischen Kälte der Colaflasche in ihrer Hand. Luna schlug die Augen auf …

… und stand in ihrer Menschengestalt auf der Treppe. Nur Sekunden waren vergangen. Aber jetzt wusste sie ganz sicher, dass sich in diesem Haus nur zwei lebende Wesen aus Fleisch und Blut befanden: sie selbst und Emre.

Und doch war da diese *andere* Stimme.

Luna legte ihr Ohr an die Tür zu Emres Arbeitszimmer. Die Cola hatte sie auf der Treppe stehen lassen. Durchs Holz drangen die beiden Stimmen glasklar zu ihr. Sie hatte richtig gehört: Es waren zwei verschiedene Stimmen.

»Niemand weiß, wem dieser Schandfleck eigentlich gehört, Herr Süer«, hörte sie eine unbekannte Männerstimme sagen. »Und das Hochhaus kann man wohl mit Fug und Recht als Schandfleck bezeichnen.«

»Ich hatte bisher noch keine Gelegenheit«, antwortete Emre, »diesen … äh … Finsterforst zu betreten.«

Luna wurde hellhörig. Die beiden sprachen über ihr Zuhause. Schritte erklangen hinter der Tür. Mit einem Satz war Luna bei der Treppe. Keine Sekunde zu früh.

»Oh! Ich wusste nicht, dass Sie Besuch haben, Herr Süer«, erklang die unbekannte Stimme hinter ihr.

Luna drehte sich um. In der Tür stand eine Mischung aus Weihnachtsmann und Gartenzwerg und lächelte Luna so herzlich an, dass der Alarm in ihrem Kopf verpuffte. Stattdessen wurde ihr ganz warm ums Herz. Hinter dem älteren Mann tauchte Emre auf.

»Hi, Luna. Ist Hülya oben?«

»Die … die macht gerade einen Spaziergang. Wir lernen für ihren Physiktest.« Sie hob die Colaflasche. »Nervennahrung.«

Emre deutete auf den alten Mann.

»Darf ich vorstellen: Herr Butze, ein Mandant.«

»Oh, hier im Viertel sind wir alle Freunde«, lachte Herr Butze gutmütig. Er machte zwei Schritte und legte Luna freundschaftlich seine Hand auf die Schulter. »Wir bestimmt auch bald, junge Dame.«

»Luna ist Austauschschülerin«, sagte Emre. »Die ist nur für ein paar Tage aus Nordnorwegen nach Groß-Hertenstett gekommen.«

Herr Butze zog beeindruckt seine buschigen Augenbrauen hoch.

»Nordnorwegen, toll! Bedauerlich, dass uns Luna dann nicht ihre Meinung zur Ruine im Finsterforst verraten kann. Du kennst dieses scheußliche Ding ja nicht.« Leiser fügte er hinzu: »Oder seine Bewohner?«

Sein Lächeln war freundlich, aber in seine Augen war ein seltsamer Glanz getreten. Luna geriet ins Schwitzen. Fast war ihr, als könnte er in die Tiefen ihrer Seele blicken.

»Ach, das Haus ist bewohnt?«, mischte sich Emre ein. »Dann ist ein Abriss leider fast unmöglich.«

Luna blinzelte. Hatte er gerade »Abriss« gesagt?

»Bewohner ist zu viel gesagt … Fledermäuse, Ratten und so weiter.« Das Lächeln von Herrn Butze wurde noch strahlender. »Vielleicht mal ein streunender Hund. Mehr nicht.«

Er legte seine Hand auf Emres Rücken, um ihn zurück zum Arbeitszimmer zu schieben. Wut kroch in Luna hoch.

»Wieso denn Abriss?«, stieß sie hervor. Herr Butze drehte sich um. Seine Hand glitt von Emres Rücken, fand ihren Weg wieder auf Lunas Schulter und blieb dort liegen, warm und weich. Lunas Wut schmolz dahin wie Schnee in der Sommersonne.

»Abriss ist ein hässliches Wort«, lächelte Herr Butze. »Sagen wir lieber … Renaturierung. Der Wald wird wieder zu einem wahren Wald. Ganz ohne Betonmonster.«

Luna spürte, wie ihre dunklen Gedanken sich lichteten. Eine schöne Vorstellung!

»Ein Wald ohne den Müll vergangener Jahrzehnte«, fuhr Herr Butze fort. »Ich sehe sie schon vor mir, die niedlichen Eichhörnchen, die die Baumstämme hochhuschen – dort, wo einst dieser Schandfleck stand. Der Finsterforst wird nicht länger finster sein, sondern eine Oase für alle Sonnenliebenden«, schloss Herr Butze mit einem strahlenden Lächeln. »Wir lieben doch alle die Sonne, nicht wahr, Luna Wulfen?«

Er lächelte Luna warm an, und Luna konnte nicht anders – sie lächelte zurück. Am liebsten wäre sie dem Mann um den Hals gefallen, so leicht fühlte sich ihr Herz an. Zum ersten Mal seit der Sache mit Korbinian hatte sie das Gefühl, dass jemand sie voll und ganz verstand. Ein guter Geist, selbstlos und voller Liebe, dem sie sich vollkommen anvertrauen konnte, der ihr Bestes wollte und nichts als ihr Bestes, lächelte sie an, das spürte sie mit jeder Faser ihres Daseins.

»Bist du vollkommen bescheuert? Was tust du hier?«

»Geht dich nichts an.«

»Geht es mich wohl.«

»Ach ja?«

»Korbinian ist mein Freund.«

»Und Luna meine Freundin.«

»Eine Werwölfin?«

»Ganz genau, eine Werwölfin. Und ein arroganter Fatzke, der dich für seinen privaten Caddy hält?«

»Was weißt du schon?«

»Ich weiß, dass Luna unschuldig ist. Und das werde ich beweisen.«

»Falls du hier lebend rauskommst.«

Hülya stand nur Zentimeter von Max entfernt. Sie konnte die Kälte spüren, die seine untote Haut abstrahlte. Adrenalin pumpte durch ihre Adern. Die Welt um sie herum war in den letzten Sekunden vollkommen zerfasert, es hatte nur sie und ihn gegeben. Bis jetzt.

»Mäxchen?«

Eine kühle, etwas gelangweilte Frauenstimme. *Plopp* – die Welt war wieder da. Im Aufzug hinter Max stand jemand, so viel konnte Hülya über seine Schulter sehen. Und noch etwas sah sie: einen Anflug von Panik in seinen Augen.

»Mäxchen?«, wiederholte die Frau, »willst du mir deine müffelige Werwolf-Freundin nicht vorstellen?«

Max' Augen bohrten sich in Hülyas, als wollte er ihr etwas mitteilen. Im Gegensatz zu ihm zögerte Hülya nicht, sondern ging in die Offensive. Angriff ist die beste Verteidigung.

»Guten Tag, werte Dame. Mein Name ist Hülya von Vogelöd«, schleimte sie los und drängt sich an Max vorbei in den Aufzug. »Es tut mir leid, dass ich mich Ihnen nicht formvollendet vorstellen kann, doch habe ich es leider etwas eilig, denn … denn … denn …«

Ihre Stimme wurde leiser und leiser, schließlich verstummte sie. Hülya schluckte. Die hochgewachsene Frau Anfang dreißig in ihrem Businesskostüm und High Heels sah aus, als wäre sie einer Serie über New Yorker It-Girls entstiegen. Bis auf die Augen. Die Augen waren tiefe Teiche, unter deren schwarzer Oberfläche Haie schwammen. Diese Augen hatten alles gesehen. Blut. Hass. Leid. Sie waren viel älter als das faltenfreie, ebenmäßige Gesicht um sie herum. Und viel böser. Hülya erkannte die Frau. In Lunas Schulbuch hatte sie, stolz auf ihre blutgestählte Effizienz, vor einer Reihe gepfählter Werwölfe posiert. Vor ihr stand Bella von Schreck, seit fast sechshundert Jahren die Matriarchin des Vampirclans.

»Sieh an«, sagte Bella leise, und ihre Lippen verzogen sich zu einem Lächeln, das Hülyas Herz in einen Eisklumpen verwandelte. »Der Werwolf ist ja ein Mensch.«

Plötzlich kam Leben in Max. Er drängte sich zwischen Hülya und die Frau mit den toten Augen.

»Sie gehört mir, Tante Bella«, sagte er mit rauer Stimme. Mordlust glitzerte in seinen Augen. Und Hunger. Bellas Blick wanderte überrascht zu ihm.

»Dieses Menschenmädchen soll deine Erste sein, mein lieber Max?« Sie musterte Hülya, wie man ein Steak beim Grillabend mustert. Ihr Blick wurde eine Spur wärmer. »Interessante Wahl. Aber wenn du es so willst, dann sei es so.«

Mit einem grazilen Schritt trat sie auf Hülya zu und legte ihr den langen Zeigefinger mit dem perfekt manikürten Fingernagel an die Wange. Ihre Haut war kalt wie das Eis am tiefsten Nordpol.

»Mein kleiner, mutiger und sehr dummer Mensch«, lächelte sie Hülya an und entblößte ihr perfektes Vampirgebiss. »Sei lieb und wehr dich, wenn Max zubeißt. Leid macht das Leben erst schön.«

Dann schwebte sie an Hülya vorbei und flanierte schwerelos den Gang hinab. Vor dem Aufzug hatten sich Patienten und Pfleger versammelt. Mit dem Instinkt von Schaulustigen spürten sie, dass Blut fließen würde. Bella schwebte durch die Menge, als teilte sie das Meer. Hinter ihr schloss sich die Gasse wieder. Hülyas Gedanken rasten, alles um sie herum bewegte sich wie in Zeitlupe. Sie sah, wie die Blicke der Monstermenge Max verunsicherten. Wie er zögerte. Das war ihre einzige Chance. Kurz entschlossen machte Hülya einen Schritt aus dem Aufzug auf die Menge zu und deutete theatralisch in den Gang hinter ihnen. Dabei schrie sie, so laut und angewidert sie nur konnte:

»IGITT, EIN MENSCH! Da hinten!«

Werwölfe, Schlangenfrauen, Zauberer und Mumien – alle drehten sie sich zeitgleich um. Selbst Max machte einen Schritt in den Gang und sah in die Richtung. Das genügte Hülya. Sie warf sich an ihm vorbei zurück in den Aufzug, hämmerte auf den Tür-schließen-Knopf Währenddessen brach im Gang vor dem Aufzug die Hölle los. Kreischend, zischend, grollend machten sich die Monster auf die Jagd nach dem vermeintlichen Menschen. Die Metalltüren begannen, sich zu schließen. Langsam, viel zu langsam, denn plötzlich erhob sich aus der Kakofonie der Monsterlaute laut und klar Bellas Stimme.

»Ihr Idioten! SIE ist der Mensch!«

Die geifernde Meute hielt inne. Drehte sich um. Hunger und Gier leuchteten Hülya aus Dutzenden Augenpaaren entgegen. Und die Türen waren noch immer nicht geschlossen. Die Monster kamen auf sie zu. Schon griffen Werwolfklauen nach der Stahltür …

Hülya wich an die kalte Rückwand zurück. Doch durch die Menge schob sich jemand, sprang in den Aufzug, wischte Klauenhände und Tentakel beiseite. Einen winzigen Moment lang hatte Hülya die Vision eines edlen Ritters in schimmernder Rüstung, doch edel war der, der sich mit hassverzerrter Miene und gefletschten Zähnen vor sie in die Tür des Aufzugs den Monstern stellte, ganz und gar nicht.

»Sie gehört mir! Ich, Maximilian von Schreck, werde ihr Blut saufen«, brüllte Max den Monstern entgegen. »Wage es niemand, ihr auch nur ein Haar zu krümmen, bis ich meinen Durst gestillt habe!«

Wie gebannt von seinem brennenden Blick, hielten die Monster inne. Und dann endlich schloss sich der Spalt zwischen den Aufzugstüren, sperrte den Wahnsinn da draußen aus – und den blutdurstigen Vampir mit Hülya ein.

FAHRSTUHL ZUM SCHAFOTT

Tief in ihr drin hatte sich ein ganz und gar ungewohntes Gefühl breitgemacht. Flauschig, kuschelig, warm. Luna ließ ihre Beine über Hülyas Bettkante baumeln, betrachtete die Mondlichtflecken auf den Umzugskartons und dachte an niedliche Eichhörnchen im prallen Sonnenlicht, die von Finsterforstbaum zu Finsterforstbaum hüpften. Herr Butzes Vision eines Forstes ohne Finsternis machte ihr auch jetzt noch, mehrere Minuten nachdem der Gartenzwerg Emre ins Arbeitszimmer geschoben hatte, gute Laune. Erfüllt von Leichtigkeit, ließ Luna ihren Blick aus dem Fenster schweifen, wo sich in der Ferne die knorrigen Bäume in den Nachthimmel krallten und …

Luna blinzelte irritiert.

Was zum …?!

Sie blinzelte noch einmal.

Die sonnendurchfluteten Bilder vor ihrem inneren Auge kippten zur Seite wie Theaterkulissen nach der Zombie-Apokalypse. Ein Forst ohne Finsternis …?

Finsterforst. Horrorhaus. Heimat.

Was hatte sie da gerade für einen Oberkitsch mit Eichhörnchen und Sonnenlicht gedacht? Sie war doch ein Wesen der Nacht! Unwillkürlich berührte sie die Stelle, wo Herrn Butzes Hand gelegen hatte. Sie war noch warm von seiner Berührung. Auf einmal war ihr ungutes Gefühl wieder da. Doppelt und dreifach verstärkt. Sie neigte den Kopf zu der Stelle, schnüffelte. Keine Geruchsbausteine entstanden, kein Haus der Düfte wuchs vor ihrem inneren Auge. Dabei hinterließ jede Berührung Geruchsspuren. Alles, was lebte, roch. Nur dort, wo Herr Butzes Hand gelegen hatte, da roch es nach …

Ein Steinchen klickerte ans Fenster. Luna zuckte zusammen. Hülya! Endlich! Sie sprang zum Fenster, riss es auf. Aber der ausladende Ast des Baumes war leer. Stattdessen löste sich etwas Schwarzes aus den Schatten am Boden. Die dunkle Gestalt war größer, als Luna erwartet hatte. Nie im Leben war das Hülya! Plötzlich machte die Gestalt einen mächtigen Satz und flog direkt auf Luna zu.

Pling! hatte es gemacht, und die Aufzugstüren waren zusammengerumpelt. Sie war mit der Bestie allein. Regungslos presste Hülya sich an die Rückwand des Aufzugs. Max wandte ihr den Rücken zu, schwer atmend. Aber bald würde er sich umdrehen, würde sie angrinsen mit seinen widerlichen Eckzähnen und würde …

Hülya schob die dunklen Gedanken in ihre erprobte *HIJKZZ*-Schublade, konzentrierte sich auf den Stahl der Aufzugswand in ihrem Rücken und den Schweiß, der ihr in den Nacken lief. Ihre Nerven sirrten vor Anspannung, aber ihre Gedanken wurden klarer. Max war kaum größer als sie, kein sportlicher Surfertyp wie Korbinian, sondern eher Couchsurfer mit Bäuchlein.

So leise wie möglich öffnete Hülya ihren Rucksack. Zum Glück hatten sie und Luna für ihren Siechenhaus-Trip ein Anti-Monster-Lebensversicherungs-Set zusammengestellt: Bärenspray gegen Werwölfe, Knoblauchflocken und Holzpfahl gegen Vampire und natürlich ihre Lieblings-Lebensversicherung. Aus den Augenwinkeln sah sie, wie Max sich umdrehte. Mit einem Ruck schleuderte sie den Inhalt der Knoblauchflocken-Dose auf Max. Augenblicklich hüllte der Nebel getrockneten Knoblauchs den Vampir ein. Im ganzen Fahrstuhl roch es nach Pizza mit extra-extra Knoblauch. Doch trotz des wahrlich atemberaubenden Aromas schälte sich nur einen Herzschlag später ein blasses Gesicht aus dem Nebel. Max' Lippen verzogen sich zu einem Lächeln.

»Mehr hast du nicht zu bieten? Nur dass du's weißt: Für Vampire ist Knoblauch …«

Ohne Vorwarnung katapultierte Hülya sich von der Wand, den spitzen Zaunpfahl auf sein kaltes, untotes Herz gerichtet. Und sie hätte getroffen, wenn Max trotz seines gemütlichen Aussehens nicht übermenschlich schnell gewesen wäre. Er machte einen winzigen Schritt beiseite und griff nach Hülyas Arm. Wie ein Sack Kartoffeln baumelte Hülya an seiner Hand in der Luft.

»Und ein Holzpfahl. Immerhin«, sagte Max mit der distanziert-interessierten Art eines Zoologen, der das Brunftverhalten von Zwergpinschern beobachtete. »Um Längen besser als Knoblauch. Damit kriegst du jeden Vampir klein. Falls du ihn erwischst …«

KLONK!

Hülyas Lieblings-Lebensversicherung beendete den Satz für ihn. Mister Fleischklopfer – dumm, aber effizient. Max sackte zur Seite weg. Hülya kroch in die andere Ecke des Aufzugs, Holzpfahl in der Rechten, Fleischklopfer in der Linken.

»AU! Das tat weh!«, keuchte Max um Atem ringend. Er klang empört. In ihrer Ecke richtete Hülya sich auf, ihre Waffen drohend erhoben.

»Lass mich gehen!«, zischte sie.

Max streckte sich langsam, das Gesicht schmerzverzerrt.

»Geht nicht, Aufzug fährt noch«, murmelte er und atmete vorsichtig ein. »Behandelst du alle Leute so, die dich retten?«

»Wenn sie mich retten, um mein Blut zu trinken? Ja!«

»Und will ich das?«

Er humpelte einen Schritt auf sie zu. Aus der Nähe betrachtet, wirkten seine Züge gar nicht böse. Seine Augen waren keine tiefen Teiche voller Blut und Leid, sondern braun und feinsinnig wie von einem Reh. Max wirkte wie jemand, mit dem sie auf ein Konzert ihrer Lieblingsband gehen könnte. Doch als er lächelte, prallte Hülya ungebremst auf den harten Boden der Realität. Die nadelspitzen Zähne waren kein bisschen feinsinnig. Vampire waren, das hatte ihr Luna wieder und wieder eingetrichtert, Meister der Manipulation. Und Max war ein Vampir. Hülya hob ihren Fleischklopfer. Max' Lächeln verdampfte.

»Ich geb's ja zu, normalerweise stehen wir Vampire voll auf Blut«, sagte er genervt. »Aber ich bin anders als die anderen.«

»Natürlich bist du das.« Hülyas Stimme troff vor Sarkasmus. »Ich habe euch auf dem Dach belauscht, Max. ›Lust auf frisches Blut‹ und so. Ihr seid doch alle gleich.«

Max verzog wütend die Lippen. Es sah aus wie ein Zähnefletschen.

»Das mit dem frischen Blut war Korbinian, nicht ich«, zischte er und machte einen Schritt auf Hülya zu. Hülya stieß zu. Max machte wieder einen Schritt beiseite, aber dieses Mal hatte Hülya sein Ausweichen einkalkuliert. Mit einem Schmatzen drang der angespitzte Pfahl ins weiche Fleisch zwischen Schulter und Brustbein. Max jaulte auf wie ein getretener Hund, griff Hülyas Arm und schleuderte sie gegen die Seitenwand des Aufzugs. Die Wucht des Aufpralls trieb ihr die Luft aus den Lungen. Benommen sank sie zu Boden. Max stützte sich schwer atmend an der Wand ab, noch bleicher als zuvor, aber definitiv nicht zu Staub zerfallen. Hülya war gescheitert. Und das würde sie mit ihrem Leben bezahlen.

»Mein lieber Scholli«, presste Max zwischen seinen Zähnen hervor. »Was glaubt ihr Normalos eigentlich? Dass so was nicht schweinemäßig wehtut, nur weil wir schon tot sind?«

Mit seinem gesunden Arm zerrte er Hülya vom Boden hoch, bekam ihre Hand zu fassen und bog ihre Finger um, bis sie den Fleischklopfer fallen ließ. Das Klonken des Metalls hallte durch die enge Kabine. Dann presste er sie an die Wand.

»Hör auf, dich zu wehren, Hülya! Und hör mir endlich zu, sonst …«

Der Fahrstuhl rumpelte ein letztes Mal.

Pling! schoben sich die Türen auf.

Im Neonlicht des Fahrstuhls lehnten Max und Hülya an der Stahlwand wie ein Liebespaar kurz vor dem ersten Kuss. Nur dass dieser Kuss tödlich sein würde.

»Igitt!«, sagte eine Stimme voller Empörung.

Eine weißhaarige Frau mit Dauerwelle und goldenen Ohrringen lugte pikiert aus dem Krankenhausflur in den Aufzug.

»Heiratet erst mal, wie es sich gehört!«, zeterte sie.

Max und Hülya starrten erst sie an, dann wieder einander. Max öffnete den Mund – und kicherte. Leise erst, dann immer lauter. Hülya nutzte die Chance und schlug gegen den in seiner Schulter steckenden Pfahl. Aus Max' Lachen wurde Keuchen. In null Komma nichts stand Hülya im Krankenhausflur. Die alte Frau starrte sie an.

»Ein schrecklicher Unfall«, flüsterte Hülya ihr zu. »Er ist mit der Schulter voran in unseren Gartenzaun gefallen.«

Dann rannte sie los. Max' Stimme folgte ihr.

»Ich weiß, dass Luna bei dir ist, Hülya. Ich werde sie …«

Den Rest seiner Worte schnitt die Glastür des Krankenhauses ab. Doch die wenigen Worte reichten. Er wusste, wo Luna war! Wahrscheinlich waren schon Vampire auf dem Weg zu ihr. Luna schwebte in Lebensgefahr!

Luna warf sich gegen das Fenster, doch trotz ihrer Werwolfreflexe war sie viel zu langsam. Der Schatten, der ihr entgegengeflogen kam, war ganz bestimmt nicht Hülya! Er drückte von außen gegen das Fenster. Und er war sehr viel stärker als Luna.

»Lass mich rein«, grollte es hinter der Scheibe. Langsam schob sich eine riesenhafte, dicht mit drahtigem Fell behaarte Pranke durch den Fensterspalt. »Lade mich ein in dieses Haus.«

Luna starrte die Pranke an – und ließ die Scheibe los. Nacht flutete ins Zimmer, und der intensive Geruch eines Raubtiers. Auf dem dicken Ast vor Luna saß ein tiefdunkler Schatten. Ein einzelner Streifen Mondlicht drang durch das Geäst und erhellte scharfe Reißzähne und eine lang gezogene Schnauze. Luna fiel ein Stein vom Herzen.

»Papa!«

Bei Luna sorgte Fast-Vollmondlicht wie heute Nacht nur für irrsinnigen Haarwuchs an den bescheuertsten Stellen, aber als ausgewachsener Werwolf reichte Lon auch die halbe Mondkraft für eine vollständige Verwandlung. Er hockte vor seiner Tochter in voller Werwolfpracht: breite Schultern, knotige Muskeln, tödliche Zähne. Und doch war er typisch Lon: Die Wolfsschnauze zierte ein mächtiger Walrossbart, das Fell quoll aus einem vergilbten Unterhemd, und die Krallen ragten aus billigen Flip-Flops.

»Ich freue mich, dich zu sehen, Mondkind«, grollte er mit einem warmen wölfischen Lächeln. In seiner riesigen Pranke hielt er eine alte Sporttasche. »Ich habe deine Reisetasche mitgebracht.«

»Oh Papa!«

Die Tasche sah voll aus. Bestimmt hatte er ein paar vernünftige Klamotten mitgebracht! Mit einem Mal spürte Luna, wie sehr sie ihr Zuhause vermisste. Sie beugte sich aus dem Fenster und umarmte Lon überschwänglich. Dann schoss ein Gedanke durch ihren Kopf.

»Woher wusstest du, wo ich bin?«

»Das riecht doch jeder – außer geruchsblinde Kaltblute.«

Erleichterung durchflutete Luna. Aber nur kurz, denn außer ihrer Tasche hatte Lon noch mehr mitgebracht: Appetit.

»Und nun, Mondkind«, flüsterte er ihr ins Ohr, »nun lade mich ein in dieses Haus. Wir teilen. Die Kleine für dich, der Große für mich!«

Luna machte einen Schritt zurück. Grinsend schwenkte Lon Lunas Tasche. So, wie sie baumelte, sah es plötzlich nicht mehr so aus, als wären da Lunas Lieblingsklamotten drin. Luna zupfte sie aus seiner Hand, öffnete den Reißverschluss – und starrte auf …

»Kühlpacks?«

»Für die Reste«, sagte Lon. »Was wir nicht sofort verputzen, nehmen wir mit nach Hause. Morgen gibt's dann Auflauf. Oder wir frieren uns etwas ein für später.«

Luna schüttelte energisch den Kopf.

»Nein! Einfach nein! Hülya ist meine Freundin.«

Lon schwieg ein paar Sekunden verdattert.

»Aber hier wohnen Tagwesen«, sagte er so langsam, als spräche er mit einem begriffsstutzigen Welpen. »Frischfleisch. Lecker. Mjammjam.«

»Hülya ist nicht irgendein Mitternachtssnack. Sie hat mich aufgenommen, als ich sie brauchte. Hülya ist meine Freundin!«

»Freundin? Ein Tagwesen? So 'n Quatsch!«, schnaubte Lon. »Du kommst jetzt mit nach Hause, und da hast du erst mal Hausarrest. Aber keine Sorge. Solange du unter meinem Schutz stehst, können dir die Kaltblute gar nichts.«

Er griff nach Lunas Arm, aber sie wich seinem Griff aus. Lon kroch hinterher, seine raue Stimme ein sanftes Brummeln.

»Hab keine Angst. Ich beschütze mein kleines Mondkind schon!«

»Ich bin nicht mehr dein kleines Mondkind«, sagte Luna kalt. »Und deinen ach-so-tollen Schutz brauche ich nicht. Mama hat das damals auch nichts gebracht!«

Kaum hatte Luna die Worte gesagt, bereute sie es. Lons Brummeln verstummte, ein gequältes Winseln entwich seiner Kehle. Luna war noch ein Welpe gewesen, als ihre Mutter verschwunden war. Gerüchte von einem mörderischen Kaltblut hatten die Runde gemacht, aber es waren nur Gerüchte gewesen. Ihre Mutter aber blieb verschwunden, und über die Jahre waren Lons Trauer und Wut zu Verbitterung und Hass geronnen.

»Das wirst du mir nie verzeihen können, nicht wahr, Luna?«, flüsterte Lon. Luna schwieg. »Glaube mir, auch ich kann es mir bis heute nicht verzeihen«, schob er leise hinterher.

Luna sah, wie verletzt er war. Sie streckte die Hand aus, aber Lon nahm ihre Geste gar nicht wahr.

»Damals hat Bella von Schreck bei ihrer Ehre geschworen, dass es keiner der Ihren war. Damals war ich wie betäubt vor Trauer, Luna. Aber heute …«, grollte er so tief, dass Luna es in ihrer Magengrube spürte. »Heute schwöre ich beim Silberlicht von Mutter Mond: Wenn dir auch nur ein Haar gekrümmt wird, wird nicht nur Max von Schreck sterben. Dann wird wieder Krieg herrschen zwischen Werwölfen und Kaltbluten!«

»Du hörst dich an wie Bella.«

»Ja, auch die Blutgräfin hat Rache geschworen, sollte Korbinian sterben«, knurrte er. »Das ist dann wohl die eine Sache, in der Lykanther und Kaltblute übereinstimmen.«

Luna lief es eiskalt über den Rücken. Lon schien ihre Angst vor einem Blutbad zwischen Werwölfen und Kaltblütern zu spüren. Er zauberte ein halbwegs beruhigendes Lächeln auf seine Wolfszüge.

»Keine Sorge, Mondkind. Dazu wird es nicht kommen. Ich werde dich beschützen.« Er streckte seine Pranke nach ihr aus. Seine Augen leuchteten nicht grellgelb wie Lunas, sondern in einem tiefen, noch heißeren Orange. »Doch dafür, Wolfstochter, musst du dich jetzt entscheiden. Kehre heim in dein Rudel. Oder verlasse es für immer.«

Sie sahen sich an, Vater und Tochter. Luna spürte Heimweh in ihren Schläfen pochen, hörte den stummen Ruf des Rudels. Fast ohne ihr Zutun streckte sie ihre Hand aus.

Dann hielt sie inne. Kaltblute waren unsterblich – und sie vergaßen nie! Irgendwann würde Max oder ein anderes Kaltblut sie erwischen. Dann würde Lon sich rächen. Blut würde auf Blut folgen. Der Transsylvanische Frieden wäre beendet, und Vampire, Werwölfe,

Mumien, Gruselclowns und Zombies würden sich gegenseitig umbringen wie in den dunkelsten Zeiten. Es gab nur einen Ausweg: Sie mussten ihre Unschuld beweisen und damit den Krieg verhindern – sie und Hülya. Wie ein Blitz schoss das alles durch Lunas Hirn, und sie wusste sofort, was sie zu tun hatte. Sie zog ihre Hand zurück. Lons Augen blitzten auf. Schmerz lag darin, Enttäuschung und Wut.

»Ich will nach Hause, Papa, aber ich kann nicht«, sagte Luna leise. »Wenn ich gehe, werden wir nie herausfinden, wer Korbinian verbrannt hat. Und dann werden die Kaltblute für alle Zeiten hinter mir her sein – und mich irgendwann erwischen. Jetzt mit dir nach Hause zu gehen, das wäre der Anfang vom Ende.«

Für die Dauer eines Herzschlags sagte Lon nichts. Dann ließ er seine Pranke sinken.

»Nun gut, Wolfstochter. Du hast deine Wahl getroffen.«

Seine Stimme war beherrscht, aber Luna spürte, wie es in ihm brodelte. Bei allen Fehlern: Er war ihr Vater, und er liebte sie. Auf Werwolf-Weise. Lon betrachtete Luna noch einmal mit einem Blick voller Intensität, als sei jetzt die letzte Chance, sich ihre Züge einzuprägen. Dann war er mit einem Satz verschwunden.

Luna starrte ihm nach. Die Dunkelheit, bis jetzt ihre angestammte Heimat, drohte sie zu erdrücken. Plötzlich wurde ihr bewusst, dass sie nun vollends vogelfrei war. Und vollends allein. Ihre grellgelben Pupillen verschwanden hinter einem Tränenschleier. Sie schleuderte das Fenster so fest zu, dass die Scheibe in ihrem Rahmen zitterte, dann warf sie sich aufs Bett und vergrub ihre feuchten Wangen ins Kissen.

SCHWESTERN DES MONDES

Vorsichtig schob Hülya sich über den rutschigen Ast an ihr Fenster heran. Jetzt bloß nicht abstürzen! Sie hob die Hand, um an die Scheibe zu klopfen …

… da flog das Fenster auf, und eine Fratze bleckte die Zähne.

»Ich scheiße auf das Rudel! Lass mich in Ruhe!«

Hülya quiekte erschrocken, geriet ins Taumeln, ihre Füße rutschten ab, und sie segelte ins Nichts. Reflexartig presste sie die Lider zusammen vor dem Aufprall, aber der kam und kam einfach nicht. Nach einer Weile öffnete Hülya ein Auge. Luna grinste sie an.

»War's so schön im Siechenhaus, dass du direkt wieder zurückwillst – als Patientin?«

Hülya blickte an sich herab. Mit einem Bein hing sie über dem Abgrund, lediglich Lunas eiserner Griff an ihrer Jeansjacke bewahrte sie vor dem Absturz. Luna zwinkerte ihr zu, dann wuchtete sie Hülya mit einem Ruck ins Zimmer. Bevor sie sich's versah, saß Hülya mit ihrem Hintern auf dem Boden.

»Was war das denn?«

»Ich dachte, du wärst Lon.«

»Du hast mich mit deinem Vater verwechselt?«

Hülyas Augen blitzten empört, aber Luna zuckte nur mit den Schultern.

»Kann ich ja nicht wissen, dass du über den Baum kletterst.«

»Willst du etwa, dass Emre dumme Fragen stellt?«, fragte Hülya und zupfte ihre verrutschte Jeansjacke zurecht. »Außerdem kannst du froh sein, dass ich überhaupt zurückgekommen bin. Rate mal, wem ich begegnet bin.«

Luna riet richtig. Auf dem Bett sitzend, berichtete Hülya vom krassesten Action-Horrorfilm ihres Lebens, aber irgendwie war Luna nicht richtig bei der Sache.

»Was ist los?«, fragte Hülya schließlich.

Luna zuckte zusammen, als hätte Hülya sie beim Würstchenklauen ertappt.

»Was soll schon sein?«, sagte sie. »Korbinian ist mehr tot als lebendig, sein bester Freund Max weiß von meinem Versteck, und mein Vater verstößt mich aus meinem Rudel.« Sie machte eine kurze Pause und sah zu Boden. »Ach ja, und wenn Korbinian sterben sollte, startet Bella einen Weltkrieg der Monster.«

Sie ging zum Fenster und starrte in die Nacht. Hülya musterte ihren Rücken.

»Was heißt das?«

»Egal, ob Korbinian stirbt oder Max mich tötet – unsere Clans werden sich zerfleischen wie vor dem Transsylvanischen Frieden. Wir rotten uns gegenseitig aus.« Sie grinste ihr Spiegelbild in der Scheibe an, aber es sah eher aus wie ein Zähnefletschen. »Und dieses Mal brauchen wir dazu nicht einmal euch Normalos.«

»Das meinte ich nicht, Luna«, sagte Hülya leise und trat hinter Luna. »Was bedeutet das mit deinem Rudel?«

Luna zuckte die Schultern, sagte aber nichts.

»Dein Vater … hat er dich rausgeschmissen?«

Luna blieb eine ganze Weile lang stumm, aber Hülya spürte ihre Trauer. Sie legte ihr sacht die Hand auf die Schulter. Kurz dachte Hülya, Luna würde ihre Hand wegschieben. Aber dann berührten Lunas Finger die ihren, und beide Hände wärmten einander.

»Ich bin kein Mensch, Hülya«, sagte Luna leise. »Werwölfe leben im Rudel. Ohne mein Rudel bin ich nichts.«

»Und ich? Bin ich nicht auch irgendwie dein Rudel?«

Luna kicherte. Hülya zog beleidigt die Hand zurück.

»Was ist daran so lustig?«, schmollte sie.

Luna drehte sich um. Bestürzt sah Hülya, dass Tränen in ihren Augen glitzerten. Sie war davon ausgegangen, dass Luna niemals weinte.

»Doch, Hülya«, sagte Luna und nahm erneut Hülyas Hand. »Du bist jetzt wohl mein Rudel. Mein Familienrudel ist eh im Eimer, seit Mama verschwunden ist …«

Hülya horchte auf.

»Deine Mutter?«

»Ist ewig her. Mein Vater glaubt, dass ein Kaltblut sie erwischt hat und dass die Gräfin es vertuscht hat.«

Hülya drückte Lunas Hand.

»Ich habe ja gesagt, wir sind uns ähnlicher, als du denkst«, lächelte Luna. »Jedes Rudel hat seine Geheimnisse. Wenn du mein Rudel sein willst, ist es besser, du kennst sie.«

Ohne Vorwarnung zog sie Hülya in die Mitte des Raums, sodass sie mit dem Blick zum fast vollen Mond standen. Luna ging etwas in die Knie, streckte die Brust heraus, hob den Kopf und spitzte die Lippen.

»Nachmachen!«

»Äh …«

»Nix äh. Mach einfach.« Sie zog Hülya vor sich. Zögerlich imitierte Hülya Lunas Haltung: Brust raus, Knie runter, Lippen gespitzt.

»Und jetzt?«

»Jetzt machen wir dich zu meiner Mondschwester.«

»Deiner was?«

»Meiner Mondschwester. Zur Werwölfin ehrenhalber.«

Damit legte Luna los. Ein zartes Wolfsheulen füllte den Raum. Die Schwingungen lösten sich von Luna, waberten wie Wellen durch das Mondlicht und trafen auf Hülya. Etwas geschah. Hinterher konnte sie nicht sagen, was es gewesen war. Aber in diesem Augenblick, in dieser Nacht, brachte Lunas sehnsuchtsvolles Heulen etwas in Hülya zum Klingen. Tief und animalisch regte es sich in ihr, einzig Gefühl und Instinkt. Ohne ihr Zutun stimmte Hülya in Lunas Heulen ein. Und so wurden aus den unterschiedlichen Freundinnen Hülya und Luna wahre Schwestern des Mondes.

INTERVIEW MIT EINEM VAMPIR

Als die beiden Mondschwestern sich am nächsten Morgen endlich aus dem Bett gequält hatten, war Emre längst in der Kanzlei. Aber er hatte Hülya eine unmissverständliche Warnung auf dem Esstisch hinterlassen.

Hülya!
Wenn ihr noch einmal mitten in der Nacht so laut Werwolf-Horrorfilme guckt, schalte ich nachts den Router aus!

P.S. Und wenn du wieder den Schulbus verpasst, überprüfe ich ab sofort deine Hausaufgaben!

P.P.S. Jeden Abend! In Schönschrift!

Hülya schauderte. Lieber täglich eine Untersuchung von Doc Gruselclown im Siechenhaus als auch nur einen Abend Emres Hausaufgabencheck! In der Küche hörte sie Luna im Kühlschrank nach den Zutaten ihres Werwolf-Müslis kramen. Gähnend drehte sie Emres Drohbrief hin und her. Plötzlich stutzte sie. Emre hatte seine Warnung auf die Rückseite eines Flyers geschrieben – und das Bild auf der Vorderseite kannte Hülya: die mit einem roten Balken durchgestrichene Ruine des Horrorhauses. Darunter stand:

WEG MIT DEM SCHANDFLECK!

Wir alle für ein reines Groß-Hertenstett!

Ihre Nachbarschaftshilfe Waldauer Viertel

So weit, so langweilig. Und dennoch ... irgendetwas an diesem Flyer ließ Hülya keine Ruhe.

Luna trat mampfend hinter sie. Der penetrante Geruch ihres Werwolf-Müslis unterbrach auf der Stelle jeglichen Gedankengang.

»Uäh! Geh weg damit«, sagte Hülya mit zugehaltener Nase. Grinsend schob Luna sich einen weiteren Löffel in den Mund: gewürfelte Fleischwurst, Salami, Speck und ein Blatt Alibi-Salat, garniert mit Ketchup, verrührt mit Milch. Werwolf-Power für den ganzen Tag – sagte zumindest Luna.

»Ah, der Gartenzwerg hat einen Flyer dagelassen«, sagte sie kauend, während der Pesthauch ihres Müslis ungehindert den Raum verseuchte.

»Herr Butze war hier?«, näselte Hülya mit zugehaltener Nase.

»Hat einen Vortrag gehalten. Eichhörnchen statt Hochhaus-Ruine. Ziemlich überzeugend.« Hülya wanderte einen Platz weiter Richtung Frischluft, aber Luna folgte ihr kauend. »Bis mir aufgegangen ist, dass es um mein Zuhause geht. Aber der Typ war soooo nett.«

»Herr Butze ist der netteste Mensch in der ganzen Stadt«, nickte Hülya. »Von dem würde ich mir sogar die Hausaufgaben kontrollieren lassen.«

»Hey«, machte Luna empört. »Ich bin auch nett.«

»Deswegen habe ich ja ›Mensch‹ gesagt.«

Sie grinsten einander an. Luna warf einen Blick auf Hülyas Handy, nahm einen letzten Happen Werwolf-Müsli und schob dann Hülyas Stuhl mitsamt Hülya in Richtung Haustür.

»Hopp, hopp!«, sagte sie. »Wenn du den Bus verpasst, kontrolliert

Papa heute Abend deine Hausaufgaben. Und heute Abend wäre das besonders schlecht.«

Erst als Luna die Haustür bereits geöffnet hatte, gelang es Hülya, sich aus dem Griff ihrer Freundin zu befreien.

»Und meine Austauschschülerin aus Nordnorwegen? Kommt dic nicht mit in die Schule?«

»Die muss noch ein paar Erledigungen machen für unser Interview heute Nacht.«

»Was für'n Interview?«

»Mit dem Einzigen, der uns helfen kann, den Krieg zwischen den Wesen der Nacht zu verhindern«, sagte Luna entschlossen. »Dem Einzigen, dem Bella glauben wird, wenn er meine Unschuld beteuert, weil er Korbinian als Letzter gesehen hat. Und vielleicht sogar Glutauge.«

Hülya starrte Luna ungläubig an: »Max?«

Luna, grinsend und bar jeder Selbstzweifel: »Max!«

Schule, und das an einem Tag wie heute! Immer wieder tauchten Max' rehbraune Augen vor Hülya auf, nur um einen Herzschlag später von anderen Erinnerungsfetzen weggewischt zu werden: seine nadelspitzen Zähne, sein brutaler Griff im Aufzug, seine eiskalte Hand. Hülyas Hirn lief heiß. Rehbraune Augen hin oder her – Max wollte ihr Blut! Das hatte er selbst gesagt! Nichts als ihr Blut! Oder? Hülya presste mit aller Gewalt die Augen zusammen, um den Drehwurm ihres Gehirnkarussells loszuwerden.

Lautes Klatschen drang an ihr Ohr, und dankbar nutzte Hülya die Ablenkung, um für einen Moment den Wahnsinn in ihrem Kopf zu vergessen.

Was sie sah, als sie die Augen aufschlug, war seltsam genug: Kunstlehrerin Frau Diallo in ihrer neuesten geblümten Bluse mit krampfhaft umklammertem Mikrofon im Brennnesselgestrüpp neben einem fast mannshohen, von einem übergroßen Tuch verhüllten Stromkasten.

»… und so freue ich mich, zum heutigen Jubiläum meiner neuen Heimat Groß-Hertenstett«, rief sie im vergeblichen Versuch, alle anderen so zu begeistern, wie sie es selbst war, »den Sieger unseres Jubiläums-Graffiti-Wettbewerbs der Karl-Wilhelm-von-Kronstein-Schule der Schulöffentlichkeit zu präsentieren: das Graffito unseres Schülers Mitja Dingelstädt.«

Mit großer Geste zog sie das Tuch vom Stromkasten. Das umstehende Lehrerkollegium gab pflichtbewusste »Aahs« und »Oohs« von sich, und der neben ihr stehende Mitja lief knallrot an. Die anderen Schüler und Schülerinnen der Schule allerdings, die zur Enthüllung des Siegergraffitos ihre Pause opfern mussten, sahen nur wenige Millisekunden auf, bevor sie sich wieder ihren Handys widmeten. Einzig Hülya war neugierig auf Mitjas Werk, das den Stromkasten von oben bis unten bedeckte. Lunas Graffito konnte es nicht vom Thron stoßen, cool war es dennoch!

Groß-Hertenstett
Kleines Städtchen – Große Vielfalt
Seit 666 Jahren!

stand über dem Bild einer traditionellen Kaffeetafel. Doch statt langweiliger Omas und Opas tafelte dort eine illustre Monsterriege: Frankensteins Monster schenkte Kaffee ein, ein Werwolf biss in eine mit Marmelade (oder Blut?) bestrichene Stulle, ein Skelett und ein Zombie kippten sich einen hinter die Binde. Hülya grinste. Wer hätte gedacht, dass von ihrem Frankenstein-Street-Art-Vortrag tatsächlich etwas hängen bleiben würde?

»War ja klar, dass dir so was gefällt«, klingelte eine glockenhelle Stimme neben ihr. Hülya drehte sich nicht einmal um.

»War auch klar, dass dir so was nicht gefällt, Leonie.«

»Es hätte schlimmer sein können«, sagte Leonie, »es hätte zum Beispiel dein Bild sein können.«

Die Halbedelsteine in Leonies Rücken kicherten gehorsam.

»Ich habe deinen Entwurf für den Wettbewerb gesehen«, fuhr Leonie fort und lächelte zuckersüß. »Ab sofort glaube ich dir, dass nicht du unsere Hauswand bespraytt hast. Auf deinem Entwurf kann man das Buchstabengekritzel ja nicht mal lesen. ›H-I-J-K-Z-Z‹ – ist das so eine Art Geheimcode für Loser?«

Der Giftlevel ihres Lächelns war auf Anschlag. Und ganz kurz spürte Hülya einen Anflug von Wut. Aber stattdessen musste sie grinsen. Lunas Idee, ein *Style-Writing* zu machen, war aus Wettbewerbssicht zwar grandios gefloppt. Aber wenn Leonie sich darüber ärgerte, dann hatte es sich trotzdem gelohnt!

»Was gibt's da zu grinsen?«

»Ach, du bist einfach niedlich«, sagte Hülya. »Kommst extra mit deinen ganzen Höflingen angetingelt, um mir einen fliesen Spruch unter die Nase zu reiben. Aber weißt du was, Leonie?« Ihr Grinsen wurde noch breiter. »Da … hab ich jetzt keine Zeit zu.«

Damit ließ sie die sprachlose Leonie stehen, steuerte ihr Mauerstück an und pflanzte sich mit dem Rücken zum Geschehen darauf nieder. Hier würde sie den Rest der Pause verbringen. Allein, wie immer. Allein mit ihren Erinnerungen an eiskalte Haut, spitze Zähne, rotes Blut und sensible, rehbraune Augen. Und wieder begann das Gehirnkarussell sich zu drehen, schneller und schneller.

Hülya war heilfroh, als am Ende des Schultags endlich das protzige Schulportal hinter ihr zuknallte. Noch froher war sie, als der Schulbus sie zischend aus seiner Hydrauliktür spuckte. Und am allerfrohsten war sie, als ihre Haustür mit einem Wumms hinter ihr ins Schloss fiel.

Doch bevor sie sich's versah, öffnete sich auch schon die nächste Tür, und zwar die zu Emres Arbeitszimmer.

»Hülya!«, empfing sie eine sonore Stimme, und ein strahlender Herr Butze trat aus der Tür, Emre im Gefolge. »Schön, dass wir uns endlich mal wieder treffen.«

Vergessen waren Max' Augen, Zähne und sonstige Körperteile – plötzlich war da eine ganz andere Frage in Hülyas Kopf. Eine Frage, die sie sich schon lange gestellt hatte.

»Was haben Sie eigentlich gegen die Ruine im Wald?«

Kurz blitzte in Herrn Butzes freundlichen Äuglein so etwas wie Misstrauen auf, aber dann war da wieder nur pure Nettigkeit. Hülya zog den Flyer mit Emres Drohbrief hervor.

»Das hier habe ich gefunden. Sie wollen es abreißen, oder?«

»Abreißen ist so ein hässliches Wort«, lächelte Herr Butze und legte ihr freundschaftlich die Hand auf die Schulter. Seine warme Berührung überzeugte sie, dass sie ganz offen sprechen konnte, dass sie keine Geheimnisse haben musste, dass sie … Dann traf Hülyas Blick den seinen. Tief in seinen von Lachfalten umzingelten Äuglein schlummerte eine Härte, die in Hülya etwas ins Taumeln brachte.

»Wir wollen nicht abreißen, wir wollen renaturieren«, lächelte er. »Stell dir mal vor: der Wald ohne Betonmonster, niedliche Eichhörnchen, die von Baum zu Baum springen …«

Was auch immer Hülya in seinem Blick gespürt haben mochte, es schmolz dahin wie schmutziger Schnee in der Sonne. Stattdessen waren da Eichhörnchen. Wie niedlich!

»Ganz genau so war es bei mir auch!«, sagte Luna. »Niedliche Eichhörnchen!«

Lunas Stimme drang nur dumpf an Hülyas Ohren, denn die waren unter Wasser, zusammen mit dem Rest von Hülyas Kopf. Als Hülya den Kopf hob, musste sie erst einmal würgen. Das Zeug im Waschbecken stank bestialisch.

»War voll schön!«, nickte sie keuchend. »Was man von deiner Behandlung nicht sagen kann.«

»Im Siechenhaus war es richtig knapp«, sagte Luna. »Heute Nacht müssen wir vorsichtiger sein.«

Mit vollem Einsatz massierte sie Hülya den Gestank in die Haare. Angewidert sah Hülya auf die trübe Brühe voll klein gehäckselter Knoblauchzehen, die im Waschbecken vor sich hin stank. In das widerliche Zeug hatte sie gerade noch den Kopf reingehalten!

»Altes Rudelrezept meiner Oma«, sagte Luna. »Sie hat das immer in ihr Fell gemacht, um Kaltblute zu ärgern.«

»Das Knoblauchpulver war Max aber völlig egal«, warf Hülya ein, aber das hielt Luna nicht davon ab, ihren Kopf enthusiastisch weiterzubearbeiten.

»Außerdem ...«, fügte Hülya zögerlich hinzu, »außerdem hat Max nicht wie ein Killer gewirkt. Jedenfalls nicht so richtig.«

Jetzt hörte Luna doch damit auf, Hülyas Kopfhaut zu malträtieren. Zumindest lange genug, um ihr einen genervten Blick zuzuwerfen.

»Ich meine ja nur«, sagte Hülya noch etwas zögerlicher. »Er hätte mich auch einfach den Monstern überlassen können ...«

»Boah, Hülya!«, schnitt Luna ihr das Wort ab. »Sei nicht so verdammt menschlich. Ein Kaltblut hat meine Mutter auf dem Gewissen. Die sind Meister der Manipulation. Max will dein Blut, sonst nichts!«

Mit geübtem Schwung wickelte sie das Handtuch um Hülyas Kopf und schob sie aus dem Badezimmer. Während unter dem Handtuchturban das Knoblaucharoma in ihr Haar einzog, verpassten sie Hülyas Notfall-Rucksack ein Update: Kruzifix statt Knoblauchpulver, Kosmetikspiegel gegen Schlangenhaarfrauen, einen mit Liebe angespitzten nagelneuen Holzpfahl. Und natürlich Mister Fleischklopfer! Bald war der Rucksack rappelvoll, Hülyas Haar megastinkig und sie bereit für Lunas Wahnsinnsplan: erst Max ausquetschen – und ihn dann dazu zu bringen, Lunas Unschuld zu erkennen.

So leise wie möglich ließ sich Hülya vom untersten Ast des Kletterbaums plumpsen, Millisekunden später landete Luna sanft wie eine Feder neben ihr. Aus dem Arbeitszimmer drangen undeutlich Stimmen, zwei Silhouetten geisterten hinter dem Fenster herum. Vorsichtig huschten die beiden Mädchen auf die andere Seite der Straße.

Vor der Kletterei hatte Hülya einen Umweg zum Schrein ihrer Mutter gemacht. Nicht einmal Fleischklopfer und Holzpfahl hatten Max beim letzten Mal aufgehalten, aber ein Ass hatte Hülya noch im Ärmel – zumindest hoffte sie das.

»Das ist ein Selbstmordkommando zur Kriegsverhinderung, keine Fotosafari«, hatte Luna gestöhnt, als Hülya die Kamera ihrer Mutter aus der verkohlten Kameratasche geholt hatte. Hülya aber hatte ein Ding von der Größe eines Handys auf die Kamera geschraubt und triumphierend gegrinst.

»Das hier ist ein echter Kaltblut-Killer«, sagte sie, als wäre damit alles klar. War es aber nicht, fand Luna.

»Prima. Dann kannst du ein Selfie von euch beiden machen, während Max dich aussaugt.«

»Preisfrage: Was finden alle Vampire richtig doof?«

»Werwölfe?«

»Tageslicht!« Hülya klopfte auf das handygroße Ding auf der Kamera. »Das Teil hier ist ein professioneller Aufsteck-Blitz, der hat die gleiche Lichttemperatur wie Sonnenlicht: 5800 Kelvin!« Luna guckte skeptisch, also hob Hülya kurzerhand die Kamera. »Sag Ameisenscheiße!«

Bevor Luna reagieren konnte, drückte Hülya ab. Für einen Sekundenbruchteil erhellte ein Lichtblitz den Raum – und kurze Zeit später, als Luna endlich aufgehört hatte, weiße Flecken zu sehen und Hülya mit unflätigen Werwolf-Flüchen einzudecken, war auch sie überzeugt.

»Fucking Fledderviecher!«, fluchte Luna, und beobachtete feindselig die drei Fledermäuse, die am Himmel umherflatterten. Ungeduldig wartete sie, bis sie verschwunden waren, dann huschte sie weiter, lautlos wie ein Raubtier auf der Jagd. Im Vergleich dazu fühlte Hülya sich wie ein Elefant beim Stepptanz. Schon nach wenigen Metern lag sie weit zurück. Gerade wollte sie Luna zurufen, auf sie zu warten, da begann ihr Arm zu kribbeln. Irritiert blieb Hülya stehen. Beobachtete sie jemand? Hülyas Augen glitten suchend durch die Nacht. Die Straßen waren menschen- und monsterleer, der Himmel fledermausfrei. Doch da blitzte für einen Sekundenbruchteil etwas Rotes am Rand ihres Gesichtsfelds auf. Ihr Kopf ruckte herum. Am anderen Ende der Straße leuchtete das Fenster von Emres Arbeitszimmer, sonst nichts. Plötzlich loderte ihr Arm auf. Hülya unterdrückte einen Aufschrei, stolperte einen Schritt zurück. Der Boden schwankte, alles drehte sich. Mit letzter Kraft taumelte sie zur Hauswand, lehnte sich an – und versank in der Wand wie in flüssigem Teer. Schwärze schwappte um sie herum, schloss sie ein. Tiefer sank sie, immer tiefer. Plötzlich durchzuckten weiße Blitze das Dunkel. Nein, keine Blitze. Autoscheinwerfer. Etwas begann zu kichern. Heiser, heiß, widerlich hauchte es sie mit faulem Atem an. Es ist nahe, neben ihr, in ihr, es kichert, es kichert und es füllt alles aus macht alles voll ihr Kopf dröhnt kichert brennt schmilzt wegbleiben

wegbleibenwegbleibenwegbleiben
    und dann ist
    nichts
    mehr

KALTBLUT IN KETTEN

Wie ein Fisch auf dem Trockenen schnappte sie nach Luft. Dann klappten ihre Lider auf. Über ihr war Nacht. Sterne lugten verschämt hinter Wolkenfetzen hervor, ein Streifen Mondlicht tauchte die verzweifelt gen Himmel ausgestreckten Äste in fahles Licht.

»Na, wieder da?«

Hülyas Herz machte einen Satz. Ein heller Fleck schälte sich aus den Schatten.

»Keine Angst. Ich bin's. Luna.«

Hülyas Atem beruhigte sich. Von bleierner Müdigkeit niedergedrückt, sah sie sich um. Sie lag auf dem Boden am Rande der Lichtung. Hinter dem Geäst lauerte das Horrorhaus wie ein versteinertes prähistorisches Biest. Luna hockte neben ihr und musterte sie besorgt.

»Ich bin sofort zurück, als ich gesehen habe, dass du nicht mehr hinter mir bist. Ich dachte, Max hätte dich erwischt. Aber du lagst nur an der Hauswand und hast leise vor dich hin gebrabbelt.« Sie deutete zur Ruine des Hochhauses. »Guck mal, wir sind fast da. Wenn du nicht so ein Leichtgewicht wärst, hätte ich dich nie den ganzen Weg hertragen können.«

Nach und nach fiel die Müdigkeit von Hülya ab. Mühsam richtete sie sich auf und schlich zum Waldrand. Wie ein unheiliger Götze beherrschte die Ruine die Lichtung.

»Was war denn los?«, fragte Luna hinter ihr.

Hülya zuckte mit den Schultern.

»Ich weiß nicht. Einer der Albträume, von denen ich dir erzählt habe, glaube ich.« Sie gab ihrer Stimme eine Selbstsicherheit, die sie nicht ansatzweise verspürte. »Wie beim Zeichnen, aber dieses Mal … dieses Mal war es noch direkter. Noch körperlicher.«

Luna nahm ihre Hand.

»Es passiert vielleicht ein bisschen viel verrücktes Zeug gerade, oder?«, fragte sie leise.

»Vielleicht ist vielleicht untertrieben«, bestätigte Hülya und lächelte. »Aber immer noch besser als vorher.«

»Vor was?«

»Bevor ich wusste, dass es euch überhaupt gibt.« Sie drehte sich zu Luna. »Davor war alles voll normal. Jetzt ist immerhin Abenteuer.«

Sie versuchte ein Lächeln. Luna lächelte zurück. Es fühlte sich gut an, aber so ganz konnte es die Angst nicht übertünchen, die sich in Hülyas Knochen eingenistet hatte. Das satte Röhren eines Autos hallte zu ihnen herüber, auf der anderen Seite der Lichtung leuchteten zwei Scheinwerfer hinter den knorrigen Stämmen auf.

»Okay, du Abenteuerin«, sagte Luna, »jetzt geht's los.« Sie zögerte, als ob die nächsten Worte ihr schwerfielen. »Du … noch kannst du gehen, Hülya. Du bist eine Normala. Das ist nicht dein Kampf.«

In banger Erwartung blickte sie Hülya an. Aber statt etwas zu sagen, streckte die ihr die Zunge raus.

»Von wegen. Ich bin deine Mondschwester. So schnell wirst du mich nicht los. Und viel schlimmer als die Geheimwaffe deiner Oma kann's sowieso nicht werden!«

Ohne Lunas Reaktion abzuwarten, schlug Hülya sich in die Büsche, den Autoscheinwerfern und einem ungewissen Schicksal entgegen. Sie hörte Lunas leise Raubtierschritte hinter sich. Trotz aller Anspannung stahl sich ein Lächeln auf ihr Gesicht. Denn mit wem könnte sie diesem ungewissen Schicksal besser entgegentreten als mit ihrer Mondschwester?

Nur wenige Meter vom Eingang des Horrorhauses entfernt lag hinter Gesträuch und verwachsenen Eichen der wahrscheinlich am stärksten zugewucherte Parkplatz der Welt. Normalerweise war er verwaist, doch in der heutigen Nacht parkte hier ein einzelnes Auto. Ein Leichenwagen, was auch sonst. Das mächtige, auf Hochglanz polierte schwarze Gefährt mit den blütenweißen Gardinen hinter der Heckscheibe war die standesgemäße Limousine von Vampirchefin Bella von Schreck. Sie und Max waren wenige Sekunden zuvor ausgestiegen und liefen jetzt auf das Hochhaus zu. Max trug den Arm in einer Schlinge, seine Schulter war bandagiert. Zum Glück lag das Gebüsch, in dem Hülya im Verborgenen kniete, so nah, dass sie dem Gespräch der Vampire lauschen konnte.

»... und damit unsere Familie vor aller Augen lächerlich zu machen!«, stieß Bella soeben hervor und steuerte strammen Schrittes auf den Eingang der Ruine zu. Max musste sich beeilen, um mit der Vampirchefin Schritt zu halten.

»Aber ... aber ... woher sollte ich denn wissen, dass die einen Holzpfahl dabeihat«, stammelte er unterwürfig.

Ansatzlos wirbelte Bella auf ihrem hochhackigen Absatz herum, das ebenmäßige Gesicht wutverzerrt.

»Korbinian wurde angegriffen, Maximilian! In unserem Revier! Jeder ist unser Feind – selbst, wenn es nur ein langweiliges, kleines Menschlein ist.«

Kleinlaut sah Max zu Boden.

»Ja, Tante Bella.«

»Der Transsylvanische Frieden bröckelt, Max. Noch eine Erschütterung, und alles bricht zusammen. Alles. Darauf müssen wir vorbereitet sein. Auch du.«

»Ja, Tante Bella.«

Sie machte einen Schritt auf ihn zu, hob sein Kinn mit einem ihrer spinnenbeinlangen Finger und lächelte. Ihre Augen aber blieben eiskalt und tot. Ihr aufmunterndes Lächeln, fand Hülya, war fast noch schlimmer als die Fratze ihrer Wut.

»Nicht so unterwürfig, Mäxchen. Vor uns Vampiren erzittert die Welt. Lass sie auch vor dir erzittern, Maximilian von Schreck!«

Sie ließ das Lächeln fallen wie eine Maske und stolzierte in Richtung Haus. Reglos sah Max ihr nach, wie bestellt und nicht abgeholt. Luna hatte mehr als einmal gepredigt, dass hinter Max' sanften Augen die Blutgier tobte. Dennoch fiel es Hülya schwer, das mit dem Jungen in Einklang zu bringen, der wenige Meter vor ihr die eben gehörte Gardinenpredigt zu verarbeiten hatte. Lunas Ellenbogen beendete unsanft Hülyas Gedankengang.

»Es ist so weit!«, flüsterte Luna ihr ins Ohr. »Bella ist weg, und Max ist dank deiner Pfahlattacke schwach wie nie. Du weißt, was du zu tun hast.«

Dann war Luna im Unterholz des Waldrandes verschwunden. Hülya zählte langsam bis zehn, dann atmete sie tief durch, richtete sich zu voller Größe auf und betrat den Parkplatz. Im Mondlicht stand sie da wie auf einem Präsentierteller, ein schutzloser Fremdkörper in einer Welt, die nur aus Nacht und Verhängnis zu bestehen schien. Aber es passierte ... gar nichts. Keine Eckzähne im Hals, immerhin. Dann stand plötzlich jemand neben ihr.

»DU schon wieder!«

Hülya quiekte erschrocken auf. Max trat neben ihr aus den Schatten. Seine Augen blitzten wütend.

»Bist du verrückt, hier aufzutauchen? Wenn Bella dich sieht, wird sie mich zwingen, dich vor ihren Augen auszusaugen.«

Er hielt inne und schnupperte.

»Krasses Parfüm.«

»Das ist kein Parfüm!«

»Nicht?«

Seine braunen Augen musterten sie völlig unschuldig.

»Definitiv nicht!!! Das ist Anti-Vampir-Knoblauch-Shampoo!«

»Ach so, logisch«, nickte Max, als wäre so ein Shampoo tatsächlich logisch. Dann grinste er. Rehaugen hin oder her – mit solchen Zähnen sollte man einfach nicht grinsen. »Aber nur falls du es vergessen haben solltest: Knoblauch wirkt bei mir nicht.«

Hinter Max wuchs ein Schatten aus dem Boden.

»Aber das hier schon«, grollte es in seinem Rücken. Ein armdicker Ast knallte auf Max' pomadisierte Haartolle. Seine rehbraunen Augen rollten nach oben, bis nur noch das Weiße zu sehen war. Dann kippte er wie in Zeitlupe seitlich weg.

Der Schatten trat ins Licht. Es war Luna. Sie grinste wölfisch den vor ihr liegenden Max an.

»Mit schönen Grüßen von meiner Oma!«

Braune Augen sind langweilig. Total viele Leute haben braune Augen. Alle anderen Augenfarben sind interessanter. Blau wie der Himmel an einem schönen Tag. Grün wie das Moos am Waldrand. Oder grellgelb wie die Augen einer Werwölfin. Braun ist das Groß-Hertenstett aller Augenfarben: öde, gewöhnlich, provinziell.

Das jedenfalls hatte Hülya immer gedacht. Vielleicht weil auch sie braune Augen hatte und weil das, was man selbst hat, sich oft langweilig und gewöhnlich anfühlt. Aber jetzt war sie sich nicht mehr sicher. *Diese* Augen waren nicht öde-braun wie Schokopudding, sondern gemasert wie die Rinde eines uralten Baums in einem mondlichtdurchfluteten Wald, gesprenkelt mit schwarzen und braun-grünen Tupfen. Aus ihnen leuchtete tiefe Ruhe, stille Kraft und eine große Sensibilität für so viel mehr als Blut und Tod. Obwohl es die Augen eines Monsters waren.

»Ist was?«

Hülya schreckte zurück. Sie hatte nur einen kurzen Blick auf den bewusstlosen Vampir werfen wollen, als der die Augen aufgeschlagen und benommen um sich geguckt hatte. Doch aus dem kurzen Blick war ein auffällig langer geworden. Das war auch ihrem Gegenüber nicht entgangen.

»Hab ich was im Gesicht, Mensch?«, grollte das Monster vor ihr.

In dem Augenpaar, das ihr noch vor Sekundenbruchteilen wie ein Hort der Sensibilität vorgekommen war, glomm Ärger. Und zwei, drei Augenblicke später, als Max die Stricke bemerkte, mit denen er an den Stuhl gefesselt war, leuchtete in ihnen pure Wut.

»Was soll das? Spinnst du?«

Die Stricke um seine Arme und Beine waren dick wie Schiffstaue. Zum Glück, denn dem Blick in seinen nun brennend braunen Augen nach zu urteilen, würde er Hülya in der Luft zerreißen, wenn die Stricke nicht wären. Hinter Hülya wurden Schritte laut. Wie ertappt machte sie einen Schritt zurück und lehnte sich an die Wand. Luna betrat das Kellergewölbe und grinste Max an.

»Guten Morgen, Schlafmütze.«

»Luna Lykopoulou.« Max spie den Namen beinahe aus. »Wer sonst?«

Sie musterten sich, als würden sie die Schwachstellen des anderen abschätzen. Hülyas Blick wanderte von einem zum anderen, dann ließ sie ihn über die besprühten Wände gleiten. Dieser Keller war der perfekte Kaltblutknast, dachte Hülya, aber vor allem war er ein Museum für Lunas Street-Art-Talent. Die Wände und sogar die Decke waren über und über mit Lunas Tags, Graffiti und gesprayten Körperstudien bedeckt. Laut Luna waren das nicht mehr als Übungen, aber Hülya war dennoch tief beeindruckt.

Für diese Art Sightseeing war gestern Nacht keine Zeit gewesen. Atemlos hatten sie den bewusstlosen Max ins Haus geschleppt, in steter Sorge vor umherflatternden Flederspionen. Hier, in diesem vergessenen Heizungskeller am Ende eines weit verzweigten Kellerlabyrinths unter dem Horrorhaus, hatten sie ihn nach allen Regeln der Kunst verschnürt. Luna hatte die erste Wache übernommen, Hülya war wie besprochen nach Hause verschwunden, um die brave Tochter zu mimen. Lieber wäre sie dageblieben. Aber aus dem Hausarrest würde sie kaum den näher rückenden Krieg aufhalten können, hatte Luna gesagt. Also hatte Hülya ganz normal mit Emre gefrühstückt, das Haus verlassen und den Bus bestiegen. Dass sie an der ersten Haltestelle rausgesprungen und in den Finsterforst gerannt war, würde Emre nie erfahren. Und jetzt war sie hier, in Lunas verborgenem Keller, pünktlich zu Max' Erwachen in seiner neuen Realität als Gefangener.

»Was willst du, Werwolf?«, beendete Max knurrend das Blickduell mit Luna, dann nickte er rüber zu Hülya. »Und wieso schleppst du einen Normalo hier ins Haus?«

»Werwölfin«, sagte Luna kühl.

»Und Normal-a!«, ergänzte Hülya.

Max verdrehte genervt seine braunen Augen.

»Ja, ja, schon gut. Was wollt ihr von mir?«

»Schön, dass du fragst, Kaltblut.« Luna nickte Hülya zu. »Wir haben da ein paar Fragen. Nummer eins: Wer hat Korbinian beinahe umgebracht?«

»Wenn ich das wüsste, würde ich nicht versuchen …«

»Nummer zwei: Wieso wollt ihr Kaltblüter Krieg anzetteln?«

»Warum sollten wir einen Krieg anzetteln, wenn doch …«

»Nummer drei: Wer ist Glutauge?«

»Wer ist wer?«

Hülya fand, dass Max' braune Augen jetzt hauptsächlich verwirrt aussahen. Sie selbst war auch ein bisschen verwirrt. Wenn Luna tatsächlich etwas rausfinden wollte, war ihre Fragestrategie ausbaufähig.

»Hör mal, Luna«, sagte Max, »ich weiß nicht genau, was ihr von mir wollt. Aber ich bin bereit, das Spiel mitzuspielen, wenn ihr mich losbindet. Meine Schulter bringt mich um.«

Hülya lehnte sich rüber zu Luna.

»Wie machen wir das hier eigentlich?«, flüsterte sie ihr ins Ohr. »*Good cop, bad cop?*«

»Nur *bad cop*«, flüsterte Luna zurück. »Ich weiß schon, wie man mit einem Kaltblut sprechen muss.«

Sie grinste Hülya an, und etwas an diesem Grinsen ließ einen Schauer über Hülyas Rücken rieseln. Mit dem gleichen Grinsen wandte sie sich wieder an Max.

»Niemand bindet dich los, Kaltblut. Um dich zum Reden zu bringen, gibt es bessere Wege.«

Mit einem schnellen Schritt trat Luna zur Wand und riss den dicken Vorhang vor einem Oberlicht beiseite. Durch das schmale Fenster unter der Decke strömte das Licht der Morgensonne. Im ewigen Dämmer des Kellers war das Licht so grell, dass sogar Hülya die Augen zusammenkneifen musste. Für Max war es schlimmer. Wo die Strahlen seine Haut berührten, stieg Rauch auf. Max bäumte sich auf, die Stricke knarrten. Hülya war zu erschrocken, um sich zu rühren. *Bad cop* Luna war eindeutig zu *bad*. Doch bevor Hülya auch nur den Mund aufbekam, zog Luna den Vorhang wieder zu und baute sich vor Max auf.

»Also noch mal das Ganze …«

Max hing erschöpft auf dem Stuhl, die Augen geschlossen. Mit schlechtem Gewissen hielt Hülya Wache, während Luna etwas zu trinken besorgte. Um sich von Max' Zustand abzulenken, hatte Hülya ihren Blick auf ein kleines Graffito an der Wand geheftet. Ein Werwolf-Welpe saß mit tieftraurigem Blick am Waldrand und beobachtete eine menschliche Siedlung. Hülyas Gedanken wanderten zu der letzten Stunde.

Max hatte zwischen Kooperationsbereitschaft, Wut und Hilflosigkeit gependelt, aber seine Antworten waren immer gleich gewesen.

Er wusste nichts, von einem Glutauge hatte er noch nie gehört, und er kannte auch keinen Vampir, der Korbinian umbringen wollte. Aber egal, was er sagte: Luna war nie zufrieden. Als sie zum dritten Mal den Vorhang aufziehen wollte, um Max zu rösten, war Hülya ihr endlich in den Arm gefallen.

»Spinnst du?«, hatte Luna gezischt.

Aber Hülya war hart geblieben. Selbst wenn Max ihnen etwas verschwieg, ihm einen krassen Sonnenbrand zu verpassen, brachte sie nicht weiter. Luna hatte nachgegeben, aber von diesem Augenblick an hatte Hülya stets einen stummen Vorwurf gespürt, wenn Max wieder nichts sagte.

»Wieso bist du auf seiner Seite?«, hatte Luna schließlich hitzig gefragt, als sie im Nebenraum Kriegsrat hielten.

»Ich bin nicht auf seiner Seite.«

»Bist du wohl.«

»Ich find's nur nicht gut, jemandem wehzutun.«

»Das ist kein Jemand. Das ist ein Kaltblut.« Luna guckte sie an, als wäre Hülya schwer von Begriff. »Einer von denen hat meine Mutter getötet. Und jetzt hat einer von denen dafür gesorgt, dass ich vogelfrei bin.«

»Das wissen wir nicht, Luna«, hatte Hülya erwidert, so ruhig sie konnte.

»Hast du vergessen, wie Korbinian dich hypnotisiert hat?«

»Das vergesse ich so schnell nicht. Aber das war Korbinian. Max ist irgendwie … anders.«

Luna hatte bloß kalt gelächelt.

»Ach so, Max ist also ›irgendwie anders‹. Hat er dich rumgekriegt, der sexy Vampir? Habe ich mir schon gedacht, dass das passieren würde, so wie du den immer anguckst.«

Hülya hatte sie nur fassungslos angestarrt.

Kurz danach war Luna auf der Suche nach etwas Trinkbarem losgezogen. Hülya war mit ihrer Wut auf Luna allein zurückgeblieben – und mit der nagenden Stimme in ihrem Inneren, die fragte, ob Luna nicht doch recht hatte. Aber Max war anders, das fühlte Hülya einfach. Oder war das, was sie da fühlte, nur das Ergebnis von Max' Vampir-Manipulation?

»Sieht sehnsüchtig aus, der kleine Werwelpe, oder?«, holte eine Stimme Hülya aus ihren Gedanken. Ihr Blick ruhte noch immer auf dem Bild mit dem kleinen Welpen, der sehnsüchtig in die Menschensiedlung starrte.

»Der Werwelpe ist übrigens Luna. Das ist quasi ein Selbstporträt.«

Hülya drehte sich um. Max war wach. Sein brauner Blick fiel an Hülya vorbei auf das Bild an der Wand.

»Wir kannten uns schon, da war Luna genauso ein süßer, kleiner Welpe. Wir haben immer viel Quatsch gemacht«, sagte er. Nach einer Weile ergänzte er leise: »Das war, bevor ihre Mutter verschwunden ist. Bevor Lon ihr den Hass auf Vampire eingeimpft hat.«

Hülya musterte ihn. Seine Augen blickten auf den Boden, um seine Lippen spielte ein trauriges Lächeln. Selbst seine pomadisierte Haartolle wirkte niedergeschlagen. Hülya ertappte sich dabei, wie sie Mitleid mit ihm hatte.

Halt! Vampir-Manipulation! Genau das, wovor Luna sie gewarnt hatte! Hülya atmete tief durch, dann öffnete sie ganz langsam die *HIJKZZ*-Schublade in ihrem Kopf – komisch, sonst fiel ihr das immer leichter – und schob das ganze Gefühlschaos, das gerade in ihr tobte, hinein. Sicherheitshalber verriegelte sie die Schublade doppelt und dreifach, und den Schlüssel warf sie in den Fluss.

»Du bist also nicht nur Blutsauger, sondern auch Werwolfpsychologe«, sagte sie sarkastisch.

Max zuckte zusammen, dann richtete er seine Augen auf sie.

»Luna glaubt, dass einer aus meinem Clan ihre Mutter auf dem Gewissen hat. Ich muss kein Werwolfpsychologe sein, um zu verstehen, dass Luna uns nicht leiden kann«, sagte er. »Aber was habe ich dir getan, dass du mich so hasst?«

»Du willst mich aussaugen.«

»Und du hast mir einen Pfahl in die Schulter gerammt«, sagte er mit einem schiefen Lächeln. »Aber hassen tu ich dich trotzdem nicht.«

»Nicht?«, fragte Hülya überrascht.

Er schüttelte den Kopf. Seine braunen Augen wirkten ehrlich. Sie schwiegen. Vorsichtig versuchte Max, seine verletzte Schulter zu entlasten. Es ging nicht, die Stricke waren bombenfest. Schmerz zuckte über sein Gesicht. Er probierte es anders, aber bis auf ein schmerzvolles Keuchen kam nichts dabei heraus. Luna hatte ihn bis zur Bewegungsunfähigkeit festgezurrt. Hülya hatte genug. Sie kniete sich neben ihn und begann, die Stricke um seinen verletzten Arm etwas zu lockern. Als sie vom Stuhl zurücktrat, konnte sie den überraschten Blick seiner braunen Augen spüren.

»Du bist vielleicht ein Vampir«, sagte sie, »aber das macht dich nicht zu einem Monster. Egal, was Luna sagt.«

Max nickte dankbar.

»Nett von dir, dass du das sagst.« Dann schloss er für einen Moment die Augen und senkte den Kopf. »Und ich wünschte wirklich sehr, du hättest recht.«

Als er den Kopf wieder hob, war sein Blick voller Trauer.

»Aber das hast du nicht, Hülya. Ich bin ein Monster.«

Dann spannte er seine Muskeln an. Seine Lippen verzogen sich vor Anstrengung, seine spitzen Eckzähne ragten über die bleiche Unterlippe. Das Seil knarrte, schon riss die erste Faser. Dann die nächste. Plötzlich sirrte es, und das ganze Seil riss in Stücke. Der Vampir erhob sich.

Hülya sprang zum Vorhang, um den Kellerraum mit tödlichem Sonnenlicht zu fluten. Doch ehe sie den brüchigen Stoff auch nur berühren konnte, war Max bei ihr. Er war kaum größer als sie und sah mit seinem gemütlichen Bäuchlein zehnmal weniger sportlich aus. Aber der Vampir war um ein Vielfaches schneller und stärker als jeder Mensch. Ohne jede Anstrengung warf er Hülya zu Boden und kniete sich über sie.

»Ich bedaure das sehr, Hülya«, sagte er mit rauer Stimme, als er sie zu Boden presste. »Aber es gibt Dinge, die sind wichtiger als das, was du über mich denkst.«

Hülya konnte nur auf die leuchtend weißen Zähne in seinem bleichen Gesicht starren. Die Zähne, die er ihr in wenigen Augenblicken in den Hals rammen würde. Luna hatte recht, schoss es Hülya durch den Kopf. Vampire sind Vampire, Monster sind Monster. Und ein Mensch ist nichts als Beute.

Max' Gesicht kam näher, füllte ihr gesamtes Blickfeld aus. Braune Augen, gemasert wie die Rinde eines Baumes in einem mondlichtdurchfluteten Wald, durchzuckte es sie.

Sie schloss die Augen und wartete auf das Ende.

ALLEIN

In ihren Hintern drückte etwas. Nein, es drückte nicht nur, es tat richtig weh. Seltsam, dachte Hülya benommen. Wenn man tot ist, sollte nichts wehtun. Es tat aber weh.

Also war sie nicht tot. Das war noch seltsamer.

Hülya verlagerte ihr Gewicht, schob ihre Hand unter ihren Hintern. Sie bekam etwas zu fassen. Es war rund und hart.

Versuchsweise klappte sie ein Augenlid auf und linste zu ihrer Hand. Der pinke Deckel einer Spraydose. Sie ließ ihre Augen durch den Raum wandern, möglichst ohne den Kopf zu bewegen. Die Wände, die Decke – alles war besprayt. Doch an einem ganz besonderen Graffito blieb Hülyas Blick hängen: Da saß ein kleiner Werwelpe am Waldrand und sah mit großen Kulleraugen in die Siedlung der Menschen.

»Luna«, murmelte sie leise.

»Ah! Sie ist wach!«, rief eine Stimme direkt neben ihr. Dann tauchte vor der bunten Wand ein Gesicht auf.

»Luna!«, murmelte Hülya, dieses Mal etwas lauter.

»Ja, genau, Luna ist wieder da.«

Luna griff nach ihren Händen und zog sie hoch. Etwas unsicher stand Hülya auf den Beinen und schaute sich um. Alles war wie vorher: die Tags und Graffiti an den Wänden, der Bauschutt am Rand, der Stuhl … Der Stuhl war leer! Hülya stöhnte, als die Erinnerungen in ihr Hirn brandeten. Max war weg! Und er hatte sie … Halt, stopp! Da war noch was!

Hülya blickte Luna sorgenvoll an.

»Bin ich … bin ich ein Vampir?«

Luna starrte sie ungläubig an, dann brach sie in Gelächter aus.

»Leider nicht«, sagte sie, als sie wieder Atem holen konnte. »Wenn du einer wärst, könnte ich dich mit gutem Gewissen vermöbeln.«

Vom Boden neben dem Stuhl klaubte sie die Stricke auf, mit denen Max gefesselt gewesen war.

»Was ist passiert?«

Hülya war so weit wieder hergestellt, dass sie den lauernden Unterton in Lunas Stimme bemerkte. Aber statt sie einzuschüchtern, machte er sie wütend.

»Ich habe Max jedenfalls nicht losgemacht!«

»Das habe ich auch nicht gesagt, Hülya«, sagte Luna kühl, »und sowieso stehe ich noch unter Schock. Ich meine, Max ist weg, du liegst wie tot auf der Erde.« Sie lächelte, aber ihr Augen blieben kalt. »Aber dann gucke ich, und die kleine Normala hat keinerlei Bisswunden. Und ich denke *What the fuck?!*«

Hülyas Hand fuhr unwillkürlich zu ihrem Hals. Die Haut war unversehrt. Wie konnte das sein?

»Also, was ist passiert?«, wiederholte Luna.

»Ich habe …«, begann Hülya, dann stoppte sie und setzte neu an. »Max hatte Schmerzen in seiner verletzten Schulter, und dann habe ich …«

Sie brach wieder ab. Alles, was sie sagen konnte, hörte sich stark nach Geständnis an. Luna sah das offenbar auch so.

»… und dann hast du ihn losgemacht, den armen Kerl«, ergänzte sie mit pseudomitleidigem Tonfall.

»Ich habe ihn nicht losgemacht! Ich habe nur das Seil etwas gelockert!« Lunas anklagende Art machte sie verrückt. »Er hatte Schmerzen. Kann ja nicht jeder so eine Vampirquälerin sein wie du.«

Lunas Augen wurden schmal. Sie ließ das Seil sinken.

»Vielleicht bin ich eine Kaltblutquälerin«, knurrte sie, »aber vor allem bin ich eine Hülya-Retterin und eine Nachtwesen-Weltkriegs-Verhinderin.«

Sie atmetet tief durch. Die Seile plumpsten zu Boden, und sie machte einen Schritt auf Hülya zu.

»Ich verstehe, dass das für eine Normala nicht einfach zu verstehen ist, aber: Max ist kein Mensch. Kaltblute sind anders. Eben … kalt.«

Sie legte Hülya die Hand auf die Schulter, aber Hülya schüttelte sie ab.

»Du bist auch kein Mensch, Luna«, sagte sie. »Trotzdem sind wir Freundinnen.«

Luna sagte nichts. Nach einer Weile fuhr Hülya fort.

»Ich sage nicht, dass ich mit Max befreundet sein könnte …«

»Wäre ja noch schöner!«

»… aber ich glaube einfach nicht, dass er nur ein blutgieriges Monster ist und sonst nichts.«

Luna presste die Lippen aufeinander. Hülya deutete auf das Bild mit dem Werwolf-Welpen.

»Max glaubt, dass das du bist. Und er hat erzählt, dass ihr immer Quatsch zusammen gemacht habt, als ihr klein wart.«

Luna lachte bitter.

»Wir waren nie klein, jedenfalls nicht zusammen. Max ist nicht so alt wie wir, der sieht nur so aus. Eigentlich ist er siebzig oder achtzig oder noch älter, schon vergessen? Max ist ein untoter, alter Mann.« Sie schob sich vor das Graffito, sodass der Werwelpe aus Hülyas Blickfeld verschwand. »Und das auf dem Bild bin definitiv nicht ich.«

»Du … also, die kleine Werwölfin sieht sehnsüchtig aus, hat Max gesagt. Ich finde, er hat recht«, sagte Hülya und suchte Lunas Blick. »Sie sieht aus, als bräuchte sie eine Freundin.«

Lunas grellgelbe Augen loderten auf.

»Die kleine Werwölfin sieht kein Stück sehnsüchtig aus. Die sieht aus, als wollte sie alle Menschen im Schlaf zerfleischen. Und ganz bestimmt brauchen Werwölfinnen keine Freundinnen, die ihnen erklären, wie sie sich fühlen!«

Luna war so laut geworden, dass Hülya instinktiv einen Schritt zurückgewichen war. Schweigen. Luna schloss für einen Moment die Augen. Als sie Hülya wieder anschaute, war das Feuer in ihren gelben Augen niedergebrannt, und ihr Blick wirkte leer.

»Hülya, du verstehst das ...«

»Wenn du noch einmal sagst, dass ich das einfach nicht verstehe,«, unterbrach Hülya sie mit mühsam unterdrückter Wut, »dann beiße ich dich.«

Sie trat zum Durchbruch in der Wand. Hier begann das Kellerlabyrinth, das im Treppenhaus der Ruine endete.

»Komm, wir gehen nach Hause. Jetzt, da Oberbösewicht Max dein Versteck kennt, ist es hier nicht mehr sicher.«

Sie machte einen Schritt ins Dunkel. Doch als sie über ihre Schulter zurücksah, hatte Luna sich keinen Zentimeter bewegt.

»Luna? Kommst du?«

Luna schüttelte sich, als müsste sie schwarze Gedanken vertreiben, dann sah sie rüber zu Hülya.

»Vielleicht ist es hier nicht sicher, Hülya«, sagte sie leise, »aber bei dir ist es das auch nicht. Max weiß, wo er mich findet. Und das ist alleine deine ...«

Sie beendete den Satz nicht. In Hülyas Kopf pulste dennoch das Blut.

»›Alleine deine Schuld‹, wolltest du sagen«, sagte sie so ruhig wie möglich, doch auf ihrer Zunge lag ein bitterer Geschmack. Sie fühlte sich, als hätte sich zwischen ihr und Luna ein tiefer Graben aufgetan.

»Schuld ist niemand. Höchstens Glutauge«, erwiderte Luna matt. Sie klang unendlich müde.

Hülya musterte sie, aber Luna wich ihrem Blick aus. Schließlich machte Hülya einen Schritt zurück in den Keller und streckte eine Hand aus.

»Komm mit mir, Luna. Nach Hause. Ich stehe auf deiner Seite.«

Hülya wusste, dass Luna den Kopf schütteln würde. Es tat trotzdem weh, als sie es tat.

»Nein, Hülya. Ich bin eine Werwölfin – und du ein Mensch. Wir haben es versucht, aber es funktioniert einfach nicht. Du bist keine von uns.«

Die Wut kochte hoch in Hülya. Ihre Hand fiel wie tot zurück an ihre Seite.

»›Keine von uns‹«, wiederholte sie, und ihre Worte waren wie rostiger Stacheldraht. »Erst machst du einen auf Mondschwester, aber wenn's kompliziert wird: Mensch hier, Monster da – dazwischen ist nichts.«

Hülya riss den Ärmel ihrer Jeansjacke hoch. Die Brandnarbe auf ihrem Arm schien im Halbdunkel zu leuchten.

»Glutauge geht mich auch an, Luna! Das hier ist längst auch meine Geschichte!«

In Lunas erloschene Augen kehrte ein Funken zurück, der schnell Nahrung fand.

»Das hier ist gar keine Geschichte«, schleuderte sie Hülya mit einem Grollen aus den Tiefen ihrer Wolfskehle entgegen. »Für eine Normala wie dich ist das nur ein aufregendes Abenteuer, aber für uns«, sagte sie mit einer Geste, die das gesamte Horrorhaus miteinschloss, »geht es um alles. Ein Tagwesen kann das nicht verstehen. Auch du nicht.«

Hülyas Wut wich tiefer Leere. Ohne Luna anzusehen, krempelte sie den Arm ihrer Jeansjacke langsam wieder zurück und ließ ihre Brandnarbe wieder unter dem Stoff verschwinden.

»Ein Tagwesen«, wiederholte sie dabei tonlos. »Mehr bin ich also nicht für dich.«

Lunas Blick schien zu flackern, aber sie blieb stumm. Die Stille zog sich. Schließlich entwich ein Grollen aus Lunas Kehle, leise nur und doch laut wie ein Donnerknall.

»Ich sage ja: Das verstehst du nicht, Hülya.«

Der Graben zwischen ihnen war zu einem bodenlosen Schlund geworden, in den Hülya hinabstürzte. Immer tiefer ins Nichts, bis die Leere ihr Innerstes voll ausfüllte. Ohne ein weiteres Wort drehte sie sich um und stakste in die Schwärze vor ihr, an deren Ende erst Horrorhaus und Finsterforst und dann die menschliche Siedlung lagen. Orte, wie sie gegensätzlicher kaum sein konnten. Und so richtig gehörte sie in keinen von ihnen.

Mit ihrem Blick aus gelbem Feuer beobachtete Luna, wie das Dunkel des Kellergangs Hülya verschluckte. So wie das Echo von Hülyas Schritten verklang, so schwanden auch die Flammen in Lunas Augen. Schließlich war ihr Blick so kalt und leer wie eine ausgebrannte Ruine. Selbst als Hülya schon lange fort war, strich Luna noch gedankenverloren über den einsamen kleinen Werwelpen, der so sehnsüchtig auf die Siedlung der Menschen blickte, wo hinter erleuchteten Fenstern Menschen zusammenkamen. Freunde, Familien, Gefährten.

IV

DAS VERRÄTERISCHE HERZ

VAMPIR

Aus dem Dunkel beobachtete er sie.

Um den massiven Holztisch mit seinen handgeschnitzten Drachenbeinen saßen all jene versammelt, die sich durch Blutgier, Machthunger und Grausamkeit einen Namen gemacht hatten. Links der tatterige Roderick von Schlotzenstein, daneben die auf ewig zehn Jahre alte Bellissima mit ihrem unstillbaren Durst sowie der nur aus Falten und ledriger Haut bestehende Urururahn Nox Feratu. Ihnen gegenüber Karl-Wilhelm von Kronstein mit seinem imposanten Backenbart. Der Platz neben ihm war leer. Hier saß normalerweise sein Sohn Korbinian, trotz seiner Jugend berüchtigter Blutsauger und Möchtegern-Profigolfer. Am Kopfende thronte die CEO des Familienunternehmens: Gräfin Bella von Schreck. Ob als Geschäftsführerin von Europas größter Blutbank oder als Vorsitzende des Hohen Rats der Vampire, Bella sah immer makellos aus. Strenger Sleek Bun, das Gesicht glatt wie eine Maske, eng anliegendes Kostüm mit blutroten Akzenten, High Heels. Nur Untote, die mit der Zeit gehen, bleiben lebendig, war ihr Motto.

»Die Clans in Frankreich und Polen«, referierte sie, während Max unsichtbar im Dunkel lauschte, »teilen meine Einschätzung: der Pax Transsylvanica steht kurz vor dem Kollaps.«

»Der Frieden hat uns über Jahrhunderte Wohlstand gebracht«, warf Roderick von Schlotzenstein mit zitternder Stimme ein. »Wir Vampire sind die Herren der Nacht, weil wir für Frieden stehen. Wir sollten diesen Frieden nicht wegen ein oder zwei Opfern aufgeben.«

»Wir sprechen hier von meinem Sohn«, dröhnte Karl-Wilhelm von Kronstein empört, »der um sein untotes Leben kämpft!«

Seine sonore Stimme hallte durch die marmorne Gruft, doch brauchte es nur einen Blick von Bella, um ihn verstummen zu lassen.

»Karl-Wilhelm, bitte«, lächelte sie mit blitzenden Zähnen und wandte sich dann mit kühler Höflichkeit an Roderick. »Dir scheint entfallen zu sein, mein lieber Roderick, dass ich es war, die 1598 den Transsylvanischen Frieden durchgesetzt hat. Ich weiß also um seinen Wert.«

Roderick nickte unterwürfig. Bella sah sich in der Runde um und erhob die Stimme.

»Aber es ist ja beileibe nicht nur Korbinian, um den wir uns sorgen. Auch mein lieber, unschuldiger Maximilian ist in dieser Nacht verschwunden.«

Bekümmert senkte sie den Blick.

Dem so betrauerten Max entging aus seinem Versteck nicht, wie die anderen Ratsmitglieder sich angespannte Blicke zuwarfen. Nach seiner Flucht aus dem Keller hatte er sich hier in der weitläufigen Familiengruft im sechsten Stock des Horrorhauses versteckt. Seit Beginn der Ratssitzung wartete er verborgen in den Schatten auf den richtigen Moment. Dem Moment, in dem seine überraschende Rückkehr die Entscheidungen des Rates in seinem Sinn beeinflussen konnte.

Bella hob ihren bekümmerten Blick wieder von der Tischplatte. Eisiges Feuer brannte nun darin. Selbst Max, der Bella seit Jahrzehnten kannte, jagte die Kälte, die von ihr ausging, einen Schauer über den Rücken.

»Hiermit gelobe ich: Wenn Korbinian stirbt oder Maximilian nicht vor Anbruch der Nacht wohlbehalten zurückkehrt«, deklamierte die Blutgräfin, »endet die Ära des Pax Transsylvanica. Dann wird wieder Blut regieren.«

Sie stand auf und hob die Hand wie zu einem Schwur.

»Blut ist Leben!«

Alle erhoben sich.

»Blut ist Leben!«, hallte es durch die marmorne Gruft.

Das war er, der Moment, auf den Max so geduldig gewartet hatte. Er trat ins unruhige Licht des vielflammigen Kronleuchters. Alle starrten ihn an. Bella fand als Erstes die Fassung wieder.

»Mäxchen«, hauchte sie und plumpste ungewohnt unelegant auf ihren Stuhl. »Du … du … du bist zurück. Wie … schön. Wo hast du gesteckt?«

Max atmete tief durch. Jetzt kam es auf ihn an. Er schob ein kaltes Lächeln auf seine Lippen wie eine Maske.

»Ich tat, was eigentlich Aufgabe des Rates sein sollte«, sagte er. »Ich suchte das Wesen, das Korbinian aufgelauert hat.«

Wie selbstverständlich setzte er sich auf den freien Platz neben Karl-Wilhelm von Kronstein. Mit vor Empörung puterrotem Gesicht erhob der sich, aber Max lächelte ihn nur eiskalt an.

»Korbinian würde wollen, dass ich an seiner statt an der Ratssitzung teilnehme. Immerhin bin ich scheinbar der Einzige, der seine Ehre wiederherstellen will.« Er warf einen überheblichen Blick in die Runde. »Ich sage: Lasst uns Korbinian rächen – und erst danach über Krieg sprechen!«

Zustimmendes Gemurmel erfüllte die Gruft. Max atmete leise aus, als von Kronstein sich wieder auf seinen Stuhl sinken ließ. Bellas Stimme brachte die Runde zum Schweigen.

»Wir alle schätzen deine neu entdeckte Rachsucht, mein lieber Ziehsohn.« Sie musterte ihn mit unverhohlener Neugier. »So grausam und kalt kenne ich dich gar nicht. Aber es bereitet mir große Freude, zu sehen, wie auch du endlich deine Liebe zum Hass entdeckst.«

Max wusste bereits, dass er gewonnen hatte, bevor Bella ihren

Holzhammer so fest auf den Holztisch niedersausen ließ, dass die geschnitzten Drachenbeine erzitterten.

»So höret den Entscheid des Hohen Rates der Vampire«, verkündete Bella. »Bis Korbinian gerächt ist, werden wir den Pax Transsylvanica wahren.«

Max nickte zufrieden.

»Ich bin mir sicher, mit der Hilfe des Rates werde ich die kleine Werwölfin finden.« Er ließ seine Eckzähne aufblitzen. »Und dann, Tante Bella, werde ich die Rache an ihr vollziehen!«

WILLKOMMEN IN DER BANALITÄT

Es beginnt mit dem Kichern. Heiser, asthmatisch, widerwärtig. Dann blitzt es grell in der Ferne auf. Das Licht wird größer, füllt alles aus, dann der Schrei ihrer Mutter. Mama! Mama!

Stille, gleißendes Licht. Hitze. Der Gestank schmelzenden Stahls. Wieder Kichern. Dann plötzlich ein weiterer Schrei. Eine neue Stimme.

Das ist neu.

Sie reißt die Augen auf. Das Erste, was sie sieht, sind die Augen. Glutrot. Leuchtend. Dann die Eckzähne, nadelspitz und blutbefleckt. Und wieder der Schrei.

Sie kennt die Stimme. Luna?

Durch die Flammen kämpft sie sich näher heran. Die glutroten Augen wachsen, der Rauch verzieht sich, und sie sieht sein Gesicht. Es ist grotesk verzerrt, aber die Haartolle ist unverkennbar. Max. Vor ihm auf dem Boden liegt Luna in einem See aus Blut. Regungslos.

Max' glutrote Augen wandern von Luna zu ihr. Abwehrend hebt sie den linken Arm, doch es ist, also ob sein Blick die Haut ihres Arms schmelzen lässt. Max reißt den Mund auf, Worte winden sich aus seiner Kehle ...

»Raus mit dir, du Schlafmütze!«

Ein abrupter Sturz aus dem Traum in die Wirklichkeit. Hülya landete weich in ihrem zerwühlten Bett. Gegen das grelle Tageslicht anblinzelnd, sah sie unter der Bettdecke hervor. Das Gesicht vor ihr hatte weder glühende Augen noch spitze Eckzähne. Es war viel schlimmer.

»Mensch, Baba …«, stöhnte Hülya leise.

»Wenigstens einmal möchte ich erleben, dass du den Schulbus kriegst«, sagte er genervt und zog ihr die Bettdecke weg.

Der Tag fing gar nicht gut an.

Sie hatte den Schulbus nicht gekriegt. Den Albtraum, den gestrigen Streit mit Luna und den festsitzenden Gestank ihres Knoblauchshampoos hatte sie unbedingt abduschen müssen, ob Emre entnervt an die Tür pochte oder nicht. Und dann hatte sie noch eine einzelne Nachricht ins Handy getippt. Empfängerin: Luna.

Noch mal reden, Mondschwester?

Keine Antwort.

Die Autofahrt mit Emre zur Schule war auch nicht gerade entspannt gewesen. Die ganze Zeit schimpfte er über ein Rechtsgutachten, das die Nachbarschaftshilfe unbedingt von ihm wollte, während die Groß-Hertenstetter Trostlosigkeit an Hülya vorbeizog. Herr Butzes Pläne mit dem Horrorhaus waren ihr so was von egal. Luna war weg, die anderen konnten ihr gestohlen bleiben. Als ihr Handy doch noch piepste, war der Funken Hoffnung auf eine Antwort von Luna zu einer Feuersbrunst geworden. Aber Luna war nicht so. Wenn die eine Entscheidung traf, blieb sie dabei. Die Nachricht war nicht von ihr, sondern von Nick, der neue Beweise ankündigte, um sie doch noch zu ihrem Bluthund zu machen. Nein, danke!

Der Schultag rauschte einfach vorbei. Mit der Übung der langjährigen Improvisationskünstlerin zauberte Hülya eine Ausrede nach der anderen aus der Tasche, um ihre gestrige Abwesenheit zu erklären. Sie konnte ja schlecht sagen, dass sie einen Vampir entführt und gefoltert hatte. Oder dass sie von ihrer besten Freundin im Streit um die Menschlichkeit oder Nicht-Menschlichkeit von Monstern aus ihrem Leben gekegelt worden war – nebenbei bemerkt eine Werwölfin, werter Herr Lehrer!

Stattdessen hatte sie wahlweise üble Regelschmerzen oder eine Migräneattacke gehabt, je nachdem, wer fragte. Beides wäre ihr lieber gewesen. Zumindest waren Migräne und Regelschmerzen weniger verwirrend. Denn in Hülyas Kopf wechselten sich Wut auf Luna mit Sorge um Luna ab. Und ab und an drängte sich auch noch ein Paar brauner Augen, gemasert wie die Rinde eines Baums im mondlichtdurchfluteten Wald, dazwischen.

Bereits in der ersten großen Pause war Hülya völlig erschöpft. So erschöpft, dass sie Nick erst sah, als es zu spät war.

»Hey!«

»Mmh.«

»Du hast auf meine Nachricht nicht geantwortet.«

»Oh, ja, stimmt.« Schlecht gespieltes Bedauern. Und jetzt der Abgang. »Du, ich muss …« Von der Mauer springen und losmarschieren. Egal wohin, einfach weg. »Man sieht sich.«

Nick kam ihr nach. Sie ging einfach weiter. Er auch.

»Ich habe Beweise.«

»Mmh.«

»Ich dachte, ich zeige sie erst dir und dann meiner Mutter.«

»Mmh.«

»Ich habe nämlich …«, begann er zögerlich, ohne seinen Schritt zu verlangsamen. »Ehrlich gesagt, habe ich Angst, dass Mama etwas Unüberlegtes tut.«

»Kann ich mir bei deiner Mutter kaum vorstellen.«

»Auch wenn du was anderes von mir denkst: Ich bin nicht scharf drauf, dass eine Horde Internet-Freaks mit Mistgabeln vor eurem Haus steht.« Er blieb stehen. »Du etwa?«

Jetzt hatte er sie. Notgedrungen blieb Hülya stehen.

»Siehst du? Interessiert dich nämlich doch«, grinste Nick.

Hülya drehte sich mit verschränkten Armen zu ihm um.

»Wieso vor unserem Haus?«

Nick zückte sein Handy und wischte durch eine Reihe Fotos. Um irgendwas zu erkennen, würde Hülya einen Schritt auf ihn zu machen müssen. Nick wusste das. Missmutig stellte Hülya sich neben ihn, fest entschlossen, nach einem kurzen Blick auf die Fotos das Weite zu suchen.

Hausdächer. Fledermäuse am Nachthimmel. Ein altes Mofa in voller Fahrt in weiter Ferne. Ein Schatten in einem Baum … Moment!

»Mach mal zurück.«

Nick wischte mit einem wissenden Grinsen zurück. Ganz hinten am Ende ihrer Straße war ein Retro-Mofa zu sehen, wie es um die Ecke fuhr. Ohne Fahrer. Hülya wusste sofort, welcher Vampir da durch die Nacht knatterte, aber das würde sie für sich behalten.

»Ach so«, machte sie scheinbar überrascht. »Das ist ein Mofa da hinten. Voll schwer zu erkennen.«

Nick warf ihr einen Blick zu, als hätte sie ihm im Sandkasten sein Lieblingsförmchen gemopst. Er zoomte näher, bis das verpixelte Mofa das Handydisplay ausfüllte.

»Da saß einer drauf, als ich das Bild gemacht habe!«, sagte er ein bisschen beleidigt. »Nur auf dem Foto nicht. Ist doch strange, oder?«

Hülya tat so, als betrachtete sie das Bild noch genauer.

»Für mich sieht das aus, als würde das Mofa einfach nur rumstehen«, sagte sie nach einer Weile. »Das Foto ist aber auch ganz schön pixelig.«

Nick sah sie seltsam an, als ob er sich zwischen Enttäuschung und Misstrauen noch nicht recht entscheiden konnte. Hülya setzte nach.

»Als Beweis ist das jedenfalls nix. Zeig lieber noch mal das Bild danach.«

Verunsichert wischte Nick ein Bild weiter. Ein Baum, in dem ein massiger Schatten saß. Sie kannte diesen Baum nur zu gut!

»Das ist vor unserem Haus!«

Hülyas Tonfall schien Nick zu beflügeln.

»Ganz genau«, sagte er eifrig und zoomte auf den Schatten. »Keine Ahnung, was da auf dem Ast hockt. Sieht aus wie ein Hund, aber viel größer.«

Nick auf die Nase zu binden, dass der Schatten ein Werwolf auf der Suche nach seiner Tochter war, war keine gute Idee. Und das Foto von Max auf dem Mofa war noch schlimmer. Wenn Nick diese Bilder seiner Mutter zeigte …

Hülya musste diese Fotos irgendwie loswerden. Was, wenn sie ihm das Handy einfach wegnahm? Nein, das machte es noch verdächtiger. Verstohlen sah sie sich nach einem Ausweg um. Um sie herum wuselte die halbe Schule über den Schulhof, überall standen Schülerinnen und Schüler und futterten Schokokuss-Brötchen. Schülerinnen und Schüler, ging Hülya auf, die eine ganze bestimmte Meinung hatten von dem Jungen, mit dem sie hier stand. Schülerinnen, die seine Mutter Hallu van Helsen nannten und ihn Babypsycho.

»Da ist was faul, das ist mal sicher«, unterbrach Nick Hülyas Gedankengang. Seine Stimme hatte einen Unterton, der klarmachte, dass er sich entschieden hatte – für das Misstrauen. »Schon ein bisschen komisch, dass du das nicht siehst … oder sehen willst. Jedenfalls zeige ich das nachher meiner Mutter, und die postet das bei sich in der Community. Bin gespannt, was die Internetexperten dazu sagen.«

Er grinste selbstzufrieden. Hülyas Gedanken überschlugen sich. Wenn die selbst ernannten Internetexperten nicht blind waren, würden die am nächsten Morgen mit ihren Mistgabeln im Finsterforst auftauchen, das wusste Hülya. Und sie wusste auch, dass sie ihre Monster finden würden. Die Einzige, die das noch verhindern konnte, war Hülya. Sie traf ihre Entscheidung.

»Spionierst du mir nach?«, fragte sie mit erhobener Stimme. Ungläubig, fast erschrocken klang sie jetzt. Und so laut, dass alle um sie herum aufblickten. Das Grinsen erstarrte in Nicks Gesicht.

»Ich? Wieso?«

»Ich glaube aber doch, dass du mir nachspionierst!«

Hülya wurde noch lauter. Mit einem schockierten Gesichtsausdruck griff sie nach Nicks Handy und wischte theatralisch durch die Bilder.

»Hier, das ist unser Haus! Und das ist die Straße, in der wir wohnen! Da, das ist der Baum vor meinem Fenster!«

Mit jedem Satz wurde sie lauter. Die Leute um sie herum kamen langsam näher. Nick hob beschwichtigend beide Hände.

»Nein, nein!«, stammelte er. »Guck doch, da passieren doch voll strange Sachen. Fledermäuse überall, ein selbstfahrendes Mofa – und euer Haus ist das Epizentrum. Da ist was im Gange!«

Hülya starrte ihn an und hob ihre Stimme noch mehr.

»Klar ist da was im Gange! Du bist da im Gange! Du kommst nicht damit klar, dass ich nichts von dir will, Nick van Helsen!«

Die Menschenmenge um sie herum wuchs mit jedem Satz. Viel fehlte nicht, und jemand würde die Pausenaufsicht holen, das spürte Hülya. Nick, das konnte sie an seinem unsicheren Blick und den Schweißperlen auf seiner Stirn ablesen, spürte es auch.

»Ich will doch gar nichts von dir«, zischte er, sodass nur sie es verstehen konnte. »Ich habe dir eine Zusammenarbeit angeboten. Mehr nicht.«

»Deine Version, Nick. Die Leute hier sehen das anders«, zischte sie ebenso leise zurück, dann wurde sie wieder lauter. »Ich lösche jetzt die Fotos. Und wenn du noch einmal nachts um unser Haus schleichst und Fotos machst, dann wird mein Vater dir aber was erzählen.«

Nick starrte sie an. Erst hilflos, dann ungläubig, schließlich voll unterdrückter Wut. Mit jedem Foto, das Hülya löschte, schwoll seine

Zornesader weiter an. Sagen konnte er nichts. Sie waren umgeben von Schülern und Schülerinnen, die sich Blicke zuwarfen und tuschelten. Er wusste, was sie von ihm, dem Sohn der Verschwörungsrichterin, dachten. Als Hülya ihm nach der Löschorgie sein Handy hinhielt, nahm er es mit versteinerter Miene.

»Das hier ist nicht vorbei, Hülya«, zischte er und bahnte sich einen Weg durch die Menge.

Hülya sah ihm nach. Es war tatsächlich nicht vorbei. Nick würde weitere Hinweise finden. Und seine Mutter würde ihre Internet-Meute loshetzen. Und die Internet-Meute würde in den Finsterforst einfallen und Luna finden und Max aufspüren und sie zu Tode hetzen wie tollwütige Tiere. Hülya presste die Lippen aufeinander. Egal, ob Freundin oder Nicht-Freundin; Blutsäufer oder Sensible-braune-Augen-Vampir – das hatten weder Luna noch Max verdient. Aber was konnte Hülya tun? Luna würde sie auslachen; die Normala, die ihre Nase in Angelegenheiten steckte, die sie nicht verstand. Hülya spürte, wie die Wut sich meldete, aber nur kurz. Zurück blieb nichts als Hilflosigkeit.

»Wo ist eigentlich Luna?«

Die Frage hatte Hülya früher erwartet als jetzt beim Abendessen, aber nach seinem heutigen Termin mit der Nachbarschaftshilfe war Emre mit dem Kopf ganz woanders.

»Die ist …«, antwortete Hülya langsam. Nach den vielen Ausreden in der Schule fühlte sich ihr Ausreden-Speicher beinahe leer an. Aber nur beinahe. »Ihr Vater hat sich auf der Bohrinsel ein Bein gebrochen, und Luna muss jetzt ihrer Mutter helfen.«

»Ah ja, die Bohrinsel«, war alles, was Emre dazu zu sagen hatte. Jetzt wunderte sich Hülya aber doch. So eine miese Ausrede hatte wenigstens ein Stirnrunzeln verdient. Versuchshalber drehte sie die Ausreden-Schraube weiter.

»Außerdem hat sich Lunas Mutter auch den Arm gebrochen«, fuhr sie unschuldig fort. »Da kann nur Luna helfen. Sonst niemand. Weil die Stadt ist ja so klein.«

Endlich blickte Emre von seinen Nudeln hoch.

»Ja, nordnorwegische Städte sind winzig«, murmelte er. »Noch kleiner als Groß-Hertenstett, habe ich mal gelesen.« Er wischte sich mit der Hand übers Gesicht und gähnte. »Tut mir leid, Hülya. Die Nachbarschaftshilfe macht mich fertig.«

Er zeigte auf zwei Kartons neben dem Esstisch. Das Logo der »Sonnenkraft-Schokoküsse«, das auf den Kartons prangte, kannte Hülya vom Ladenfenster von Herrn Butzes Bäckerei: eine Schokokuss-Silhouette, die ihre Strahlen über den Horizont schickte. Emre öffnete den oberen Karton. Statt Schokoküssen lagen darin massig Flyer der Nachbarschaftshilfe mit dem Bild der Hochhausruine.

»Hat Herr Butze mir zum Verteilen mitgegeben. Und jetzt will er auch noch unbedingt ein Rechtsgutachten.«

»Na und? Rechtsgutachten kannst du doch im Schlaf.«

»Wenn der Mandant schon weiß, was drinstehen soll, kann man nur enttäuschen. Aber wenn ich das Mandat verliere, dann ziehen wir bald wieder weg.« Er stocherte mit bitterem Lächeln in seinen Nudeln. »Du bist nicht die Einzige mit Startschwierigkeiten. Aber immerhin möchte deine Leonie kein Haus in die Luft jagen …«

Hülyas Gabel klirrte auf den Teller. Emre sah auf.

»Oh, äh, sorry«, murmelte Hülya.

Aber Emre entging nicht, wie blass sie geworden war.

»Macht dir das Angst?«, fragte er.

»Nein, Quatsch … wieso auch?«, sagte Hülya schnell, dabei machte ihr das sehr wohl Angst – das Haus zu sprengen, das Lunas Heimat war … und die von Max. Emre grinste schief.

»Logisch, du wolltest ja von Anfang an hier wieder weg, stimmt's?

Wenn die Nachbarschaftshilfe ihr Mandat kündigt, geht das schneller als gedacht.«

Hülya wusste nicht, was sie sagen sollte. Oder fühlen. Ja, sie hatte hier schnell wieder weggewollt. Aber das war gewesen, bevor sie Luna kennengelernt hatte. Jetzt wusste sie gar nicht mehr, was sie wollte. Emre sah die Verwirrung in ihren Zügen.

»Keine Sorge. Die kriegen ihr Rechtsgutachten, ich behalte das Mandat, wir bleiben hier wohnen und …«

»… und das Haus fliegt in die Luft«, ergänzte Hülya bitter.

Emre zuckte mit den Schultern.

»Unwahrscheinlich. Ich habe herausgefunden, dass das Haus einer Stiftung in Rumänien gehört. Häuser sprengen, die irgendwem gehören, ist fast unmöglich.«

Mit einem tiefen Atemzug schob er das Thema von sich. Dann lehnte er sich abrupt vor und sah Hülya tief in die Augen.

»Ihr habt euch gut verstanden, oder?«

»Wer? Ich und das Haus? Oder ich und Herr Butze?«

Emre lachte auf.

»Nein. Du und Luna«, sagte er. »Wie bei der Geburt getrennte Zwillingsschwestern.«

Bevor Hülya bei dem krassen Themenwechsel die Kurve kriegte, hatte Emre bereits begonnen, die Teller zusammenzustellen.

»Ich find's jedenfalls echt super, dass du endlich eine Freundin gefunden hast.«

Hülyas Laune stürzte ab. Sie schnappte sich die Gläser und stapfte an Emre vorbei in die Küche. Wenigstens konnte er so nicht die widerstreitenden Gefühle sehen, die seine Worte ausgelöst hatten. Als Emre mit den Tellern hinterherkam, huschte sie an ihm vorbei zur Treppe. Doch bevor sie auch nur die erste Stufe erreicht hatte, steckte Emre seinen Kopf aus der Küche.

»Als Meryem und ich uns kennengelernt haben, war das so ähnlich.« Er schüttelte grinsend den Kopf. »Also, es war natürlich ganz anders. Wir haben in der ersten Nacht total rumgeknutscht, aber …«

»Baba!«, machte Hülya und verdrehte die Augen.

»Echte Liebe und echte Freundschaft, das ist total ähnlich. Nur ist das eine mit Knutschen und das andere ohne.« Emre grinste, wurde aber schnell wieder ernst. »Bleibt in Kontakt, Hülya. Norwegen ist weit weg, aber auch da gibt es Internet.«

Emre verschwand in der Küche, Hülya aber blieb ratlos stehen. Nordnorwegen wäre kein Problem, aber Luna war verschollen im Nichts zwischen Menschen- und Monsterwelt – und gejagt von beiden. Und was tat Hülya, um Luna zu retten vor Nicks Internetirren und Bäcker Butzes Sprengwünschen? Nichts, gestand Hülya sich ein. Gar nichts.

Nicht lange nach dem Gespräch kletterte eine Gestalt den Baum vor Hülyas Fenster hinab. Nachdem sie den letzten Meter im Sturzflug gemeistert hatte, huschte sie von Schatten zu Schatten die Straße entlang. Aus der Ferne folgte ihr ein Paar Augen.

»Nur zu, Wandernde«, brummte eine Stimme. »Erfülle dein Schicksal – und das von uns allen.«

Und dann kippte die sonore Stimme in ein asthmatisches Kichern, das lauter und lauter wurde, bis es schließlich heiser und irre über die leeren Straßen des Waldauer Viertels in die Nacht hinein hallte.

HÜLYA ALLEIN ZU HAUS

Der Vollmond überspülte das verlassen daliegende Flachdach der Hochhausruine mit blau-silbernem Licht. Aus dem Kiesmeer ragten Lüftungsschächte wie kleine Leuchttürme, und in ihrer Mitte lag geduckt das Betonhäuschen, ein gestrandeter Dampfer, in dessen Innerem verwinkelte Gänge tiefer in die Ruine führten. Bis auf das immerwährende Rauschen der Baumwipfel war es gespenstisch still.

Ein kreischendes Knarzen zerriss die Stille, und ein dunkles Maul tat sich im nackten Beton des Zugangshäuschens auf. Die schwere Metalltür schwang auf, Mondlicht strömte in das entstandene Leck. Das Mädchen mit der Jeansjacke und der regenbogenbunten Mütze, das einen Lidschlag später aus dem Dunkel trat, beschirmte die Augen mit einer Hand vorm Licht des vollen Mondes und sank in den Schatten eines der Lüftungsschächte. Die Tür hinter ihr fiel mit einem dumpfen Krachen zu, und wieder herrschte Stille über dem Meer aus Kies.

Außer Atem lehnte Hülya am kühlen Metall des Lüftungsschachts, ihren Anti-Monster-Rucksack neben sich. Der Weg durchs nächtliche Horrorhaus war ein Spießrutenlauf gewesen. Drei Kobolden, einem Gruselclown-Teenager, einem Vampir und zwei völlig undefinierbaren Wesen hatte sie aus dem Weg gehen müssen, noch ehe sie das Dach erreicht hatte. Die Gänge des Horrorhauses waren voller Leben, hier oben aber war absolut niemand.

Auch keine Werwölfin. Hülya hatte nichts anderes erwartet, dennoch spürte sie einen Stich. Auf ihre Nachrichten von Hallu van Helsens Monsterjägermeute und Butzes Explosionsfantasien hatte Luna nicht reagiert. Und auf dem Dach wartete sie auch nicht, obwohl Hülya ihr geschrieben hatte, dass sie kam. Wut gesellte sich zu Hülyas Hilflosigkeit. Luna ließ sie im Stich, ganz einfach. Warum musste sie nur so verdammt dickköpfig sein?!

Hülya drängt die Wut zurück. Sie musste sich eben selbst um alles kümmern. Schritt eins: das Dach untersuchen auf Spuren von Glutauge. Schritte zwei bis unendlich: Lunas Unschuld beweisen, Monsterkrieg verhindern, Internetfreaks abwimmeln, Horrorhaus retten – kein Problem. Außer dass es natürlich doch ein Problem war. Oder eher: viele Probleme. Riesenprobleme sogar! Und Hülya war ganz allein! Aber hatte sie eine Wahl? Nein!

Also los!

Im Licht des Vollmonds suchte Hülya gewissenhaft das Dach ab. Sie fand: eine Handvoll Golfbälle, ein Stofftaschentuch mit Korbinians Wappen, eine leer gesprayte Spraydose. Aber nicht einen einzigen minikleinen Beweis für die Anwesenheit Glutauges.

Hülya weitete den Suchradius aus, überprüfte das Betonhäuschen mit der Stahltür. Auf Kopfhöhe war die massive Tür eingedellt. Vor ihrem inneren Auge sah Hülya, wie der halb verbrannte Korbinian in Todesangst gegen die verriegelte Tür anrannte, während Glutauge von innen kichernd seinen Todeskampf verfolgte. Mit der Hand fuhr Hülya die Innenseite der Tür entlang. Kühl war das Metall und glatt. In der Nähe der Scharniere aber wurde es wellig, als wäre es geschmolzen und wieder fest geworden, und von den Scharnieren hingen erstarrte Metalltropfen. Hülyas Herz schlug schneller. Und als sie den großen Drehgriff, der die Tür verriegelte, genauer unter die Lupe nahm, machte es sogar einen Satz. Der Drehgriff war nicht länger rund, sondern oval verformt, und seine Oberfläche fühlte sich an wie ein erstarrtes Meer bei Wellengang. Das war beim letzten Mal nicht so gewesen! War das der erste Beweis, dass nicht Luna die Tür verriegelt hatte, sondern eine Art … Feuerdämon?

Mit neuer Energie widmete sich Hülya der Erkundung des schummrigen Gangs dahinter. Immerhin hatte sie hier die glühenden Augen des Kicherers gesehen. Aber sie fand nichts.

Als Nächstes untersuchte sie die Nische, in die sie Korbinians Ring geworfen hatte. Wieder nichts. Selbst der Turm aus Kartons war verschwunden. Doch als sie kehrtmachte, knisterte etwas unter ihrem Schuh. Sie richtete die Handytaschenlampe auf den Boden. Schmutzige Schlieren überzogen die geborstenen Fliesen. Und in einer schmuddeligen Ecke lag ein kleiner Fetzen Papier, durchgerissen, zerknüllt, abgewetzt. Wahrscheinlich gehörte er zu einem der Flyer, die sie aus Versehen ausgekippt hatte. Aber das half ihr auch nicht weiter! Hier verschwendete sie nur Zeit. Selbst die Spuren an der Tür würden kaum reichen, um …

Halt! Die Flyer! Noch in der Nacht, in der Korbinian verbrannte, hatten in der Nische Kartons voller Flyer gestanden. Jetzt waren sie fort. Jemand musste sie also *nach* dem Mordversuch an Korbinian abgeholt haben. Hatte dieser Jemand dabei vielleicht Korbinians Ring entdeckt – und ihn dann in Lunas Schublade geschmuggelt? Plötzlich aufgeregt klaubte Hülya den Papierfetzen auf, glättete und betrachtete ihn genau. Tatsächlich, das könnte die Ecke eines Flyers sein. Bunt bedruckt, mit einem dicken roten Balken und etwas Buchstabensalat.

NDFLECK

ertenste

dauer Vier

Hülya stutzte. Sah noch einmal genau hin. Sie kannte den Flyer, zu dem dieser Papierfetzen gehörte. Aber was hatte ausgerechnet der hier zu suchen? Sie schob den Papierfetzen in ihre Hosentasche, mit dem festen Vorsatz, ihn zu Hause noch einmal zu überprüfen. Sie ahnte nicht, dass es dazu nie kommen würde.

Klick! Klick! Klick!

Hülyas Spiegelreflexkamera lief auf Hochtouren. Bei jedem Klick tauchte der auf die Kamera montierte Aufsteckblitz den düsteren Gang für Sekundenbruchteile in grelles Licht.

Minuten später lehnte Hülya an einem Luftschacht und klickte sich unzufrieden durch ihre Beweisfotos. Ein paar Dellen hier, geschmolzenes Metall da … viel zu wenig, um Oberkaltblutin Bella von Schreck von Lunas Unschuld zu überzeugen. Sie brauchte mehr!

Noch einmal stapfte Hülya übers Dach. Ungeduldig und fast sicher, dass die ganze Expedition ein einziger Fehlschlag war. Hinter dem Betonhäuschen hatte jemand die Bretter und die Plastikplane, die schon bei ihrem letzten Dachbesuch dort herumgelegen hatten, neu arrangiert. Die Ecken der löchrigen Plane waren mit Steinen beschwert, darunter war eine Kuhle in den Kies gescharrt. Hülya schluckte, als ihr klar wurde, was hier geschehen war. In dieser Kuhle hatte sich jemand verkrochen, der auf der verzweifelten Suche nach lebensrettendem Schatten gewesen war: Korbinian. Ein Windstoß ließ die Plane flattern und legte Kratzspuren und Risse in der Teerpappe frei, wo Korbinian mit letzter Kraft versucht hatte, sich buchstäblich in das Dach zu graben. Irgendwann hatten selbst Korbinians Vampirkräfte nachgelassen, und die Sonne hatte ihr grausiges Werk verrichtet. Ein Schauer jagte Hülyas Rücken hinab. Ruckartig wandte sie sich ab, ließ ihren Blick zum Horizont schweifen. Noch lag der Finsterforst im Bann der Nacht, doch am Firmament regte sich bereits die erste Ahnung des Morgens. Hülya lächelte. Zum

Glück war sie keine Vampirin. Sie konnte es kaum erwarten, wieder Sonne auf der Haut zu spüren.

Ein helles Flirren tief im düsteren Finsterforst zog ihre Aufmerksamkeit auf sich. Weit hinten, am fransigen Übergang zur Siedlung, durchbrachen rhythmische Lichtblitze die Schwärze. An. Aus. An. Aus. Neugierig hob Hülya die Kamera, zoomte näher, bis sich knorrige Baumstämme aus dem Schwarz schälten. Die Lichtblitze kamen von einem einzelnen Scheinwerfer, der hinter Bäumen und Gesträuch abtauchte und wieder zum Vorschein kam wie ein Rettungsboot in stürmischer See. Nur war es kein Rettungsboot, sondern ein auf Hochglanz poliertes Retro-Mofa. Und eine tödliche Gefahr. Denn auch wenn Hülya den Fahrer nicht erkennen konnte, wusste sie sofort, dass sie ein Problem hatte. Denn sie wusste, wer da durch die Nacht auf sie zuraste: Max!

Auf Aufzüge warten nervt! Vor allem, wenn man vor einem Vampir flieht. Wieder und wieder hatte Hülya die altägyptischen Silben wiederholt, aber bis zum *Pling!* hatte es ewig gedauert. Noch ewiger hatte es bis zum nächsten *Pling!* gedauert, das ertönte, als die Tür sich im Erdgeschoss öffnete. Aber jetzt hatte Hülya es geschafft. Sie stand zwischen Hauseingang und Bauzaun und sog die frische Nachtluft ein. Wieder einmal war sie dem Horrorhaus entkommen! Erleichtert, fast fröhlich trat sie durch die Lücke im Bauzaun auf die von Mondlicht geflutete Lichtung – und blieb wie angewurzelt stehen. Vor ihr stand Max' Mofa. Doch wo war Max? Auf der Lichtung war Hülya völlig ungeschützt. Ohne nachzudenken, schlüpfte sie durch die Lücke im Zaun zurück. Erst mal in der Ruine verstecken, bis …

»Du kannst es nicht lassen, oder?«

Hülya erstarrte. Vor der aus den Scharnieren gebrochenen Eingangstür stand mit Mofa-Sonnenbrille und Power-Tolle: Max. Seine

Lippen verzogen sich zu einem Lächeln, und das Mondlicht fing sich in den spitzen, langen Eckzähnen, die er unzweifelhaft gleich in Hülyas Hals bohren wollte. Aber nicht ohne Kampf! Adrenalin schoss durch Hülyas Adern, als sie ihren nagelneuen, unterarmlangen Holzpfahl aus dem Rucksack zerrte. Max hob eine Augenbraue.

»Her damit«, sagte er und schritt langsam mit ausgestreckter Hand auf sie zu, »bevor du wieder jemanden verletzt.«

Hülya wich im gleichen Tempo zurück, doch schon nach wenigen Schritten stieß sie mit dem Rücken an den Bauzaun. Endstation. Max' Lächeln wuchs zu einem Grinsen. Er machte einen weiteren Schritt auf sie zu. Hülya spannte alle Muskeln an. Noch ein Schritt. Und dann einen zu viel. Jetzt war er in Hülyas Reichweite. Mit einem Schrei katapultierte sie sich nach vorn, schwang den Holzpfahl in hohem Bogen. Sie war schnell. Aber nicht schnell genug. Wie ein Schatten glitt Max zur Seite. Hülya stolperte an ihm vorbei, landete unsanft auf dem löchrigen Rasen. Die Wucht des Aufpralls schleuderte den Holzpfahl aus ihrer Hand. Max stand zwischen ihr und der Lichtung, der Pfahl lag in unerreichbarer Ferne. Keine Waffe, keine Fluchtmöglichkeit. Sie war geliefert.

»Nicht schlecht für eine Normala«, sagte Max anerkennend.

»Komm mir nicht zu nahe.«

»Keine Sorge, von dir will ich nichts«, erwiderte Max. »Das heißt – doch. Eine kleine Info. Wo ist Luna?«

Hülya presste die Lippen aufeinander. Max nickte.

»Wie du willst. Ich finde sie auch ohne deine Hilfe.«

Er marschierte los Richtung Haus. Hülya zögerte, aber nur einen Lidschlag lang. Auch wenn Luna ihre Hilfe nicht wollte, war sie immer noch ihre Mondschwester!

»Luna war's nicht«, rief Hülya ihm hinterher. »Ich kann's beweisen.«

Sie zerrte ihre Kamera aus der Fototasche, hob sie hoch. Max drehte sich um. Seine Miene verriet Ungeduld.

»Hier! Fotos! Beweise!«, plapperte Hülya weiter und schaltete hastig die Kamera ein. »Dafür, dass nicht Luna Korbinian ausgesperrt hat, sondern Glutauge.«

Max verschränkte die Arme.

»Der schon wieder! Ich habe beim Hohen Rat der Vampire nachgefragt, nachdem du mich netterweise befreit hast«, erwiderte er. »Niemand hat je von einem Glutauge gehört.« Er setzte sich wieder in Bewegung. »Und jetzt entschuldige mich, ich habe zu tun.«

»Ich habe dich nicht befreit«, rief Hülya patzig.

Max stoppte, drehte sich langsam um. Auf seinen Lippen lag ein breites Lächeln.

»War trotzdem nett von dir, Hülya. Wirklich.«

Hülya gab sich große Mühe, ihn böse anzustarren. Dummerweise war sein Lächeln so sympathisch, dass böses Anstarren nicht gut klappte. Stattdessen ertappte sich Hülya dabei, wie sie versuchte, durch seine Sonnenbrille hindurch einen Blick auf seine braunen Augen zu erhaschen.

»Hab ich da was?«

»Äh, nein, nein«, sagte sie hastig. »Ich hab nur … ich wollte nur …«

Sie verstummte, wütend auf sich selbst. Was war nur los mit ihr? Der Typ war Blutsauger, verdammt noch mal! Sie atmete tief durch, dann hob sie die Kamera hoch, sodass das leuchtende Display in Max' Richtung zeigte.

»Jetzt guck es dir wenigstens an!«, drängelte sie.

Max zögerte, sah über seine Schulter zum Haus, als hätte er Angst, dass die Spur kalt werden könnte. Dann gab er sich einen Ruck, machte einen Schritt auf Hülya zu und ließ sich neben sie fallen. Und zwar direkt neben sie! Hastig rückte Hülya aus der Reichweite seiner Fangzähne. Max rückte ihr nach. Hülya rückte noch einmal weg. Max seufzte und nahm die Sonnenbrille ab.

»Jetzt lass doch mal sehen«, sagte er und rückte vorsichtig etwas näher. Dieses Mal blieb Hülya, wo sie war. Sie starrte auf seine braunen Augen. Diese grünen Einsprengsel sahen wirklich aus wie Moos an einem Baum im mondlichtdurchfluteten Wald. Irre.

»Und?«, fragte Max nach einer Weile.

Hülya blinzelte. »Was?«

»Die Beweisfotos. Lass sehen.«

Hülya hielt ihm ihre Kamera hin. Er klickte sich durch die Fotos. Die angeschmolzene Tür. Korbinians Kuhle. Die dunkle Nische ohne Kartons. Die Beweislage war mehr als dünn, aber Max' braune Augen waren aus der Nähe betrachtet noch sensibler, als Hülya sie in Erinnerung hatte. Halt, stopp! Vampirhypnose! Unauffällig kniff Hülya sich in den Oberschenkel.

»Au«, machte sie leise.

»Hm?«

»Nichts.«

Sie schwiegen. Der Kniff hatte wehgetan, aber das seltsame Gefühl in Hülyas Bauch war davon völlig unbeeindruckt geblieben. Ja, klar, ist aufregend, neben einem Vampir-Monster zu sitzen. Der Reiz der Gefahr und so. Das jedenfalls redete sie sich ein, während sie krampfhaft jeden Augenkontakt vermied.

»Äh, also, ja ...«, begann er. Dann räusperte er sich. »Angenommen, Korbinian wurde wirklich von einem unbekannten Superdämon ausgesperrt – diese Fotos werden den Rat nicht davon überzeugen. Wenn also jemand aus dem Rat Luna vor mir findet, wird sie es nicht überleben.«

Hülya sah zu Boden. Sie hatte es geahnt. Alles umsonst. Sie spürte seinen Blick auf sich ruhen. Warum sagte er nichts? Und warum stand er nicht auf, um die Jagd fortzusetzen? Vorsichtig sah Hülya auf. Ihre Augen trafen seinen Blick. Darin lag eine Ruhe, die auch auf Hülya überging. Sie sprachen kein Wort, die Stille war weich und warm. Als er ihr die Kamera hinhielt, berührten sich ihre Finger für einen Moment. Ein, zwei Herzschläge lang, dann noch länger. Die Kühle seiner Haut war Balsam für Hülyas erhitzte Gedanken. Sie wusste plötzlich: Für ihn war es genauso, für ihn …

Ein Ruck fuhr durch Max wie ein elektrischer Schlag. Seine Muskeln versteiften sich, die Finger lösten sich von Hülyas, der Moment war vorbei. Wie bei einem Hai, der frisches Blut gewittert hat, stierten seine Augen in die Dunkelheit, tiefschwarz und eiskalt statt braun und sensibel.

»Sie ist hier!« Er scannte die blinden Fenster des Horrorhauses. »Dadrin!«

»Max, nein!«, sagte Hülya leise.

Sie legte ihm die Hand auf den Arm, doch die Kühle seines toten Körpers war nicht länger beruhigend, sondern verstörend. Max' Augen zuckten zu ihr rüber. Erschrocken zog sie ihre Hand zurück. Aus dem Jungen mit den sensiblen Augen war ein Raubtier geworden.

»Doch, Hülya. Ich kann sie riechen.« Er stand auf und lächelte auf sie herab. Die Eckzähne machten daraus eine dämonische Grimasse. »Ich kann Lunas warmes Werwolfblut riechen.«

Hülya konnte sich nicht länger etwas vormachen. Max' sensible Art, sein Verständnis, seine Schüchternheit – alles Show. Das Wesen, das sich auf die Jagd nach ihrer Freundin machte, war ein blutgieriges Monster. Hülya fasste einen Entschluss.

»Max?!«, rief sie und sprang auf.

Unwillig drehte er sich zu ihr um, den Mund geöffnet, wie um etwas zu sagen – oder um sie zu beißen. Mondlicht glitzerte auf seinen langen, spitzen Eckzähnen. Hülya hämmerte den Auslöser der Kamera runter. Der Blitz flammte auf, grelles Tageslicht sprang Max an. Wie von einem Faustschlag getroffen, taumelte er zurück, den Mund zu einem Schmerzensschrei geöffnet, die rasiermesserscharfen Eckzähne entblößt. Blutige Tränen verwandelten sein Gesicht in eine Maske des Grauens. Doch er fing sich schnell, machte einen Schritt auf sie zu, die Arme erhoben, die Zähne gefletscht.

Voll Sehnsucht schaute der Werwelpe mit seinen unschuldigen Kulleraugen zur Siedlung der Menschen, als ihn der Farbstoß aus der Spraydose traf. In wenigen Sekunden wuchsen ihm mächtige Fänge, große Pranken, struppiges Fell. Bald war die Verwandlung komplett: Der niedliche Welpe war zu einer blutdurstigen Werwölfin geworden, die gierig am Rande der Menschensiedlung auf Beute lauerte. Luna musterte zufrieden ihr Werk, aber ihre Laune blieb mies. Seit sie sich vor der Welt, den Kaltbluten und dem Vollmond in ihrem geheimen Keller versteckte, tobte in ihrem Inneren ein Sturm aus Enttäuschung, Einsamkeit und Wut. Wut auf die blöden Kaltblute und ihre falschen Anschuldigungen, auf den mysteriösen Glutauge, auf ihre eigene Machtlosigkeit. Und auch Wut auf Hülya, die ihren Erzfeind befreit hatte – von wegen Mondschwester!

Am allerwütendsten aber war Luna auf sich selbst. Dass sie einer Normala so sehr vertraut hatte, dass die sie so hatte hintergehen können. Andererseits … Hülya war alles andere als eine normale Normala, und vielleicht hatte sie ja auch ein ganz kleines bisschen recht, und Max war nicht nur ein Monster und …

Wütend wischte Luna den Gedanken beiseite. Ab sofort würde sie, Luna Lykopoulou, niemandem mehr vertrauen, keinem Rudel und erst recht keinen sogenannten Freundinnen. Ab sofort hieß es: Luna gegen den Rest der Welt!

Etwas durchzuckte sie, ein unhörbarer Ruf drang an ihr Ohr. Etwas war hier, in der Nähe. Schnell huschte Luna zum Oberlicht, das zum Vorplatz des Hauses hinausging. Sie schob den Vorhang beiseite, peinlich darauf bedacht, auch ja keinen Strahl vom Licht des Vollmonds abzubekommen – sonst: Puff! Werwölfin! –, und blickte hinaus. Zwei Schattenrisse standen mit den Rücken zu ihr vor dem vollen Silbermond. Der größere Schatten drehte sich zum kleineren um – da riss dieser ein Kästchen hoch, und gleißendes Licht meißelte für einen Sekundenbruchteil das Geschehen aus der Dunkelheit. Und Luna erkannte, wer da stand: Hülya und Max! Was machten die denn hier? Max schrie auf, es blitzte erneut, Hülya warf sich an ihm vorbei, sprintete aufs Haus zu, Max wirbelte herum, Blut lief aus seinen Augen, Hass verzerrte seine Züge, er setzte ihr nach, beide verschwanden aus Lunas Blickfeld.

Luna blinzelte. WTF?!

Ohne nachzudenken, bewegte sich Luna zum Durchgang ins Kellerlabyrinth. Doch bevor sie ins Dunkel trat, hielt sie inne. Was wollte sie eigentlich? Ihrem Erzfeind in die Arme laufen? Die Verräterin retten? Bevor sie sich entscheiden konnte, schlugen erneut ihre Wolfsinstinkte an. Doch dieses Mal fühlte es sich anders an. Fremd und gefährlich.

»Bella«, murmelte Luna, huschte zurück zum Oberlicht und lugte vorsichtig – bloß kein Vollmondlicht abkriegen! – am Vorhang vorbei. Draußen aber stand nicht die Blutgräfin, sondern bloß ein altersschwacher Traktor. Vom Fahrersitz kletterte ein übergewichtiger Gartenzwerg, dessen fröhliche Äuglein selbst auf diese Entfernung eine Welle der Sympathie in Luna auslösten. Was wollte der denn hier?

Dann gellte ein Schrei aus den Tiefen des Hauses, der Luna den Gartenzwerg vergessen ließ. Ein Schrei tiefen Schmerzes. Max … oder Hülya? Luna wusste: Sie musste sich entscheiden. Jetzt!

Das Echo von Max' Schrei hallte noch durch die Ruine, als die Aufzugstüren sich bereits geschlossen hatten. Aber dieses Mal war Max draußen geblieben. Mit zitternden Knien lehnte Hülya an der kühlen

Metallwand. Vorerst war sie hier im Aufzug sicher. Aber wie lange? Der Aufsteckblitz ihrer Kamera war heiß geworden von der ganzen Blitzerei, die Batterien würden nicht ewig halten. Außerdem konnte sie Max damit zwar auf Abstand halten, aber nicht töten. Das konnte nur die Sonne. Der Fahrstuhl rumpelte los, nach oben. In Richtung Dach. Hülya gestattete sich ein Lächeln. Die Sonne war ihre Rettung – und genau dahin war sie unterwegs.

Die halb geschmolzenen Scharniere knarrten protestierend, als Hülya sich gegen die Metalltür lehnte und aufs Dach stolperte. Ihr erster Blick ging zum Horizont. Ihr Herz sank. Der Schimmer am Horizont hatte von Hellblau zu Zartrosa gewechselt, aber noch war es Nacht. Aus dem Gang hinter sich hörte sie Max' Schritte lauter werden. Hülya rannte los, Kies spritzte unter ihren Schuhen zur Seite weg.

»Hülya!«

Mitten in der Bewegung hielt sie inne, drehte sich langsam um. Ihr Widersacher stand in der Tür, dort, wo der Schatten am tiefsten war. Mensch und Vampir musterten einander. Langsam wich Hülya zurück, der Dachkante entgegen. Dann spürte sie es. Die Wärme im Nacken. Ihre Augen zuckten zum Horizont hinter ihr. Ein erster Lichtstrahl war durchs Dunkel gebrochen, hatte aus dem zarten Rosa ein weiches Orange gemacht. Und genau in diesem Augenblick brachte ein zweiter Lichtstrahl Hülya zum Blinzeln. Mit einem triumphierenden Lächeln drehte sie sich wieder zu Max um.

»Tja, Kaltblut«, war alles, was sie sagte.

Max sagte nichts. Stattdessen zog er seine blickdichte Sonnenbrille aus seiner Lederjacke, setzte sie auf, schlug den Jackenkragen hoch und betrat das Dach. Der Kies knirschte. Hülyas Lächeln gefror.

SCHLAFLIEDER

Sie nahm drei, vier Treppenstufen auf einmal, schlitterte um die Kurven. Ihre Lunge brannte, aber bald würde sie aufs Dach stürmen und das elende Kaltblut von ihrer Mondschwester runterreißen! Luna würde Hülya nicht im Stich lassen!

Danach, wenn Hülya gerettet war und das Kaltblut Geschichte, war für Streit immer noch genug Zeit. Während sie sich ausmalte, wie sie Hülya ihren Irrtum über Max unter die Nase reiben würde, sauste Luna an der Treppenhaustür zu ihrer Etage vorbei. Sie würde den Umweg zum Dach nehmen, den sie als Welpe immer genommen hatte. Doch bevor ihre Etage hinter ihr verschwand, erklang leise eine Stimme. Mitten im Lauf fror Luna ein. Das konnte nicht sein. Mit bebendem Brustkorb stand sie im verfallenen Treppenhaus und krallte sich am Geländer fest. Lauschend. Wieder die Stimme. Weiß traten Lunas Knöchel am Geländer hervor, ihr schwindelte. Es konnte nicht sein – und doch war es so. Luna kannte diese Stimme seit ihrer Geburt, bis sie vor fünf Jahren abrupt verstummt war. Bis jetzt. Es war die Stimme ihrer Mutter.

Blitz! Blitz!

Das Blitzlicht von Hülyas Kamera zerschellte so wirkungslos an Sonnenbrille und Lederjacke wie die schwache Morgensonne. Von Mal zu Mal wurde es schwächer, bis nur noch ein funzeliges Glimmen aus dem Aufsteckblitz kam. Und der Vampir kam unbeeindruckt näher, Schritt für Schritt. Hülya wich zurück. Schon spürte sie den Abgrund hinter sich. Dort unten wartete nichts als betonharter Waldboden.

»Luna ist nicht hier«, rief sie. Sie versuchte selbstsicher zu klingen, aber das Zittern ihrer Stimme konnte sie nicht verbergen. »Warum sollte sie auch hierher zurückkommen?«

Max verzog die Lippen zu einem Lächeln.

»Du bist es doch auch.«

Dann machte er einen großen Schritt auf sie zu. Instinktiv machte Hülya einen großen Schritt nach hinten. Doch statt des Dachkieses spürte sie unter ihrem Fuß … nichts. Ein hastiger Blick über die Schulter. Der Abgrund starrte sie an. Neun Stockwerke freier Fall. Schwindel. Mit einem Ruck warf sie sich nach vorne. Aus dem Augenwinkel sah sie Max auf sich zufliegen. Im Reflex zuckte Hülya zurück und kippte vollends weg, dem Abgrund entgegen.

Wie betäubt lauschte Luna dem Klang der Stimme, auch wenn sie die Worte nicht verstand. Dumpf ertönte sie durch die verschlossene Tür des Aufzugs, unverständlich und doch unverkennbar. Die Stimme gehörte eindeutig ihrer lang verschwundenen Mutter. Tief drang der vertraute Klang in Lunas Seele, wärmte ihr Herz und entfachte ein Feuer der Sehnsucht. Alles andere war vergessen.

Pling!

Die Türen glitten auf. Die Kabine dahinter lag im Dämmer, die Stimme ihrer Mutter schwebte durch den winzigen, warmen Raum. Fast so wie früher, als Luna ein Welpe gewesen war.

Unter der Bettdecke hockt sie in ihrer Höhle. Ihre Mutter flüstert von außen ins warme Dunkel, sagt, wie sehr sie ihre kleine Mondtochter liebt, dass sie sie nie verlassen wird, dass sie …

Der rote Samtvorhang an der Stirnseite des Aufzugs kräuselte sich wie Wellen eines Sees. Dahinter, das wusste Luna auf einmal, wartete ihre Mutter auf sie. Ein Teil von Lunas Verstand schaltete in den

Alarmmodus. Hinter dem Vorhang war ein Spiegel, dann das Metall der Kabine, dann der Fahrstuhlschacht, dann Beton. Und ganz bestimmt nicht ihre Mutter. Luna zögerte, doch dann begann die Stimme leise zu singen. Erneut saß die kleine Luna im warmen Dunkel unter der Decke mit nichts außer Mama und der Melodie.

Schlaf, Mondkind, schlaf
Deine Mutter reißt die Schaf'
Dein Vater fetzt Tagwesen klein
Wir werden immer bei dir sein
Schlaf, Mondkind, schlaf

Luna starrte blicklos auf den zerschlissenen Samtvorhang, hinter dem der leise Gesang hervordrang. Ihr Herz schmerzte in ihrer Brust. Schließlich machte sie einen Schritt in die kleine Kabine, zog den Stoff beiseite. Ihr eigenes Spiegelbild blickte sie an. Dann ging es ganz schnell. Die Türen knallten hinter ihr zu. Das Licht fiel aus. Der Gesang zitterte wie die Flamme eines Streichholzes kurz vor dem Erlöschen, dann verstummte er. Es rumpelte. Luna spürte, wie sich der Fahrstuhl bewegte, aber schon wenige Sekunden später stehen blieb. Selbst für Werwolfaugen war es stockdunkel.

»Mama?«, flüsterte Luna leise.

Ein Geräusch antwortete, das Luna nie wieder vergessen würde. Ein heiseres, asthmatisches Kichern. Lauter und lauter und lauter wurde das Kichern, bis es jede Ritze der kleinen Kabine ausfüllte. Lunas Nackenhaare stellten sich auf, Panik überkam sie. Aber nicht mit ihr! Trotzig straffte sie ihre Schultern.

»Ich weiß nicht, was du bist«, knurrte sie herausfordernd, »aber ich weiß, dass du zu feige bist, dich zu zeigen.«

Zwei Funken entzündeten sich, nur wenige Zentimeter von ihr entfernt. Die Funken wuchsen zu rot glühenden Augen.

»Glutauge!«, hauchte Luna.

»Willkommen, Wölfin«, flüsterte eine Stimme, rau und hoch wie das Kratzen von Fingernägeln auf einer Tafel. Und dann erschien unter den Augen ein körperloser Mund mit spitzen Zähnen, wie hingekritzelt vom hastigen Strich eines hasserfüllten Kindes. Glutauge grinste.

Instinktiv schoss Lunas Hand vor, traf aber nur Glas. Verwirrt machte sie einen Schritt zurück. Das Kichern wurde lauter. Und dann erkannte Luna: Glutauge war gar nicht mit ihr im Aufzug. Er war hinter dem Spiegel! Durch das Spiegelglas konnte Luna hinter dem schwebenden Grinsen Glutauges einen leeren, undefinierten Raum erkennen, dessen Finsternis nur erhellt wurde vom Glühen seiner Augen.

»Was willst du?«

»Nichtsss. Ich habe allesss«, antwortete Glutauge, dann bohrte sich wieder das widerliche Kichern in Lunas Ohren. »Mensch und Vampir sind auf dem Dach. Ob durch Sonne oder Blut – einer wird sterben. Und dann wird esss sein, wie esss seit Anbeginn der Zeit war.«

»Und, wie war es da so?«, murmelte Luna, während sie unauffällig ihr Gewicht nach hinten verlagerte, um Kraft zu sammeln für einen Sprung durch das Spiegelglas.

»Tagwesen gegen Nachtwesen, Mensch gegen Monsssster, Blut gegen Blut«, kicherte das Wesen. »Das ewige Morden.«

Ansatzlos warf Luna sich auf die körperlose Fratze. Doch wider Erwarten brach das Glas nicht, gab keinen Weg frei in den leeren Raum um Glutauge. Stattdessen prallte Luna mit voller Werwolfwucht gegen die Rückwand aus Stahl und sackte benommen vor dem Spiegel zu Boden.

»Es issst zzzu spät, Wölfin. Die Saat issst gesät«, kicherte Glutauge, und dieses Kichern war das Letzte, das Luna hörte, bevor sie von tiefer Bewusstlosigkeit verschlungen wurde.

Ineinander verschlungen taumelten Vampir und Mensch auf den Abgrund zu. Im letzten Moment warf Hülya sich nach vorne, nutzte Max' Arm als Hebel und landete auf dem Kies. Max wurde mitgerissen und stürzte neben ihr in die scharfkantigen Steine.

»Au!«, machte er. »Die sind hart, verdammt!«

Hülya krabbelte hastig aus seiner Reichweite. Aber Max blieb ein, zwei Sekunden mit gequältem Gesichtsausdruck liegen. Dann zog er einen besonders spitzen Kiesel unter seiner Schulter hervor und hielt ihn anklagend hoch.

»Das gibt auf jeden Fall einen blauen Fleck.« Max' Blick fiel auf seine Hand. Wo Sonnenstrahlen auf seine Haut trafen, stiegen feine Rauchfäden auf. »Und fiesen Sonnenbrand.«

Hülya ignorierte ihn. Stumm zählte sie die Schritte, die sie zur Tür brauchen würde. Max' Augen folgten ihrem Blick.

»Kannst ruhig abhauen«, sagte er. »Sag mir nur vorher, wo Luna ist. Bella hat sie zur obersten Priorität erklärt. Wenn ich sie nicht als Erster finde …«

»Um sie auszusaugen!«, knirschte Hülya angewidert.

»Um sie von hier wegzubringen!«, konterte Max genervt.

»Um sie dann woanders auszusaugen!«, ergänzte Hülya bissig, aber Max' Augenrollen brachte sie ins Schleudern. »Stimmt doch, oder?«

»Nein, stimmt nicht. Wie oft soll ich das denn noch sagen?«, blaffte er, sprang behände auf seine Füße und stand nur einen Lidschlag später vor Hülya. »In diesem Haus ist es nicht sicher für Luna. Für eine Normala übrigens auch nicht.«

Er streckte seine Hand aus. Hülya und er musterten sich eine Weile. Hülya ignorierte seine Hand, stand auf und bewegte sich rückwärts auf die Tür zu. Den Vampir ließ sie keine Sekunde aus den Augen. Max rührte sich nicht. Nur seine ausgestreckte Hand ließ er angesäuert wieder sinken.

»Kannst wenigstens Danke sagen. Immerhin habe ich dich gerade vor dem Sturz ins Nichts bewahrt.«

»Ist so dein Style, stimmt's?«, knurrte Hülya. »Erst retten, dann aussaugen. Im Siechenhaus war's genauso.«

»Du willst es einfach nicht verstehen, oder?«, rief Max und warf seine Hände in einer Geste fast schon komischer Verzweiflung in die Luft. »Im Siechenhaus hatten wir die halbe Station als Zuschauer. Inklusive Tante Bella. Wie stellst du dir das vor? Alle gucken zu – aber ich weigere mich, zuzubeißen, weil ich Vegetarier bin?«

»Ja, klar, das lässt sich leicht sagen!«, feuerte Hülya zurück. »Jeder kann von sich behaupten, dass … Moment. Du bist was?«

»Nichts.« Max biss sich auf die Lippen.

»Nicht nichts. Du bist Vegetarier?«

Max schwieg verbissen, aber das war Antwort genug.

»Aber ein Vampir bist du schon, oder?«

»Oh, den habe ich ja noch nie gehört«, schnaubte Max bitter und wandte sich ab, um den nicht mehr ganz so finsteren Finsterforst zu betrachten. »Fällt dir noch so ein schlauer Spruch ein? Dass echte Kaltblute Blut komasaufen oder so?«

»Und? Komasäufst du Blut?«, fragte Hülya.

Max schoss einen wütenden Blick zu Hülya herüber, aber seine Wut verpuffte schnell. Hülyas Blick war nicht spöttisch, sondern ernsthaft interessiert.

»Ich meine, Blut saufen ist doch das, was ihr so tut, oder?«

Max wandte den Kopf wieder zum Finsterforst. Hülya konnte sehen, wie es in ihm arbeitete.

»Vampir ja. Komablutsaufen nein«, sagte er nach einer Weile. »Ich konnte noch nie Blut sehen. Als Kind bin ich mal vom Fahrrad gefallen, mein Knie hat geblutet«, er machte eine kurze Pause, sah zu ihr und lächelte sogar ein bisschen, »und ich bin in Ohnmacht gefallen. Da war ich aber noch ein Mensch.«

Hülya konnte nicht anders, als sein Lächeln zu erwidern. Max entspannte sich zusehends.

»Aber Vampir sein geht auch ohne Blut – mit der richtigen Diät. Eisenhaltiges Gemüse, Spinatpizza, Rote Bete und so. Und im Notfall auch mal ein Blutkonserven-Cocktail aus der Blutbank. Aber nur mit Augen zu, sonst ist das zu eklig.« Er hielt inne, seine Augen wurden wieder ernst. »Und jetzt mache ich mich auf die Suche nach Luna.«

Ohne ein weiteres Wort stapfte er an Hülya vorbei in Richtung Metalltür. Doch als er an ihr vorbeiging, hielt Hülya ihn auf.

»Falls das alles stimmt – warum bist du da unten so anders gewesen?«

»Wie gesagt: Hundert Prozent Vampir. Ob ich will oder nicht«, zuckte Max mit den Schultern. »Auch Veggie-Vampire haben Jagdinstinkt.«

Hülya scannte seine braunen Augen auf Falschheit. Da war keine. Aber so leicht war es nicht, lieb gewonnene Todfeinde aufzugeben.

»Woher weiß ich, dass du nicht lügst?«

Wieder zuckte Max mit den Schultern.

»Du weißt es nicht«, sagte er. Dann schoss ohne Vorwarnung seine Hand zu ihrer Kehle – und verharrte wenige Zentimeter vor ihrer Haut. »Aber warum sollte ich? Ich bin kein Mensch, Hülya, wenn ich wollte, könnte ich dich hier und jetzt aussaugen.«

»Wenn du dann nicht ohnmächtig werden würdest beim Anblick meines Blutes«, entgegnete Hülya mit einem kühlen Lächeln, dann wanderte ihr Blick nach unten. »Oder zum Kaltblut-Schaschlik.«

Auch seine Augen wanderten nach unten. Direkt vor seinem Bauch hielt Hülya den viel kürzeren, aber ebenso spitzen Mini-Holzpfahl, den sie stets als eiserne Reserve in der Innentasche ihrer Jeansjacke trug. Max' Blick zuckte hoch zu ihrem. Sie grinste breit. Da begann auch er zu lächeln.

»Also, wenn ich dein Feind wäre, Hülya«, sagte er, »dann wäre es mir eine Ehre.«

Er nahm seine Hand von ihrer Kehle.

»Ebenso«, nickte Hülya. »Aber als Partner bist du mir lieber.«

»Dann glaub mir bitte endlich«, sagte Max eindringlich. »Es geht um alles. Wenn Bella oder jemand aus dem Rat Luna findet, ist nicht nur Luna tot, sondern …«

»… sondern auch euer komischer Transsylvanischer Friede«, ergänzte Hülya. »Lunas Rudel wird sie rächen. Und dann gibt's Krieg.«

Überrascht guckte Max sie an. Hülya zuckte mit den Schultern.

»Luna hat mir euer Schulbuch gegeben.« Sie schob ihren Ersatz-Holzpfahl wieder in ihre Jeansjacke. »Also, Partner. Ich weiß zwar nicht, wo Luna ist, aber zusammen kriegen wir das schon raus!«

»Aber bitte drinnen«, sagte Max. Er warf einen Blick zum Horizont, über den immer wieder einzelne Sonnenstrahlen brachen. »Hier wird's gerade etwas zu warm für mich.«

Er setzte sich in Bewegung, Hülya stapfte mit breitem Grinsen hinter ihm her. Es fühlte sich gut an, sich doch nicht in ihm getäuscht zu haben. Am meisten freute Hülya sich auf das Gesicht, das Luna machen würde, wenn sie Max sah – als ihren Verbündeten.

Ein Kribbeln lief über ihren linken Arm. Überrascht blieb Hülya stehen. Die Gefahr war doch vorüber, wieso …? Mit einem Aufschrei sackte sie zur Seite. Feuer tanzte über ihren linken Arm, ihre Narbe brannte wie nie zuvor. Mit Riesenschritten eilte Max herbei, fing sie gerade noch auf, bevor sie in den Kies stürzte. Hülya aber nahm ihn gar nicht wahr. Ihr Blick fiel an ihm vorbei ins Dunkel des Gangs. Was sie dort sah, raubte ihr vollends den Atem. In der Schwärze schwebte ein gleißend rotes Paar Augen. Es starrte sie an.

»Glutauge«, keuchte Hülya.

Max folgte ihrem Blick. Seine Augen weiteten sich.

»Glutauge?«, sagte er ungläubig.

Und dann begann sich die schwere Metalltür wie in Zeitlupe zu schließen. Einen Herzschlag lang leuchtete unter den Augen ein Maul voll schiefer Reißzähne auf. Ein heiseres, asthmatisches Kichern brandete über das Dach. Dann krachte die Tür zu.

Das Brennen in ihrem Arm ebbte ab, Hülya konnte wieder atmen. Schnell schüttelte sie den Schock ab und hastete zur Tür. Zu spät. Die Tür glühte, die Luft davor flirrte vor Hitze, und von der Verriegelung tropfte geschmolzener Stahl. Glutauge hatte sie und Max auf dem Dach ausgesperrt, so wie er auch Korbinian ausgesperrt hatte.

Hinter Hülya erklang ein Stöhnen. Sie drehte sich um. Endlich hatte die Sonne sich hochgekämpft und schickte ihre Lichtstrahlen übers Dach. Der Horizont war jetzt ein einziges wunderschönes, lichtdurchwirktes Farbenspiel. Dann fiel Hülyas Blick auf Max. Er kniete noch an der Stelle im Kies, wo er sie aufgefangen hatte, Sonnenlicht überflutete ihn. Dunkler, fettiger Rauch stieg von seinen ungeschützten Händen und seinem Gesicht auf. Ungläubig betrachtete er seine rauchenden Hände, dann wanderten seine Augen zu Hülya. Doch er nahm sie gar nicht wahr, sein Blick fiel durch sie hindurch in eine Welt des Schmerzes. Seine Lippen verzerrten sich, und ein Schrei gellte über das Dach.

Nicht mehr lange, und Max würde brennen.

Schreien. Wüten. Immer neue Dellen in die Tür schlagen. Alles vergebens. Luna hockte erschöpft auf dem Boden der stockfinsteren Aufzugskabine. Glutauge war weg, der Spiegel nur ein Spiegel, die Stimme ihrer Mutter verklungen. Und auch Hülya würde bald Geschichte sein, ausgesaugt von einem Vampir. Hass auf alle Kaltblute brodelte in Lunas Adern. Doch hier, ganz allein im Dunkeln, schmuggelte sich ein lange vergessenes Bild in ihren Hass. Max, wie er mit ihr spielte, als sie klein war. Wie cool sie seine Rock-'n'-Roll-Tolle fand. Und die Sache mit ihrer Kindergärtnerin. Luna musste lächeln.

Eine weitere Erinnerung leuchtete auf. Sie selbst im Dunkel unter der Decke, ihre Mutter bei ihr. Ihre Mutter nahe bei sich zu spüren, war schön gewesen, selbst wenn es bloß ein von Glutauge vorgegaukeltes Trugbild gewesen war. Wie von allein drängte sich eine Melodie durch ihre Kehle. Luna sang das Schlaflied ihrer Mutter, laut und voller Inbrunst.

Schlaf, Mondkind, schlaf
Deine Mutter reißt die Schaf'
Dein Vater fetzt Tagwesen klein
Wir werden immer bei dir sein
Schlaf, Mondkind, schlaf

SCHATTENLINIEN

Tageslicht flutete das Dach. Um die wie Leuchttürme aus dem Kiesmeer aufragenden Lüftungsschächte sammelten sich vereinzelt Schattenpfützen, doch selbst die schrumpften zusehends. Einzig das im Zentrum des Daches wie ein gestrandetes Schiff stehende Zugangshäuschen aus Beton verhieß etwas Schutz. An ihm brachen sich die einströmenden Lichtwellen, und hinter ihm herrschte rettender Halbschatten. Doch mit jeder weiteren Minute, in der die Sonne am Firmament hinaufkletterte, wurde auch dieser Schatten von ihrem unbarmherzigen Gleißen verdrängt. Hastig hatte Hülya die im Kies herumliegenden Bretter und die Plane, mit der schon Korbinian sich zu schützen versucht hatte, aufgeklaubt, zu einem provisorischen Unterstand zusammengezimmert und Max darunter verfrachtet. Windschief lehnte der Unterstand an der Rückwand des lichtwellenbrechenden Betonhäuschens und hielt die unbarmherzige Strahlenflut fern. Noch.

Unter der Plane hockte Max, die Lederjacke über sich geworfen gegen Streulicht, den Blick in die Ferne gerichtet. Hülya saß neben ihm. Mit ihren Füßen scharrte sie im Dachkies herum und schichtete nach und nach einen kleinen Kieshaufen zusammen. Hauptsächlich aber versuchte sie, sowohl den beißenden Gestank kokelnden Fleisches als auch das säuerliche Aroma der Angst zu ignorieren, die in der Luft lagen.

»Schön«, murmelte Max unvermittelt.

Hülya ließ ein bitteres, leises Lachen hören, blickte aber nicht auf.

»Was genau? Dass du zum Grillsteak wirst? Oder dass ihr Wesen der Nacht euch gegenseitig massakrieren werdet?«

Max lächelte, aber es war ein trauriges Lächeln.

»Es ist noch schlimmer, Hülya«, sagte er. »Ich bin nicht in meinen Sarg zurückgekehrt heute Nacht. Der Hohe Rat der Vampire ist spätestens seit Sonnenaufgang auf der Suche nach mir. Wenn sie mich hier finden, verbrannt wie Korbinian, wird Bella keine Gnade kennen. Selbst wenn du entkommen solltest, wird sie dich finden. Erst dich, dann deine Familie.«

Das Scharren neben ihm stoppte, als Hülya ihren Blick vom Kieshaufen löste und Max düster anstarrte.

»Dein ganzes Volk wird leiden«, fuhr er fort. »Es gibt da diesen Verhaltenskodex im Pax Transsylvanica …«

»Ich weiß schon. Ihr jagt im Verborgenen, tötet nur, wenn ihr müsst und so«, ergänzte Hülya bitter. »Wenn sich daran niemand mehr hält …«

Sie rammte ihren Fuß in den Kiesberg. Steinchen spritzten übers Dach. Max musterte sie überrascht.

»Dafür, dass du nur das eine Schulbuch kennst, bist du echt fit in Nachtwesenkunde«, stellte er fest.

»So schwierig ist das auch wieder nicht. Ist ja nicht gerade Physik«, murmelte Hülya und begann erneut, den Kies mit ihren Füßen zu einem Haufen zusammenzuschieben. »Immerhin: Der Physik-Test nächste Woche fällt aus, zumindest für mich.« Sie grinste schief. »Und was findest du jetzt so schön am Untergang der Welt?«

Max deutete über die Dachkante hinaus zum Ozean aus Holz und Blättern, der die Ruine umgab.

»Das da.«

Ein leises Lächeln zog über seine Lippen beim Anblick der schwarzgrünen Wipfel des Waldes, die nach und nach von der wandernden Sonne hellgrün eingefärbt wurden. »So habe ich den Finsterforst ewig nicht mehr gesehen. Seit ich gebissen wurde. Seit 1958.«

Hülya zuckte zusammen. Sie hatte gewusst, dass Max uralt war. Aber das von ihm selbst zu hören, während er direkt neben ihr saß, war seltsamer als gedacht. Max bemerkte ihren Blick.

»Ach, Vampirjahre zählen nicht«, sagte er mit einer wegwerfenden Handbewegung. »Ich bin der geblieben, der ich schon damals war. Für immer 16.«

Er schob die Sonnenbrille auf seine Nase und richtete sich auf. Vor Hülyas Kieshaufen blieb er stehen. Direkt über dem Gipfel ihres Kieshaufens verlief, wie von einem Messer gezogen, die Grenze zwischen dem tiefen Schatten des Unterstands und dem lichten Halbschatten des Betonhäuschens. Die Grenze zwischen Sicherheit und Schmerz. Hülya musterte ihn. Was hatte er vor? Da durchlief ihn ein Ruck, und er überschritt die Schattenlinie. Erschrocken sprang Hülya auf, aber bevor sie etwas sagen konnte, drehte Max sich um.

»Im Halbschatten brennt's nur ein bisschen«, sagte er ruhig. »Komm, ich will dir etwas zeigen.«

Er führte sie zum Rand des Daches, so weit der Halbschatten es ihm erlaubte. Dann deutete er auf eine unscheinbare Lichtung weit hinten im Dunkel des Waldes.

»Dahinten war es. 21. Juli 1958. Mein 16. Geburtstag. Am Morgen hat mir Onkel Rudi sein altes Mofa geschenkt. Den ganzen Tag habe ich daran herumgewienert, damit es schön glänzt für meine Verabredung am Abend. Ein Date, nennt man das heute wohl.« Er lächelte melancholisch, dann verschwand das Lächeln. »Sie hat nie gesehen, wie schön mein neues Mofa geglänzt hat. Auf dem Weg zum Date ist mir der Sprit ausgegangen. Dahinten auf der Lichtung, mitten im Finsterforst. Nach Sonnenuntergang.« Sein Blick verharrte auf dem Wald, ging aber viel weiter in die Vergangenheit. »Seitdem lebe ich in der Nacht.«

Sie schwiegen. Irgendwann hielt Hülya es nicht mehr aus.

»Ein Vampir?«

Max nickte abwesend. »Hat mich sterbend zurückgelassen. Wenn mich nicht jemand in die Nachtwesensiedlung gebracht hätte, wäre ich wohl am ersten Tag meines untoten Daseins vergangen.«

»Korbinian hat dich gerettet«, vermutete Hülya.

Max zuckte zusammen, als er aus der Vergangenheit auftauchte. Er starrte Hülya an – und lachte laut los. Es war ein so ehrliches Lachen, dass auch Hülya kichern musste.

»Korbinian würde nicht mal seine eigene Oma retten«, sagte Max mit Lachtränen in den Augen. »Nein, gefunden hat mich Tante Bella. Sie war es, die mich hergebracht und in den Clan eingeführt hat – und mir so mein untotes Dasein geschenkt hat.«

Hülya schwieg überrascht. Sie hatte geglaubt, verstanden zu haben, wer böse war und wer gut – aber irgendwie geriet das immer wieder durcheinander. Max sah ihr die Verwirrung an.

»Tante Bella ist über sechshundert Menschenjahre alt, Hülya. Sie hatte nie jemanden, keine Familie, keine Freunde. Nur Feinde, die sie hassten, und Untergebene, die sie fürchteten.« Er lächelte nachdenklich. »Seit damals hat sie mich. Ich bin ihre einzige Familie – und sie meine.«

Hülya nickte langsam.

»Bella hat mich in den Clan aufgenommen, aber einen guten Vampir hat sie nie aus mir machen können. Ich ekele mich vor Blut, und kalt genug bin ich auch nicht. Korbinian zieht mich immer damit auf, dass ich viel zu sehr Mensch geblieben bin. Und Bella schämt sich für mich.« Er nahm die Sonnenbrille ab und sah Hülya an. Sein Blick war ruhig, fast wie befreit. »Sie haben beide recht, aber das ist jetzt egal. Heute endet das alles.«

»Max, nein! Wir finden Luna und dann …«, begann Hülya, aber Max schüttelte den Kopf.

»Es ist okay, Hülya. Für mich ist der Tod näher als das Leben, immerhin bin ich schon mal gestorben.«

Er schloss die Augen für einen Moment, atmete tief durch. Dann setzte er seine Sonnenbrille wieder auf. Selbst durch die dunklen Gläser konnte Hülya an seinen Augen sehen, dass er eine Entscheidung getroffen hatte.

»Viel zu lange schon streife ich durch die Dunkelheit. In meinen letzten Momenten werde ich endlich das tun, was ich schon seit Langem tun will«, sagte er und marschierte an Hülya vorbei in Richtung Zugangshäuschen, »mir meinen ersten und letzten Sonnenaufgang seit 1958 anschauen.«

Hülya folgte ihm zur Ecke des Häuschens, wo er stehen blieb und sich zu ihr umdrehte.

»Zusammen mit dem coolsten Girl, das ich seit 1958 getroffen habe. Wenn nicht seit immer.«

Hülya spürte, wie sie errötete. Sie wandte den Blick ab, starrte auf die schnurgerade Schattenlinie auf dem Boden, die von der Ecke des Betonhäuschens über den Kies verlief. Auf ihrer Seite der Linie gab es noch etwas Schatten, direkt dahinter jedoch brandeten die Lichtwellen ungebremst übers Dach. Sie wusste, dass für einen Vampir wie Max im Farbenspiel der Sonne nichts lag als ein langsamer Tod. Das zumindest hatte sie bisher gedacht. Und ja, Max hatte Angst vor dem Licht der Sonne. Aber Angst war nicht alles. Jetzt, da sie noch einmal den Blick auf ihn richtete, ahnte sie, dass der Sonnenaufgang mehr für ihn bedeutete. Viel mehr. Die Erinnerung an sein altes Leben, die Erfüllung einer menschlichen Sehnsucht, die er als Vampir nie würde stillen können. Max griff ihre Hand, seine kühlen Finger schlossen sich um die ihren. Er sah sie an.

»Willst du für diesen letzten Sonnenaufgang mein Date sein, Hülya?«

Hülya zögerte ein, zwei Herzschläge, dann nickte sie. Max lächelte. Und dann machten sie einen gemeinsamen Schritt ins Licht.

Ein dumpfes Pochen schreckte Luna auf. Sie lauschte mit angehaltenem Atem. Wieder ein Pochen, dann eine Stimme, hallig wie aus einer tiefen Grube kommend. Auch diese Stimme kannte sie schon ihr ganzes Leben.

»Papa!«, brüllte Luna so laut, wie sie nur konnte. »Im Aufzug! Ich bin im Aufzug!«

Plötzlich ruckelte der Aufzug, wenige Momente später machte es *pling!,* und die Türen fuhren auf. Neonlicht blendete Luna, und es starrten sie von Runzeln umzingelte Augen durch dicke Brillengläser an. Vor dem Aufzug stand der Kalfaktor Siris, die alte Mumie.

»Aha, das Fräulein Wolf blockiert also den Aufzug«, krächzte er. »Die Gräfin wird sich sehr dafür interessieren, wer sich wieder hier herumtreibt.«

Eine Pranke schob ihn unsanft beiseite.

»Sie wird nichts davon erfahren, Kalfaktor«, grollte Lons Werwolfbass, »wenn nicht jeder wissen soll, wie unsicher dein Aufzug ist.«

»Ist er nicht!«, begehrte Siris auf. »Jemand hat meinen Sperrfluch manipuliert!«

Luna hatte genug gehört. Sie warf sich mit einer solchen Wucht in Lons Arme, dass er rückwärtstaumelte. Der Kalfaktor nutzte die Gelegenheit, um sich unauffällig zu verdrücken.

»Eigentlich habe ich dich ja aus dem Rudel verstoßen, Mondkind«, grummelte Lon gerührt. »Aber dann habe ich über den Luftschacht ein Lied gehört. Laras Lied.« Er schob Luna von sich. »Den Rudel-Rausschmiss vergessen wir einfach. Wir beide sind ja ein Rudel, immer noch.« Er grinste ein Wolfslächeln. Breit, aber nicht breit genug, um seine Unsicherheit zu verbergen. »Oder?«

»Sind wir«, nickte Luna. »Und den Rausschmiss habe ich längst vergessen. Aber Papa, eine Sache müsste ich noch erledigen …«

»Später!«, würgte Lon sie ab. »Jetzt erst mal ab in unseren Zwinger. Die alte Mumie ist bestimmt schon auf dem Weg zur Gräfin, um deine Heimkehr zu petzen.«

Er griff Lunas Hand und wollte los, Luna aber blieb stehen.

»Papa? Ich … ich komm nach, versprochen. Da ist noch eine Kleinigkeit …«

Ohne auf seine Reaktion zu warten, zischte sie los, warf sich ins Treppenhaus und sprintete die Stufen hoch. Hinter ihr dröhnte Lons Wolfsbrüllen.

»Luuuuunaaaa!«

Wenn Hülya die Augen zusammenkniff, konnte sie gerade noch den Vollmond blass am Morgenhimmel stehen sehen, aber längst hatte die Sonne seine Vorherrschaft gebrochen. Unangefochten regierte sie das Firmament und brannte alles nieder, was sich ihr in den Weg stellte.

Mit bebendem Brustkorb lehnte Hülya sich an den nackten Beton des Zugangshäuschens und suchte ihren Herzschlag zu beruhigen. Ihre Arme schmerzten von seinem Gewicht, und im Kies vor ihr war die Schleifspur sichtbar, wo sie ihn in den Schutz des Unterstands gezerrt hatte. Neben ihr im Schatten lag er jetzt. Kaum bei Bewusstsein, die Haut von Brandblasen übersät, unregelmäßiger Atem, mehr tot als lebendig – und doch, das wusste sie, war Max von Schreck glücklich.

Das orangerote Glühen, die rosa-violetten Unterseiten der Wolken – noch nie hatte Hülya jemanden erlebt, der diese Alltäglichkeiten so in sich aufgesogen hatte wie Max. Mit tränenden Augen hatte er der Lichtbrandung getrotzt, auf den Horizont gestarrt und stoisch das Brennen auf seiner Haut ertragen – nur, um noch ein einziges Mal einen Sonnenaufgang zu erleben. Die ganze Zeit hatte er ihre Hand gehalten, so fest, dass sie seinen Griff auch jetzt noch spürte. Als die Sonne dann endlich den Horizont vollständig überschritten hatte, war Max entkräftet in die Knie gesunken. Nur mit Mühe hatte Hülya ihn in den rettenden Schatten zurückschleppen können. Noch lebte er, irgendwie zumindest, aber das war auch schon alles, was sie wusste. Was sie nicht wusste, dachte Hülya bitter, während sie den Kies mit ihren Füßen zusammenscharrte, war, wie lange. Ein Husten holte sie ins Jetzt zurück. Max war wach.

»Papier«, flüsterte er.

Hülya wusste gar nicht, was er von ihr wollte. Er hob zitternd seine Hand, schrieb etwas in die Luft.

»Bella muss wissen, dass nicht du schuld bist«, flüsterte er. »Nur so entgeht ihr der Rache des Hohen Rates, du und deine Familie.«

Hülya klopfte ihre Taschen ab. Mehr als den Drohbrief von Emre hatte sie nicht dabei. Aber darauf war ganz unten noch etwas Platz für Max' Botschaft. Sie reichte ihn rüber zu Max, aber statt zu schreiben, schaute er das Papier überrascht an.

»Den gibt's immer noch?«

Max starrte auf die Vorderseite mit dem Flyer der Nachbarschaftshilfe. Aber nicht auf die durchgestrichene Ruine tippte Max, sondern auf das kleine Gruppenfoto der Nachbarschaftshilfe mit Leonies Tante, Herrn Butze und anderen stinknormalen Nachbarn.

»Die Nachbarschaftshilfe Waldauer Viertel – wir machen unser Viertel schöner!«, äffte Hülya den Tonfall der Eigenwerbung nach, bevor ihre Stimme ins Normale kippte. »Irgendwelche pseudobesorgten Bürger, die keine Lust auf eure Ruine haben. Was ist damit?«

»Und der hier gehört dazu?«, tippte Max auf das lächelnde Gesicht Herrn Butzes.

»Ist sogar der Vorsitzende«, nickte Hülya. »Aber der ist voll nett. Herr Butze verkauft an der Schule …«

»Schokokuss-Brötchen«, ergänzte Max mit einem seltsamen Unterton. »Ich erinnere mich. In jeder Pause war ich bei Bäcker Butze. Zwei Schokokuss-Brötchen, zwanzig Pfennige.«

Hülya nickte. Selbst in dieser Situation zauberte der Gedanke an den kleinen Gartenzwerg ein Lächeln auf ihre Lippen.

»Na ja, heute kosten die schon ein bisschen mehr«, grinste sie. »Ich hätte gar nicht gedacht, dass der das schon so lange ...«

Sie hielt inne. Rechnete. Dann sah sie Max ungläubig an.

»Du meinst bestimmt, sein Vater hat dir die Brötchen verkauft. Oder?«

Max hatte seinen Blick keinen Millimeter vom Foto wegbewegt. Langsam schüttelte er den Kopf.

»Nein, dieser Mann«, sagte er leise. »Dieser Mann hat mir Schokokuss-Brötchen verkauft. Bäcker Butze, der netteste Mann in ganz Groß-Hertenstett.« Er wandte den Blick vom Foto und sah Hülya an. »Und zwar, bevor ich gebissen wurde. Vor dem 21. Juli 1958.«

Hülya starrte ihn an.

Und plötzlich machte es klick in ihrem Kopf. Da war noch was! Aufgeregt wühlte sie in ihrer Tasche, zog den kleinen Papierfetzen hervor.

»Hier, den habe ich gefunden«, sagte sie, »in der Nische im Gang. Da habe ich mich versteckt und euch belauscht, bevor Korbinian ausgesperrt wurde.«

»Ich weiß.«

»In der Nacht standen da ein paar Kartons mit Flyern, aber irgendwer hat die abgeholt und ...« Sie stockte, sah Max überrascht an. »Was heißt ›Ich weiß‹?«

Ein schwaches Lächeln kroch über Max' ausgezehrte Züge.

»So toll war dein Versteck hinter dem Wischmopp nun auch wieder nicht«, flüsterte er. »Jedenfalls nicht für Vampiraugen.«

»Du hast mich gesehen?«

Max nickte.

»Und wenn Korbinian nicht im Blutrausch gewesen wäre, hätte er dich auch gesehen.«

»Aber dann … dann …«, begann Hülya langsam, als ihr dämmerte, was das bedeutete.

»Ich sage ja, ich kann kein Blut sehen«, sagte Max. Er hustete, dann fügte er leise hinzu: »Außerdem fand ich dich schon in der ersten Nacht auf dem Dach nett. Als Mensch, nicht als Beute.«

Max' braune Augen ruhten auf ihr. Hülya spürte, wie sie rot anlief. Sie räusperte sich und sah beiseite, aber Max sah sie noch immer an. Hastig hob Hülya den Papierfetzen, als sei der jetzt das Allerwichtigste, wichtiger noch als ihr tomatenfarbenes Gesicht. Sie beugte sich vor, sodass Max ihr Gesicht nicht mehr sehen konnte, und hielt ihren Papierfetzen wie ein Puzzleteil an den Flyer. Der rote Balken, der Buchstabensalat – alles passte haargenau.

WEG MIT DEM SCHANDFLECK!

Wir alle für ein reines Groß-Hertenstett!

Ihre Nachbarschaftshilfe Waldauer Viertel

Es war, wie sie vermutet hatte. Der Fetzen stammte tatsächlich von der Nachbarschaftshilfe. Und er war ausgerechnet hier im Horrorhaus gelagert worden. Aber warum? Gab es einen Maulwurf der Nachbarschaftshilfe unter den Monstern? Oder hatte gar Herr Butze persönlich hier die Flyer versteckt?

Was auch immer die Antworten zu diesen Fragen waren, sie würden warten müssen. Denn wie aus Nichts war ein gleißend heller Fleck auf dem beschatteten Kies zwischen ihnen aufgetaucht. Sie sahen hoch. Die zerschlissene Plane über ihnen war voller kleiner Löcher, und durch das vorderste dieser Löcher fiel ein greller Lichtstrahl.

Hülya krabbelte aus dem Unterstand, drehte sich um zum Horizont – und erschrak. Die Sonne lugte bereits über das Betonhäuschen und ließ ihre Strahlen auf den Unterstand prasseln.

»Äh … Hülya?«, kam es unter der Plane hervor.

Noch lag Max im Halbdunkel, aber er war umzingelt von plötzlich aufgetauchten Lichtflecken. Sekündlich bohrten sich weitere Lichtfinger durch die Plane und durchlöcherten den schützenden Schatten.

»Wir müssen uns beeilen«, presste Max hervor. »Bellas Vampirarmee ist auf dem Weg hierher. Ich sollte besser diesen Brief schreiben, bevor …«

Er keuchte vor Schmerz auf, als ein Lichtpfeil seine Hand traf. Er riss sie in den Schatten. Dort, wo sie eben noch gelegen hatte, schwebte ein zartes Rauchfähnchen in der Luft.

» …bevor«, fuhr er fort und pustete den Rauch weg, »ich ihn dir diktieren muss.«

Hastig schob Hülya sich zurück in den Schatten. Max legte den Flyer auf ihren Rücken und schrieb mit zitternden Händen seine letzte Botschaft an Bella von Schreck. Ob Max' Worte Hülya retten oder gar den Weltkrieg zwischen Menschen und Monstern noch abzuwenden vermochten, wussten sie nicht. Sie wussten nur, sie mussten es versuchen.

Liebe Tante Bella,

wenn du diese Zeilen liest, werde ich verbrannt sein. Hülya ist nicht daran schuld.

Ich fürchte, du wirst mir nicht glauben, aber unser aller Schicksal hängt davon ab, dass du es doch tust …

Max war jetzt kaum noch da. Nur eine Viertelstunde war vergangen, aber es war, als hätte das Schreiben des Briefes seine letzten Reserven aufgezehrt. Sonnenlicht leckte an seinen Beinen, doch mit ihrer Jeansjacke hatte Hülya die meisten Löcher in der Plane abdecken können. Jedoch gewährte selbst das Opfer ihrer geliebten Jeansjacke nur einen kurzen Aufschub, bis das Licht den geschwächten Max endgültig auffressen würde.

Hülyas Blick wanderte in die Ferne. Dort, in der Siedlung jenseits des Waldes, stand ihr Haus. Noch wusste Emre nicht, dass sie so gut wie tot war. Und dass, wenn in der nächsten Nacht Bellas Vampire ausschwärmten auf der Suche nach Rache und Menschenblut, auch er kaum überleben würde. Für ihn und alle anderen Bewohner Groß-Hertenstetts würden sich mit dem Zusammenbruch des Pax Transsylvanica die Pforten der Hölle öffnen.

Max' Finger strichen sacht über das Narbengewebe auf ihrem linken Unterarm. Hülya sah überrascht auf. Der Blick seiner stillen braunen Augen war verschleiert, und doch ruhte er nachdenklich auf ihrem bloßen Arm. So sah er sie zum ersten Mal, wurde Hülya klar. So nackt.

»Feuer«, hauchte er.

Sie nickte, selbst überrascht davon, wie wenig unangenehm ihr sein Blick war.

»Ein Autounfall, als ich klein war.« Sie zögerte, aber nur einen Herzschlag lang. »Meine Mutter ist dabei gestorben.«

Jetzt war es raus. Es fühlte sich richtig an. Max' Augen wanderten zu ihrem Gesicht. Sie sahen einander.

»Aber du hast überlebt.« Ein Lächeln zog sich über seine von Brandblasen bedeckten Wangen. »Um hier zu sein.«

Seine stillen braunen Augen mit den grünen Flecken wie Moos an einem Baum im mondlichtdurchfluteten Wald hielten ihre unsteten, nie rastenden Augen aus dunklem, fast schwarzem Braun fest. Sie brauchten keine Worte mehr. Nicht hier, nicht jetzt. Und doch hatten sie nichts anderes.

»Du bist so anders«, murmelte er nach einer Weile. Er strich über das unebene Narbengewebe ihres Arms. Es kribbelte, aber Hülya hielt still. Denn noch stärker als auf ihrem Arm kribbelte Max' sanfte Berührung tief in ihrem Inneren.

»Zwischen Leben und Tod. Tag und Nacht … gezeichnet.«

Seine Stimme verlor sich, seine Hand rutschte von ihrem Arm. Hülya wollte sie festhalten. Dass sie kalt war, kannte sie schon. Dass seine Finger so kraftlos in ihrer Hand lagen, war neu. Sie rüttelte an seiner Schulter. Nichts.

»Max?!«, sagte sie halblaut, wie um ihn nicht zu wecken. Dann lauter, als er nicht reagierte: »Max!«

Max regte sich nicht. Als sie ihn an der Schulter berührte, sackte sein Körper zur Seite wie ein Sack Steine.

Ein Schrei entfuhr ihr. Ein Schrei, so voll tiefer Verzweiflung, dass er selbst Tote wecken musste.

Max aber weckte er nicht.

SPIEGELBILDER

Ein lautes Krachen erschütterte das Zugangshäuschen aus massivem Beton. Der Sonnenschutz dahinter schwankte wie ein leckgeschlagener Kahn. Dann krachte es erneut. Hülya hatte sich vor der Metalltür aufgebaut und durchwühlte ihren Rucksack nach einer Waffe: Knoblauchpulver, Kruzifix, Kosmetikspiegel, Fleischklopfer. Gegen Bellas Armee hinter der Tür würde sie damit kaum etwas ausrichten können, aber sie würde ihr Leben so teuer wie möglich verkaufen!

Mit einem Mal hörten die dröhnenden Schläge auf. Eine Sekunde, zwei Sekunden lang regte sich nichts. Dann ertönte hinter der Tür ein bestialischer Kampfschrei, und der Aufbau erzitterte wie noch nie. Hülya zuckte zusammen, doch dieses Mal war es vor Überraschung. Das war nicht die Stimme eines Vampirs, dieser Kampfschrei kam von …

»Luna? Bist du das?«

Stille. Dann drang eine Stimme dumpf aus dem Gang.

»Hülya?«

Erleichterung strömte durch Hülyas Nervenbahnen.

»Ja. Ja, ja, ja!«

»Und du … du bist auch du, oder?« Luna klang verunsichert. »Menschen-Hülya. Nicht Kaltblut-Hülya, meine ich.«

»Klar bin ich ich.«

Ein Zögern, dann erklang wieder Lunas Stimme.

»Und wer sagt mir, dass du nicht lügst?«

»Spinnst du?«

»Absolut nicht. Ich habe gesehen, wie Max dir aufs Dach gefolgt ist, also müsstest du eigentlich ausgesaugt sein. Woher soll ich dann wissen, dass du auch wirklich du bist und kein Kaltblut?«

Hülya runzelte die Stirn.

»Ich«, sagte sie trotzig, »bin immer noch Hülya. Und obwohl du dich wie eine blöde Kuh verhalten hast unten im Keller, bist du immer noch meine beste Freundin und meine Mondschwester, und deswegen wirst du mir jetzt verdammt noch mal glauben, weil Max hier in der Sonne brutzelt und überhaupt nicht schuld ist an dem ganzen Mist.«

»Max ist noch bei dir?«, unterbrach Luna sie ungläubig.

»Ja. Aber ich weiß nicht, wie lange noch.«

Luna massierte sich die geschwollene Schulter. Seit sie Hülyas Stimme gehört hatte, hatte sie sich wieder und wieder gegen die Metalltür geworfen. Es war sinnlos. Die Riegel waren zu einem Klumpen verschmolzen, die Tür mit dem Rahmen verschweißt. Vielleicht hätte Werwolf-Luna die Tür aufbrechen können, aber jetzt, bei Tageslicht, mit der mageren Kraft ihrer Menschengestalt? Keine Chance!

Sie sah sich um. Oben an der Seitenwand bemerkte sie ein Schimmern. Sonnenlicht drang durch ein mit Dreck verkrustetes Fensterband unter der Decke. Bei Nacht hatte sie die Scheiben nie wahrgenommen, aber jetzt boten sie einen unerwarteten Zugang zum Dach. Luna zog sich am Fenstersims hoch. Seitlich unterhalb des Fensters lehnte eine Art Unterstand mit einer Plane als Dach, auf dem Hülyas Jeansjacke lag. Luna presste ihr Gesicht an die Scheibe, um einen Blick unter die Plane zu erhaschen. Erst erkannte sie gar nicht, was da lag. Dann wurde ihr klar, was das leblose Bündel tatsächlich war. Max. Er lag im Sterben.

Lunas Idee war gut, aber blutig. Vorsichtig fuhr Hülya mit dem Finger über die Scherben im Rahmen des schmalen Oberlichts an der Rückwand des Betonhäuschens. Zum Durchklettern war die Scheibe zu schmal, aber für ihre Zwecke war sie perfekt – allerdings nur in kaputtem Zustand. Davon hatte Luna sie überzeugt. Also hatte Hülya die Scheibe mit einem Stein zertrümmert und zog jetzt mit spitzen Fingern eine Scherbe aus dem Rahmen. Als sie aber die scharf glitzernde Bruchkante musterte, zögerte sie.

»Tu es, Hülya«, drängte Luna von ihrer Position im Inneren hinter der zerschlagenen Scheibe. »Nur so kann er überleben.«

Mit einem Ruck zog Hülya die Scherbe über ihre Handfläche. Es tat genauso weh, wie sie befürchtet hatte, aber es funktionierte. Blut quoll aus dem Schnitt. Sie stellte sich über den bewusstlosen Max und ballte die Faust. Ein Blutstropfen fiel von ihrer Hand, benetzte seine Lippen. Dann noch einer. Nichts geschah. Hülya ging in die Hocke, zwang Max' Mund auf. Dann ballte sie erneut die Faust, direkt über seinem geöffneten Mund. Ein Blutstropfen, zwei … drei … vier …

Max schlug die Augen auf.

Angeekelt verzog er das Gesicht.

»Uäh! Blut … igitt!«

Hülya stand auf und presste ein Taschentuch auf die Wunde.

»Na, schönen Dank auch.« Sie grinste schief, fühlte sich aber eher, als müsste sie vor Erleichterung weinen. »Das hat man also davon, wenn man einen Vampir wiederbelebt.«

Max' Blick huschte zu ihr. Etwas untotes Leben war in seine Wangen zurückgekehrt, aber viel war es nicht.

»Danke, Hülya«, sagte er, und sein Blick zeigte, dass er es ernst meinte. Hülya deutete zum Fenster über ihm.

»Danke nicht mir. Es war ihre Idee.«

Max machte große Augen, als hinter dem Fensterrahmen Lunas Gesicht auftauchte.

»Luna! Ich habe dich überall gesucht. Ich war sogar bei dir im Keller!«

»Ich weiß«, grinste Luna selbstzufrieden. »Aber wenn eine Werwölfin nicht gefunden werden will, wird sie nicht gefunden.«

Max schaute sie an, bis Lunas Grinsen nach und nach verschwand.

»Und jetzt auf einmal tauchst du hier auf«, sagte er schließlich mit einer Bitterkeit in der Stimme, die Hülya kalt erwischte, »um zu gucken, wie sich das vollendet, was du in deinem Keller angefangen hast. Einmal den Vampir braten sehen, oder was?«

Seine Worte trafen Luna sichtlich. Ihre Züge verhärteten sich.

»Selbst schuld«, sagte sie pampig. »Wenn du mir gesagt hättest, dass du mich retten willst, hätten wir zusammen nach Glutauge suchen können. Dann hättest du dir das alles erspart – meine *Bad-Cop*-Nummer, euer kleines Grillfest hier auf dem Dach …«

Max lachte sarkastisch auf.

»Und hättest mir das geglaubt?«

»Einem Kaltblut? Niemals!«

»Luna!«, ging Hülya dazwischen. Sie hatte das Hin und Her zwischen der Werwölfin und dem Vampir verfolgt, erst amüsiert, dann fassungslos. Die beiden waren wie Hund und Katz! Oder wie Werwolf und Vampir, dachte Hülya und musste trotz der ernsten Situation grinsen.

»Lachst du über mich, oder was?!«, fragte Luna hitzig, und auch Max wirkte genervt.

Hülya grinste jetzt erst recht und nickte überdeutlich.

»Ganz genau. Über euch beide.«

Luna sah aus, als wollte sie ihr direkt an die Gurgel gehen, aber Hülya hatte keine Zeit für Werwolf-Befindlichkeiten.

»Max liegt im Sterben, und bis Bellas Armee hier auftaucht, dauert's auch nicht mehr lang. Und was macht ihr? Ihr streitet euch.« Sie verschränkte genervt die Arme. »Wie im Kindergarten.«

Luna sagte nichts. Hülya wusste, sie hatte ins Schwarze getroffen.

»Im Kindergarten warst du immer die Coolste, Luna«, sagte Max in die entstandene Stille. »Deine arme Kindergärtnerin …«

Lunas Miene hellte sich auf, dann lächelte sie sogar. »Geklaut schmeckt am besten!«

»Fast schon Vampir-Style!«

Luna und Max grinsten sich an. Die Fragezeichen über Hülyas Kopf waren kaum zu übersehen.

»Max hat mich früher manchmal zum Kindergarten gebracht«, erklärte Luna. »Fast wie ein großer Bruder.«

»Lunas Kindergärtnerin war eine uralte Vampirin. Die hatte immer frisch gemachte Blutwurstbrote dabei«, fügte Max an.

»Nur, dass in ihrer Mittagspause die Blutwurst vom Brot mysteriöserweise immer verschwunden war«, grinste Luna und leckte sich genießerisch über die Lippen. »Lecker!«

Sie verstummte und musterte Max, wie er da unter der fast nutzlosen Plane kauerte. Er verlagerte sein Gewicht, verzerrte die Lippen. Jede Bewegung tat weh. Luna öffnete den Mund, als wollte sie etwas sagen. Dann klappte sie ihn wieder zu, sah Hilfe suchend zu Hülya. Hülya nickte. Luna schüttelte den Kopf. Hülya nickte deutlicher. Als Luna aber immer noch nichts sagte, öffnete Hülya den Mund – da gab Luna sich endlich einen Ruck.

»Tut mir leid, Max«, sagte sie schnell. »War blöd, meine *Bad-Cop*-Nummer mit dem Vorhang.« Sie lächelte unsicher. Um Entschuldigung bitten war nicht gerade die Stärke von Werwölfinnen. »Also, alles wieder okay, Kaltblut?«

»Alles Bombe, Fellknäuel!«, sagte Max, ohne zu zögern. Hülya atmete erleichtert auf, aber Max war noch nicht fertig. »Nur eine Sache …«

»Ja?«

»Können wir jetzt aufhören mit dem Kindergartenkram und so

richtig erwachsen die Mission Max-Rettung angehen? Wäre doch gelacht, wenn wir die Tür nicht zusammen aufkriegen würden!«

Er richtete sich in eine sitzende Position auf, keuchte, stand aber auf, wackelig wie ein Betrunkener. Hülya wollte ihn stützen, aber Max winkte ab. Ging einen halben Schritt. Übertrat die Schattenlinie. Grelles Sonnenfeuer fegte über ihn hinweg. Er stöhnte auf. Und sackte zusammen.

»Und wenn ich dir noch ein paar Tropfen gebe?«, fragte Hülya ein paar Minuten später, als Max wieder ansprechbar war. Max schüttelte schwach den Kopf.

»Ein paar Tropfen reichen nicht.« Er sah sie traurig an. »Ich bräuchte alles. Und selbst dann könnte ich in dieser Sonne keine Stunde überleben. Aber das ist okay. Du, Hülya, du wirst leben.« Er hustete leise, dann zwang er ein Lächeln auf seine verbrannten Lippen. »Und ich … ich durfte noch ein letztes Mal den Sonnenaufgang sehen.« Seine Augen suchten Hülyas. »Zusammen mit dir.«

Hülya wusste, was das bedeutete. Sie alle wussten es. Sie wandte den Blick ab. Die Sonne schien warm auf ihre Haut. Sie liebte die Sonnenstrahlen, die für Max so tödlich waren, so wie Luna als Werwölfin die Strahlen des Mondes liebte.

Der Mond …! Hülya riss die Augen auf, sah auf zum Himmel. Ihr Herz schlug schneller, als sie fand, was sie suchte.

Hülyas vergrößertes Ich grinste sie an, zog sich die knallbunte Mütze vom Kopf – und dann wischte sie damit wieder und wieder über die nach innen gewölbte Oberfläche ihres Kosmetikspiegels. So lange, bis ihr vergrößertes Spiegel-Ich die echte Hülya blitzeblank anstrahlte.

Mit dem blank polierten Spiegel in der Hand stapfte Hülya übers Dach und suchte den Himmel ab. Da oben war sie, die mattweiße

Scheibe, die noch immer am Morgenhimmel klebte: der Mond. Schwach, aber unbestreitbar noch sichtbar. Hülya richtete den Spiegel so aus, dass der Vollmond auf seiner Oberfläche erschien. Sie warf einen Blick rüber zu Max, der sich unter der Plane vor der Sonne verbarg, und zu Luna, die sie durch die zerbrochene Scheibe des Oberlichts beobachtete. Dann konzentrierte Hülya sich wieder auf den Spiegel, alles andere blendete sie aus. Im Brennpunkt trafen sich die gebündelten Strahlen der Lichtquelle, erinnerte sie sich an die Büffelei für den Physiktest. Der Brennpunkt lag irgendwo vor dem Spiegel, abhängig von der Wölbung. Sie blickte auf und versuchte, die Entfernung zur Betonwand mit dem Oberlicht abzuschätzen, korrigierte den Winkel des Spiegels ein wenig und machte ein paar Schritte vorwärts. Ein unscheinbarer heller Fleck erschien auf dem angelaufenen Beton. Reines Mondlicht, aufgefangen und reflektiert von Hülyas Kosmetikspiegel. In dieser unscheinbaren Lichtpfütze steckte die Kraft des Vollmonds – falls es Hülya gelang, diese Kraft hervorzukitzeln.

Vorsichtig drehte Hülya sich um ihre Achse. Die Lichtpfütze wanderte mit, auf das schmale Fensterband zu, hinter dem sich Luna bereit machte. Als die Pfütze über die eingeschlagene Scheibe flimmerte, schob Hülya sich noch etwas näher. Die faserige Lichtpfütze aus gebündelten Mondlichtstrahlen veränderte sich mit jedem Schritt. Von faserig zu scharf umrissen, von kaum sichtbar zu hell, von Pfütze zu Fleck. Im Brennpunkt eines Hohlspiegels kann man sogar ein Spiegelei braten, hatte ihr Physiklehrer gesagt. Ein Spiegelei wollten sie zwar nicht braten, aber etwas Lichtpower hatten sie dringend nötig. Vor allem Luna.

Vollkommen sinnlos, dachte Luna übellaunig, während sie im Gang auf den von Hülya versprochenen Mondlicht-Fleck wartete. Aber Hülya hatte recht. Selbst wenn das bisschen Licht, das Hülya vom fast verblassten Vollmond einsammelte, nicht für ihre Transformation reichte – was hatten sie zu verlieren? Also: positiv denken! Mit viel Mühe zwang Luna ein grimmiges Lächeln auf ihre Lippen und beobachtete von ihrer Position hinter dem Fensterband, wie Hülya in Zentimeterschritten näher kam, die nach innen gewölbte Seite des Kosmetikspiegels vor sich haltend wie eine Monstranz. Sie drehte sich ein wenig – und plötzlich fiel ein Lichtfleck durchs Fenster und wanderte über die Wand auf Luna zu. Der Mondlichtfleck war viel heller, als Luna erwartet hatte, aber ob er tatsächlich genug Kraft hatte …?

Luna stellte sich an die Wand und schloss die Augen, um sich voll auf ihre animalischen Instinkte einzulassen. Dann traf sie der Strahl.

Und es passierte …

Gar nichts.

Luna öffnete die Augen. Das gebündelte Mondlicht blendete sie, sonst war es völlig wirkungslos.

»Das klappt nicht«, rief sie nach draußen. »Hab ich dir ja gleich gesagt.«

»Es muss aber klappen«, kam Hülyas Antwort zurück.

»Tut's aber nicht. Das hat viel zu wenig Saft.«

Schweigen. Der Lichtfleck zitterte.

»Hast du nicht gesagt, dass dein Vater sich auch mit wenig Mondlicht verwandeln kann?«

»Der ist ein ausgewachsener Werwolf«, knurrte Luna genervt. »Ich nicht.«

»Was bist du dann? Ein süßer Welpe?«

Peng. Lunas schlechte Laune war zurück.

»Ich bin kein Welpe!«, knurrte sie.

»Dafür weinst du ganz schön viel rum«, rief Max krächzend dazwischen. »Einmal Kindergarten, immer Kindergarten!«

In Luna kochte die Wut hoch. Positives Denken? Hülya konnte sie mal!

»Kümmere du dich ums Mondlicht, Normala«, presste sie zwischen zusammengepressten Zähnen hervor, »und ich kümmere mich um den Rest.«

Hülya sagte nichts. Ist auch besser so, dachte Luna. Der Lichtfleck zitterte, wurde etwas kleiner und kantenschärfer, als Hülya ihre Position veränderte.

»Besser?«

Luna brummte unzufrieden, schloss ihre Augen und machte sich auf die Suche nach ihrem inneren Tier. Während das fokussierte Mondlicht durch ihre geschlossenen Lider tröpfelte, beschwor sie ein Bild von sich selbst als Werwölfin. Allein die Vorstellung machte ihre miese Laune noch mieser: viel zu haarig, viel zu groß, viel zu kantig. Mehr Dampframme als Tänzerin. Wer will schon so aussehen? Und wer will so ein Werwutbürger sein: ständig wütend und aggressiv und kurz vorm Explodieren?

Wobei – wenn sie diesem blöden Glutauge als Werwölfin begegnet wäre, hätte sie ihn hinter seinem Spiegelversteck in Stücke gerissen. Dieser Widerling. Sie mit der nachgemachten Stimme ihrer Mutter in den Aufzug zu locken, mit der Person auf der ganzen Welt, nach der sich Luna am allermeisten sehnte, das war so … so … so …

Eine Welle kochend heißer Wut durchspülte Luna, löschte die Suche nach Worten aus. Wozu Worte, wenn Gefühle so viel mächtiger waren? In ihr brodelte es. Und plötzlich lag der schwere Geruch von Kupfer in der Luft. Fleisch, zuckte es durch Lunas Hirn, es roch nach Fleisch und Blut. Ein heißer Schauer lief über ihren Rücken.

»Luna? Alles okay?«, drang Hülyas Stimme von außen in Lunas innere Suche.

»Jaaa, verdammt!«, rief Luna unwillig. »Nerv nicht!«

Zufrieden registrierte sie Hülyas plötzliches Schweigen, dann bemerkte sie, dass der Geruch in der Luft umschwang. Er wurde irgendwie … würziger. Würzig wie Angst. Genießerisch roch sie noch einmal hin. Sie hatte die Augen geschlossen, und doch lag die Welt vor ihr wie ein offenes Buch. Wenn doch nur Glutauge hier wäre, sie würde ihn …

Aus ihrem tiefsten Inneren schwappte es endgültig hoch. Alle Sinne auf Anschlag, Luna ging mit, ließ sich mitreißen, trieb im Strom ihrer Instinkte.

Etwas erwachte.

HINTER DEM SPIEGEL

»Luna? Sag doch was!«, rief Hülya vorsichtig.

Aus dem Betonhäuschen kam keine Antwort, doch aus dem Unterstand drang ein leises, schmerzerfülltes Stöhnen. Es war Max, der sich mit letzter Kraft an sein untotes Leben klammerte. Der Werwolfplan war gescheitert, musste Hülya sich eingestehen, aber für Max konnte sie noch etwas tun. Vorsichtig stellte sie den Spiegel zu Boden und krabbelte unter die Plane. Max' Augen waren geschlossen, er sah noch toter aus als sonst. Kurz entschlossen griff sie nach der blutigen Scherbe im Kies neben ihm. Mit zusammengepressten Lippen zog sie die Bruchkante über ihre noch unversehrte Handfläche. Blut quoll aus dem Schnitt. Mit ihrer notdürftig verbundenen Hand zwang sie seinen Mund auf und ließ ihr Blut herabtropfen. Ein Tropfen, zwei Tropfen, drei Tropfen …

Endlose Sekunden vergingen. Dann hustete Max, sog rasselnd Luft in seine Lungen und öffnete seine Augen. Ein tiefer Blick seiner so stillen braunen Augen traf Hülya. Sie erwiderte ihn stumm. Vielleicht ein letztes Mal.

Ein blutrünstiges Heulen gellte durch die Ruine. Dann ein Grollen, das den Boden erzittern ließ. Hülya fuhr herum, und selbst Max hob schwach den Kopf. Hinter der verschweißten Metalltür braute sich etwas zusammen, das spürten sie beide. Langsam schob Hülya sich unter der Plane hervor. Ihr linker Arm brannte wie Feuer, ihre Nackenhaare richteten sich auf, sie schwitzte.

Dann krachte etwas Mächtiges gegen die Metalltür. Der Unterstand wurde durchgeschüttelt wie in einem Tsunami. Nur mit Mühe konnte Hülya verhindern, zu Boden geschleudert zu werden. Erneut warf sich etwas von innen gegen die Tür. Der Stahl knarrte gequält. Ein weiteres Mal krachte und donnerte es, und mit dem Kreischen reißenden Metalls stürzte die Tür aufs Dach. Roststaub wirbelte in die Morgenluft, Kiesel spritzten zur Seite weg wie Wassertropfen.

Und dann trat ein riesenhaftes, kantiges Ding aus dem Dunkel ins Morgenlicht. Schob sich um die Ecke des Häuschens mit der gesprengten Stahltür. Blieb vor Hülya stehen. Starrte sie an. Breite Schultern, knotige Muskeln, struppiges Fell, gefletschte Zähne und knallrosa lackierte Krallen. Wolfsheulen hallte übers Dach. Hülya und Max waren wie eingefroren. Die Werwölfin musterte Hülya aus grellgelben Augen wie ein gut abgehangenes Kotelett in der Fleischtheke, dann fletschte sie ihre steakmessergroßen Reißzähne.

»Was ist los, Normala?«, grollte das Untier. »Noch nie einen echten Freak gesehen?«

Sie machte einen weiteren Schritt auf Hülya zu. Ein Knurren drang aus ihrer Kehle, ihre grellgelben Augen loderten. Hülya zwang sich dazu, stehen zu bleiben. Ein Tropfen Schweiß rann ihre Stirn hinab. Das Ungeheuer vor ihr war immer noch Luna, sagte sie sich wieder und wieder. Aber ob das wirklich stimmte, wusste sie nicht.

»Du bist kein Freak, Luna«, sagte Hülya eindringlich. »Und auch kein Monster.«

»Ach ja? Dann schau dir mal das hier an!«

Unvermittelt machte das Untier einen letzten Schritt auf Hülya zu, behände und zugleich von unbändiger Kraft. Hülyas Fluchtinstinkt schlug an, aber sie rammte ihre Füße nur noch entschiedener in den Kies. Wenn sie jetzt abhaute …

Doch anstatt der Normala die Kehle aufzureißen, hielt die Werwölfin Hülya bloß ihren muskelbepackten Arm unter die Nase. Dichtes Werwolf-Fell zog sich darüber.

»Äh … ja … das …«, begann Hülya überrascht.

»Sag's ruhig!«, grollte Luna. »Das sind krass viele Haare! Von wegen kein Freak!«

Erleichtert ließ Hülya den eingehaltenen Atem entweichen.

»Auf jeden Fall reicht das für eine ordentliche Armhaarfrisur«, murmelte sie.

»Eine?«, entfuhr es der Werwölfin. »Hunderte! Damit kann ich einen ganzen Armhaarfrisuren-Katalog bestücken. Und warte, bis du meine Rückenhaare gesehen hast!«

In den wölfischen Zügen lag eine so tiefe Verzweiflung, dass es fast komisch war.

»Jetzt sei nicht wieder so ein Welpe«, sagte Hülya, und im Nu kippte die Werwolfverzweiflung um in heiße Wut.

»Zum letzten Mal«, grollte Luna so tief und laut, dass der Kies unter ihr Wellen schlug, »ich bin kein …«

Dann sah sie Hülyas Grinsen. Sie klappte das Wolfsmaul zu, sah rüber zu Max. Auch Max grinste.

»Ich würde sogar sagen«, krächzte er kraftlos, »ein behaarter Kindergartenwelpe.«

Lunas Werwolfkopf schwenkte wieder zu Hülya.

»Ihr habt das extra gemacht.«

»Stimmt.«

»Ihr habt mich extra sauer gemacht.«

»Stimmt.«

»War meine Idee«, drang es unter dem Unterstand hervor.

»Stimmt ebenfalls«, nickte Hülya.

»Weil ich es nicht mag, ausgelacht zu werden.«

»Stimmt.«

»Weil mich das richtig wild macht.«

»Weil dich das sehr, sehr wild macht.«

»Und sehr behaart«, rief Max.

»Und sehr stark«, ergänzte Hülya. »Stark genug für eine zugeschweißte Tür.«

Die Werwölfin nickte langsam. Und langsam stahl sich auch auf ihr Wolfsgesicht ein Lächeln.

»Gute Idee«, grollte sie besänftigt. »Und für einen kleinen Kick hat's auch gereicht. Aber so einfach ist das nicht. Sonst wärst du«, drehte sie sich zu Max um, »schon seit Jahren Geschichte.«

»Aber du bist doch …«, begann Hülya und richtete ihre Augen überdeutlich auf Lunas Armhaarfrisur.

»Guck da nicht so hin«, grollte Luna und versteckte ihren Arm hinter dem Rücken. Hülyas Blick zuckte schnell wieder nach oben. Luna grinste wölfisch.

»Aber stimmt schon. Voll Fellknäuelpower bei mir. Allerdings nicht, weil ihr so gemein zu mir wart.« Ihre Stimme wurde zu einem wahrlich bedrohlichen Knurren. »Sondern weil Glutauge einen Fehler gemacht hat. Er hat meine Mutter ins Spiel gebracht – und das macht mich richtig, richtig sauer!«

Hülya starrte sie an. Dann warf sie sich in Lunas Arme. Mächtige Wolfpranken schlossen sich um sie.

»Mondschwestern?«, klang es dumpf unter dem Fell hervor.

»4-ever!«, grollte das Monster gerührt. »And ever and ever!«

Werwölfin und Mensch standen eng umschlungen da. Da legte Luna plötzlich ihren Werwolfschädel in den Nacken und ließ ein schauriges Wolfsheulen hören. Hülya sah sie voll Bewunderung an.

»Ich finde dich auch als haariges Ding voll unfreakig. Und das Triumphgeheul hast du dir echt verdient!«

Die Werwölfin unterbrach abrupt ihr Geheul.

»Spinnst du? Das ist doch kein Triumphgeheul!«, grollte sie und massierte ihre linke Schulter. »Das tut einfach sauweh. Die blöde Tür hat meine Schulter geschrottet. Hat jemand eine Schmerztablette?«

Wie Schiffbrüchige auf dem mit größter Not erreichten Strand standen sie vor dem Aufzug: taumelnd vor Müdigkeit, doch unendlich erleichtert, dem Grauen entronnen zu sein. Max driftete immer wieder in die Bewusstlosigkeit ab, wurde aber von der voll unfreakigen Menschen-Luna stets aufgefangen. Hülya lehnte sich matt an die rostige Aufzugstür und murmelte ihre altägyptischen Beschwörungsformeln, musste aber immer wieder Gähnpausen einlegen. Im Erdgeschoss würden sie sich aufteilen: Max und Luna wollten in Lunas Kellerversteck Kraft sammeln für einen Überraschungsbesuch beim Hohen Rat der Vampire, um Obervampirin Bella von Lunas Unschuld zu überzeugen. Hülya wollte einfach nur nach Hause. Genauer: in ihre Badewanne. Vielleicht, dachte sie versonnen, habe ich sogar noch einen Rest von dem Badeschaum, den ich zum Geburtstag gekriegt habe …

Pling!

Der Aufzug war leer, bis auf einen schwachen, aber durchdringenden Geruch nach heißem Metall. Hülyas Arm begann zu kribbeln. Sie zögerte.

»Was ist? Warten wir, bis Bella auftaucht?«, drängelte Luna.

Hülya hörte sie kaum. Zum Geruch hatte sich ein leises Geräusch gesellt, und vor dem Spiegel, der die gesamte Rückwand der Aufzugskabine ausfüllte, kräuselte sich der Vorhang. Dahinter summte jemand ein Lied.

Ihr Lied.

»Mama?«, flüsterte Hülya ungläubig. Vergessen war ihre Badewanne. Wie fremdgesteuert machte Hülya einen Schritt auf den Vorhang zu. Hastig riss Luna sie zurück. Max sackte an der Wand neben dem Aufzug in sich zusammen.

»Spinnst du?«, giftete Hülya. »Der Gesang … das ist meine Mutter!«

Eindringlich sah Luna sie an.

»Nein, ist sie nicht«, sagte sie und schob sich zwischen Hülya und den Spiegel. »In diesem Spiegel singt nicht deine Mutter, Hülya.« Dann setzte sie leiser hinzu: »Und auch nicht meine.«

Hülya runzelte die Stirn. Die Stimme hinter dem Vorhang war die Stimme aus ihren Träumen, die von ihrer Mutter, die … aber … das konnte ja gar nicht sein. Meryem war tot. Und das hier war auch kein Traum. Ihre Selbstsicherheit strauchelte. Dieses Etwas hinter dem Vorhang …

Eine vor Kälte schneidende Stimme fuhr zwischen sie.

»Wie herzig, die beiden Freundinnen.«

Im Gang hinter ihnen stand, so eiskalt wie elegant, Gräfin Bella von Schreck, Matriarchin des Vampirclans.

»Der alte Kalfaktor hatte also recht«, lächelte sie. »Die verlorene Tochter ist zurück. Willkommen zu Hause, Luna Lykopoulou.«

Lächelnd machte Bella einen Schritt auf sie zu – und blieb wie angewurzelt stehen, als sie das leblose Bündel neben dem Aufzug erkannte.

»Mäxchen!«, rief sie und sank neben Max in die Knie. Sacht strich sie ihm über die Wange. Seine Lider flatterten, doch zum Sprechen war er zu schwach. Bella sah hoch zu Hülya und Luna. Ihre Züge waren eine Maske reinsten Hasses.

»Erst Korbinian, jetzt Max«, fauchte sie. »Das bedeutet Krieg – und mit euch beiden fange ich an!«

Ihr Eisblick erfasste Hülya. Jahrhundertealter Blutdurst, unendliche Kälte und ewiges Leid hauchten Hülya an. Sie war unfähig, sich zu rühren. Bellas Lächeln entblößte große, grellweiß blitzende Eckzähne. Ohne eigenes Zutun machte Hülya einen Schritt auf sie zu. Bella öffnete den Mund und …

»Hey, Schreckschraube!«

Bella zuckte zusammen. Hülya taumelte zurück, als sich der hypnotische Bann plötzlich löste. Bellas Blick ging an ihr vorbei in den

Aufzug. In der Kabine stand Luna, ihre Hand am Vorhang vor dem Spiegel.

»Sieh an, die kleine Werwolf-Killerin«, lächelte Bella mit der Kälte einer Eisdecke über einem See voller Piranhas.

»Korbinian ist vielleicht ein Kotzbrocken«, entgegnete Luna, »aber deswegen lasse ich ihn doch nicht verbrennen!«

»Und mein Max hat sich ganz allein für ein Sonnenbad entschieden?«, fragte Bella süffisant.

»Nicht … Lunas … Schuld!«

Die Stimme war schwach und leise gewesen, doch sie alle hatten sie gehört. Bellas Kopf fuhr herum. Max hatte die Augen geöffnet und versuchte ächzend, sich an der Wand aufzurichten.

»Wenn Luna nicht wäre«, keuchte er, »wäre ich längst tot. Die Werwölfin und der Mensch haben mich gerettet.«

»Mäxchen …«, begann Bella und trat neben ihn, um ihm hochzuhelfen. Hülya nutzte die Ablenkung, um sich neben Luna in den Aufzug zu quetschen – weg aus Bellas Reichweite.

»Nicht Mäxchen, Tante Bella«, flüsterte Max Bella zu und schob ihre helfende Hand von sich. »Max.« Seine schwache Stimme wurde eindringlich. »Ich habe Glutauge gesehen. Erst hat er Korbinian erwischt. Und jetzt mich.«

Bella lächelte nachsichtig.

»Was auch immer du gesehen hast, Max, ein Dämon auf Vampirjagd war es nicht. Seit Jahrhunderten durchstreife ich die Schatten. Wenn es einen solchen Glutaugen-Dämon gäbe, wüsste ich davon. Und jetzt ist Schluss.« Sie richtete sich wieder auf und warf einen eisigen Blick auf die im Aufzug stehenden Mädchen. »Ich mag es nicht, wenn bei Tisch so viel geredet wird.«

Den Blick voll Blutdurst betrat sie ohne Eile die enge Aufzugskabine. Hastig schob Luna sich vor Hülya und ergriff den Saum des Samtvorhangs, der den wandhohen Spiegel verdeckte.

»Vielleicht weiß auch eine uralte Vampirgräfin nicht alles«, sagte sie, und die Anspannung ließ ihre Stimme beben. »Darf ich vorstellen? Glutauge.«

Mit einem Ruck zog Luna den Vorhang beiseite. Sie hatte ein glühendes Paar Augen in einem dunklen Raum erwartet, wie sie es gesehen hatte, als das Schlaflied ihrer Mutter erklungen war. Stattdessen wartete hinter dem Vorhang ein Inferno. Flackerndes Licht flutete die Kabine, das Krachen turmhoher Flammen fegte hinterher und brachte eine Welle sengender Hitze mit sich. Mit einem überraschten Keuchen taumelten Luna und Hülya an Bella vorbei aus dem Aufzug, duckten sich neben Max unter dem Gluthauch. Bella aber erstarrte zu einer Salzsäule, gebannt von der Höllenwelt hinter dem Spiegel. Ein, zwei, drei Herzschläge lang war die Zeit wie eingefroren. Dann riss Bella sich los und taumelte mit einem Schrei aus der Aufzugskabine in den Gang.

»Diavol!«

Hülya hob den Kopf – und blickte in eine Landschaft aus Feuer, flirrender Hitze und verdorrtem Boden. Hinter dem Spiegel wartete ein Ort voller Leid, schmelzendem Stahl und lähmender Angst auf sie. Hülya erkannte diesen Ort sofort. Es war der Ort ihrer Albträume. Während ihr Verstand noch versuchte, die auf sie einstürzenden Sinneseindrücke zu einem logischen Ganzen zu verbinden, drang ein heiseres, asthmatische Kichern durch das Tosen der Flammen. Und dann wuchsen aus zwei Funken ein glühend rotes Paar Augen, das auf sie alle herabschaute wie auf Ungeziefer.

»Diavol!«, hauchte Bella wieder.

In den Augen der uralten Vampir-Matriarchin erkannte Hülya eine Furcht, die ihr Angst machte. Sie, Luna und Max rückten näher zusammen, wie Tiere, die sich vor dem Tosen eines Orkans zu schützen suchen.

Ein Knallen. Das Licht in der Kabine erlosch, dann zerbarsten zeitgleich alle Neonröhren im Gang. Es regnete winzige Glassplitter,

Dunkelheit rollte über sie hinweg. Nur die Flammen der Albtraumlandschaft hinter dem Spiegel tauchten die Freunde und die Vampirgräfin in flackernd rotes Licht.

»So treffen wir unsss wieder, Bella von Schreck«, erklang Glutauges Stimme, krächzend, heiser, voller Macht.

»Was willst du, Diavol?«, entgegnete Bella. Ihre Stimme war fest. Sie hatte sich wieder unter Kontrolle, doch die Angst in ihren Augen glomm weiter. Das Wesen kicherte. Unter den Glutaugen schimmerte ein flammendes Maul mit spitzen Zähnen auf, scharfzackigen Berggipfeln gleich, wie von einem albtraumgeplagten Kleinkind ins Feuer gekritzelt.

»Wasss ich immer will. Und wasss ich immer bekomme«, krächzte der Dämon. »Euren Hasss. Ob Wesen der Nacht oder des Tagesss – euer Hasss issst eine ewige Quelle der Macht. Und Ihr, Gräfin, werdet mir diese Quelle eröffnen.«

Hülya lehnte sich zu Max und flüsterte ihm ins Ohr.

»Was ist das, dieser Diavol?«

»Eine Art … Teufel, glaube ich. Einer, der die Leute gegeneinander aufhetzt«, hauchte Max, ohne die Augen von der Flammenlandschaft lösen zu können. »Eine Märchengestalt aus Transsylvanien, mit der man Kindern Angst macht.«

Wieder erklang das Kichern. Die Glutaugen zuckten von Bella zu Max.

»Kein Märchen, junger Vampir«, kicherte es. »Ich bin die Wahrheit hinter den Dingen. Ich bin die Zzzwietracht in euren Familien, der Hasss zwischen euren Völkern. Ich bin, wasss immer issst und immer sein wird.«

»Nicht hier! Nicht mehr!«, rief Bella mit fester Stimme, aber so ganz konnte sie ein Zittern nicht unterdrücken. »Ich selbst habe dich besiegt, Diavol. Du wurdest verbannt. Wir haben Frieden, seit Jahrhunderten.«

»Verbannt? Ihr könnt mich nicht verbannen, Blutgräfin«, kicherte das Wesen, »denn ich bin ein Teil von Euch. Und dasss wissst Ihr.«

Hülya hatte genug. Sie sammelte allen Mut, zu dem sie noch fähig war, und machte einen Schritt nach vorne.

»Was hast du mit meiner Mutter gemacht?«, rief sie Glutauge entgegen. »Ich habe ihre Stimme hinter dem Spiegel gehört. Wo ist sie? Und wie kommst du in meine Träume?«

Die glühenden Augen hefteten sich auf sie, fuhren über ihren vernarbten Arm. Hülya keuchte vor Schmerz auf. Der glühende Blick überzog ihren Arm mit flüssigem Feuer.

»So bissst auch du nun hier, *Wandernde*«, krächzte das Wesen, und fast klang es zärtlich. »Du magssst die Kraft haben zu *wandern*, Mädchen. Aber du bissst schwach und weißt nichtsss über dich selbssst. Auch du wirssst den kommenden Krieg aller gegen alle nicht aufhalten.«

Hülya sagte nichts. Sie konnte nicht. Die Glut seines Blickes ließ jedes ihrer Worte verdorren, bevor es ihre Lippen verlassen konnte.

»Hier bist du nicht willkommen, Dämon«, rief Bella. »Kehre in das Inferno zurück, aus dem du kamst.«

Das Feuer um Hülyas Arm erlosch augenblicklich, als die Glutaugen zur Gräfin wanderten.

»Ihr wollt mich aufhalten, Gräfin?«, kicherte Glutauge. »Ausssgerechnet Ihr, die Ihr vor wenigen Sekunden Euren lächerlichen Pax Transsylvanica selbssst aufgekündigt habt?« Das Krächzen wurde zu einem Flüstern, wie ein einzelner Funke, der die Flammen weiterträgt. »Nein, Gräfin. Eure Völker werden bluten. Und Ihr seid mein Werkzeug. So erfüllt nun Eure Bestimmung.«

Die glühenden Augen begannen zu pulsieren und das Kichern schwoll an, übertönte schließlich gar das Krachen der Flammen. Für ein, zwei Augenblicke schien Bella gegen etwas anzukämpfen, dann leerte sich ihr Blick. Mit roboterhaften Bewegungen und starren Gesichtszügen drehte sie sich zu Hülya um. Ihre Augen waren noch toter als sonst. Trotz der Flammenhitze wurde Hülya kalt vor Angst. Schritt für Schritt glitt Bella heran, Schritt für Schritt wich Hülya zurück.

Doch da spürte sie wie aus dem Nichts Max' Hand in der ihren. Hülya griff zu, und die Finger ihrer anderen Hand suchten Lunas. Finger verschlangen sich ineinander, hielten sich aneinander fest, und aus der Berührung ihrer Freunde wuchs neue Kraft. Die Angst war noch da, aber sie war nicht mehr allumfassend. Ihr war, als strömte etwas in sie hinein, als vermengten sich in ihrem Inneren die Mondmacht von Werwölfin Luna und die Kraft des Blutes von Vampir Max mit ihrer Menschlichkeit. Wie hatte Glutauge sie genannt – *die Wandernde?* Nun, da sie die Berührung ihrer Freunde spürte, war ihr, als wanderte sie tatsächlich durch die Jahrtausende hin zu einer Zeit, in der Nacht und Tag eins waren.

Bellas Schritte verlangsamten sich, stoppten. Ihr toter Blick zuckte von einem zum anderen, dann fror sie ein wie ein kaputter Roboter und regte sich nicht mehr.

Hülya warf einen Blick in Max' stille braune Augen und Lunas grellgelbe Wolfspupillen. Sie waren zu dritt, und sie waren eins. In Hülyas Innerem wuchs etwas, das seit Jahrhunderten tot und verdorrt gewesen war. Mensch, Werwölfin, Vampir. Der Transsylvanische Frieden hatte nicht nur einen Waffenstillstand bedeutet, wurde Hülya schlagartig klar, sondern auch eine absolute Trennung von Nacht und Tag. Von Monster und Mensch. Mit ihnen dreien war diese Trennung Vergangenheit. *In ihr* war diese Trennung Vergangenheit. Und endlich verstand Hülya, wer sie war. Was sie war.

Sie war die *Wandernde*, die wanderte zwischen Tag und Nacht, die vereinte, was unvereinbar war.

In absolutem Einklang wandten *HülayLunaMax* sich dem Inferno hinter dem Spiegel zu. Die Glutaugen brannten Löcher in das Gewebe ihrer Welt, doch die drei Freunde hielten dem Feuerblick stand. Glutauges pulsierender Blick sickerte durch Hülyas Netzhaut wie schwarzes Gift, den tiefen Brunnen ihres Selbst für immer und immer zu verseuchen.

Doch Hülya sah nicht weg.

Sie war nicht allein.

Sie hatte keine Angst.

Ein Flirren hinter dem Spiegel, ein Zittern der Glutaugen, eine Erschütterung ihres Pulses. Hülya machte einen Schritt nach vorne, in den Aufzug. Gluthitze umtoste sie, aber sie trotzte ihr. Dann öffnete sie ihren Mund, und es war, als sprächen drei Stimmen mit einer.

»Ich frage noch mal: Was willst du in meinen Träumen? Was hast du mit meiner Mutter gemacht?«

»Und mit meiner?«, stimmte Luna ein. »Wenn du ihr was angetan hast, trete ich dir in deinen heißen Hintern.«

Auch Max hob die Stimme.

»Auch wenn Tante Bella nicht meine Mutter ist, verspreche ich dir eins«, sagte er mit einer Härte, die Hülya ihm gar nicht zugetraut hätte, »wenn du sie nicht aus deinem Bann erlöst, sorge ich dafür, dass alle Vampire der Welt beim Hinterntreten mitmachen!«

Die Worte verhallten.

Da öffnete sich das scharfzackige Maul, und das irre Kichern barst hervor, lauter und hasserfüllter als je zuvor schien es die ganze Welt für immer zu verseuchen. Darüber die glühenden Augen, pulsierend in einem immer wilderen Rhythmus, der Hülya schwindeln ließ. Brennend heißer Sturmwind traf sie wie ein Faustschlag.

Hülya taumelte.

Und fing sich.

Ihre Finger schlossen sich fester um die ihrer Freunde, und sie hob erneut den Blick, hielt Glutauges Puls stand. Ihre Nerven sirrten, ihr Blut sang, ihr linker Arm loderte – gleißend hell und doch ohne

Schmerz. Die rot glühenden Augen pulsierten noch wilder, die Flammen loderten noch heller. Hülya aber wich nicht. Tief in ihr löste sich etwas, öffnete sich – und brach sich Bahn. Aus Hülyas braunen, allzu menschlichen Augen gleißte ein Licht, warm und hell. Es fuhr dem pulsierenden Glühen im Spiegel entgegen, durch den Spiegel hindurch in die Welt aus Feuer und Schmerz. In seinem Leuchten strahlte die Verschmelzung von Nacht und Tag, von Dunkelheit und Licht. Mensch, Werwölfin und Vampir waren eins, erstmalig seit Jahrhunderten. Glutauge war nichts.

Das scharfzackige Maul riss auf, weiter und weiter, das Kichern kippte in gellendes Kreischen. Ein Riss im Spiegel. Dann ein weiterer und immer weitere. Plötzlich barst das Glas mit einem ohrenbetäubenden Krachen in der Mitte entzwei, und ein greller Lichtblitz schleuderte Hülya aus dem Aufzug. Eine Wolke aus Hitze und Gestank fuhr über sie hinweg, verlor sich im Gang.

Dunkelheit. Stille.

Als Hülya und die anderen sich nach einer Weile stöhnend aufrichteten, sahen sie – sich selbst im geborstenen Spiegel, umgeben von Myriaden winziger Risse. Hülya, erschöpft, aber mit einem Lächeln auf den Lippen. Luna, breit grinsend wie immer. Und von Vampir Max immerhin die in der Luft schwebende Sonnenbrille. Sie lachten ihnen entgegen, diese drei ungewöhnlichen Freunde im vielfach gesplitterten Spiegel.

Das Flammeninferno war verschwunden, Glutauge war Geschichte. Sie aber waren noch da: der Veggie-Vampir, die Teen-Werwölfin und die Wandernde zwischen den Welten, die vielleicht endlich angekommen war.

Jedenfalls fürs Erste.

V

GROSS-HERTENSTETT (REMIX)

NULLPUNKT

Meryem lachte.

Er wusste nicht mehr genau wieso, es war schon so lange her, und es war so viel passiert. Vielleicht weil er voller Farbkleckse gewesen war vom Streichen ihrer ersten gemeinsamen Wohnung. Meryem hatte immer viel gelacht, bis zu diesem Tag im Spätsommer vor 15 Jahren. Und dann nie wieder.

Er ließ das Foto sinken. Sein Blick fiel auf Hülyas unberührtes Bett. Und sofort war sie wieder da, die Angst. Hülya war nicht nach Hause gekommen. Schon vor einer Weile hatten erste Sonnenstrahlen ihr Zimmer erhellt, wo er seit Mitternacht auf ihrem Schreibtischstuhl hockte und Fotos aus seinem früheren Leben betrachtete. Erst war er sauer gewesen, weil Hülya sich wieder nicht an die Absprache hielt. Dann besorgt. Und schließlich wütend auf sich selbst. Hatte er ihr nicht eben erst Hausarrest verpasst? Kein Wunder, dass sie keine Lust hatte, nach Hause zu kommen. Aber was war, wenn sie nicht nach Hause kommen konnte? Weil sie sich im Wald verirrt hatte. Oder einen Unfall gehabt hatte. Oder …

Nein, das durfte er nicht denken!

Er wischte sich übers Gesicht, fokussierte sich wieder mit aller Macht auf das Bild. Meryem lachte, eingefroren in einer fernen, unwiederbringlich verlorenen Vergangenheit. Was, wenn er Hülya jetzt auch noch verlor, schoss es ihm durch den Kopf, bevor er es verhindern konnte. Was dann?

Ein dumpfes Klimpern. Das kam von unten!

VON NULL AN

Der Schlüssel blinkte in der Morgensonne, der Schlüsselbund klimperte leise. Bevor sie den Schlüssel ganz umdrehen konnte, wurde die Tür aufgerissen. Emre stand im Türrahmen. Er hatte Tränensäcke, als hätte er auf der schlechtesten Party der Welt die Nacht durchgemacht.

»Wo warst du?«, stieß er hervor. »Als ich heute Nacht aufgewacht bin, warst du verschwunden, und dann habe ich gedacht, dass du bestimmt Angst hast, dass wir wieder umziehen und … und …«

Emre verstummte. Dann schlang er seine Arme um Hülya.

»Ich dachte, du bist einfach weg. Für immer!«

Plötzlich wogte auch in Hülya etwas auf. Wie oft war sie fast gestorben? Und wie nahe war sie dran gewesen, Emre an Vampirhorden zu verlieren? Zu oft, zu nah.

»Ich könnte nicht ertragen, dich auch noch zu verlieren, Hülya«, flüsterte Emre. Hülya schwieg. Sie sah das Foto ihrer Mutter in seiner Hand. Meryem lachte. Hülya wollte etwas sagen, aber wenn sie den Mund aufmachte, würde sie losheulen vor Erschöpfung und Erleichterung. Statt einer Antwort umarmte sie ihren Vater zurück. Minutenlang standen sie da, von der warmen Sonne beschienen nach einer langen und dunklen Nacht an diesem ersten Morgen von Hülyas neuem Leben.

»RUHE!«

Gräfin Bella von Schrecks kleiner Holzhammer rumste so lautstark auf den mächtigen Ratstisch, dass dessen Drachenbeine erzitterten. Das Getuschel verstummte, alle Gesichter wandten sich ihr zu: der tatterige Roderick von Schlotzenstein, die zehnjährige Bellissima, der uralte Nox Feratu, der rotgesichtige Karl-Wilhelm von Kronstein. Selbst die beiden Nicht-Vampire, die unsicher in der Gruft warteten, blickten auf. Sie waren der Grund für das Getuschel, denn dass beim Hohen Rat auch Nicht-Vampire anwesend waren, hatte es noch nie gegeben. Und dann auch noch Werwölfe!

»Schön, dass wir uns alle wie zivilisierte Vampire benehmen können«, durchschnitt Bellas eisige Stimme die Stille, bevor sie sich an die Werwölfe wandte. »Lieber Herr Lykopoulos, liebe Luna, willkommen bei dieser Sondersitzung des Hohen Rates der Vampire.«

Bellas Meinung zu Luna hatte sich nach ihrem Erwachen aus Glutauges Trance um 180 Grad gedreht. Die ihrer Ratskollegen allerdings nicht. Das hasserfüllte Schweigen, das Luna und Lon entgegenschallte, war lauter als jeder Kampfschrei.

»Damit eröffne ich die 7623. Ratssitzung«, fuhr Bella ungerührt fort. »TOP 1: Bekanntmachung, dass Luna Lykopoulou nicht mehr vogelfrei ist. TOP 2: Diavols Rückkehr – oder wie Luna ihn so treffend nennt: Glutauge.«

»Ähem«, räusperte sich Luna. Alle Augen hefteten sich auf sie. »Der Name kommt von Hülya.«

»Hülya? Ist das eine von diesen neu zugezogenen Zombies … oder Zombienen, wie die jungen Leute das heute so nennen?«, meldete sich Roderick von Schlotzenstein.

»Hülya ist meine Mondschwester«, erwiderte Luna. »Und eine Normala. Zumindest fast.«

Prompt sprang Karl-Wilhelm von Kronstein auf, das Gesicht vor Empörung in einem noch intensiveren Puterrot gefärbt als sonst.

»Erst Werwölfe, dann Tagwesen! Un-er-hört, sage ich. Un-er-hört!«

Aufruhr. Lon knurrte. Bellas Hammer rumste. Luna seufzte. Das würde eine lange Sitzung werden.

Vor dem Zimmer mit der Nummer 17 hing noch immer das Fahndungsplakat mit Lunas Antlitz. Er riss es von der Wand, knüllte es zusammen, ließ es achtlos zu Boden fallen. Atmete noch einmal tief durch. Dann straffte Max seine Schultern und stieß die Tür auf.

Korbinian lag nicht, sondern stand neben dem Krankenhausbett, einen nagelneuen Golfschläger in der Hand. Er visierte eine Vase an, die er als Übungs-Golfloch zwischen den verwelkten Blumen auf dem Boden drapiert hatte. Die Haut auf seiner Nase schälte sich noch immer, aber sein Gesichtsausdruck war wieder ganz der Alte.

»Ah, mein Lieblings-Caddy!«, rief Korbinian jovial, ohne aufzusehen. Mit einem leisen *Pock!* traf sein Schläger den Ball. Kraftlos verhungerte der meilenweit vor der Lochvase.

»Gut, dass du da bist«, fischte Korbinian unbeeindruckt einen neuen Ball aus seinem Krankenhausbademantel. »Meine Schläger könnten mal wieder etwas Glanz vertragen.«

Max reagierte nicht. Irgendwann sah Korbinian dann doch auf. Überrascht ließ er den Schläger sinken.

»Hübscher Sonnenbrand. Hat die Werwölfin dich also auch erwischt, was?«

Max konterte Korbinians Grinsen mit einem schmalen Lächeln.

»Ich wurde angegriffen«, sagte er, »aber nicht von Luna.«

»Glaubst du das wirklich, oder hat dir das Flohfell schöne Augen gemacht?«, schnaubte Korbinian verächtlich. »Du hattest schon immer zu viel Herz für einen echten Vampir.«

Max spürte Wut in sich aufflammen.

»Bella weiß, dass Luna unschuldig ist.«

»Schön für Bella, dass sie einem Flohfell glaubt. Ich tu's nicht«, sagte Korbinian kalt. »Und wenn ich hier raus bin, werde ich meine Ehre wiederherstellen.«

Er ließ seine nadelspitzen Zähne aufblitzen, dann schwang er den Schläger. *Pock!* Der Golfball zischte los Richtung Vase. Max machte einen halben Schritt vor. Der Ball prallte gegen seine Leoparden-Schuhe. Mit eiskaltem Blick sah Max zu Korbinian.

»Das wirst du nicht tun. Luna ist meine Freundin.«

Das Grinsen auf Korbinians Lippen wurde höhnisch.

»Der einzige Freund, den du in unserer Welt hast, mein lieber Caddy, bin ich. Aber keine Sorge, du hast noch ein paar Jahrhunderte, um dich daran zu gewöhnen.«

»Und du gewöhnst dich besser ans Schlägerschleppen, Korbinian. Denn ab sofort brauchst du einen neuen Caddy«, erwiderte Max, hob den Golfball auf und gestattete sich ein Lächeln. »Und jetzt trainier lieber noch mal eine Runde. Nicht dass du dich beim nächsten Transsylvania-Cup wieder so übel blamierst.«

Er schnippte den Golfball über den Boden. *Plopp-plopp-plopp* hoppelte der Ball übers Linoleum, *plonkte!* gegen einen Blumentopf und kullerte ins Vasen-Golfloch. Bevor Korbinian seinen erstaunten Blick gehoben hatte, war Max bereits aus dem Zimmer verschwunden.

Die Glocke schrillte zur großen Pause, aber als Hülya den anderen hinterherstürmen wollte, winkte Herr Jeckl sie zum Lehrerpult.

»Unser Gespräch hat mir keine Ruhe gelassen, Hülya«, begann der Physiklehrer und legte etwas aus seiner abgewetzten Lederaktentasche aufs Pult. »Hier. Seite 53.«

Ein Jahrbuch, über dreißig Jahre alt, mit Eselsohren, Fotos von Klassenfahrten und Reportagen aus dem Schulalltag. Todlangweilig – bis Hülya auf Seite 53 blätterte.

Verpflegung für Schulfete gesichert!

stand über dem Artikel. Auf dem Foto übergab Bäcker Butze eine Kiste Schokoküsse an die Organisatoren des Schulfests. Und direkt hinter ihm …

»Ich hatte recht, oder?«, drang die Stimme des Physiklehrers durch den Nebel, der Hülya plötzlich umgab. »Das ist doch deine Mutter. Meryem Sağlam. Stimmt's?«

Hülya starrte auf das Foto. Ihre Mutter war nie in Groß-Hertenstett gewesen. Ganz sicher nicht. Und doch gab es keinen Zweifel. Das schwarzhaarige Mädchen auf diesem dreißig Jahre alten Foto war niemand anderes als ihre lange verstorbene Mutter Meryem.

Er hasste Warten. Vor allem, wenn das, worauf er wartete, ihm den ganzen Tag versauen würde. Dass Herr Butze ihn aufsuchen würde, hatte Emre bereits geahnt, als er gestern Abend in seinem Mailprogramm auf »Senden« geklickt hatte. In seinem Rechtsgutachten stand schwarz auf weiß, dass die Ruine im Wald einem rumänischen Firmengeflecht gehörte. Ohne deren Einverständnis war der Abriss undenkbar. Dummerweise war es für Emres Karriere genauso undenkbar, mit Herrn Butzes Nachbarschaftshilfe seine größte Mandantin zu verlieren.

Es klingelte. Emre setzte sein bestes Seriöser-Anwalt-mit-schlechten-Nachrichten-Gesicht auf, öffnete die Tür – und wurde von einer Welle Freundlichkeit weggespült. Klein, gemütlich und supersympathisch stand Herr Butze vor ihm. Fröhlich wie immer. Und doch war etwas anders, als seien hinter Herrn Butzes sonst so leuchtenden Augen die Maschinen zum Stillstand gekommen.

»Was … was ist denn mit Ihnen passiert?«, stieß Emre verblüfft hervor, ohne darüber nachzudenken.

Doch da legte Herr Butze schon seine warme Hand auf Emres Schulter, und ein warmes Gefühl durchströmte ihn. Vergessen war der abgekämpfte Ausdruck in Herrn Butzes Gesicht, die fahle Haut und der flackernde Blick. Vergessen waren auch Emres Sorgen. Selbstverständlich würden sie eine perfekte Lösung für das Abrisshaus finden. Als sie sein Arbeitszimmer betraten, hüpften vor

Emres innerem Auge wieder niedliche Eichhörnchen durch den sonnendurchfluteten, gar nicht mehr finsteren Finsterforst, und von der Ruine, die ihm so viel Kopfzerbrechen bereitet hatte, war nach der Sprengung nichts mehr übrig als ein paar Betonbrocken. Emre lächelte selig. Und auch in Herrn Butzes angestrengtes Lächeln kehrte etwas von seinem gewohnten Feuer zurück. Leise, fast unhörbar entwich ein leises Kichern seinen Lippen, heiser, asthmatisch und ganz und gar nicht Gartenzwerg-like.

Neben ihr wischten knorrige Baumstämme vorbei, vorne fraß der Scheinwerfer die Schwärze der Nacht. Es rumpelte, wenn die Reifen des alten Mofas über Wurzeln bretterten, aber sie wurden nicht langsamer. Fahrtwind wehte Hülyas tiefschwarzes Haar unter dem Retro-Helm mit den roten Flammen nach hinten, ließ es mit der Nacht verschmelzen. Ein Schrei drängte aus ihrer Kehle, aber anders als bei ihren früheren Besuchen im Finsterforst war es ein Schrei reiner Freude. Sie war noch nie Mofa gefahren, schon gar kein stilechtes Fünfzigerjahre-Retro-Mofa. Und erst recht nicht so fest geklammert an jemand anderen.

»Alles okay?«, fragte eine Stimme von vorne.

Max drehte sich halb um, sodass Hülya einen Blick in seine braunen Augen werfen konnte. Sie grinste ihn breit an.

»Gib mal ein bisschen Gas, Kaltblut!«

Das Mofa machte einen Satz. Hülya krallte sich an Max, schlang ihre Arme noch fester um seine Brust. Diese Nacht gehörte nur ihnen. Keine Dämonen, keine Erwachsenen. Nur sie beide, der Mond und sonst niemand.

Dachten sie.

Ein Foto: ein unscharfes Retro-Mofa hinter den Stämmen des Finsterforsts, auf dem Soziussitz hinten ein Schatten, der Fahrersitz leer. Mit einer Heftzwecke pinnte er das Bild ins Zentrum ähnlich stranger Groß-Hertenstetter Nachtbilder. Ein Schwarm Fledermäuse über Hülyas Haus. Leuchtende Augen im dunklen Wald. Ein frisch gesprayter Werwolf-Welpe am Bling-bling-Girl-Graffito.

Er trat einen Schritt zurück, ließ den Blick über die Bilder gleiten. Es gab ein Muster in seinen Beobachtungen, das wusste er. Noch konnte er es nicht greifen, bald jedoch würde es so weit sein, das spürte er. Bald!

»Noch wach?«, erklang eine Stimme. Hastig warf Nick eine Decke über die Fotowand und drehte sich um.

»Schuldig, Euer Ehren«, lächelte er die hagere Frau im unförmigen Strickpullover an.

Seine Mutter löste sich aus dem Türrahmen und trat näher.

»Ich will nicht«, sagte sie, »dass du dich Nacht für Nacht aus dem Haus schleichst. Da draußen lauern die *Anderen*, Nick. Und alles nur für das da … was auch immer das ist.«

Ihr knochiger Finger deutete auf die verhängte Fotowand.

»Ich passe auf mich auf, Mama«, lächelte Nick und tätschelte ihre Hand. »Und *das da* ist eine Überraschung. Für deinen Geburtstag.«

»Oh, ich liebe Überraschungen«, sagte sie mit dem fröhlichen Lächeln eines kleinen Kindes.

»Bald, Mama, bald. Noch ein paar letzte Dinge, dich ich verstehen muss, dann feiern wir. Du, ich – und vielleicht auch deine Jünger aus der Internetcommunity. Das werden aufregende Zeiten!« Ein gefährliches Glitzern trat in seine Augen, als sein Blick zur verhüllten Fotowand glitt. Leise fügte er hinzu: »Nicht nur für uns.«

Ein paar tief hängende Wolkenfetzen, hinter denen sich die Sonne versteckte, darüber kühles Blau. Der Himmel über Groß-Hertenstett sah aus wie immer. Als hätte sich rein gar nichts geändert. Und vielleicht hatte es das auch nicht, denn Hülya hockte allein wie immer auf ihrer Mauer und ließ das Stimmengewirr der anderen an sich abprallen. Aber vielleicht hatte sich auch alles geändert, denn anders als sonst erklang hinter Hülya ein Räuspern, das sie noch vor wenigen Tagen herbeigesehnt hätte. Leonie stand dort. Allein, ohne Entourage.

»Ich habe gestern mitgekriegt«, begann Leonie ganz ohne das übliche Vorspiel aus giftigen Blicken und mit Zuckerguss überzogenen Beleidigungen, »wie du den Babypsycho abgefertigt hast. Hat mir gefallen.«

Überrascht hob Hülya eine Augenbraue. Lob von Leonie hatte auf der Liste ihrer Erwartungen ans Leben ganz unten gestanden.

»Okay«, sagte sie abwartend. Mehr nicht.

»Tough und abgebrüht – so eine können wir gebrauchen. Komm in der nächsten Pause vorbei.« Leonie deutete über die Schulter zu ihrem Hofstaat, der im Schatten eines Walnussbaums auf ihre Rückkehr wartete. »Schulhofschwestern halten zusammen.«

Hülya sagte nichts, dafür war sie viel zu verblüfft. Und dann geschah es: Leonie lächelte, ganz ohne Gift versprüht zu haben. Das musste er sein: der lang ersehnte Erfolg von Hülyas Mission Freundefinden. Nur ... warum war es Hülya so komplett egal?

»Also, bis zur nächsten Pause«, wandte Leonie sich zum Gehen, ohne Hülyas Antwort abzuwarten. Wie hätte eine Neue auch auf ihr huldvolles Angebot reagieren sollen außer mit ewiger Dankbarkeit?

»Ich brauche keine Schulhofschwester«, kam es jedoch vollkommen undankbar von Hülya, noch bevor Leonie den ersten Schritt gemacht hatte. »Eine wie dich erst recht nicht.«

Leonie fror mitten in der Bewegung ein. Drehte sich langsam wieder zurück. Ihre Augen blickten erst ungläubig, dann kurz verunsichert, schließlich giftig wie eh und je.

»Ach, die brauchst du nicht?«, zischte sie. »Lass dir eins gesagt sein, Fischlein: Wenn du nicht mich als Schwester hast, dann hast du hier niemanden. Ein Klick bei Insta und du bist sozial tot.«

Hülya zuckte mit den Schultern. Gegen Bella war Leonie nicht mal ein laues Lüftchen. Ohne besondere Eile zog sie ihr Handy hervor, hielt es vor die perplexe Leonie und machte ein Foto.

»Spinnst du?« Leonie war eine Sekunde lang verblüfft, aber schon in der nächsten Sekunde streckte sie ihre Hand aus. »Löschen. Sofort.«

Hülya tippte etwas in ihr Handy.

»Zu spät«, lächelte sie.

Und dann machte es *ping!* in Leonies Tasche. In Windeseile hatte Leonie ihr Handy in der Hand. Auf Hülyas Insta-Account leuchtete ein neues Foto – das von Leonie von vor drei Sekunden.

Daneben stand: *#byebyeblondie*

Leonies perfekte Augenbrauen wanderten synchron in die Höhe.

»Was soll das?«

»Das ist mein Abschied.«

Ohne auf die vor ihr stehende Leonie zu achten, klickte Hülya sich durch ein Labyrinth an Menüpunkten. Und dann, endlich, schwebte ihr Finger über dem letzten Button: *Löschen.*

Und klick.

»Lad mal neu.«

Leonie tat, wie ihr geheißen. Hülyas Foto war weg. Stattdessen war da ein schwarzer Bildschirm:

Die Seite ist leider nicht verfügbar.

Leonie starrte auf ihr Handy, dann zu Hülya, dann wieder aufs Handy. Absolute Fassungslosigkeit. So absolut, dass es lustig war. Lächelnd sprang Hülya von der Mauer und baute sich vor der größeren Leonie auf.

»Mach ruhig deinen Killermove bei Insta«, sagte sie. »Uns Untoten ist das so was von egal.«

Damit drehte sie sich um und stapfte davon. Das Stückchen Mauer ihrer einsamen Pausen, die fassungslose Schulhof-Queen Leonie und ihren frisch gekillten Insta-Account ließ sie hinter sich zurück. Wer braucht schon Schulhofschwestern, wenn man eine Mondschwester hat? Und wer *Insta,* wenn es doch *Finsta* gibt?

Ein leises Lächeln zog über Hülyas Lippen, als sie den Blick nach oben richtete. Die tief hängenden Wolkenfetzen am kühlblauen Himmel mochten so sein wie immer, der ganze Rest aber war vollkommen neu.

POCK!

machte es, als Luna den Golfball in den Nachthimmel prügelte. Wie ein weißer Blitz sauste er los.

»Nicht so hoch, Luna!«, rief Hülya lachend, während sie versuchte, den über den Himmel sausenden Ball auf ihrem Handyvideo im Bild zu halten.

»Doch, genau so hoch«, erwiderte Luna, zog Hülyas Arm herab und richtete die Handykamera auf sich. »Nimm das, Finsta-Crowd! Luna Lykopoulou shoots for the moon!«

Hülya ließ das Handy sinken und sah Luna skeptisch an.

»Auf den Mond? Ernsthaft?«

»Nicht den Mond. *Die* Mond. Ganz klar weiblich, jedenfalls für Werwölfe.« Sie grinste. »Und wenn ich eines gelernt hab in der letzten Woche, dann das: Ich bin Werwölfin, ob ich will oder nicht. Also ziele ich auf Mutter Mond. Wohin sonst?«

Ohne auf Hülyas Antwort zu warten, nahm sie ihr das Handy ab und lud das Video in Hülyas nagelneuen und noch völlig leeren Finsta-Account hoch.

»Find ich übrigens gut«, sagte sie, »dass du jetzt bei uns auf Finstagram bist.«

»Und ich erst«, nickte Hülya. »Besser zehn neue Zombie-Freunde als eine fiese Schulhofschwester.«

Das *Pock!* vom Dach der Ruine war noch nicht ganz verhallt, da wischte auch schon der weiße Strich über die Baumwipfel. Sekunden später prallte irgendwo im Gebüsch etwas zu Boden, rollte ein paar Meter und kam direkt vor ihm zum Stillstand. Er hob es auf und lächelte zufrieden. Ein Golfball. Genau für solche strangen Dinge trieb er sich nachts im Finsterforst herum. Er hob seine Kamera, zoomte näher zum Dach der angeblich verlassenen Ruine. Drei Schatten, mehr konnte er auf die Entfernung nicht erkennen. Aber ein gutes Foto für seine Pinnwand würde es dennoch abgeben. Er drückte ab.

POCK! machte es erneut. Wieder sauste der Ball los, flog über den Finsterforst – und landete weit vor dem Astgewirr, in dem Lunas Abschlag niedergegangen war. Max verzog das Gesicht.

»Einer Werwölfin beim Abschlag unterlegen«, maulte er, »wenn das Bella wüsste!« Er trat vom Abschlagbereich am Rand des Daches zurück auf den Kies und grinste Luna an.

»Vielleicht schickt sie ja *dich* zum 576. Transylvania-Cup.«

»Damit ein Kaltblut mich hypnotisiert? Nein, danke!«, grinste Luna. »Ich kann gut Abschläge. Dafür kannst du dich in so eine komische Flatterratte verwandeln.«

»Sagt das Flohfell!«

Luna knurrte, Max fletschte die Zähne. Dann kicherten sie. Hülya verdrehte die Augen. So ging das schon den ganzen Abend. Sie schnappte sich den Golfschläger aus Max' Hand und stellte sich vor den Ball.

»Heult gefälligst leiser«, grummelte sie, während sie einen etwas ungelenken Probeschwung machte. »Wir Normalas können weder Power-Abschlag noch Flatterkram. Nur Physiktests in den Sand setzen, darin sind wir echte Profis.«

Luna grinste.

»Und darin, mal eben den Krieg zwischen Tag- und Nachtwesen zu verhindern. Aber klar, du bist ja nur die *Wandernde* …«

»… die erste seit 1598«, ergänzte Max.

»No Biggie! Kann jeder!«, warf Luna ein.

»Ui, die *Wandernde!*«, tat Hülya beeindruckt, ohne den Blick vom Ball zu nehmen. »Aber was das wirklich ist, wisst ihr auch nicht.«

Ein verkorkster Schwung. Ein saftloses *Pock!* – und der Ball trudelte durch die Luft wie eine betrunkene Fledermaus. Schon kurz hinter dem Bauzaun flatschte er zu Boden.

»Immerhin wissen wir jetzt«, sagte Hülya mit einem schiefen Lächeln, »dass beim Golfen das *Wandernden*-Dasein auch nicht weiterhilft.«

Der Kies knirschte, als Max hinter sie trat.

»Ich weiß noch etwas über die *Wandernde*, Hülya«, sagte er mit seltsam belegter Stimme. Dann wurde er leiser, als wären seine Worte nur für sie bestimmt. »Eine wie dich gibt's nur einmal.«

Hülya spürte, wie ihr das Blut ins Gesicht schoss. Langsam drehte sie sich zu ihm um. In Max' scheuem Lächeln lag eine Wärme, die Hülya von einem Kaltblut nie erwartet hätte. Ihr linker Arm kribbelte, als hätten sich die Ameisen mit den Schmetterlingen zu einer Megaparty verabredet. Hilfe suchend wanderte Hülyas Blick zu Luna. Das typisch breite Luna-Grinsen legte sich auf ihre Lippen.

»Also, Mondschwesterchen«, begann Luna, »was weißt du von Mutter Mond? Noch weniger als von Normalo-Physik! Das werden wir jetzt ändern.«

Ansatzlos wirbelte sie herum, sodass sie Hülya und Max den Rücken zuwandte, und gestikulierte in Richtung Mond.

»Mutter Monds Auge wohnt eine besondere Macht inne«, deutete Luna auf das große Mondmeer, das tatsächlich auf sie herabzusehen schien. »In ihrem Auge liegt der Quell aller Werwolf-Kraft. Jede Mondschwester muss wissen, dass …«

Nacheinander zählte Luna Werwolf-Legenden auf, benannte Mondkrater, dozierte und redete in einem fort. Aber Hülya hörte längst nicht mehr hin. Max hatte sich an ihre Seite geschoben. Ein Blick in seine Augen. Braun mit einem Schuss Moosgrün und einer Riesenportion Ruhe. Trotz Lunas Geplapper entstand zwischen ihnen eine fast schon stoffliche Stille. Ein, zwei Herzschläge lang völlige Ruhe. Dann fasste Hülya sich ein Herz und griff nach Max' Hand. Kurz zuckten seine Augen, dann aber legten sich seine kühlen Finger um ihre warmen und ließen nicht mehr los.

Luna roch den Tanz der Pheromone hinter sich. Ein leichter Stich durchfuhr sie, aber sie ignorierte ihn. Es war gut so. Sie waren zu dritt. Werwölfin, Kaltblut – und Hülya, die Verbindung zwischen ihnen. Zwischen Nacht und Tag. Dunkel und Licht. Tod und Leben.

Das Kribbeln in Hülyas Arm ebbte ab, und ungekannte Ruhe überkam sie. Es war gut so. Zwar wusste sie noch nicht wirklich, wer oder was sie war, aber eines war ganz sicher: Sie war richtig hier. Hier, in diesem Kuhkaff am Rande des Nirgendwo, aber vor allem: hier, bei ihren wahren Freunden. Sie lächelte. Und obwohl sie nicht herübersah zu dem Vampir, dessen Hand sie kühl in der ihren spürte, wusste sie: Er lächelte auch.

Die drei im Mondlicht schimmernden Silhouetten hoch oben auf dem Dach der Ruine waren auch aus der Ferne gut zu sehen. Für den einen Beobachter waren sie bloß ein weiteres Foto für die Pinnwand, ein Puzzleteil auf dem Weg zum Wieder-wer-Sein.

Doch für jenen Anderen, der tief im finstersten Teil des Finsterforstes seine frisch geschlagenen Wunden leckte, waren sie alles. Ein Versprechen auf zukünftige Freuden, eine Verheißung von Macht und neuer Kraft. Mit glühendem Blick und Hass im Herzen sah er sie einander umtanzen, die Lykantherin, den Vampir, die Wandernde.

Er war geduldig. Seine Saat war gesät, und die Blumen hießen Misstrauen, Zwietracht und Angst. Bis sie in voller Blüte stünden, würde er warten und beobachten. Und dann würde seine Zeit gekommen sein.

»Wandernde, Wandernde, Wandernde«, flüsterte er, und es klang wie das hungrige Knistern frisch entfachter Flammen. »Bald bist du mein. Mein allein.«

Ein leises Kichern hallte durch die unnatürliche Stille des Finsterforstes. Heiser, asthmatisch, von Rachedurst beseelt.

DANKSAGUNG

Danke!

meinem Ideen-Kompagnon
Philipp Bank

meinen tollen Testleser*innen
Fritz, Daniel, Rike, Markus & Reinhard

meiner Lektorin mit Sinn für Logiklöcher & spezielle Stimmungen
Maja Mick

meinen unentbehrlichen Branchen-Tipp-Geber*innen
Oliver Brauer, Julia Przeplaska, Beatrice Kunkel, Daniel Debski

außerdem vielen Dank an:
Céline Plötz, Christine Lederer und allen anderen bei Karibu
sowie Armin, Jenny, Leonie, Katja, Margret & Thomas, Hanna, Lisa, Florian